sujet verlag

CIP - Titelaufnahme der deutschen Nationalbibliothek
Detaillierte bibliografische Daten sind im Internet über
http://dnb.d-nb.de abrufbar.

Kejo, Berzan
Ro jîn - Sonne des Lebens
www.moving-art.de

ISBN 978-3-933995-89-6

Umschlaggestaltung: Tarlan Mirshekari
Satz und Layout: Sujet Verlag
Printed in Europe

1. Auflage 2012

www.sujet-verlag.de

Berzan Kejo

RO JÎN

Sonne des Lebens

ROMAN

sujet verlag

Das Buch:

Dilo ist 16 Jahre alt, als er seine Heimatstadt Qamischlo verlässt. Er ist auf der Suche nach einem besseren Leben, flieht aus der Strenge seines Elternhauses, flieht vor den Anfeindungen und Diskriminierungen, die er als Kurde in Syrien erleben muss. Sein Ziel ist Paris, für ihn das Synonym für innere und äußere Freiheit. Jung wie er ist, ahnt er nicht im Entferntesten, was ihm bevorsteht, obwohl er mit der Geschichte der Kurden und ihrer immerwährenden Bedrängnis aufgewachsen ist.

Der Weg ist weit. Es erwarten Dilo Versuchungen und Anfeindungen, Freundschaft und Verrat, Gewalt und Liebe und viele neue Fragen. Eines verliert er auf seinem Weg jedoch nicht: den Wunsch nach einem freien, selbstbestimmten Leben unter Gleichen, ohne Vorurteile und Repression.

Der Autor:

Berzan Kejo, geboren in Al Kamishly, Syrien, als Sohn kurdischer Eltern, flüchtete in die Bundesrepublik Deutschland und wurde als politischer Flüchtling anerkannt, nachdem er vier Jahre in einem Auffanglager für ausländische Flüchtlinge zubrachte.

Kejo ist Maler, Bildhauer, Designer und Filmemacher. Heute lebt er in Deutschland. *Ro jîn* ist sein erster Roman und trägt autobiografische Züge.

Für alle Menschen,
die sich mit ihrem Leben
für Freiheit und Gerechtigkeit
eingesetzt haben.
Und für meine Mutter.

An meine Mutter

Ich sehne mich nach
dem Brot meiner Mutter,
dem Kaffee meiner Mutter,
der Berührung meiner Mutter ...
In mir wächst Tag für Tag
die Kindheit schon am frühen Morgen.
Ich liebe mein Leben,
denn wenn ich stürbe,
würde ich mich schämen
ob meiner Mutter Tränen.
Nimm mich, wenn ich wiederkehre,
als Tuch für deine Augenlider,
bedecke mit Kräutern meine Glieder,
getauft von der Reinheit deiner Ferse,
schnüre mir den Gürtel
mit einem Faden aus deinem Rocksaum.
Ich werde ein Gott,
ja, ein Gott werde ich,
wenn ich mich tief in deinem Herzen fühle.
Nimm mich, wenn ich wiederkehre,
als Scheit für deine Feuerstelle,
als Wäscheleine auf deinem Hausdach.
Mir fehlt die Kraft zum Stehen ohne dein Gebet.
Die Sterne meiner Kindheit
möchte ich wiederhaben,
damit ich mit den jungen Spatzen
zurückkehren kann
in das Nest deiner Geduld.

Mahmud Darwisch

Teil I
Syrien

1

Die Ausläufer des Taurusgebirges umarmten die Stadt von weitem und bildeten einen großen, flachen Talkessel, in dem sie sich kilometerweit erstreckte, brütend heiß und wüstentrocken im Sommer und im Winter manchmal frostig.

Die leeren Straßen zwischen den Lehmhäusern lagen still in der Mittagshitze, und die flirrende Luft war staubig. Die kleine Stadt wirkte verlassen. Die fernen hohen Berge im Norden waren immer da, ihnen machte die Hitze nichts aus, außer dass sie kahl geworden waren. Als die Sonne sich verabschiedete und die Glut allmählich erträglich wurde, kamen die Jungen und Mädchen aus ihren Lehmhäusern heraus, so wie die Bienen aus ihren Körben auf der Suche nach Blüten. Die Mädchen trugen bunte Kleider und hatten sich die Haare mit Henna gefärbt, die Jungen nutzten Zuckerwasser als Gel. Unter ihnen war auch Dilo. Etwas lag in der Luft an diesem Tag, wirkte anders als sonst. Wusste er bereits, was er tun würde? War ihm die fundamentale Veränderung schon greifbar, die sein Leben bald für immer verändern würde?

Aber nicht nur die jungen Leute kamen heraus, sondern auch alle anderen, denen die Hitze des Tages zu heftig gewesen war. Innerhalb kurzer Zeit verwandelten sich die verlassenen Straßen in eine lebendige Oase. Decken und Stühle wurden herausgebracht, Kaffeekannen brodelten, die Jungen sammelten sich zum Fußball, zum Murmeln und zu anderen Spielen. Die Gemüseverkäufer, der alte Schrottsammler und der Eisverkäufer schoben ihre dreirädrigen Karren und priesen lauthals ihre Waren an. Der Wagen des Petroleumverkäufers wurde von einem Pferd gezogen. Der Gebetsruf des Mullahs, die Stimmen der Händler, die Gespräche der Alten und das Geschrei der spielenden Kinder vermischten sich zu einer ganz eigenen Komposition, untermalt von der Melodie der Pferde- und Kirchenglocken.

Dilo, der gerade sechzehn geworden war, und sein Freund Ferhad putzten sich für den Abend heraus.

„Lass uns heute mal in den christlichen Stadtteil gehen Dilo, vielleicht haben wir da mehr Chancen, ein nettes Mädchen kennenzulernen."

Dilo drehte sich zu ihm um. „Ferhad, du weißt doch, dass wir für die Christen etwas zurückgeblieben sind, aber für die Dorfleute sind wir Stadtmenschen und modern, lass uns lieber nach Helelike gehen", meinte er.

Sie traten auf die Bühne der Straße wie Steinhühner, die zur Balz ihre bunten Farben zur Schau tragen, denn Helelike wartete ja auf sie mit seinen herausgeputzten Mädchen.

„Lass uns zum Brunnen in Helelike gehen, da versammeln sich eine Menge Mädchen", sagte Dilo.

„Ja, gestern hat mir eine zugeblinzelt, ich will gucken, was sie heute macht", erwiderte Ferhad.

Die kurdische Stadt Qamischlo hatte ein buntes Gesicht. Seit Jahrtausenden war das Gebiet im Nordosten Syriens im Zweistromland zwischen Euphrat und Tigris von den Kurden besiedelt, sie waren die Bevölkerungsmehrheit. Aber auch andere Völker und Angehörige verschiedener Religionen lebten hier, und alle bezeichneten das Gebiet aufgrund ihrer Geschichte als ihre Heimat.

Sie lebten zusammen in einer Stadt, aber getrennt nach Religionen und Ethnien in eigenen Stadtteilen. Im Assyrer-Stadtteil, der sehr klein war, gab es nur Assyrer, die assyrisch, aber auch kurdisch zu Hause sprachen, im Aramäer-Stadtteil lebten nur Aramäer, sie sprachen aramäisch und konnten auch kurdisch sprechen, taten es aber nur ungern. Sie wollten auch keinen Moslem und keinen Angehörigen eines anderen Volkes unter sich wohnen lassen. Die Armenier wohnten in der Stadtmitte, sie gehörten zu den Reichsten, besaßen die meisten Grundstücke und auch die meisten Autowerkstätten.

Sie sprachen armenisch und auch kurdisch. Das Kurdisch der Armenier war sehr klar und ursprünglich, sie benutzten Begriffe aus der kurdischen Hochsprache und ersetzten sie nicht, wie viele andere, mit arabischen Wendungen. Ihre Kirche unterschied sich von der aramäischen Kirche, und ihre Mädchen zogen enge Röcke an, die fast über das Knie gingen, sodass man ihre nackten Beine und die Form ihrer Hintern sehen konnte. In den Kurden-Stadtteilen hingegen sah man eher verschleierte Frauen, aber auch vereinzelt welche mit Jeanshosen. Hier wurde nur kurdisch gesprochen. Im Juden-Stadtteil waren auch nur Juden, sie sprachen hebräisch, aber die meisten konnten auch kurdisch. Der Teil des Marktes, den sie in der Hand hatten, war auch nach ihnen benannt: der Juden-Basar. Da konnte man alles einkaufen, was mit Gewürzen zu tun hatte, er war nur konzentriert auf Gewürze, Henna, echten Honig und Nüsse. Alles sah bunt aus. Der beliebteste Laden in ganz Qamischlo gehörte dem Juden Isra. Er hatte die aromatischsten Gewürze und die leckersten Nüsse in der ganzen Stadt.

Jede dieser Gruppen hatte also ihre eigene Sprache, doch Kurdisch war die Hauptsprache, die, die alle konnten, weil die Stadt und die meisten Stadtteile und die Dörfer im weiten Umkreis kurdisch waren. Araber gab es nur wenige, und die meisten von ihnen waren Polizisten oder Geheimdienstler. Einige Beduinen, die sich mit der Zeit in der Gegend angesiedelt hatten, kamen auf der Suche nach einem Verdienst nach Qamischlo. Sie kamen mit Eseln und verkauften Buttermilch und grüne Kichererbsen. Sie hatten dunkle, von der Sonne gegerbte Haut und trugen Tätowierungen auf Nase und Stirn.

In Qamischlo mischte sich der Gebetsruf des Mullahs mit den Kirchenglocken der Aramäer und Armenier. Nur von der jüdischen Religion bekam niemand etwas mit, nie sah man Juden ihre Gebete praktizieren und Synagogen gab es nicht. Das einzige jüdische Bauwerk war ein Mausoleum, das

sich westlich außerhalb der Stadt befand.
In den verschiedenen Stadtteilen konnte man die Alten auch in ihren unterschiedlichen traditionellen Kleidern sehen, aber allen gemeinsam war die kurdische Sprache und bei den Jüngeren kam eine weitere Gemeinsamkeit hinzu: Sie trugen alle Jeans.
Dieses Mosaik aus Kulturen und Religionen machte die Stadt bunt und lebendig, trotz der Konflikte zwischen den einzelnen Gruppen, die durch den Staat geschürt wurden; denn er bevorzugte einige – die Christen – und benachteiligte andere: Für den Staat waren die Kurden der Gegner, die Juden sowieso.

Der dörfliche, weit vom Zentrum entfernte Stadtteil Helelike lag auf einem großen Hügel. Am Fuß des Hügels war ein Brunnen, an dem die Mädchen Trinkwasser holten. Viele schmale Wege, in deren Mitte stinkendes Kanalisationswasser hinab zur Hauptstraße floss, führten hierhin.
Die meisten der Mädchen waren geschminkt, als würden sie zu ihrer Hochzeit gehen, und das Wasserholen war für sie nur ein Vorwand, um nach den Jungen Ausschau zu halten.
Dilo und Ferhad hatten ihr Haar mit Zuckerwasser so glatt gemacht, dass es glänzte wie ein Spiegel. Sie brannten von innen heraus und wollten in ihrem täglichen Job, der Suche nach Mädchen, endlich Erfolg haben. Unten am Hügel begegneten sie zwei Mädchen, von denen eine einen Wasserkrug auf dem Kopf trug. Sie gingen die steile Straße hoch zurück zu ihren Häusern, blickten sich aber immer wieder nach den Jungen um.
„Dilo, heute muss es endlich klappen, ich kümmere mich darum."
„Ja, lass uns sie mal ansprechen!"
Ferhad warf sich in die Brust, ging näher an die Mädchen heran und grüßte in einem Ton, in den er seine ganze Hoffnung legte, der aber doch eine Spur zu angeberisch klang.

„Merhaba!“
Diejenige, die das Wasser trug, stellte ihren Krug ab und zog einen ihrer Schuhe aus, um nach ihm zu schlagen.
„Merhaba, du Eselssohn!“, schimpfte sie und jagte den Jungen hinterher. „Kennst du mich etwa? Nein!“
Dilo und Ferhad flüchteten, doch sie lachten dabei.
„Na Ferhad, was hast du denn gedacht? Dass du in Europa bist und das Mädchen dich ohne weiteres zurückgrüßt?“
Sie rannten immer noch, weil sie eine Konfrontation mit den Angehörigen vermeiden wollten, denn wenn sie aus ihren Häusern kämen und dieses Bild erblickten, könnte es zu einem großen Streit um die Ehre kommen. Das Mädchen hielt an, nachdem es die Jungen verscheucht hatte und kehrte, mehrmals den Satz wiederholend: „Merhaba, der Hundesohn sagt einfach Merhaba“, zu ihrer Freundin zurück, die auf sie wartete und lachte.
Als sie genügend Abstand hatten, hielten die Jungen an. Dilo lachte immer noch. „Ferhad, das ist Helelike und nicht irgendwo anders, man muss immer aufpassen, was man sagt.“
Langsam schlenderten sie wieder zu ihrem Stadtteil zurück.
„Wir haben anscheinend keine Chance, ein Mädchen zu haben, leider … lass uns mal was ganz anderes versuchen“, sagte Dilo.
„Und zwar?“, fragte Ferhad. „Ich habe eine Idee, Ferhad, lass uns Zauberer spielen.“
„Und wie soll das gehen?“
„Ich sag dir wie, ich werde den Jungen erzählen, dass ich ihr Herz mit dem Herz ihrer Geliebten verbinden kann und mache für sie einen Zettel, den sie immer bei sich haben sollen.“
Langsam dämmerte es Ferhad. „Ja, genau, und ich versuche, von ihnen Informationen zu sammeln und die erzähle ich dir.“
„Ja, toll. Mensch, lass uns das machen, vielleicht verdienen wir dadurch ein paar Lira.“

Als die beiden in ihre Straße einbogen, gesellten sich schon bald viele Jungen zu ihnen. Man sah sie fast nur gemeinsam. Schon lange waren sie beste Freunde.

Das Spiel konnte beginnen. Ferhad nahm einen Jungen beiseite und machte mit ihm einen kleinen Spaziergang. Nachdem sie sich genügend von den anderen entfernt hatten, sprach er den Jungen, der Bengin hieß, auf seinen Liebeskummer an. Bengin erzählte ihm von dem Streit mit seiner heimlichen Freundin, und Ferhad merkte sich jede noch so kleine Einzelheit für Dilo.

Nach einer Weile kehrten sie an ihre Straßenecke zurück und gesellten sich wieder zu den anderen. Wie beiläufig nahm Ferhad Dilo zur Seite und erzählte ihm alles.

Dilo wartete auf einen günstigen Moment, dann rief er: „Leute, wer von euch Probleme mit seiner Liebe hat“, er schlug auf seine Brust, „ich kann zaubern und eure Herzen wieder zusammenbringen.“

Bengin, völlig unbefangen, sprang auf. „Ja bitte, zeig mir die Lösung!“

„Das kostet aber eine Kleinigkeit.“

„Wie viel?“

„Zehn Qurusch.“

Bengin wühlte in seiner Hosentasche: „Ist in Ordnung.“

Dilo drehte sich mit einer Geste, die eines Zauberers würdig war, zu Bengin. „Gut, lass uns von hier weggehen, damit meine Magie ihre Wirkung entfalten kann.“

Nur wenige hundert Meter entfernt endete die Bebauung, und Felder breiteten sich bis an die nahe türkische Grenze aus. An einem Maulbeerbaum machten sie Halt und setzten sich darunter. Für Bengin war die Lage ernst, darum spielte Dilo seine Rolle auch sehr ernsthaft. Mit übereinandergeschlagenen Beinen, den Rücken zur Stadt, den Blick auf die nahe Grenze gerichtet, die von der anderen Seite stark überwacht war, saß er Bengin gegenüber. Damit er nicht aus der Rolle fiel und unglaubwürdig wurde, musste Dilo langsam anfangen. Er hob seine Hände und rief:

„Oh meine grünen und roten Engel, an euch wende ich mich heute, sodass ihr durch mich eure magische Aufgabe ausführt und meinem Freund und Liebenden den Zugang zu seiner Geliebten gewährt.“ Er unterbrach sich und schaute zu Bengin. „Du solltest immer ‚Amen‘ sagen, sonst klappt es vielleicht nicht.“

Dilo wiederholte seinen Ruf und setzte hinzu: „Seine Geliebte Kanuma ist vierzehn Jahre alt und wohnt im Stadtteil Kornisch.“

Bengin staunte über Dilos Allwissenheit und wiederholte tatsächlich immer wieder das Wort „Amen“.

Dilo fuhr fort. „Ich schwöre bei dieser Sonne, dass sie, wenn sie für uns morgen wieder scheint, Kanumas Herz für meinen hilfsbedürftigen Freund öffnet und Kanuma ihn aufnehmen wird.“ Er beugte seinen Oberkörper mehrere Male, sodass er mit der Stirn fast den Boden berührte. „Oh meine Macht, du kannst den Schnee auf den Bergen schmelzen und die Wolken regnen lassen. Zeige mir jetzt dein Können.“

Dilo war fertig mit seinen Zaubersprüchen und blieb noch eine Weile reglos und still sitzen. Bengin wagte nicht, sich zu rühren. Schließlich brach Dilo das Schweigen.

„Bengin, mein Freund, morgen musst du noch mal zehn Qurusch mitbringen und wieder zu mir kommen, ich werde dir einen Zettel geben, den du immer bei dir haben musst.“

„Ja, das werde ich machen“, sagte Bengin eifrig und gab Dilo das Geld. Dann standen sie auf und gingen wieder zu den anderen zurück.

Ferhad hatte inzwischen schon mit weiteren Jungen vertrauliche Gespräche geführt. Nun informierte er Dilo unauffällig über den nächsten Kunden. Dilo wiederholte sein Spiel, ging mit dem Jungen in die Felder, setzte sich mit ihm unter den Maulbeerbaum und hielt seine Zeremonie ab.

Die Nachfrage stieg.

Dilo und Ferhad hatten am Ende des Tages fast zwei Lira zusammenbekommen und Dilo hoffte, die Einnahmen morgen noch zu steigern.

Der Abend nahte und die Jungen zerstreuten sich. Dilo ging nach Hause, um seine weiteren Arbeiten zu erledigen, und zwar die Rezepte für seine Kunden anzufertigen. Zuhause angekommen nahm er mehrere Papiere und schnitt sie genau in die Größe, die die Mullahs verwendeten, wenn sie Zettel zur Heilung schrieben. Er kritzelte etwas in unleserlicher arabischer Schrift darauf, faltete sie zu Dreiecken und beschriftete sie mit den Namen seiner Kunden.

Am nächsten Tag trafen sich die Jungen wie üblich an ihrer Ecke. Bengin kam lachend auf Dilo zu.

„Oh Dilo, es hat gewirkt, sie hat mir zugelächelt! Ich bin so froh, bitte mach deinen Zauber heute weiter, ich will ihr Herz erobern.“

Dilo freute sich über diesen Zufall. Sie gingen wieder unter den Maulbeerbaum und Dilo setzte sich in der gleichen Haltung hin, verwendete aber neue Worte und neue Begriffe. „Oh meine Geister! Ich danke euch für das gute Tun.“

Außer den beschrifteten Zetteln hatte er eine Menge Papierschnipsel vorbereitet, die er jetzt aus seiner Hosentasche nahm und über Bengins Kopf streute. „Oh meine Helfer! Ich befehle euch, das Böse von meinem Freund zu entfernen und zu zerstreuen, wie diese Zettel verstreut werden, um ihn soll nur Friede sein.“

Nun nahm er den mit Bengins Namen beschrifteten Zettel aus seiner Hosentasche und gab ihn ihm. „Hier mein Freund, den Zettel musst du immer bei dir haben. Meine Geister werden dich dadurch erkennen.“

Obwohl Dilos Familie in armen Verhältnissen lebte und sich kaum neue Kleidung leisten konnte, und wenn, dann nur billige Synthetikware, stand er dennoch lange vor dem Spiegel, um seine dicken Augenbrauen zu korrigieren, sein dichtes Haar zu verschiedenen Seiten zu kämmen und herauszufinden, welche Frisur am besten zu seinem Gesicht passte. Er fühlte sich wie ein Pfau, der durch seine Schönheit das Weibchen anlocken will. Meistens gelang es ihm aber nicht. Seinem Vater Isso, der Analphabet war und bäuerliche Wurzeln hatte, missfiel Dilos Verhalten.

„Jetzt reicht es, Dilo. Oder willst du den Spiegel heiraten?“, verscheuchte er ihn ärgerlich. Dilo fühlte sich von den Worten seines Vaters tief verletzt.

Ohne ein Wort zu sagen, zog er sich deprimiert in ein Zimmer zurück. Er setzte sich vor seinen Zeichenblock, seine Pinsel waren genauso irritiert wie er. Sie malten dunkle und helle Flächen, die ineinander übergingen und sich mit seinen Emotionen mischten. Bald war er so vertieft, dass er alles um sich herum vergaß. Nur die Musik aus dem alten Kassettenrekorder, die Pinsel und die Farben waren seine Gesellschaft und trösteten ihn.

Er war in der neunten Klasse und seine Prüfungen standen bevor. Wenn er sie bestand, konnte er in die Oberstufe gehen und das Abitur machen. Zwar liebte er nur die Fächer Kunst und Französisch, und Letzteres hauptsächlich, weil er sich in die Lehrerin verguckt hatte, aber er wollte die Büffelei auf sich nehmen, denn er hoffte, mit dem Abitur der Armut entrinnen zu können. Wenn er seine Fremdsprachenkenntnisse noch verbessern würde, könnte er nach Paris gehen. Dort war die Freiheit, von der er träumte.

Seinen Prüfungsausweis hatte er schon bekommen. Es fiel ihm nicht leicht, alles unter einen Hut zu bringen: Die Vorbereitung auf die Prüfungen, sich um sein Aussehen zu kümmern und immer wieder die überstrengen Maßregelungen seines Vaters zu ertragen. Aber sein Wille, diese Zeit durchzustehen, war so stark, dass er bereit war, fast alles zu ertragen, um diese schwierige Situation hinter sich zu bringen. Ihm war auch klar, dass er ohne Abitur in der Stadt, die er zu seinem Schutzschild gemacht hatte, Paris, nichts erreichen können würde. Bald stand seine letzte Prüfungsstunde bevor, wie üblich war es das Fach Arabisch. Die Prüfung war landesweit einheitlich, die Fragebögen wurden zentral vom syrischen Kultusministerium erstellt und überall zur gleichen Minute geöffnet und an die Schüler verteilt.

Die Mutter Kamila stand voll auf der Seite ihres Sohnes und wurde nie müde, dieselben Worte zu wiederholen. „Dilo hat mich in seiner Kindheit gequält, er war so oft krank und dünn wie hungernde Kinder, so dünn, dass er kaum eine Überlebenschance hatte. Von seiner Kindheit hatte er nichts, in seiner Jugend soll er glücklich sein."

Doch der Vater beharrte hartnäckig auf seiner Meinung.

„Er muss arbeiten, er muss Geld verdienen, schau doch, alle Jungen in seinem Alter arbeiten wie Wölfe", schrie er seine Frau an.

„Schrei bitte nicht so, Dilo ist einer der besten unter den Jugendlichen in unserem Stadtteil!"

Der Vater hielt inne. „Meinst du?"

„Ja, es ist so. Er geht fleißig zur Schule, und außerdem: Er hilft dir doch auch oft auf dem Feld beim Wassermelonenanbau."

Der Vater beruhigte sich. „Weißt du, was mein Wunsch ist? Ich möchte niemanden sehen, der besser ist als ich, nur meine Kinder. Ja, so denke ich. Aber was kann er hier schon werden? Was nützt ihm seine Schule, damit kann er doch sowieso hier nichts anfangen! Er soll arbeiten gehen."

Dilos jüngere Schwester Rojin kam herein und brachte ihnen ein Tablett mit zwei kleinen Tassen und einer Kanne Mokka. Kamila schenkte ihrem Mann ein. „Ich bin mir sicher, dass es richtig ist, was du sagst, Isso, du liebst Dilo, er bedeutet dir viel, aber wir müssen aufpassen, dass wir ihn nicht verlieren, er wird erst siebzehn", sagte sie.

Nach seiner letzten Prüfungsstunde kam Dilo gut gelaunt nach Hause und ging wie immer zum Schrankspiegel, um sein Aussehen zu begutachten. Der Vater kam herein.

„Na, wie war dein letzter Prüfungstag? Schon wieder, ich werde diesen Spiegel kaputtmachen."

Dilo versuchte, seinen Vater zu beschwichtigen. „Baba, in

deiner Jugend wusstest du nicht, wie ein Spiegel aussieht, er spielte in deinem Leben keine Rolle. Ich weiß, dass du deine Jugend mit meiner blinden Oma verbracht hast und nichts machen konntest, weil du immer an der Seite deiner Mutter sein musstest, aber wir leben heute anders."

„Nein sage ich, du bist jetzt fertig mit der Schule und musst arbeiten gehen."

„Ja, Baba, aber was? Was soll ich denn arbeiten?"

„Du kannst Gemüse verkaufen."

„Das weißt du doch, das habe ich gemacht und es hat nichts gebracht." Er näherte sich seinem Vater. „Baba, du kennst doch mein Leben besser als ich, ich habe wie ein Esel schon in meiner Kindheit gearbeitet, ich habe Kichererbsen verkauft, Kuchen, Eis und Gemüse auf der Karre, und ... und ... und, sind wir dadurch reicher geworden?"

„Mir geht es um jetzt, du musst Geld verdienen."

„Weißt du was? Ich glaube, du willst, dass wir auch wie du werden. Ohne Zukunft, ohne Perspektive, du denkst nur an dein tägliches Brot und nicht an Morgen. Ich bin gerade mit meiner Prüfung fertig, ich brauche ein bisschen Ferien, dann werde ich wieder was machen."

„Ah, lächerlich, du wirst arbeiten, du, der nicht vom Spiegel weggeht, wirst arbeiten gehen!" Er näherte sich Dilo, zog sein Haar von hinten und presste sein Gesicht auf die Spiegeloberfläche, drückte es hoch und runter. „Hier, ich lasse dich, ja, ich werde dich machen lassen!"

Kamila hörte den Krach und kam herein. „He, he, wieso behandelst du ihn so, was hat er denn gemacht?" Sie versuchte, Dilos Kopf aus seinen Händen zu befreien. „Was hat er getan? Geklaut? Nein! Gelogen? Nein! Sich ungezogen verhalten? Nein! Ich bitte dich, Isso, lass seine Haare los, es tut doch weh."

Aber der Vater machte weiter, erbarmungslos. „Er soll jetzt genug bekommen, damit er nie wieder vor dem Spiegel steht!"

„Bitte Isso, so erreichst du doch nichts!"

Der Vater ließ Dilo los, drehte sich zu seiner Frau um, griff nach ihr und schlug sie. „Du bist schuld, du Eselstochter, du bist schuld, deine schlechte Erziehung ist schuld", schrie er und schlug weiter auf sie ein.

Dilo war nicht mehr der kleine Junge, der sich alles gefallen ließ. Er fasste die Arme seines Vaters und hielt ihn fest.

„Es reicht aber, Baba, es reicht jetzt."

„So, also ihr seid euch alle einig, nicht wahr? Hau ab aus meinem Haus, hau doch ab!"

„Ja, Baba, ich werde gehen, ich werde an einen Ort gehen, wo du nie wieder von mir etwas hörst, ich verspreche dir, dass ich gehen werde, aber lass meine Mutter in Ruhe!"

Ja, Dilo wollte weggehen, aber noch nicht jetzt, er wollte erst nach dem Abitur gehen, drei lange Jahre noch, bis es soweit sein würde.

Aber nun schien sich alles gegen ihn gewendet zu haben. Die Sonne hatte sich wie seine Gefühle verfinstert. Nun musste er sehen, wie er an Geld herankommen konnte, um seine Heimat schnell zu verlassen.

Dilo vertraute sich seinem Freund Ferhad an, als die beiden, wie so oft, bei einem Spaziergang am Stadtrand in Richtung Zentrum schlenderten.

„Sag mal Ferhad, zwingt dein Vater dich, zu arbeiten?"

„Quatsch."

Dilo wurde nachdenklich. „Ich glaube, ich muss weggehen."

„Ja, wieso denn?", fragte Ferhad neugierig.

„Ich bin ein Niemand hier, und ich kann noch nicht mal meine Schule zu Ende machen, weil mein Vater meint, es bringt sowieso nichts. Er will nur, dass ich sofort Geld verdiene, unsere verfluchte Armut!" Dilo war traurig und wütend gleichzeitig. „Ich will irgendwohin, wo niemand weiß, wo ich bin, ich verschwinde einfach."

„Ich weiß, wohin du gehen kannst."

„Ja, dann sag es."

„Nach Beirut, zu den Palästinensischen Opferwilligen, du

kannst Kommandosoldat werden."
„Nein, ich sag dir was, Ferhad, aber versprichst du mir, dass du es niemandem erzählst?"
„Erzähl mal, ich werde es keinem sagen."
„Ich will nach Paris, aber vom Libanon aus, von da kann ich alles organisieren."
„Gut, Dilo, ich will auch mitkommen, aber nicht jetzt, dann können wir uns da treffen, und wir werden machen, was wir wollen."
„Mein Problem ist das Geld, wie komme ich an Geld ran, ich hab kein Geld, Ferhad!"
„Dann habe ich eine Idee für dich. Ich helfe dir."
„Und wie?"
„Die Motorradfahrer suchen ständig die neuen achtspurigen Musikkassetten und die kaufen sie für eine Menge Geld."
„Ja, und woher holen wir diese Dinger?"
„Wir klauen sie natürlich."
„Ja, aber von wo?"
„Ich zeig's dir, komm!"

Im Stadtzentrum reihte sich Geschäft an Geschäft, davor standen Händler mit ihren Bauchläden und wetteiferten im Ausrufen ihrer Angebote. An einer Ecke roch es nach Gewürzen, an einer anderen nach gebratenem Fleisch und an einer dritten nach frischem Lehmofenbrot, aus einigen Läden drang Musik.
Die Freunde gingen hindurch in das Viertel der Autowerkstätten.
„Pass auf, du siehst doch den Pick-up da, der auf dem Hebekran ist, oder? Schau mir mal zu, ich hole jetzt was."
Ferhad schlenderte zum Pick-up, stellte sich vor den Außenspiegel und tat so, als ob er an seinem kleinen Pickel im Gesicht rumfummeln würde. Das Fenster war geöffnet. Der Besitzer lag unter dem Wagen, doch Ferhad nahm unbemerkt zwei Kassetten von der Fahrerseite heraus und kam wieder

zu Dilo, der die ganze Zeit neugierig zugeschaut hatte.
„Hier, ich hab was für dich." Sie entfernten sich schnell in Richtung Motorradfahrermarkt.
„Das ist doch gefährlich, was du da machst, Ferhad!"
„Die haben doch keine Ahnung, sie merken gar nichts, außerdem, wenn du an Geld rankommen willst, musst du das machen, oder?"
Dilo blickte Ferhad nachdenklich an und schüttelte den Kopf. „Hast recht, Ferhad, ich glaube, du hast recht."

Auf dem Motorradfahrermarkt ging Ferhad zu einem Jungen, der an seinem Fahrzeug lehnte.
„Ich hab was für dich, zwei Kassetten."
Der Motorradfahrer schaute Ferhad erst wortlos an, dann sagte er: „Oh ja, gerne, zeig mal her, sind sie gut?"
„Wie neu, was willst du mir dafür geben?"
„Für jede acht Lira."
Dilo machte große Augen, nie hätte er gedacht, dass jemand soviel Geld für eine Kassette ausgeben würde. Ferhad reichte dem Motorradfahrer die beiden Kassetten und nahm dafür die sechzehn Lira in Empfang. Schnell tauchten die beiden Freunde in der Menschenmenge im Zentrum unter und machten sich auf den Heimweg.
„Hier Dilo, das ist meine Hilfe für dich", sagte Ferhad und gab Dilo das Geld. Dilo schwankte, doch dann entschied er sich, es zu nehmen. „Danke Ferhad, das werde ich dir nicht vergessen."
„Das reicht dir aber nicht, oder? Morgen können wir noch mal die gleiche Aktion machen."
Als sie in ihrem Stadtteil ankamen, quälten Dilo immer noch Zweifel, ob es richtig war, auf diese unehrenhafte Art und Weise an Geld zu kommen. Das Abenteuer mit Ferhad konnte ihn vielleicht teuer zu stehen kommen. Vor Dilos Haus verabschiedeten sie sich.
Dilo war innerlich zerrissen. Die Erziehung seiner Eltern

lautete: Nicht lügen und auch nicht stehlen. Doch diese beiden Säulen brachen vor seinen Augen zusammen. Er war zutiefst betroffen, hin und her gerissen zwischen der harten Realität und den Regeln, die seine Eltern ihm beigebracht hatten. Das Überschreiten dieser Regeln fiel ihm sehr schwer, aber er fühlte, dass er sich entscheiden musste, dass die Zeit für ihn reif war, zu handeln. Er spürte, dass es die Unzufriedenheit mit ihrer Armut und ihrer Diskriminierung als Kurden war, die seinen Vater verbittert hatte. Die Sorge, neun Mäuler stopfen zu müssen, ertrug er, weil er erwartete, dass Dilo nach Beendigung seiner neunten Klasse mit für den Lebensunterhalt der Familie sorgen würde. Ihren Fluch der Staatenlosigkeit ertrug er, indem er als kurdischer Patriot die Revolution im Irak unterstützt hatte. Jahrelang war ihr Haus eine Station für den Waffenschmuggel gewesen. Dilo war aber nicht bereit, in die Fußstapfen seines Vaters zu treten und sich in seiner Heimatstadt mit den Zuständen zu arrangieren. Seine paar Lira hatte er bereits im Hausgarten versteckt. Morgen kommt bestimmt.

Nach dem Abschluss seiner Schulprüfungen konnte er etwas länger schlafen und die kühlen Stunden der Morgendämmerung in seinem Sommerbett im Hausgarten unter freiem Himmel genießen. Die Hähne riefen, und der Mullah Qassimo aus seiner kleinen Moschee vom Minarett genauso, dazu kam das Husten des Vaters, der sich auch zu dieser Zeit aus dem Bett erhob. Die Mutter war bereits unterwegs, um frisches Brot und Joghurt für das Frühstück einzukaufen.

„Dilo ... Dilo ... steh auf!", rief ihm der Vater zu. Der unangenehme Ton des Vaters zu dieser frühen Zeit drang schwach an Dilos Ohren. Er ignorierte es.

„Steh auf, du sollst arbeiten gehen!"

Für Dilo wurde die warme Decke noch schöner und noch kuschliger. Doch der Vater beharrte auf seinem Willen, er näherte sich Dilos Bett.

„Hörst du mich etwa nicht?“ Er zog ihm die Decke weg. „Du nimmst jetzt die Schaufel und die Hacke und gehst zum Arbeitermarkt, da hast du mehr zu verdienen als im Schlaf.“

„Baba, du weißt doch, ich musste die ganzen Monate richtig malochen, um diese Prüfungen gut zu bestehen, nun lass mich bitte ein bisschen schlafen“, sagte Dilo, setzte sich im Bett auf und schlang die Arme um seine Beine. Dilo hatte sich seinen ersten Tag nach der Prüfung anders vorgestellt. Die Worte des Vaters durchbohrten ihn und wühlten ihn auf. Sie wollen mich doch nicht haben, sie wollen, dass ich weggehe, sie zwingen mich, es zu tun. Tränen flossen über seine Backen.

Sein Bruder Schahin stand auf und zog seine Arbeitskleidung an. Die Mutter kam durch die Hoftür herein, in einer Hand einen kleinen Eimer Joghurt, in der anderen das frische Brot.

„Dilo, mein Herz, warum bist du schon wach?“

„Er soll heute mit Schahin arbeiten“, rief der Vater.

„Er hat doch lange lernen müssen, lass ihn doch bitte heute ausschlafen“, sagte die Mutter.

„Es reicht doch, es ist schon Tag und er muss was tun!“

Dilo und die Teekanne kochten, jeder aber auf seine Art. Dilo stand auf und zog seine Jeans an. Er wollte sein Bestes daraus machen, denn der Geruch des leckeren Brotes hatte ihn endgültig geweckt.

Die bitter-scharfen Oliven, der süße, starke Tee, der saure Ziegenjoghurt und der salzige Schafskäse hatten ihn jeden Morgen empfangen. Heute kamen die Schaufel und die Hacke hinzu, die seine Zukunft symbolisierten und mit denen er auch nach seinem Glück graben und hacken wollte.

Dilo und Schahin verließen das Haus und gingen zum Arbeitermarkt, der sich in der Nähe des Judenmarktes befand. Dort angekommen, reihten sie sich ein in die Menge der Männer, die auf einer Seite der Straße standen, ihre Gesichter waren mit Tüchern vermummt. Jeder von ihnen wartete auf sein Glück, auf jemanden, der eine Arbeit gegen Lohn anbieten würde. Viele waren alt und blickten resigniert. Dilo war der Einzige, der eine Jeanshose trug, und wenn er ohne seine beiden Werkzeuge da gewesen wäre, hätten die Arbeiter ihn für einen Arbeitgeber gehalten, denn nicht nur der Altersunterschied, auch der Unterschied im Aussehen war groß. Die Männer am Straßenrand waren für Dilo ein neues Erlebnis, ein anderes Bild von seiner Umgebung. Er schaute sie sich genau an, die meisten waren sehr still, standen einzeln und beobachteten die vorbeikommenden, sauber gekleideten Leute, für die sie arbeiten und von denen sie ein Tagesgehalt bekommen konnten.

„Es ist noch sehr früh, die Reichen haben es nicht nötig, so früh aufzustehen", rief ein Arbeiter neben Dilo.

„Eines Tages werden alle Leute, wird das ganze Volk hierher kommen und Arbeit suchen", sagte ein anderer, der sich zu Dilo und seinem Bruder gesellte, die nicht den Eindruck von Malochern machten, sondern eher nach Neulingen aussahen, die viele Regeln des Marktes noch nicht kannten und sich auch nicht so verhielten wie die Älteren.

Langsam belebte sich die Straße. In die Arbeitermenge mischten sich immer mehr gut gekleidete Männer. Kleine Gruppen versammelten sich um einen Arbeitgeber und Preise wurden verhandelt. Zwei Männer kamen auf die beiden Brüder zu und sprachen sie an.

„Wollt ihr was machen?", fragte einer von ihnen.

„Ja, was haben Sie denn anzubieten?", fragte Schahin zurück.

„Wir haben einen Todesfall und brauchen jemanden, der das Grab aushebt, habt ihr das schon mal gemacht?"

„Ja, klar, das haben wir, wir können das machen", antwortete Schahin.

Die beiden Männer schienen keine Moslems zu sein, wie ihr Dialekt erkennen ließ. Sie baten die Brüder, in ihr Auto zu steigen und fuhren zum westlichen Christenfriedhof.

Die Männer öffneten das riesige Tor am Friedhofseingang, und Dilo und sein Bruder folgten ihnen zu ihrem heutigen Arbeitsplatz.

Einer der Männer, der sich ihnen als George vorgestellt hatte, zeigte auf eine freie Grabstelle.

„Hier sollt ihr das Grab ausheben."

„Wird gemacht", sagte Dilo.

„Wir kommen heute Nachmittag zurück, seid ihr bis dahin fertig?"

Schahin und Dilo steckten schon in einer Staubwolke. „Na klar, wir werden unser Bestes tun", sagte Schahin.

Die beiden Christen verabschiedeten sich und gingen.

Für Dilo, wie für seinen Bruder Schahin, war es das erste Erlebnis mit einer religiösen Zeremonie der Christen, obwohl sie schon immer mit ihnen benachbart gewesen waren. In der Kindheit hatte Dilo christliche Freunde gehabt, und sie hatten über alles sprechen können außer über Religion, doch das war lange her. Jetzt war die Situation anders, nun hatten sich die Freunde aus Kindertagen getrennt, und obwohl sie noch in der Nachbarschaft lebten und sich auch öfter sahen, war die Beziehung merkwürdig oberflächlich geworden.

Die Moschee war für Dilos frühere christliche Freunde ein Tabu gewesen, wie für Dilo die Kirche. Er war nie in einer gewesen und bis heute wusste er auch nicht, was in der Kirche passiert, wenngleich er jeden Tag die Kirchenglocken hörte.

Dies war also die beste Gelegenheit für Dilo, bevor er wegging, noch mehr Informationen in seinen Sack zu stopfen. Ein Grab für einen Christen auszuheben war für ihn bis jetzt nicht vorstellbar gewesen. Aber das Gezeter seines Bruders über die Christen nach jeder Schaufel Erde nervte Dilo.

„Was hast du, wieso schimpfst du so über sie? Er ist doch tot. Ein Toter soll ein Toter sein, egal, zu welcher Seite oder Gruppe er auch gehörte, nun gehört er nur Gott", sagte Dilo.

„Wenn ich ein bisschen Geld hätte, würde ich diese Arbeit

absagen", ärgerte sich Schahin.

„Warum? Kennst du nicht den arabischen Spruch: ‚Arbeite im Dreck und du brauchst den dreckigen Menschen nicht'", erwiderte Dilo. „Und wenn sie auch Christen sind, die sind immerhin sauber und wir sollten froh sein, nicht die Kanalisation oder irgendein Plumpsklo sauber machen zu müssen!"

„Ich hasse diese Leute, sie sind chauvinistisch und fundamentalistisch, und sie haben was gegen uns Kurden", sagte Schahin.

Der christliche Friedhof war riesengroß und von einer hohen betonierten Mauer umringt. Er war menschenleer, außer den beiden Arbeitern war niemand zu sehen. Das Grab war schon knietief. Die Grabsteine sahen nicht aus wie bei den Moslems, außerdem hatten sie Kreuze.

„Erinnerst du dich Dilo, als wir Kinder waren und unsere Schule im christlichen Stadtteil war, wie die Banden uns immer geschlagen und daran gehindert haben, zur Schule zu gehen? Nur, weil wir keine Christen waren! Kannst du dich daran erinnern?"

Dilo wurde melancholisch. „Dieses Problem wird es leider bestimmt immer geben."

Er erinnerte sich an seinen blonden Freund Sako, der vor einiger Zeit umgezogen war. Sako war für Dilo der Vertreter der Christen, aber diese Vertretung fand nicht mehr statt, weil sie seit ein paar Jahren nicht mehr miteinander verkehrten. Die Religion sollte ein Mittel der Verständigung sein und nicht der Trennung in einer Stadt, die sich als multireligiös kennt. Aber statt friedlichen Zusammenlebens war unterschwelliger Hass zu spüren, ein Hass, der sich durch Jahrhunderte zog und von einer Generation zur anderen transportiert wurde. Wie schade, dass die menschlichen Beziehungen in dieser Gegend abhängig von der Rasse oder Religion waren. Liebe deinen Nächsten, aber nur, wenn er zu deiner Gruppe gehört. Jede dieser Gruppen bezeichnet sich als beste, doch beste von was, und es muss doch auch die Schlechten geben, oder? Aber wer gibt es zu? So wie in einem Königsstaat, in dem alle Könige sind, und wo bleiben die Bürger?

Haben nicht alle diese drei großen Religionen, die hier seit Jahrtausenden beheimatet sind, die Menschen instrumentalisiert? Und weisen sie nicht jeden Einzelnen von ihnen, bevor er eine eigene Meinung, ein eigenes Urteil, ein eigenes Bild hat, sofort zu ihren Parteibüchern, sei es der Koran, das Alte oder das Neue Testament?

Wo bleibt der Mensch, der für sich entscheidet, der fühlt, dass es keine gute Tat ist, andere zu diskriminieren? Das Blättern in den Parteibüchern verengt den Horizont, macht abhängig, macht denkunfähig, sodass die Menschen schließlich auch ohne die heiligen Bücher nicht mehr in der Lage sind, selbst Entscheidungen zu treffen und zu handeln.

Das Grab war bald entsprechend tief und die Mittagssonne brannte. Außer wenigen, schwarzgekleideten Friedhofsbesucherinnen war niemand zu sehen. Als George zurückkam, hatte sich die Sonne schon über den Zenit geneigt.

„Na, wie weit seid ihr?“ Er blickte in das Grab. „Oh, ihr habt aber sehr schnell gearbeitet“, staunte er. „Die Leute können jeden Moment mit dem Sarg kommen, ihr habt das sehr gut hinbekommen.“ Er stand da, die Hände in seinen Hosentaschen, dann näherte er sich den beiden Jungen, die auf dem Boden saßen.

„Seid ihr aus Qamischlo?“

„Ja, aus dem westlichen Stadtteil“, antwortete Schahin.

„Ja, ich auch.“

Dilo wurde neugierig. „Sagen Sie mal, wer ist denn der Verstorbene?“

„Ja, das ist Serkis“, sagte George traurig.

Dilo erstarrte. „Wer?“, fragte er ihn nochmals.

„Serkis Denho. Wieso, kanntest du ihn?“

Dilo war schockiert und blieb reglos auf seinem Platz sitzen.

„Der blonde Sako?", wollte er noch einmal wissen.

„Ja, genau", antwortete George.

Trauer schüttelte Dilo, dann hielt er einen Moment inne, bevor er langsam auf den Mann zuging.

„Und wie ist es passiert, ein Unfall?"

„Ja, fast, er war im Libanon und wurde erschossen", sagte George leise und seine Stimme zitterte.

„Glaub mir, George, heute, besonders heute, habe ich viel an ihn gedacht, es war irgendwie komisch", sagte Dilo bestürzt. Die Stille war lautlos. Angst kroch in sein Herz. Ich hätte heute nicht hierher kommen sollen, egal was mein Vater mir antun wollte, ich hätte verdammt nochmal nicht hierher kommen sollen. Ich bin doch unterwegs dahin und wollte diese Nachricht nicht hören. Durch das große Tor kamen Leute, sie trugen einen Sarg, die meisten hatten schwarze Kleider an. Sie näherten sich der Grabstelle, Dilo und sein Bruder standen auf. Eine Frau schrie besonders laut, verzweifelt rief sie ihre aramäischen Klagelieder, und Dilo erkannte die Frau als Sakos Mutter Jeanette. Als die Trauergesellschaft am Grab ankam und Jeanette Dilo erblickte, schrie sie ihm zu: „D ... i ... l ... o ... dein Freund ist tot!"

Sie gingen aufeinander zu, und Dilo weinte wie ein kleines Kind.

Sie umarmten einander. George und mehr noch Schahin waren sehr erstaunt bei diesem Anblick, ebenso wie die Trauergäste. Menschen verschiedenen Alters umstanden das Grab und ein Pastor, mit einem großen Kreuzstab in der Hand, stellte sich an den Rand. Einige Meter entfernt wurde ein Tisch mit Weintrauben und kleinen Stücken Brot auf einem großen flachen Teller bereitgestellt.

Einen kurzen Augenblick herrschte Schweigen, doch in Dilos Innerem hämmerte es laut. Das Begräbnis konnte jeden Moment beginnen. Die beiden Brüder würden ihm beiwohnen, denn sie waren nicht nur da, um das Grab auszuheben, sondern auch, um es nach der Zeremonie zuzuschaufeln.

Bis zum Ende mussten sie also warten, bis die Angehörigen Sako verabschiedet und den Sarg ins Grab gesenkt haben würden. Der Pastor fing an, aramäische Gebete zu lesen. Ein paar junge Männer ergriffen den Sarg und hoben ihn hoch. Spontan eilte Dilo zu ihnen, um den Leichnam seines Freundes mitzutragen. Das Schweigen war durchdrungen vom Weinen der Frauen und Kinder und dem Gebet des Pastors für das Erbarmen des toten Sako. Sako, der endgültig vom Licht des Tages schied, aber nicht ohne viele schöne bunte Rosen, wurde in die Erde gesenkt. In die Erde, in die wir uns eines Tages alle versenken lassen, schließlich kommen wir aus der Erde und werden auch irgendwann einmal zu Erde. Als Zeichen der Anteilnahme und auch in Anerkennung dieser Tatsache nahm jeder der Trauergäste eine Handvoll Erde und streute sie in das Grab. Die Blumen der vielen Gäste wurden damit bedeckt, und nun waren Dilo und sein Bruder dran, Sako für immer von seinen Angehörigen zu trennen.

Sie warfen die letzte Schaufel Erde auf das Grab, dann wurde es mit Kränzen und Blumen geschmückt.

Die Trauergäste standen in einer Schlange vor dem Tisch, jeder nahm sich dort eine Traube und ein Stück Brot und ging dann auf die Angehörigen zu. Umarmungen wurden getauscht und Beileidsworte ausgesprochen. Dilo und Schahin standen als letzte in der Schlange, denn auch sie wollten den Angehörigen kondolieren und sich verabschieden. Als sie bei George angelangt waren, der ebenfalls an der Seite der Angehörigen stand, griff er nach seinem Portemonnaie.

„Wartet, ich will euch bezahlen."

„Lass es unsere Anteilnahme am verstorbenen Sako sein", sagte Schahin. George wurde kurz nachdenklich, und Dilo war stolz auf die Reaktion seines Bruders.

„Das höre ich sehr gern. Ich bin froh, dass wir euch geholt haben und nicht jemand anderen", erwiderte George und gab ihnen das Zweifache des Preises, den sie vereinbart hatten, statt dreißig nun sechzig Lira.

Dilo und auch sein Bruder konnten das Geld gut gebrauchen, jeder natürlich für etwas anderes. Am Ende dieses spannungsvollen Tages, dem Dilo sich anfangs verweigert hatte, lag ihr Tagesverdienst weit über dem Standard und sie konnten sich zufrieden auf den Weg nach Hause machen. Sie nahmen ihre Werkzeuge an sich und wendeten sich zum Gehen.

„Moment mal, ich fahre euch nach Hause“, sagte George.

„Nein, vielen Dank, George“, sagte Schahin. „Sie haben doch andere wichtigere Sachen zu erledigen, wir gehen zu Fuß.“
Wie richtige Arbeiter nahmen sie die Schaufeln über die Schulter, Dilo trug außerdem die kleine Stofftasche, in der sie ihren Proviant verstaut hatten, und sie verließen das Gräberfeld durch das große Tor zu Fuß.

„Weißt du, wo dein Freund getötet worden ist?“, brach Schahin nach einiger Zeit ihr Schweigen. Dilo achtete seinen Bruder, der viel wusste und ihm als Intellektueller galt. Er schüttelte stumm den Kopf.

„Im Libanon, er kämpfte bestimmt für die Al Kataib, die militanten Christen. In Ost-Beirut, gegen die Moslems.“
Dilo wurde klar, dass er, wenn er in den Libanon ginge, zur Gegenseite gehören würde. Also zwei Freunde in dem einen Ort und Feinde in einem anderen, das Paradox des Lebens war immer wieder nicht zu verstehen. Blond gegen Schwarz, Moslems gegen Christen, Arme gegen Reiche, Westen gegen Osten, Linke gegen Rechte, Kommunisten gegen Kapitalisten und ... und ... und! Alle gegen alle. Der Mensch scheint ohne Feindbild nicht lebensfähig. Es scheint als Batterie, als Spannungsmacher für die menschlichen Adern wichtig zu sein, ein Akkumulator, der die Menschen im Westen zur „Ersten Welt“ gemacht und Beirut, genauso wie Berlin, in zwei Teile, in Ost und West geteilt hatte. Diese Batterie lässt die Menschen im Sudan, in der fruchtbaren Erde, in Hungersnot leben. Auf der anderen Seite leben die Saudis in einem Wüstenland im Luxus, weil die Welt nach ihrem schwar-

Beerdigung Onkel Fred

zen Gold verlangt, das doch nur die Gier der Menschen befriedigt und keinen Hunger stillen kann. Das Verteidigen des eigenen Prinzips mit Scheuklappen bringt den Menschen zur unkontrollierten Aggression und zum Hass. „Schahin?“, fragte Dilo seinen Bruder nach langem Schweigen.

„Was gibt's?“

„Ich will ein bisschen Geld für mich haben, gibst du es mir?“ Er hielt kurz inne. „Ich brauche es.“

„Eigentlich müssen wir alles unserer Mutter geben, damit sie Lebensmittel einkaufen kann, aber was soll's, wir haben heute gut verdient ... hier.“

Er drückte Dilo einen Fünfliraschein in die Hand. Dilo dachte an seine Kasse, die immer voller wurde, und war zufrieden, trotz des aufwühlenden Tages.

Vor der Haustür saß der Vater und hörte aufmerksam Radio, den arabischen Londonfunk. Als er sah, dass seine beiden Söhne von der Arbeit kamen, stellte er das Radio leiser und empfing sie freundlich.

„Na, wie war es?“, fragte er.

„Es war sehr gut, wir sind heute einem gerechten Christensohn begegnet. Er hat uns das Doppelte gegeben, nicht wahr, Dilo?“, sagte Schahin stolz.

„Nette Christen gibt es eben auch, gib das Geld deiner Mutter, und nachher will ich euch von meinen Erlebnissen mit einigen Christen berichten, die schon Geschichte sind.“ Damit stellte er das Radio wieder lauter.

Der Londonfunk berichtete sehr detailliert über den Bürgerkrieg im Libanon, von Massakern, die von allen Parteien verübt wurden, und dass die syrische Armee im Libanon bereitstand und kein Ende des Kampfes abzusehen war. Syrien hatte Angst, dass es hier im Land auch irgendwann einmal knallen und es sich mit der Krankheit Libanons anstecken würde, da es auch hier viele innere Konflikte gab. Der syrische Staat fühlte sich als einer der Hauptbetroffenen in diesem Gebiet und deshalb gezwungen, sich einzumischen.

Dilo hatte nur eines im Kopf und hörte das, was er auch hören wollte, blendete die Gefahren aus, die im Libanon herrschten. Der Londoner Sender war relativ neutral, vertrat zwar die britischen Interessen, aber hielt sie im Hintergrund. Die Themen wurden so behandelt, wie es nirgendwo im Land zu hören war. Verglichen mit den Propagandasendern des Regimes war London neutraler, griff auch Themen auf, die von den Staatsmedien tabuisiert wurden, und schilderte die Thematik im Detail. Sie suchten die dunklen Gebiete, wo es kein Licht gab. Die Londoner Stimme galt als einzige Informationsquelle für viele Intellektuelle und auch alle wissbegierigen Bürger.

Wenn es dem syrischen Regime möglich gewesen wäre, hätte es das Londoner Radio zensiert oder vor Eintritt in den Äther gestoppt.

Die Helligkeit war schon dabei, sich zu verabschieden. Dilo saß mit seiner Familie im Hof im Freien beim Abendbrot. Wie üblich saßen sie auf dem Boden auf bunten Teppichen. Der sternenklare Himmel und das weite Universum umgaben sie.

„Dilo!", rief der Vater ihm zu.

Dilo war gespannt auf das, was jetzt kommen würde.

„Was will Ferhad von dir, er kommt immer und fragt nach dir ... er ist heute fast zehnmal hier gewesen und hat gefragt, wo du bist, was will er von dir?"

Dilo sagte nichts.

„Ich will nicht, dass du mit ihm zusammen bist, er macht nur Probleme und wird dich mit sich in die Hölle bringen", richtete sich der Vater steif an ihn. „Wir haben euch zwar in Armut, aber dennoch mit einer guten Erziehung groß werden lassen."

Er wusste, dass das stimmte. Aber Ferhad war sein intimster Freund, und gerade jetzt brauchte er ihn. Beidem gerecht zu werden, den Ansprüchen seiner Eltern und seiner Freundschaft, verursachte ihm zwiespältige Gefühle. Er schwieg.

Später wurden die Matratzen von der Mutter und der Schwester in den Hof geschleppt und in die Hochbettgestelle gelegt.

Als alle sich versammelt hatten, begann der Vater zu erzählen: „Eines Tages, als ich so jung war wie ihr jetzt, bin ich auf der Suche nach Arbeit zum Arbeitermarkt gegangen. Ein Mann kam auf mich zu und fragte mich unfreundlich, ob ich für ihn arbeiten will. Er war Aramäer. Ich war froh, überhaupt ein Angebot zu bekommen und erkundigte mich nicht, was ich für ihn tun sollte. In seinem Jeep brachte er mich zu sich nach Hause. Er führte mich zu dem Brunnen in seinem Hof und befahl mir: ‚Hier, das ist deine Arbeit für heute, hol Wasser aus dem Brunnen.‘

Ich dachte, dass er für irgendetwas viel Wasser braucht und bemerkte, dass es keinen Behälter gab, in den ich es füllen konnte. ‚Wo soll ich das Wasser hineinschütten?‘, fragte ich ihn. Kurz angebunden antwortete er: ‚Kipp es da und dort hin‘, und zeigte mit der Hand auf den ganzen Hof. Dann ging er in sein Haus und kam kurze Zeit später zurück, er hatte sich eine französische Uniform angezogen. ‚Du musst solange Wasser aus dem Brunnen holen, bis er trocken ist‘, befahl er mir und ich bemerkte Hass in seinen Augen. Stundenlang habe ich diese Zwangsarbeit gemacht. Meine Hände waren voller Blasen von dem neuen Hanfseil, mit dem ich den Wassereimer aus dem zehn Meter tiefen Brunnen ziehen musste. Vom Morgen bis zum Nachmittag habe ich geschuftet, die Blasen platzten auf, es war unmöglich, den Brunnen trockenzulegen, denn das Grundwasser kam immer nach. Ich erhoffte mir für diese harte Arbeit viel Lohn. Dem Aramäer war es gleichgültig, wie schnell oder langsam ich arbeitete. Der Proviant, den eure Oma für mich vorbereitet hatte, war schon alle, und der Hunger trieb mich. Aber das hat ihn alles nicht interessiert.

Am Nachmittag bekam er Besuch von einem Freund, der mich auf Kurdisch grüßte, ich erkannte an seiner Aussprache, dass er ein Armenier war. Der Besuch fragte seinen Freund, warum er mich diese Arbeit tun ließ. Der Mann antwortete: ‚Er soll den Brunnen trockenlegen', und er lachte hämisch dabei. ‚Das ist doch unmöglich, was er machen soll!', rief der Armenier, ‚lass ihn doch frei.'

Als ich diese Worte hörte, habe ich Mitleid mit mir bekommen und auf eine Gelegenheit gewartet, um abzuhauen. Ich habe weitergemacht, bis sie kurze Zeit später ins Haus gegangen sind. Dann bin ich schnell weggelaufen, mit leerem Magen und leerem Portemonnaie kam ich zuhause bei meiner blinden Mutter an." Er hielt kurz inne.

„Aber nach Jahren, als die französische Kolonialmacht unser Land verlassen musste und Syrien unabhängig geworden war, sah ich ihn wieder. ‚Kennst du mich? Ich bin derjenige, der deinen Brunnen trockenlegen sollte, mit Fleiß und ohne einen Qurusch zu bekommen.'

Als ich das gesagt hatte, erinnerte der Aramäer sich, und seine Augen tanzten vor Nervosität hin und her. ‚Jetzt sind die Unterdrücker weg, die dir Rückhalt gegeben haben, mit Menschen so ungerecht umzugehen. Wie wäre es, wenn ich das Gleiche mit dir mache, obwohl du so alt geworden bist', sagte ich ihm."

Dilo hörte gespannt zu, er wusste, wovon sein Vater sprach.

„Und hast du es gemacht?", fragte Dilo seinen Vater.

„Nein mein Sohn, nein, man sollte Böses nicht mit Bösem vergelten", sagte der Vater.

In diesem Moment war Dilo stolz auf ihn.

„Ich wollte euch nur sagen, es gibt immer gute und auch schlechte Menschen und ihr seid meine zwei Helden heute."

Die Sterne glänzten am Himmelszelt, und die Familienmitglieder verteilten sich langsam auf ihre Matratzen. Alles wurde ruhig. Dilo lag auf dem Rücken, beobachtete den Himmel und zählte die beweglichen menschlichen Sterne, die Flugzeuge, die hin und herflogen in dieser tiefen lautlosen Nacht, und schlief ein.

Wie immer kündigte der Gebetsruf des Mullahs die Morgendämmerung an, gefolgt vom Husten des Vaters und den Hahnenschreien. Auf der Straße befanden sich nur alte Menschen, vereinzelt gingen sie Richtung Moschee zum Gebet. Doch Dilo hatte es verdient, er konnte heute so lange schlafen, wie er wollte, ohne von jemandem gestört zu werden, außer natürlich von dem Tagesgestirn, das sich langsam, aber sicher, erhob. Es weckte Dilo mit strahlender Hitze, dazu kamen die Rufe der Gemüseverkäufer, die ihre Ware auf Karren durch die Straßen zogen. Auch die Wespen, die angriffslustig um ihn herum summten, raubten seine Ruhe. Er setzte sich auf. Schahin war heute allein zum Arbeitermarkt gegangen. Dilo beobachtete den ganzen Hof, als ob er sich in diesem Augenblick, zu so einer schönen Tageszeit, verabschieden wollte.

„Das Frühstück ist fertig, Dilo, willst du nicht dein Gesicht waschen?“, rief ihm die Mutter aus einer Ecke des Hofes zu. Das Leben verlief im Frühling, Sommer und Herbst fast immer draußen, außer dem Mittagessen, das im Haus mit den die Hitze gut isolierenden kühlen Lehmwänden eingenommen wurde.

Dilo stieg aus dem Hochbett herunter, ging zum Wasserkrug, wusch sich das Gesicht und setzte sich an das runde Tablett, das unter dem Olivenbaum auf dem Boden stand. Brot, Joghurt, Oliven, Schafskäse und der süße schwarze Tee, ein Picknick, das sich jeden Morgen wiederholte. Der Olivenbaum hatte dieses Jahr viele Blüten, er war sehr fruchtbar. Dilo saß in dem schattigen Fleck und aß mit Genuss. Als es klopfte, rannte Rojin zur Tür und machte auf.

„Merhaba Rojin, ist Dilo zuhause?“, hörte er Ferhads Stimme. Rojin hätte fast Nein gesagt, wenn Dilo ihn nicht gehört hätte.

„Hallo Ferhad, komm rein“, rief Dilo ihm zu.
„Aha, da bist du ja.“ Ferhad setzte sich zu ihm.
„Wo warst du gestern, ich habe hunderte Male nach dir gefragt.“
„Ach ja, vergiss es, ich musste arbeiten. Komm, iss etwas.“ Dilo versuchte, gleichgültig zu klingen.
„Ich habe gestern vier Kassetten geklaut“, flüsterte sein Freund ihm zu.
„Vier Kassetten, das ist aber ein Job, echt! Und ich musste den ganzen Tag auf dem Friedhof graben“, sagte Dilo.
„Friedhof? Was hat dich denn dahin getrieben?“
„Sako, du hast ihn doch gekannt, er wurde in Beirut getötet, und wir, Schahin und ich, haben ihn beerdigt.“
„Sako? Der Blonde?“
„Ja, genau der!“
„Der war bestimmt bei den Al Kataib.“
„Ich weiß es nicht, ich finde es aber traurig, dass man einen Menschen für immer nicht mehr sehen kann“, sagte Dilo betrübt.
„Was soll's, wer geht, der geht auf seine eigenen Kosten.“ Ferhad zuckte mit den Schultern.
Die Mutter horchte durch das Fenster und beobachtete die Jungen.
„Der Preis für zwei Kassetten für dich und zwei für mich, wie findest du das?“, sagte Ferhad ganz dicht an Dilos Ohr.
Dilo war über das Gehalt seines Tages schon am Morgen zufrieden. Erleichtert atmete er durch.
„Wir machen heute weiter, oder?“, fragte ihn Ferhad. „Du kannst aber viel fressen, hey, lass uns losgehen, beeil dich, lass uns endlich losgehen“, drängelte Ferhad vorwurfsvoll.
„Immer mit der Ruhe, ja, vielleicht ist das mein letztes Frühstück hier. Und ich will es genießen, verstehst du?“, sagte Dilo leise.
„Na gut, ich gehe schon und warte draußen auf dich.“ Ferhad stand auf und ging zur Tür.

„Ja, ok, ich komme gleich“, rief Dilo ihm nach.

Sobald Ferhad aus der Haustür war, rief die Mutter: „Wo wollt ihr hin?“ Sie kam in den Hof. „Ich will nicht, dass du mit ihm zu tun hast, verstehst du?“, wiederholte sie. „Er bereitet seinen Eltern nur Probleme und Kopfschmerzen.“

„Ja, Yadê, du hast recht, der ist so, ich will ja nicht viel mit ihm machen, wir sind hier und gehen nicht weit, versprochen!“ Dilo erhob sich von seinem letzten Frühstück unter dem Olivenbaum und ging langsam zur Haustür.

„Du sollst auf deine Gesundheit aufpassen und nicht so viel rumtoben“, rief die Mutter ihm nach.

„Ja, Yadê, das werde ich tun“, sagte Dilo und verließ das Haus.

Ferhad wartete an einer Straßenecke und versuchte, mit vorbeigehenden Mädchen zu flirten. Als Dilo kam, machten sie sich auf den Weg ins Zentrum. Unterwegs nahm Ferhad Geld aus seiner Tasche und gab es Dilo.

„Hier Dilo, wie versprochen, das ist dein Anteil.“ „Danke Ferhad, du hilfst mir sehr.“

Auf dem Markt mischten sie sich unter die Leute und hielten nach Pick-ups Ausschau, darauf hatten sie sich inzwischen spezialisiert.

Sie blieben vor einem Wagen stehen, in dessen Nähe weniger Betrieb herrschte. Achtspurige Kassetten glänzten von innen heraus, aber er war abgeschlossen.

„Soll ich das Fenster kaputtmachen?“ Ferhad war wütend.

„Nein Ferhad, bitte nicht, bring uns nicht in Schwierigkeiten! Außerdem habe ich ein bisschen Geld, das wird mir für meinen Weg reichen“, sagte Dilo.

Aber der ungeduldige Ferhad hatte schon einen Stein in der Hand, sein Blick hastete umher, dann schlug er das Fenster ein. Scherben splitterten umher. Mit einem schnellen Griff nahm er die Kassetten und schon flüchteten die beiden

Freunde. Dilo zitterte vor Angst. So schnell sie nur konnten rannten sie zum Djaqdjaq. Hechelnd erreichten sie den Fluss mit ihrer Tagesbeute.

„Warum hast du das gemacht, ich habe doch gesagt, dass du es nicht machen sollst", warf Dilo ihm vor.

„Ja, ist schon gut, das haben wir schon hinter uns", beruhigte Ferhad ihn.

Sie legten sich am Ufer ins Gras.

„Ich glaube, so einer wie du würde sich bestimmt in Beirut sehr wohlfühlen."

„Ich werde auch kommen, du gehst zuerst und ich komme nach."

Ferhad war stolz auf sich, aber Dilos Augen schweiften unentwegt in die Richtung, aus der sie gekommen waren. „Da ist jeder sein eigener König, außer man hat Verwandte, die die Folgen deiner Probleme tragen müssen", sagte Dilo nüchtern.

Die Quelle des Flusses lag in der Türkei, deren Grenze ein paar hundert Meter weiter nördlich zu sehen war. Zu dieser Jahreszeit führte er nicht viel Wasser, dennoch schnitt sein Bett vor allem im Stadtgebiet einen tiefen Graben. Links von ihnen war die Brücke zu sehen, die den Osten mit dem Westen der Stadt verband. Dilo hatte immer noch kein gutes Gefühl und beobachtete den Rand der Uferböschung.

„Lass uns losgehen Ferhad, ich habe keine Lust, den ganzen Tag hier herumzuliegen", sagte Dilo und setzte sich auf.

In diesem Moment tauchte oben an der Böschung ein Mann auf, bekleidet mit Galabija, Kufija und Agal, und gleich darauf war die Kappe eines Polizisten zu sehen.

„Da sind sie, die waren es!", rief der Mann dem Polizisten zu. Der Polizist hatte eine Pistole in der Hand. Er richtete sie auf die beiden und schrie: „Halt!" Aber sie waren nicht mehr da, denn sie waren schon, wie die Gazellen aus Angst gefressen zu werden, auf und davon. Ihre Füße berührten fast nicht den Boden, es schien, als ob sie wirklich in der Luft flögen. Nun mussten sie den Fluss durchqueren, durch knietiefes Wasser über die rutschigen Steine. Es roch nach Gefahr und nach Angst. Die Steine ließen ihre Flucht nicht zu, sie zwangen Dilo in die Knie, er fiel und wurde vom Wasser mitgerissen. Seine vor Schreck geweiteten Augen glänzten. „Halt ...! Halt ...! Oder ich schieße!“ Der Polizist schoss in die Luft und steigerte ihr Drama. Dilo und Ferhad waren am anderen Ufer angekommen und rannten zum östlichen Stadtteil. Hier wurden sie jetzt von den Wänden der Häuser geschützt, der Polizist konnte sie nicht mehr sehen. Weil er nicht durch den Fluss gehen wollte, war er zur naheliegenden Brücke geeilt und hatte damit seine Beute aus den Augen verloren.

In Qadurbeg, wie der östliche Stadtteil hieß, in dem sie sich nun befanden, waren sie sehr selten. Die Jugendlichen auf dieser Seite des Flusses betrachteten alle Gleichaltrigen, die aus dem westlichen Stadtteil, aus Al Garbia kamen, als Eindringlinge und gaben ihnen unmissverständlich zu verstehen, dass sie hier nichts zu suchen hatten. Dilo und Ferhad hatten schon mehr als einmal Schläge einstecken müssen, weil sie sich zu weit auf fremdes Terrain vorgewagt hatten. Zu der Sorge, von dem Polizisten erwischt zu werden, kam jetzt auch noch diese dazu. Ferhad hatte noch die Kassetten in der Hand, es war nicht leicht gewesen, sie in der abenteuerlichen Aktion zu retten.

„Ferhad, wir müssen uns trennen, wir sehen uns hinter dem Moslemfriedhof, das ist besser“, rief Dilo ihm zu und lief weiter. Dem nassen Dilo war es peinlich, sich inmitten der Häuser zu zeigen. Er ging zurück zum Fluss, aber nach Norden. Ein paar hundert Meter weiter war auch der große christliche Friedhof, ihm schräg gegenüber lag der Ort, an dem sie sich treffen wollten. Dilo rannte immer noch, seine Gummischuhe gaben bei jedem Schritt pupsende Laute von sich. Von den Verfolgern war nichts mehr zu sehen. Er sah Ferhad schon auf dem Friedhof, da er von keiner Mauer umringt war, und verlangsamte seine Schritte. Eine Idee kam ihm …

„Ferhad, komm mal her, das ist das Grab meines Vaters“, winkte er seinen Freund an ein gepflegtes Grab und setzte sich dorthin. Das Grab schien noch nicht lange zu existieren.

„Oh Vater, du hast uns in bester Erziehung großgezogen“, klagte Dilo mit weinerlicher Stimme und beugte sich bis auf die Erde des Grabes.

Ferhad kam dazu und ließ sich ebenfalls etwas einfallen.

„Oh, Onkel, ich bin unter deinem Schatten groß geworden, du warst für mich der Onkel, Vater und der große Bruder in einem, ich vermisse dich, wie ich einen Teil meines Körpers vermisse“, heulte Ferhad fast.

Wie üblich bei einem Friedhofsbesuch mussten sie die Al Fatiha sprechen, die erste Sure aus dem Koran, und beide Hände dabei wie ein geöffnetes Buch aneinanderlegen. Sie verharrten eine Weile in dieser Geste und bewegten lautlos die Lippen. Dabei wurden die beiden Jungen aus einigen Metern Entfernung von einer alten Frau beobachtet.

„Oh, Vater wo bist du, jetzt brauche ich dich, deine Zärtlichkeit vermisse ich jetzt“, schrie Dilo. Die alte Frau weinte, als sie diese Sätze hörte, und wischte sich die Tränen aus dem Gesicht. Dilos Kleider waren inzwischen fast getrocknet und sein Atem hatte sich normalisiert. Er beugte sich zu Ferhad und flüsterte ihm zu:

„Lass uns beim französischen Brunnen treffen, dort ist bestimmt der sicherste Ort.“

„Ja, alles klar, ich weiß Bescheid“, flüsterte Ferhad ebenso leise, dann hob und senkte er sich wie im Gebet.

„Onkel, ich bete dafür, dass dir das Paradies gehört und dass du nie die böse Flamme erblickst“, rief er klagend.

Die alte Frau weinte noch mehr, ergriffen von der Klage der Jungen. Dilo, obwohl in sein Theater vertieft, blickte plötzlich hinter sich und sah den Polizisten hämisch lachend auf

sie zukommen.
„Ferhad, sie sind wieder da, verschwinde“, warnte er, und schon war er wieder auf der Flucht, über das Grab und auf und davon.
„Ihr Teuflischen, bleibt stehen ...!“, schrie der Polizist ihnen nach. Die beiden waren schon zwischen den Häusern verschwunden. Doch dieses Mal ließen sie Spuren hinter sich, eine Kassette, die Ferhad vielleicht als Geschenk für seinen guten Onkel gedacht hatte.
„Die waren es bestimmt, hier, du hast zumindest eine, ist besser als gar nichts“, sagte der Beamte zu dem Mann, der die ganze Zeit mit ihm gerannt war, und gab ihm die Kassette zurück.
„Ich werde sie aber kriegen, sie entwischen mir nicht.“ Sie kehrten in die Richtung zurück, aus der sie gekommen waren.

Der französische Brunnen war ein kleiner Staudammsee in einem unbelebten Gebiet vor der Stadt. Als Dilo dort ankam, zog er seine Kleidung aus und legte sie in die Sonne auf das Gras zum Trocknen.
Bald kam auch Ferhad. „Die Verdammten haben jetzt eine Kassette zurück bekommen“, schimpfte er.
„Komm, lass uns schwimmen, das ist das Beste“, erwiderte Dilo daraufhin nur und ging in Unterhosen an das schlammige Ufer des Dammes. Der kleine See war der einzige Ort in der Umgebung, der für jeden zum Schwimmen zugänglich war. „Komm doch Ferhad, das Wasser ist sehr schön.“
Nachdenklich und still zog Ferhad sich aus und ging auch ins Wasser. Ob es die Station der Ruhe war und sie ihre Verfolger endgültig abgeschüttelt hatten, war ihnen noch nicht klar, sich umschauen schien ihnen weiterhin wichtig. Aber das Gebiet war menschenleer, und einen Herannahenden würde man von weitem sehen können.
Nachdem sie sich den Schweiß der Flucht abgewaschen hatten, legten sie sich ans Ufer und wärmten sich in der heißen

Sonne. Der Hunger und das Bedürfnis nach Sicherheit trieben sie bald auf den Weg nach Hause. Doch zuerst musste das Diebesgut seinen Platz haben, der Motorradmarkt war nicht allzu weit. Sie zogen sich wieder an und sahen nun etwas erholter aus, die Angstspuren auf ihren Gesichtern waren ausradiert. Im Zentrum angekommen gingen sie durch den Gemüsemarkt, und die blutroten Tomaten verstärkten ihren Hunger, sodass Dilo sich gezwungen fühlte, einfach eine aus diesen vielen großen Tomatenkisten zu nehmen, Ferhad ebenfalls.

„Hey, wo seid ihr denn, nichts gibt es kostenlos", empörte sich der Verkäufer. „Zurück damit!" Er zeigte mit der Hand auf die beiden Jungen.

„Oh, Onkel, mein Vater ist gestorben, wir sind arm und haben kein Geld", log Dilo und machte ein gequältes Gesicht. Der Mann wurde nachdenklich, hielt inne und schwieg. Und die beiden hatten ihre Tomaten in der Hand und konnten gehen.

„Ihr sollt auch jeder eine Gurke mitnehmen", rief ihnen der großzügige Mann nach. Das abzulehnen hätte sie verraten.

„Danke Onkel, Allah wird dich am letzten Tag nicht vergessen, danke!"

Auf dem Motorradmarkt herrschte großes Gedränge, aber sie ließen ihre Blicke unruhig schweifen, um nicht wieder von dem Polizisten erwischt zu werden. „Es ist am besten, wenn wir nicht zusammen dahin gehen, du bleibst hier und ich gehe", sagte Ferhad, der die Kassetten unter seinem Gürtel versteckt hatte.

Dilo wartete an einer Ecke und beobachtete ihn von weitem. Wenige Minuten später kehrte er zurück.

„Na, wie war's?"

„Locker, es ist alles in Ordnung, wir können nach Hause", lachte Ferhad und lenkte seine Schritte in Richtung ihres Stadtteils.

Es war früher Nachmittag. Der aufregende Vormittag hatte

Dilo noch entschlossener gemacht, zu gehen. Da er nun genug Geld in der Tasche hatte, entschied er sich, jetzt sofort ein Ticket zu kaufen.

„Ferhad, wenn wir schon hier sind, lass mich erst meine Busfahrkarte kaufen, ich muss heute weg und nicht irgendwann", rief Dilo, der stehengeblieben war, ihm nach.

„Du kannst doch morgen fahren."

„Nein, heute, sonst nie."

„Na gut, hier, das ist dein Anteil von der Beute, halbe-halbe! Ich warte hier, geh!", sagte Ferhad.

Lange musste er nicht auf ihn warten. Stolz zeigte Dilo ihm das Ticket in seiner Hand. „Die Karte zur Freiheit habe ich nun, und wo das Seil dünner wird, kann es ruhig reißen." Trotz seiner Entschlossenheit schwang Melancholie in seiner Stimme.

Zuhause empfing ihn die Mutter voller Vorwürfe. „Wo warst du die ganze Zeit, nur Allah weiß, was ihr gemacht habt!"

Für Dilo war seine Mutter die liebste Person, und er wollte vor seinem heimlichen Abschied nichts Unpassendes sagen.

„Ja, Yadê, weißt du, wir waren in Qadurbeg und haben Leute besucht." Dilos Kopf sank fast bis unter seine Schultern.

„Mein Sohn, du hast bestimmt Hunger", sagte sie liebevoll.

„Was hast du denn gekocht?" Dilo fiel vor Hunger beinahe um.

„Dein Lieblingsessen, weiße Bohnen, mit rohen Zwiebeln und eingelegten Peperoni", lächelte die Mutter.

Dilo konnte es kaum glauben. Dazu gab es Dou, das erfrischend kühle und salzige Joghurtgetränk, nichts passte besser in dieser Wärme. Dilos letzte Mahlzeit aus den Händen seiner Mutter ließ nichts zu wünschen übrig. Als Nachtisch kam ein Glas starker Tee, und nun war Dilo bereit, sich heimlich von seiner geliebtesten Person zu verabschieden.

Er umarmte sie herzlich und kuschelte sich an sie. „ Yadê, du bist der liebste Mensch, den ich habe, du bist mein Herz, und du bist immer mit mir."

Die Mutter war erstaunt über Dilos Verhalten, aber sie sagte nichts dazu. Stattdessen erwiderte sie: „Ja, mein Sohn, du hast deine neunte Klasse hinter dir, ich hoffe auch mit guten Ergebnissen, du kannst ein anderes Leben führen, besser als unseres, du musst bis zum Abitur zur Schule gehen."

Dilo konnte kaum seine Tränen zurückhalten. „Ach Yadê, wenn alle Leute so friedlich wie du denken würden, hätten die Menschen das beste Leben, das es gibt."

Der Abfahrtstermin rückte näher. Dilo holte unauffällig eine Plastiktüte aus der Küche und bereitete sich für seinen weiten Weg vor: etwas Unterwäsche, eine Hose, ein Hemd, sein Skizzenheft und vor allem seinen roten Prüfungsausweis.

Er ging zu seinen Geschwistern und verweilte bei jedem einen Moment. Da kam der Vater nach Hause, und Dilo ging zu ihm. „Baba, entschuldige mein Verhalten, es war nicht meine Absicht, etwas Schlechtes zu tun." Er wollte seine Hände küssen, doch der Vater schlug seinen Handrücken in Dilos Gesicht.

„Lass mich in Ruhe, ich will deine Entschuldigung nicht, du bist ein ungezogener Junge!"

Sein Versuch, etwas wiedergutzumachen, war gescheitert. Dilo fühlte sich gedemütigt und verlassen, außer von seiner Mutter, die er am liebsten mit sich nehmen würde.

Er nahm seine Tüte und blickte noch einmal die im Hof sitzenden Familienmitglieder an, die ihn ebenfalls stumm ansahen. Es sah nach Sekunden einer Abschiedszeremonie ohne Worte und Umarmungen aus, aber nur von seiner Seite. Dilo verließ das Haus.

Ferhad wartete bereits auf ihn an der Straßenecke. „Du musst dich beeilen, wenn du den Bus bekommen willst!"

„Wieso? Der fährt doch um sieben Uhr und jetzt ist es erst sechs, lass uns mal in den Park gehen."

Dilo war traurig. Sie gingen ins Zentrum in den einzigen Park der Stadt, der meistens nur am Tag Besucher hatte, und setzten sich auf eine Bank.

„Weißt du Ferhad, was mich am traurigsten macht?“, sagte Dilo nachdenklich.

„Na, sag!“

„Dass man die Freiheit nicht im eigenen Land findet, sondern in anderen Teilen der Welt suchen muss.“ Dilos Worte machten auch Ferhad nachdenklich. „Nun ist es soweit, dass ich gehen will und muss, aber wohin, weiß ich auch nicht. Meine Karte geht nur bis Aleppo, weil ich nicht genügend Geld habe. Ich muss da Arbeit finden.“

Ferhad schwieg betroffen.

„Qamischlo ist die schönste Stadt der Welt und sie wird es auch bleiben“, betonte Dilo, der sehr in sich gekehrt war. „Das ist für mich das erste Mal, dass ich das Kurdengebiet verlasse, und wie die Fremde schmeckt, kann ich nicht sagen. Warum kommt man auf die Welt? Um gequält zu werden? Um das Unglück hautnah zu erleben? Warum? ... Warum ...!?“

Die beiden Freunde umarmten einander.

„Ich wünsche dir das Beste, und dass du dein Glück findest, egal wo das ist, und wo du auch landest“, sagte Ferhad mitfühlend. Du gehst und ich komme bald nach, dann sind wir zu zweit und haben bessere Chancen.“

Sie weinten. Der Abschied fiel ihnen schwer, nachdem sie ihr ganzes bisheriges Leben miteinander verbracht hatten.

Sie gingen aus dem Park und wischten ihre Tränen ab. Die Straßen im Zentrum waren belebt, wie immer um die Abendzeit. Menschen, die kauften und verkauften, ihre Karren schoben, auf Pferde- und Eselwagen fuhren, sich unterhielten oder ihre Waren anpriesen. Aber Dilo hatte sich schon verabschiedet und ging einsam durch die lebendige Stadt. Der Busbahnhof war bereits zu sehen und der Bus glänzte von weitem. Ferhad nahm aus seiner Hosentasche seinen Anteil des Geldes, welches sie sich ergaunert hatten, und drückte es Dilo in die Hand.

„Hier, Dilo, du kannst es besser gebrauchen als ich.“

„Danke, Ferhad“, sagte Dilo dankbar. Er war stolz auf seinen Freund.

Sie umarmten sich fest und küssten sich auf die Wangen, zum ersten und vielleicht auch zum letzten Mal, obwohl sie ein Leben zusammen verbracht hatten.

„Viel Glück, Dilo."

Dilo stieg ein und hielt seinen einzigen Reisekoffer, eine Plastiktüte, in seinem Schoß. Der Bus fuhr ab.

Als der Bus aus dem weiten Talkessel, in dem die Stadt lag, herausgefahren war und die flachen Hügel am Stadtrand erreicht hatte, ging Dilo zum hinteren Busfenster, um von seiner Stadt Abschied zu nehmen. Wehmütig blickte er hinaus.

„Auf Wiedersehen, meine Stadt, auf Wiedersehen, meine Gebärmutter, auf Wiedersehen ...! Ich hoffe, dass ich dich nie wieder in diesem Zustand sehen werde, in dir war mein Glück nicht zu finden."

Der Bus fuhr weiter auf einer langen, geraden Straße.

„Eines Tages werde ich dir mit Glück begegnen und deinen Boden glücklich küssen, du Sack meiner schönen und schlechten Erinnerungen, deinen schönen Duft werde ich nie vergessen."

Die Tränen fielen wie Regen auf sein Hemd. Die Stadt entfernte sich immer mehr von ihm, bis er nur noch die Silhouette der Berge sah. Er wischte seine Tränen ab und kehrte zu seinem Sitz zurück.

Es wurde dunkel. Nur die Lichter einiger Dörfer leuchteten wie Glühwürmchen vor dem Fenster, und der Bus schnitt seinen Weg durch diese Finsternis.

2

Der komfortable Bus fuhr in einem Tempo, das gerade noch möglich war auf den unebenen, ungepflegten Straßen. Der Weg war lang, mehrere hundert Kilometer Fahrt standen bevor. Im Bus waren viele Menschen, jeder von ihnen saß auf seinem Platz, jeder lebte in seiner Welt.

Plötzlich tauchte eine Gestalt vor Dilos Augen auf. „Dilo? Ich weiß, es ist das erste Mal, dass du von zu Hause weg gehst … ich werde dich begleiten, erlaubst du es mir?"

Dilo blieb still, reagierte nicht, sagte dann aber: „Ja, gerne."

Ein alter Mann mit schlohweißem Haar und Bart sah ihm in die Augen. „Nenne mich Mamo, wenn du willst."

Dilo blickte ihn erwartungsvoll an. „Dilo, du scheinst sehr entschlossen zu sein, weißt du, was dich erwartet?", fragte Mamo.

„Ja, ganz genau. Mich erwarten Disteln und Maulbeerbäume, aber ich werde durchkommen, wieso fragst du mich das?"

„Ich wollte dich nur noch mal daran erinnern. Weißt du, dass der ein guter Hahn ist, der schon im Ei ruft? Dein Weg geht in die Dunkelheit", mahnte Mamo.

„Ich habe niemals Angst vor der Dunkelheit gehabt, wenn sie ruhig und schön war", sagte Dilo.

„Das ist wahr, aber du wirst mich vielleicht einige Zeit nicht sehen können, du wirst mich bestimmt suchen, oder?"

„Und ich werde dich auch finden durch meine leuchtenden Augen, durch meine eigene Strahlung", erwiderte Dilo nachdenklich und wiederholte die Worte murmelnd. „Ich werde dich finden ... ich werde dich finden ... ich werde dich wieder finden."

Dilos Worte wurden immer lauter, sodass er die Aufmerksamkeit des neben ihm sitzenden Passagiers auf sich zog. Er redete weiter vor sich hin. „Durch die dichten Wände, durch den Glanz des Schicksals, durch jede Lichtquelle."

Der Mann musterte ihn verwundert. „Wohin geht dein Weg, junger Mann?“, fragte er ihn auf Kurdisch. Dilo wandte sich ihm zu, wie aus einem Traum erwacht.

„Nach Aleppo, arbeiten!“

„Ich heiße Djano, und du?“, fragte der Mann.

„Dilo ... Dilo ist mein Name.“

Djano machte einen sehr gepflegten Eindruck und sprach höflich zu dem Jüngeren. „Warst du schon mal in Aleppo?“

„Nein, das ist mein erstes Mal, und du?“

„Ja, ich war schon oft da, bin aber meist nur durchgereist“, sagte Djano.

„Und wohin geht dein Weg?“, fragte ihn Dilo.

„Nach Homs, ich arbeite da in einem großen Hotel, als Manager“, antwortete Djano.

„Als Manager? Das habe ich mir gedacht“, sagte Dilo zu dem vornehm aussehenden Mann.

Die Nachtbeleuchtung wurde eingeschaltet und ihre Pupillen verengten sich.

„Falls du in Aleppo keinen Job findest, kannst du zu mir kommen, ich schreibe dir gleich, wenn es hell ist, meine Adresse und Telefonnummer auf, ich kann bestimmt was für dich machen“, sagte Djano.

Jeder von ihnen nahm eine bequeme Haltung zum Schlafen ein, doch Dilo fand keinen Schlaf. Sein Hunger nach Neuem hielt ihn wach. Er lauschte auf die Geräusche um sich herum, einige unterhielten sich, einige schnarchten, und der Bus fuhr sie alle durch die Dunkelheit.

„In einigen Augenblicken werden wir eine Pause in Deir az Zor machen. Bitte gehen Sie nicht weit weg vom Bus, damit wir rechtzeitig wieder weiterfahren können.“ Die Stimme aus dem Mikrofon weckte ihn aus seinen Träumen.

Das helle Licht wurde angemacht, und draußen leuchteten die Stadtlaternen auf gebogenen Ständern. Im Bus war wieder Leben zu spüren. Sie hielten vor einem Rasthaus im

Zentrum der Stadt. Die meisten Passagiere stiegen aus und verteilten sich wie eine Handvoll Körner, die man auf eine Betonplatte wirft.

Dilo hatte noch nie die Möglichkeit gehabt, Deir az Zor zu sehen. Nun war er da und bewunderte den uralten Euphrat. Nahe der Raststätte befand sich eine lange Brücke, die die Stadt in zwei Teile teilte, eine Brücke, die die Nachbarschaft der Kurden zu den Arabern symbolisierte, eine Brücke, die Geschichte war. Umso größer war Dilos Neugier, dorthin zu gehen. Der Euphrat ist wie die Jahrtausende, er fließt atemlos, schneidet pausenlos seinen Weg, seine Fruchtbarkeit hat nicht im Mindesten nachgelassen. Zu Dilo, der von der Brücke in das tiefgründige Wasser des Euphrats wie in seine Wurzeln hinein blickte, gesellte sich Djano.

„Auf dieser Brücke sollen die Araber für sich eine Heimat finden", rief der eigentlich ganz vernünftig aussehende Djano. Dieser Satz war nicht nur ein Satz, der von ihm daher gesagt wurde. Er symbolisierte vielmehr den heißen Zustand, der das Gebiet in den neunzehnhundertvierziger Jahren zu einer Oase des Wechsels verwandelt hatte, in dem die Macht instabil war, und heute provozierte er arabische, syrische und vor allem die Ängste der Baath-Partei.

„Aufpassen, mein Lieber, wer diesen Satz ausspricht, riskiert sein Leben oder wird für immer inhaftiert werden", sagte Mamo.

„Ja, ich weiß, ich bin auch unsicher", sagte Dilo und schaute überrascht zu Djano hinüber, dessen gepflegtes Äußeres diesen unbedachten Satz nicht vermuten ließ. Sein Misstrauen war geweckt. In einem Land, wo ein Bruder den anderen bespitzelt, um ihm sein Gut zu rauben, in einem Land, in dem fast jeder zweite Bürger zum Staat und seinen Geheimdienstlern gehört, muss man immer auf der Hut sein, was man sagt. Dilo war nun Djano gegenüber reserviert. Unter den Kurden erzählte man sich folgende Geschichte: Ein kurdischer Stammesführer, der nach der Befreiung Syriens von der französischen Besatzung gegen den arabischen Polizeiapparat gekämpft hatte, sagte diese Worte, nachdem er festgenommen worden war und vor dem Richter stand. Der Richter fragte ihn:

„Die Israelis sagen, die Grenze Israels geht vom Nil bis zum Euphrat. Und die Kurden beanspruchen das Gebiet, das auf der anderen Seite des Euphrats beginnt. Wo sollen die Araber denn hin?"

„Ihr platziert euch auf der Brücke", lautete die Antwort des Stammesführers, „nur da werdet ihr landen dürfen."

„Dilo, du solltest dich nicht allzu sehr in die Politik einmischen, du siehst ja, dein Weggehen ist auch eine Folge der Politik", sagte Mamo.

„Ja, Mamo, ich weiß."

„Du weißt auch, wenn die Herrschenden sich etwas mehr um euer Gebiet gekümmert hätten, würde es dir und deinem Vater nicht so gehen."

„Ja, Mamo, du hast recht."

„Was denkst du überhaupt über ihn?"

„Über meinen Vater? Nicht immer gut."

„Und warum?"

„Weil er zu mir immer so hart war, ich habe unter ihm gelitten."

„Dilo, du sollst nicht schwarz-weiß denken, er wollte, dass du ein Mann wirst und dich nur auf dich verlässt, in dieser Ellenbogen-Gesellschaft."

„Ich lebe aber nicht in seiner Jugendzeit, die Zeiten ändern sich und der Mensch auch."

„Er wollte für dich das Beste, aber die Art und Weise, wie er das machte, war nicht richtig."

„Du verstehst mich. Ich bin jung und möchte mein Leben auch genießen."

„Erinnerst du dich an seine Worte? Er sagte ‚Ich will keinen besser als mich sehen, nur meine Kinder', reicht dir das nicht?"

„Ja, Mamo das stimmt auch, aber wenn ich merke, dass ich

eine Situation nicht ändern kann, dann ziehe ich mich zurück wie jetzt. Ich kann ihn nicht ändern, deswegen habe ich mich für diesen harten fremden Weg entschieden."

„Das Wichtigste ist, dass du keinen Hass ihm gegenüber empfindest, das hilft dir nicht weiter … Hass macht blind und man ist dann auch nicht neutral."

„Nein, ich liebe meinen Vater trotz alledem, obwohl er so hart zu mir war." Tränen überschwemmten Dilo aus Selbstmitleid.

„Eines sage ich dir noch: Deine Zunge ist dein Pferd, hütest du es, hütet es auch dich, verrätst du es, wird es auch dich verraten." Mit diesen Worten verschwand Mamo wieder.

Djano stieß Dilo sanft an. „Bist du noch da?"

„Oh, ich, ja, aber ich versuche etwas zu schlafen", erwiderte Dilo.

Im Bus war es dunkel und ruhig, sie fuhren durch das Al Djasira-Gebiet, die Insel. Es wird so genannt, weil es zwischen den beiden Flüssen Euphrat und Tigris liegt, von den Christen als Paradies bezeichnet. Doch sollte nach der christlichen Überzeugung dort einmal das Paradies gelegen haben, so war heute das Gegenteil der Fall. Das im Nordosten des Staates gelegene Gebiet war von der syrischen Regierung wirtschaftlich und kulturell vernachlässigt worden. Die Al Djasira ist Kurdengebiet, Araber sind in der Minderheit.

Anfang der neunzehnhundertsechziger Jahre wurde das Gebiet aus diesem Grund arabisiert, um die politisch-ethnische Landkarte zu ändern. Araber, die weiter südlich dort beheimatet waren, wo der Euphrat-Staudamm errichtet werden sollte, wurden in die Al Djasira umgesiedelt. Kurdische Bauern wurden enteignet, ihr Land den Arabern als Entschädigung für ihre verlorene Heimat im Staudamm-Gebiet gegeben. So entstanden viele neue arabische Dörfer zwischen den uralten kurdischen Siedlungen.

Nach einer Weile versuchte Djano nochmals, mit Dilo ins Gespräch zu kommen. „Ok, ok, ich will dir so was nicht mehr erzählen“, entschuldigte er sich.
Dilo blieb still, seine Augen waren geschlossen.
„Na, sei kein Feigling, du kannst doch deinen Platz den Arabern abtreten, wenn du willst“, sagte Djano.
„Ganz genau, das ist eine der Ursachen, warum ich nach Aleppo gehe und gerade da nach Arbeit suche. Außerdem, wie kannst du so was einer Person sagen, die du noch nicht kennst, nur weil ich Kurde bin? Das ist kein Grund“, regte Dilo sich auf. Einige der Passagiere wurden aufmerksam. „Oder hast du von mir eine noch extremere Antwort erwartet?“, sagte Dilo noch vorwurfsvoller. „Wer bist du überhaupt!?“ Dilo nahm den Zettel, den Djano ihm gegeben hatte, aus seiner Tasche „Hier, deine Adresse brauche ich nicht, denn ich suche keine Arbeit nach dem Motto ‚koste es, was es wolle.‘ Ich will nicht, ich will es nicht, bitte lass mich in Ruhe.“
„Bist du fertig, kann ich jetzt etwas sagen? Was ich meine ...“
„Ich will aber nicht hören, was du meinst!“ Dilo lehnte sich in seinen Sitz zurück und schloss die Augen.
„Wieso bist du so unfreundlich zu ihm, hat er dich getroffen?“, fragte Mamo.
„Ja und wie, vielleicht ist er vom Geheimdienst“, antwortete Dilo.
„Nein, ist er nicht, er hat dir zwar zu schnell vertraut, dennoch ist er kein Staatshund, hab keine Angst.“
„Ich will aber nicht, ich habe meinen Weg und den will ich fortsetzen.“
„Wenn du dein Temperament in anderen siehst, wirst du eifersüchtig.“
Dilo öffnete die Augen, lächelte und nickte.
Ein Helfer verteilte Wasser. Dilo trank es, und beide wurden durch die Finsternis voneinander getrennt. Worte hatten keinen Platz mehr zwischen ihm und Djano. Es war, als ob

sie sich nie gesprochen hätten, und jeder hatte seine eigenen Gründe.

Sie waren schon außerhalb der Stadt, als Dilo im dunklen Bus Geräusche hörte. Jemand war kurz davor, sich zu erbrechen. Das Licht wurde wieder angemacht und der Helfer reichte eine Plastiktüte. Dann hielt der Bus an, eine Frau stieg aus und entleerte sich gründlich. Einen Moment später war der Bus wieder auf der Straße. Müdigkeit überfiel Dilo, er schloss die Augen und schlief ein.

In der Morgendämmerung kam der Bus in Aleppo auf dem großen Busbahnhof an.

Aleppo, eine der ältesten Städte im Orient, im Nordwesten Syriens gelegen, hat eine beeindruckende Architektur. Schon vor hunderten von Jahren war die Stadt der Knotenpunkt alter Karawanenstraßen zwischen Mesopotamien und dem Mittelmeer.

Dilo überlegte, wohin er gehen könnte. Als Neuling in dieser großen Stadt wollte er nicht in eine Gegend geraten, in der jeder Schritt, den er machte, Konsequenzen hatte.

Es waren schon viele Menschen bei der Arbeit, obwohl es noch dunkel war. Dilo stand mitten auf dem Busbahnhof und schaute sich um. Djano beobachtete ihn und sprach ihn nach einer Weile an.

„Dilo, ich habe viel nachgedacht …" Er zögerte. „Du hattest recht, ich hätte nicht so reden sollen." Er hielt einen Moment inne. „Komm, lass uns doch zusammen in die Stadt gehen."

Djanos Ton war fast bittend. „Dein Name hat mich einfach hingerissen, er ist schön und ich habe mich nicht mehr kontrolliert."

Dilo stand immer noch unbeweglich an seinem Platz und beobachtete Djanos Mimik, dann lächelte er. „Ja, ok, ist schon gut."

Djano wirkte erleichtert. „Ich habe zwei Stunden Zeit, dann muss ich weiterfahren, wie wäre es mit einer guten Mahlzeit?

Ich lade dich ein, komm, wir gehen ins Zentrum, da gibt's viel Auswahl. Lass uns mal diesen Bus nehmen."
Dilo wollte bezahlen, aber Djano wehrte ab. „Nein nein, ich habe dich doch eingeladen." Der Bus war voll, viele Leute standen. Nach einer Weile belebten sich die Straßen und die Geschäfte standen dicht an dicht.
„Komm Dilo, hier müssen wir aussteigen."
Sie machten sich auf die Suche nach einem Restaurant zum Frühstücken.
„Seit wann arbeitest du schon in Homs, Djano?"
„Seit etwa drei Jahren. Ich finde aber, Aleppo ist eine schöne Stadt und ich würde gern hier arbeiten, insbesondere hier in diesem Stadtteil, man kann immer mal wieder eine nette Frau kennenlernen."
„Aber wieso machst du es nicht, bleib doch hier, lass uns zusammen einen Job suchen."
„Weißt du Dilo, da wo ich arbeite, verdiene ich mehr, ich kann dadurch meine Familie ernähren."
Sie betraten ein Restaurant und bestellten jeweils einen Teller mit eingelegten Peperoni und anderen Zutaten.
„Dilo, erzähl mir mal ehrlich, warum bist du von zu Hause abgehauen?"
Diese Frage hatte Dilo schon erwartet, doch er blieb still und antwortete nicht.
„Du solltest die Schule beenden."
Dilo hörte immer noch schweigend zu.
„Wissen sie überhaupt, dass du weg bist?"
Dilo schüttelte den Kopf.
„Ich sage dir aus meiner eigenen Erfahrung, wem das Brot der Fremde einmal schmeckt, der bleibt für immer in der Fremde und genau das ist bei mir der Fall."
Dilo wurde nachdenklich, sagte aber nichts.
„Was machen wir denn hier? Wenn der Staat sich ein bisschen um unsere Heimat kümmern würde, sähen unsere Umstände nicht so aus wie jetzt, oder?"

Dilo nickte.
Das Essen kam. Es war Dilos erste Mahlzeit in der Fremde und er war gespannt, wie sie ihm munden würde. „Das erste Essen schmeckt mir, meinst du, ich bin schon draußen?“, scherzte Dilo.
Djano lachte. „Du bist aber einer, du hörst mir gut zu, und ich glaube, du weißt, was du willst.“
Dilo lachte jetzt auch. Seine Augen leuchteten.
„Aleppo ist meine erste Haltestelle und wird bestimmt nicht meine letzte sein.“
„Damaskus?“
„Nein.“
„Libanon?“
„Nein, auch nicht.“
„Wo denn sonst, du machst mich neugierig, dann ist es Europa?“
„Nochmal nein. Es ist Qamischlo, meine Urheimat.“
„Also, Dilo, du kehrst in ein paar Tagen wieder zurück.“
„Es muss nicht in ein paar Tagen sein, wer weiß, ich kann es nicht sagen.“
Die Teller waren leer, und auf einmal standen ein Teller mit Süßigkeiten und zwei Tassen Tee auf dem Tisch.
Djano bezahlte und kam zu Dilo an den Tisch zurück. „Dilo, wenn du etwas länger hier bleiben willst, sag es, ich muss los.“
„Nein nein, vielen Dank für das Essen, ich will dich zum Bus bringen.“ Er erhob sich und beide gingen hinaus.
„Willst du meine Adresse nicht doch haben?“, fragte Djano lächelnd.
Dilo lächelte ebenfalls. „Jetzt ja, und sogar sehr gerne.“ Er reichte Djano die Hand.
„Dilo, ich wünsche dir, dass du deine Ziele erreichst. Wenn du nicht klarkommst, dann melde dich bei mir und ich kümmere mich.“ Als sie den Bus herannahen sahen, umarmten und küssten sie sich, als ob sie sich schon seit Jahren kennen würden. „Bis dann Dilo, du meldest dich bestimmt.“ Djano

stieg ein und der Bus fuhr seinen Weg.
Melancholische Züge spiegelten sich in Dilos Gesicht, trotz seines Mutes, seinen Weg fortzusetzen. Er winkte, bis der Bus verschwunden war.

Die Mahlzeit war für Dilo wie ein Geschenk des Himmels gewesen, knapp an Geld und in einer fremden Stadt. Nun wurde es Zeit, eine Arbeit zu suchen, denn solche Zufälle würde es nicht wieder geben. Entschlossen kehrte er zu dem Restaurant zurück, in dem sie gegessen hatten. Die Angestellten erkannten ihn wieder und dachten, er wollte noch etwas bestellen.
„Ich suche einen Job, haben Sie was für mich?“, fragte Dilo einen der Kellner.
„Einen Moment bitte, ich rufe meinen Chef.“ Der junge Mann ging in den hinteren Raum und kam einen Augenblick später mit seinem Chef heraus.
„Was möchtest du?“, fragte ihn der Chef.
„Ich suche Arbeit, haben Sie etwas für mich zu tun?“
„Schau in zwei Wochen wieder vorbei, dann habe ich bestimmt etwas für dich.“
Zwei Wochen waren ziemlich lang, Dilos Geld würde in einer so großen Stadt nicht mal eine Woche reichen, doch er wollte das Seil nicht abschneiden.
„Ja, ist gut, ich bin in zwei Wochen wieder hier, danke, Salam.“ Enttäuscht verließ er das Restaurant.

Dilos Elan, Arbeit zu suchen, war groß. In mehr als zwanzig Restaurants fragte er nach einem Job, aber erfolglos. Überall erhielt er Absagen oder nur leere Versprechungen. Doch immerhin hatte er sich einen Überblick verschafft.
Nun wurde es langsam dunkel und er musste für die Übernachtung sorgen. Dilo fragte in allen Hotels, die günstig aussahen. Die meisten waren belegt, und Mitternacht rückte immer näher. Er fürchtete auf der Straße schlafen zu müs-

sen. Dilo überlegte, hielt kurz inne und schaute sich die Hotelschilder auf der Straßenseite gegenüber an. Dilo erhoffte sich viel davon, er rannte die Treppe des am schäbigsten aussehenden Hotels hoch in die erste Etage, dort stand ein etwa achtzigjähriger Mann an der Rezeption.

„Guten Abend, haben Sie für mich eine Übernachtungsmöglichkeit?", fragte Dilo.

„Zehn Lira für eine Übernachtung bis morgen um acht Uhr", sagte der alte Mann.

„Ja, das ist gut."

Dilo wurde von dem Alten zu seinem Zimmer geleitet. Dort lagen Menschen auf schmalen Matratzen auf dem Boden nebeneinander, alle in einer Richtung wie in einer Sardinendose, es waren hauptsächlich Arbeiter. „Hier", der alte Mann zeigte auf einen freien Platz. „Hier ist dein Bett, aber du musst erst bezahlen." „Hier, bitte sehr." Er gab dem Mann das Geld und hatte damit seinen Quadratmeter für einige Zeit gemietet.

Aber wo sollte er sein Geld verstecken? In dieser Großstadt gab es viele Menschen und jeder wollte zu seinem Tagesverdienst kommen, auch die Taschendiebe. Lieber auf der Hut sein, als sich danach zu verfluchen. Der beste Platz für sein Geld schien ihm auf seiner Haut zu sein, er versteckte es in seiner Unterhose.

Dilo lag im Bett und ließ seinen Blick durch den Raum schweifen. Alle Leute lagen im Bett, die meisten hatten den Arm unter den Kopf gelegt. Einige rauchten noch, andere blickten einfach an die Decke, wer weiß, an was sie dachten. Nach einer Weile gingen die Lampen aus, nach noch einem Weilchen fing auch die chaotische Sinfonie des Sägens an. Fast alle schnarchten am Anfang ohne Rhythmus, dann doch in einer eindrucksvollen Komposition, als ob sie vorher geprobt hätten, die hohen und tiefen Töne nacheinander, dann wieder gemeinsam und lauter und einige wieder leiser, als ob sie von einem Dirigenten geleitet würden. Es war ein faszi-

nierendes Konzert.
Der Schlaf überfiel Dilo trotzdem. Aber nicht alle, die diesem Orchester angehörten, hatten vor zu schlafen. Es gab Menschen, die gerade dann ihr Geld verdienen wollten.
Dilo erwachte, weil er bemerkte, dass eine Hand an seinem Körper herumfummelte und etwas suchte.
„Was gibt es", sagte Dilo, noch schlaftrunken, doch dann wurde er wach und geriet in Panik. Es gelang ihm, die Hand festzuhalten.
„Was willst du von mir?!" Dilo schrie in das Schnarchkonzert hinein.
Von einer anonymen Silhouette, die vor dem Gegenlicht der Fenster zu sehen war, kam eine Stimme.
„Du warst aufgedeckt, ich wollte dich zudecken, damit du nicht krank wirst, außerdem schnarchst du, es ist zu laut."
Für Dilo war die Situation klar. Es handelte sich nicht um einen Schwulen, der sich nach Körpernähe sehnte, sondern um einen Taschendieb. Dilo sprang hoch.
„Verpiss dich! Und wenn du das wieder versuchst, dann schneide ich dir die Hand ab, mit der du klaust!" Die Silhouette entfernte sich ohne irgendeine Reaktion, ging auf ihren Platz, als ob gar nichts passiert wäre. Niemand war aufgewacht.

„Es ist acht Uhr ... aufstehen!" Der Ton des alten Mannes klang wie in einer Kaserne.
Dilo reagierte sofort darauf. Schnell stand er auf und richtete seinen Blick in die Ecke, aus der der Geister-Dieb gekommen war. Doch die Ecke war leer. Vielleicht war es ein normaler Arbeiter, der früh aufstehen musste, oder eine Bande, die schon verschwunden war, jedenfalls war Dilo enttäuscht, dass dort niemand mehr war. Er musste das Hotel jetzt auch verlassen. Er zog seine Kleider an, wusch sich das Gesicht und grüßte den Alten beim Hinausgehen.
Er war entschlossen, heute einen Job zu finden.

Keine Absage der Welt würde dieses Feuer in ihm löschen können. Dilo suchte überall, nicht nur in Restaurants und Hotels, sondern auch in Süßwarenläden, bei Schuhmachern, bei Novotê, einer Bekleidungswarenkette, und in vielen anderen Geschäften, doch er hatte keinen Erfolg.

Aus einem kleinen Restaurant holte er sich ein Falafel-Sandwich und ging ins Zentrum. Vor einem großen historischen Museum blieb er stehen, betrachtete das, was von den alten Zeiten im Schaufenster zu sehen war und aß.

Zwischen die Bilder der Vergangenheit schob sich Mamo wie ein Botschafter, ein Mittler zwischen der alten und der neuen Zeit.

„Na, Dilo, du bist gut in Form", sagte Mamo.

Dilo stellte sich aufrechter hin, um sich seinem einzigen Gegenüber wach zu zeigen. „Ja, ganz genau, und ich werde auch in diesem Tempo bleiben, bis ich Arbeit gefunden habe."

Dilos halb von der Sonne angestrahltes Gesicht ließ Mamo noch deutlicher hervortreten. „Vermisst du nicht das leckere Essen deiner Mutter?"

„Damit hast du ins Schwarze getroffen, es schmeckt viel besser als diese Falafel, aber was soll's, ein paar Tage komme ich damit klar."

„Ein paar Tage? Habe ich richtig gehört?"

„Wenn du es hören willst, dann Wochen, Monate, Jahre, für immer, was denkst du denn? Ich werde nicht zurückkehren."

Im Zentrum pulsierte der Verkehr, aber Dilo stand ruhig vor dem Museumsschaufenster und führte seinen Monolog, von dem niemand etwas wusste.

„Und noch was: Wenn ich kein Geld mehr habe und auch keinen Job, dann werde ich Geld schaffen, von den Wänden, von den Steinfiguren neben dir oder aus den Taschen der Leute."

„Bist du fertig damit?"

„Womit, mit dem Essen? Nein, ich will noch was trinken."

Er nahm die Colaflasche, die er sich unter den Arm geklemmt hatte, und schraubte sie auf. „Die habe ich noch.“ Dilo trank die Flasche aus.

„Und jetzt schau mich mal an.“ Mamos Ton war freundlich.

„Ja, das mache ich schon die ganze Zeit.“

„Was siehst du über mir?“

Dilo schaute durch die Reflexion auf die andere Seite der Straße. „Ich sehe ein Schild, ein vertikales Schild“, antwortete Dilo, drehte sich um und las: „Al Djasira-Hotel.“ Dann drehte er sich wieder zum Schaufenster. „Ein Hotelschild.“

„Ganz genau, geh mal dahin, sie haben etwas für dich.“

Über Dilos Gesicht huschte ein Lächeln. „Bist du sicher?“

„Ganz sicher!“, antwortete Mamo.

Dilo strahlte.

„Du siehst gut aus! Geh jetzt.“

Dilo bahnte sich einen Weg über die belebte Straße, betrat das Hotel und eilte die Treppe hinauf in den Empfangsraum.

„Guten Tag, ich suche Arbeit, haben Sie vielleicht eine Tätigkeit für mich?“ Seine Ausdrucksweise schien ihm angemessen für die gepflegte Umgebung.

In der Rezeption saßen einige Männer in traditioneller arabischer Kleidung, der langen Galabija, auf dem Kopf die Kufija. Einer der Männer kam auf Dilo zu. „Woher kommst du?“

„Ich komme aus Qamischlo!“

„Te Kurd e?“, fragte der Mann auf Kurdisch.

Dilo strahlte. „Erê!“

„Ja, das ist gut. Mein Partner und ich sind auch Kurden, wir kommen aus Serekani.“ Er zeigte auf den sitzenden Mann.

Serekani. Die Kurden bezeichnen diese Stadt als ein geschichtliches Denkmal ihrer Vorfahren. Viele Orientalisten, Historiker und Archäologen stimmen dem zu.

Die Geschichtsschreibung berichtet, dass die Meder, die Martu und die Gutim um das Jahr vierzehnhundert vor Christus in Mesopotamien ein Reich begründeten, das Mitanni-Reich, welches von der heute noch existierenden kurdischen Stadt Kirkuk im Irak bis zum Mittelmeer reichte. Die Hauptstadt dieser Zivilisation von hohem Niveau hieß Wassukani und lag am Oberlauf des Flusses Habur.

Viele Kurden betrachten die Mitanni als ihre Vorfahren. An dem gleichen Ort, an der Quelle des Habur, den die Archäologen beschreiben, existiert jetzt noch eine kurdische Stadt namens Serekani. Der Name besteht aus zwei Wörtern: „Ser" heißt Kopf und „Kani" Quelle. Das Wort „Kani" hat sich seit Jahrtausenden nicht geändert.

Und somit haben beide recht: die Archäologen und die Kurden mit ihren Erzählungen, dass die jetzt noch in dem Gebiet lebenden Kurden die Nachfahren des Mitanni-Reiches sind.

Erst in jüngster Zeit wurde der Jahrtausende alte Name unter der arabischen Besatzung arabisiert und in „Raas al Ain" umbenannt.

Serekani liegt nicht nur an der Quelle des Habur, sodass man dort hautnah erleben kann, wie große Wassermengen aus der Erde sprudeln, sondern es gibt dort auch Schwefelquellen und vor allem riesige schwarze, behaarte Skorpione, die seit uralten Zeiten in der Nähe der Menschen leben.

„Kennst du die Stadt?" Die Stimme des Mannes, der sich als Chef entpuppt hatte, kam wie aus weiter Ferne.

„Wie bitte? Oh ja, Serekani, ich habe gerade die riesige Quelle vor Augen gehabt, es war einfach herrlich!"

Der Mann lächelte zufrieden. „Was kannst du arbeiten?", fragte er.

„Ich kann vieles machen, putzen, waschen, spülen, aufräumen, Tee und Kaffee kochen."

„Kannst du lesen und schreiben?"

„Ja das kann ich, ich habe gerade die neunte Klasse abgeschlossen."

„Ich zahle zwölf Lira täglich, reicht das?"

Dilo überlegte kurz. „Ja, das ist in Ordnung."

„Du kannst jetzt schon anfangen, hast du einen Ausweis dabei?“

„Ich habe keinen Ausweis, nur diesen roten Prüfungsausweis.“

Der Mann nahm die Karte in die Hand und schaute sie an. „Keinen Ausweis?“

Dilos Gesichtszüge verdunkelten sich. „Nein, ich bin Staatenloser.“

„Ach so, Staatenloser, dann reicht mir diese Karte, keine Sorge.“ Er schrieb sich den Namen auf und behielt den Ausweis. „Komm mit, ich zeige dir deinen Arbeitsplatz.“

Er ging die Treppe hoch und bedeutete Dilo, ihm zu folgen. In der Küche machte er halt. „Hier ist dein Platz, und das ist dein Partner, Abu Hassan“, stellte er ihm den Mann vor, der dort gerade Kaffee kochte. „Ihr werdet zusammen arbeiten, aber ganz vernünftig, nicht wahr?“

„Ja, wird gemacht, Hadji“, sagte Dilo zu seinem neuen Chef.

„Du wendest dich bei allen Fragen an ihn oder den Hotelmanager, denn ich bin nicht immer hier.“

„Alles klar“, antwortete Dilo.

Der Mann hörte auf, Kaffee zu kochen und kam auf Dilo zu. „Ich heiße Abu Hassan, bin Kurde und komme aus Afrin“, stellte er sich vor.

Dilo kannte die Gegend, war aber noch nie dort gewesen. In Afrin, einem Gebirge nördlich von Aleppo, wohnten hauptsächlich Kurden. Bekannt war dieses Gebiet auch für seine Oliven.

„Es freut mich, dich kennenzulernen“, sagte Dilo und reichte Abu Hassan die Hand. Der Chef war bereits wieder nach unten gegangen.

„Ich zeige dir, wie man Kaffee macht, unsere Kunden trinken ihn mit wenig Zucker.“ Abu Hassan wies auf die kleine Kaffeekanne in seiner Hand. „Für diese Kanne braucht man zwei Teelöffel Zucker für vier Leute. Schau einfach zu, wie ich es mache.“

„Ich weiß Bescheid.“ Dilo nickte ihm zu.

Ein Mann rief von der Tür in die Küche:
„Zwei Kaffee bitte, mit wenig Zucker."
„Gerne, auf welches Zimmer?", fragte ihn Abu Hassan.
„Dreiundzwanzig."
„Wird sofort gebracht."
Abu Hassan wandte sich seinem neuen Kollegen zu.
„Dilo, jetzt bist du dran, deinen ersten Kaffee zu machen."
„Wo ist bitte das Kaffeepulver?"
„Hier in diesem blauen Schrank."
„Gut, alles klar."
Abu Hassan sah dem glücklichen Dilo lächelnd zu. Dilo war eifrig bei der Sache und nahm sich vor, alles zur Zufriedenheit seines Chefs zu machen, ohne nach dem Warum zu fragen.
Am Abend bekam Dilo Schafskäse, Oliven und Brot, dazu machte er für sich und seinen Partner Tee und beide setzten sich an den kleinen Tisch in der Küche und aßen zusammen. Dilo war stolz auf sich. Er hatte innerhalb eines Tages einen Job gefunden, konnte im Hotel schlafen, essen und Geld sparen. Besser hätte er es nicht treffen können.

Die Tage kamen und gingen, Dilo war wie gefangen im Hotel. Er arbeitete Tag und Nacht und erledigte auch die Arbeiten, die Abu Hassan machen sollte. Es war nicht erfreulich, dass er die Arbeit seines Partners auch machen musste, nicht nur manchmal, sondern oft. Dilo fühlte sich ausgenutzt. Manchmal ging Abu Hassan stundenlang weg, und Dilo musste für beide da sein. Immerhin hatte er dadurch Zeit für seine Lieblingsbeschäftigung, das Malen, und er nahm dann oft seinen Block in die Hand und brachte Skizzen zu Papier, wenn er allein in der Küche saß. Auch heute saß er allein und deprimiert in der Küche, dachte über sein Schicksal nach und war im Begriff, zu malen, als er auf einmal Licht spürte. Er drehte sich zur Tür. Dort stand eine junge Frau mit langen blonden Haaren und einem schönen Gesicht. Ihr

Lächeln holte ihn aus seinem Kummer. Die Welt war plötzlich wie verwandelt, in Freude und Optimismus, von Trauer war nichts mehr zu spüren. Dilo erwiderte ihr Lächeln und strahlte. Er hatte sich daran gewöhnt, dass die meisten Hotelgäste Männer mit riesigen Bärten waren und nicht unbedingt freundlich mit ihm umgingen.

„Deux café, s'il vous plaît." Sie zeigte mit ihren Fingern erst eine Zwei und dann auf eine Kaffeetasse und lächelte wieder.

Dilo war einen Moment verlegen, dann spürte er, wie glücklich er war, er flog fast vor Freude.

„Bien sûr, quelle chambre?"

In ihr Lächeln mischte sich freudiges Erstaunen. „Quatre", sie zeigte es trotzdem wieder mit den Fingern.

„Toute de suite!" Er hatte seinen Französischunterricht geliebt, es kam ihm vor, als liebte er alle Sprachen außer dem komplizierten Arabisch. Beim Französisch lernen hatte er sich nach Paris geträumt, dorthin wollte er, das war sein Ziel, und nun konnte er sein kleines Paris in Aleppo erleben! Dilo war voller Energie, vielleicht war er noch nie so schnell, so aktiv gewesen, in seinen Adern floss wieder Leben.

„Aber Moment, sie hat doch zwei Kaffee gesagt, oder habe ich unrecht?", murmelte Dilo vor sich hin. „Wer ist denn der Zweite, wer könnte das sein, ihr Freund? Mann? Oder ihr Vater?" Dilo seufzte und atmete tief. „Ich werde es gleich sehen."

Er schwankte zwischen Freude und Unsicherheit. Der Kaffee war fertig und musste sofort gebracht werden. Aber Dilo prüfte erst sein Aussehen, er wollte gut vorbereitet sein für diese Begegnung. Er ging zu Nummer vier, klopfte und trat hinein. Seine Sorge um die zweite Person verschwand augenblicklich. Die zweite Person war eine ältere Frau, die Dilo bat, hereinzukommen und sich zu ihnen zu setzen. Dilo stellte den Kaffee auf dem kleinen Tisch ab und blickte das Mädchen an, als ob magnetische Kräfte ihn zu ihr zögen. Ihre Blicke trafen sich und es gewitterte, knallte grenzenlos lautlos.

Dilo saß auf einem Stuhl, ihm gegenüber waren die Frau und seine Prinzessin, die auf der Bettkante saß.
„Wie heißt du?“, fragte ihn das Mädchen.
„Ich heiße Dilo und du?“
„Ich heiße Nicole.“
„Nicole? Das ist ein sehr schöner Name und Sie, wie heißen Sie?“, fragte er die Frau höflich.
„Ich heiße Daria, ich bin ihre Mutter.“ Sie zeigte auf Nicole.
„Ich bin sehr glücklich, Sie hier begrüßen zu können, aber ich muss leider weg. Andere Gäste haben auch bestellt.“ Er stand auf und wandte sich zum Gehen.
„Kommst du gleich wieder?“, fragte Nicole. Sie lächelte ihn an.
„Ja, gern, bin gleich wieder da“, erwiderte er und eilte aus dem Zimmer.
Dilo war verliebt, verknallt, von einem Moment auf den anderen und so, wie Nicole ihn angestrahlt und sich ihm gegenüber verhalten hatte, war er sicher, dass sie sich auch in ihn verknallt hatte.
So schnell wie möglich erledigte er seine Arbeiten, schaute, ob noch Gäste da waren, und kehrte wieder zu seinem Lieblingszimmer zurück. Auf sein Klopfen ertönte sogleich: „Entrez!“ Dilo wusste nicht, wie er sich verhalten sollte, er hatte sich noch nie verliebt, doch jetzt schien es zum ersten Mal so zu sein und auch gleich sehr heftig. Er setzte sich neben sie, beide schauten sich in die Augen und sprühten Funken, hinter ihren Blicken bauten sie gleichzeitig eine Welt.
„Wollen wir einen Spaziergang machen Dilo?“, brach Nicole das brennende Schweigen.
„Das wollte ich dir auch vorschlagen, aber im Moment geht es leider nicht, ich bin allein hier. Wenn mein Partner kommt, dann können wir gehen, einverstanden?“
„Einverstanden“, sagte Nicole.
Dilo stand auf. „Es ist niemand in der Küche, ich muss gehen.“
„A bien tôt“, verabschiedete ihn Nicole.

Als Dilo in die Küche trat, war Abu Hassan bereits da. „Hallo Dilo, wie läuft denn alles?“
„Bestens Abu Hassan, danke. Ich muss jetzt kurz raus, um was einzukaufen.“
„Ja, mach das, es dauert aber nicht lange, oder?“
„Nein, ich bin gleich wieder da.“
Dilo hatte letztens in der Nähe des Hotels einen Secondhandladen bemerkt. Dorthin eilte er jetzt und hatte im Handumdrehen Kleider gefunden, die ihm gefielen. Er rannte mit seiner Tüte zurück in die Hotelküche.
„Hier, Abu Hassan, da bin ich wieder! Aber ich muss gleich wieder weg, unseren Gästen die Stadt zeigen.“
Abu Hassan schaute verständnislos. „Die Stadt zeigen?“
„Ja, sie kommen nicht aus diesem Land und brauchen meine Hilfe, das gehört auch zu meiner Arbeit, oder?“
„Deine Arbeit ...“, Abu Hassan nickte. „Ja, eigentlich schon, mach das.“
Singend verließ Dilo die Küche. Wie lange hatte er nicht mehr gesungen! Aber Abu Hassan gefiel es nicht, dass sein Diener sich selbstständig machte. Misstrauisch blickte er ihm nach.
In seiner Kammer zog Dilo seine neu gekauften Jeanssachen an, Hose und Jacke, und ging aufrecht und stolz zu Zimmer Nummer vier.
„Oh, Dilo, du siehst aber gar nicht mehr wie ein Arbeiter aus, du siehst gut aus“, sagte Nicole.
„Danke!“ Dilo lachte. „Danke, Nicole, das ist eine Ehre für mich.“
Daria schaute ihn ebenfalls begeistert an, und sie machten sich auf den Weg ins Zentrum.

Nicole und Dilo schlenderten durch die Stadt und wer das Paar sah, dachte nicht, dass einer von ihnen zu den Einheimischen gehörte, im Jeansanzug, in Sommersandalen, ein Lederband um den Hals und mit unüblich langen, schwarzen

Haaren. Dilo vermied es auch, arabisch zu sprechen, um seine europäische Erscheinung perfekt zu machen. Sie gingen in einen öffentlichen Park, wo sie sich in Ruhe unterhalten konnten.

Jetzt, am Nachmittag, war der Park menschenleer. Nicole tanzte vor Freude wie ein Engel, auch die Bäume tanzten mit, und Dilo hatte wie der Pfau seine bunten Federn geöffnet und schaute seinem in der Luft fliegenden Weibchen zu. Die langen, goldblonden Haare Nicoles flogen wie Meereswellen. Es war, als hätten sie den ganzen Park nur für sich reserviert. Worte hatten keinen Platz, nur Taten und Träume.

„Ich bin heute geboren!“, rief ihm seine Eva zu.

Der Pfau Dilo schien der Glücklichste zu sein, es war ihm gelungen, von einer Frau außer seiner Mutter geliebt zu werden und ihr Herz an sich zu nehmen.

„Ich habe mich niemals so gut gefühlt wie jetzt, ich bin so froh, dich getroffen zu haben“, sagte Dilo.

Nicole lachte unbeschwert. „Ganz meinerseits!“

Auf einer weißen, frisch gestrichenen Bank richteten sie sich ein. Unweit der Bank rauschte ein Wasserfall. Seine kühlen Tropfen benetzten sie und ließen sie an diesem heißen Tag tropische Feuchte spüren. Auf Nicoles weißem, seidigen kurzen Kleid sammelten sich Wassertropfen und zeigten ihre rosige Haut darunter.

„Warum habe ich dich nicht eher kennengelernt, warum?“

Sie saßen ruhig da, der Vulkan hatte aufgehört, Lava zu spucken, zumindest vorübergehend.

„Nicole! Wer bist du?“ Dilos Stimme war weich vor Zärtlichkeit.

„Ich bin Nicole, komme aus Bulgarien, mein Vater ist Franzose, meine Mutter ist Bulgarin, mehr?“ Nicole sagte es ohne Emotionen. „Meine Eltern sind getrennt und ich lebe bei meiner Mutter, reicht dir das?“, fragte sie mit leichtem Unmut in der Stimme. „In Sofia, mehr?“ Ihr Ton wurde lauter.

„Ich habe es satt, mich immer hin und her zu bewegen, soll

ich weiterreden?" Sie machte jetzt einen unzufriedenen Eindruck. „Mein Vater lebt in Paris."

Nicole hatte sich wieder gefasst, still schaute sie Dilo an.

„Paris, Paris, Paris, ich kann es bald nicht mehr hören, dieser Albtraum verfolgt mich." Nun zeigte Dilo sich unmutig, mehr noch, er klang gequält, wie ein verwundeter Tiger.

„Wieso, kennst du Leute in Paris?"

„Nein, nein, das ist ein ganz anderes Thema."

„Du machst mich aber neugierig, was ist los, Dilo?" Sie hielt kurz inne, drang dann aber weiter in ihn.

„Was hast du denn mit Paris zu tun, erzähl es mir."

„Ich hätte mir gewünscht, dass dies alles in Qamischlo passiert wäre."

„Was, Qamischlo? Wo ist das?"

„Dort komme ich her, ich bin genauso wie du zum ersten Mal in Aleppo."

„Und wo liegt das?"

„Mehrere hundert Kilometer östlich."

„Wir können doch dahin gehen."

Dieser Satz beunruhigte Dilo, sein Unwohlsein spiegelte sich in seinem Gesicht. „Ist das dein Ernst?"

„Ja doch."

Dilo wurde immer unruhiger.

„Ja?", fragte Nicole.

Er verneinte mit dem Kopf. „Ja, aber ich kann leider nicht mehr dahingehen. Ich bin einfach spurlos abgehauen."

Nicole hob überrascht die Augenbrauen. „Warum denn?" Dann wurde sie nachdenklich. „Dilo, warum bist du denn nicht bei deinen Eltern geblieben?"

„Das ist eine lange Geschichte, ich will nicht hier bleiben, ich will weg!"

„Nach Paris?" Nicole sprang hoch und tanzte wie eine Ballerina. „Hier, schau mich an, ich bin selbst Paris und stehe vor dir."

Ihr zauberhafter Tanz war eine Augenweide für Dilo, sie

setzte sich wieder neben ihn.
„Oder soll ich meinem Vater sagen, dass er dich einlädt?"
„Ja, gerne, aber da ist ein Problem."
„Ein Problem?"
„Ja, ich habe keinen Ausweis, mir, beziehungsweise meinem Vater, wurde die syrische Staatsangehörigkeit entzogen."
„Warum das denn?"
„Weil wir Kurden sind."
Nicole rückte näher an Dilo heran und nahm seine Hand.
„Ja, ich will nach Paris, aber auf meine Art, irgendwie werde ich dahin kommen." Er stand auf. „Ich bin dazu verdammt nirgendwer zu sein, offiziell existiere ich gar nicht." Auf einmal schrie er. „Was soll ich mit Paris in einem Land, welches mich ignoriert!" Aufgewühlt redete er weiter. „Diese Erde ist die sauberste, reinste Erde der Welt, aber die Menschen, die darauf leben, sind der letzte Dreck." Er zeigte mit der Hand, die Nicole noch immer festhielt, auf die Erde. Dann sank er neben Nicole zusammen und beruhigte sich allmählich.
„Hast du schon mal eine Frau geküsst?"
Dilo schmunzelte, entspannt erwiderte er: „Ja, meine Mutter."
Nicole lächelte. „Na gut, hast du schon mal eine Frau geliebt?"
Dilo erwiderte ihr Lächeln. „Ja, meine Mutter."
Nicole lachte. „Nein, ich meine ..."
Dilo unterbrach sie. „Ja, dich ..."
Er umarmte sie. Die Herzen pochten wie ein Vulkan und spuckten Lava. Er blickte um sich, und als er niemanden sah, küsste er Nicoles warme, weiche Lippen und ihren Hals.
„Ja, jetzt habe zum ersten Mal eine Frau so schön geküsst, dich."
Sie saßen dicht aneinander geschmiegt auf der Bank in einem öffentlichen Park, Nicoles langes blondes Haar und Dilos schwarzes Haar trafen sich und mischten sich ineinander, wie der Tag und die Nacht.
Die Zeit verging genau so und jeder Augenblick wurde nach Sekunden zur Vergangenheit, nichts ist permanent, nichts ist

ewig. Nicht die Liebe, nicht der Hass und auch nicht das Zusammensein, denn irgendwie kommt es zu einer Trennung, Spaltung und Tilgung.

„Nicole, ich kann nicht solange wegbleiben, ich werde sonst meinen Job verlieren, lass uns gehen."

„Das will ich natürlich nicht." Sie stand auf. „Morgen ist auch noch ein Tag, lass uns gehen."

Sie verließen den Ort, an dem sich die Türen zu ihren Herzen geöffnet hatten. Ein freudestrahlendes Paar stieg in den Bus und fuhr Richtung Hotel.

„Nicole, sag mal, wie findest du die Leute hier?"

„Also die Männer sind furchtbar, sie gucken mich von Kopf bis Fuß an, das gefällt mir gar nicht, insgesamt sind die Menschen gelassener und natürlicher, ha, schau doch mal dieses schöne Minarett, es sieht einfach toll aus, nicht wahr?"

Dilo konnte ihre Begeisterung nicht teilen, es hatte keine exotische Ausstrahlung auf ihn. Seit seiner Geburt hatte er den Mullah und seinen Ruf zum Gebet vom Minarett zu hören bekommen, dennoch nickte er.

Vor der Hoteltür unten auf der Straße blieb Dilo stehen. „Nicole, ich bitte dich, wir müssen uns ganz normal und unauffällig verhalten, sonst werde ich rausgeschmissen, verstehst du?"

Nicole nickte. „Ja, Dilo, das werde ich tun."

Als sie hereinkamen, blickte der Hotelmanager ihn streng an.

Sie gingen nach oben, Nicole in ihr Zimmer und Dilo in seine Küche. Dilo war ausgeglichen. Obwohl er die Gefahren, die um ihn herum lauerten, spürte oder vielleicht gerade deswegen, achtete er darauf, die Küche sauberer und ordentlicher als sonst zu verlassen, um Abu Hassan für sich zu gewinnen. Bevor er sich in sein Bett zurückzog, überzeugte er sich nochmal davon, dass alles bestens aussah.

Abu Hassan behielt ihn aber im Auge, von einem freundlichen Umgang mit Dilo als Mitarbeiter war nichts mehr zu spüren.

Als Dilo abends im Bett lag, dachte er über das seltsame

Verhalten Abu Hassans nach. War er eifersüchtig? Sah er ihn als Konkurrenten? Oder fand er Dilo einfach nur unsympathisch? Trotz dieser Gedanken, und obwohl er sich heute gerne an den nackten Körper seiner Liebe schmiegen würde, wurde er doch müde in seinem kalten, einsamen Nistplatz und begnügte sich damit, von den schönen Zeiten, die noch kommen würden, zu träumen.

Es war bereits spät in der Nacht, für jeden Arbeiter wie Dilo herrschte Nachtruhe und außer der Nachtschicht war niemand mehr wach. Er schlief ein.

„Dilo, Dilo … steh doch auf!“, rief eine Männerstimme aus unmittelbarer Nähe.

Dilo, der sich in tiefem Schlaf befand, hatte die Stimme, die außerhalb seines Kreises war, nicht gehört.

„Dilo, steh endlich auf!“, rief Abu Hassan ihm wieder zu.

Dilo tauchte wie aus der grundlosen Tiefe des Atlantiks langsam an die Oberfläche. „He, was gibt’s?“, fragte er erschrocken.

„Mach zwei Tee und bring sie ganz schnell in Raum dreizehn, steh auf!“, befahl Abu Hassan im Kommandoton.

Dilo rieb sich die Augen. „Darf man hier nicht schlafen, oder wie? Es ist doch nach Mitternacht, was soll das alles?“

„Ausruhen kannst du dich, wenn du im Grab liegst, steh auf!“

„Weißt du, Abu Hassan, dass die Zeiten der Sklaverei schon lange vorbei sind? Ich habe Respekt vor dir, weil du älter bist als ich, aber bitte lass mich schlafen, außerdem könntest du es doch selber tun, oder?“

„Nein, solange du hier bist, machst du es.“

Dilo merkte, dass die Situation ernst war und er jeden Moment seine Anstellung verlieren konnte. Unwillig stand er auf und machte den Tee. „Hier, Abu Hassan, der Tee ist fertig, bitte bring du ihn in den genannten Raum.“

„Nein, das machst du.“

„Willst du, dass ich mit verschlafenen Augen zu unseren

Gästen gehe? Dann kommen sie nie wieder her oder können heute nicht einschlafen.“ Dilo stand mit dem Tablett in der Hand vor Abu Hassan.

„Du bist ein Schlitzohr, gib her.“

Die Zweifel, ob der Tee tatsächlich bestellt worden war oder Abu Hassan ihn nur schikanieren wollte, ließen ihm keine Ruhe. Er stand auf und blickte in den Flur. Abu Hassan kam gerade mit dem leeren Tablett zurück.

„Du dachtest, dass ich den Tee wegkippen würde, oder?“ Er lachte und Dilo lachte erleichtert mit. „Gute Nacht, Abu Hassan.“

Dilo nahm seinen Malblock, denn er hatte keine Freunde, denen er sich mitteilen konnte, nur Papier und Stifte. Sein heutiges Bild strahlte Freude aus, es war bunt, die Linien klar, und das leuchtende Gelb schien an Nicoles Haar zu erinnern.

Der Morgen brach an, aber ob er gute oder schlechte Nachrichten mit sich bringen würde, war Dilo noch nicht klar.

Dilo ging wie immer, nachdem er sich das Gesicht gewaschen hatte, in die Küche und machte Wasser in der Kanne heiß. Dann setzte er sich und wartete auf einen Auftrag der Gäste. Als Erste kam seine Götterblume.

„Bonjour“, grüßte sie ihn. Ein strahlendes Lächeln tanzte einen Reigen auf ihren Lippen, ein Bild, das sich bestimmt fast jeder am Morgen wünschte. Aber er musste Distanz wahren.

„Bonjour Nicole“, grüßte er gelassen zurück.

„Kann ich bitte drei Kaffee auf Zimmer vier haben?“ Sie zeigte die Drei mit ihren Fingern und lächelte mit ihren Lippen, die so feucht und frisch wie der Morgentau glänzten.

„Drei?“

„Ja, drei bitte.“ Sie verließ die Küche.

„Sehr gerne, wird gleich gebracht“, rief Dilo ihr nach.

„Warum hat sie denn drei Kaffee bestellt, hat sie jemanden bei sich? Was soll’s“, murmelte er. Er bereitete den Kaffee, ging zu ihrem Zimmer, klopfte und betrat es auf das übliche „Herein".

„Guten Morgen, bitte sehr."

Mit diesen Worten stellte er das Tablett auf dem kleinen Tisch ab, sah, dass nur Nicole und ihre Mutter anwesend waren und wendete sich zum Gehen.

„Einen Moment bitte", rief Nicole ihm zu, „willst du etwa nicht deinen Kaffee trinken?"

Dilo war erleichtert. „Das habe ich mir gedacht", grinste er. „Es ist schön, dir jeden Morgen zu begegnen, aber ich habe leider gerade angefangen zu arbeiten, ich kann nicht so lange, ich werde kontrolliert, verstehst du?" Hastig trank er seinen Kaffee und ging zur Tür.

Nicole rief ihm nach: „Wollen wir heute noch mal rausgehen?"

Dilo war hektisch. „Ja, aber erst nachher." Er schloss die Tür.

Alte Gäste gingen und neue kamen. Die Bettwäsche musste gewechselt, die Zimmer mussten aufgeräumt, Boden und Flur geputzt werden, und vieles mehr. Es waren Arbeiten, die Dilo zu verrichten hatte, wie die Moslems ihr Morgengebet. Neben alldem war das Wasser ständig am Kochen zu halten und ein Kaffee folgte dem anderen.

Nicole erschien gegen Mittag in der Küchentür, sie hatte sich für einen Stadtspaziergang gekleidet und sah begehrenswert aus. „Na, bist du soweit, wollen wir los?"

„Einen Augenblick bitte, ich muss fragen." Dilo ging zu seinem Kollegen.

„Abu Hassan?"

„Na, was gibt es schon wieder?"

„Ich will noch mal mit unserem Gast in die Stadt gehen und ihr beim Übersetzen helfen."

„Na, du hast dich daran gewöhnt, nicht wahr? Wie hat sie es denn eigentlich geschafft, bevor du ihr geholfen hast?"

Dilo antwortete nicht und wandte sich zum Gehen.

„Du kannst gehen, aber nicht lange“, rief Abu Hassan ihm nach.

Sie gingen durch den Haupteingang des Hotels und die Blicke des Managers jagten ihnen nach. Dilo nahm es wahr und es beunruhigte ihn.

„Wollen wir essen? Ich lade dich ein“, sagte Nicole.

„Keine schlechte Idee, lass uns mal Ful essen. Davon wird man ganz schön satt.“

Sie gingen in ein kleines Restaurant.

„Weißt du, Nicole, ich vermisse den Tee, den Schafskäse, die Oliven und die Atmosphäre bei meiner Mutter.“ Nicole hörte ihm schweigend zu. „Außerdem träume ich davon, ein eigenes Zuhause zu haben.“

Die Bedienung brachte das Ful mit frischer Minze und stellte es mit einem „Bitte sehr“ vor die beiden hin. Während sie anfingen zu essen, erklärte Dilo ihr, was es mit diesem Gericht auf sich hatte.

„Dieses Ful ist in erster Linie für die schuftenden, die hart arbeitenden Menschen gedacht, für arme Leute, die ihre Mahlzeiten reduzieren wollen, also Frühstück und Mittagessen in einem, man wird satt und spart Geld. Ful besteht aus Bohnen, die mit Sesampaste, Olivenöl, Knoblauch, Tomaten und frischen Kräutern angerichtet werden. In Ägypten, Jordanien, Libanon und Syrien ist es das meist gegessene Gericht. Man findet es überall, in jeder Stadt und auch in fast jedem Speiselokal.“

„Es schmeckt lecker“, sagte Nicole.

„Ja, dann iss nur, freut mich.“

Das Restaurant war gut besucht, aber Nicole war die einzige Frau. Sie wurde angestarrt und bestaunt, doch die beiden aßen sich satt, danach zahlte Nicole wie vereinbart und sie verließen das Lokal.

„Dilo, ich will in einer Apotheke etwas holen“, bat sie ihn. Sie tauchten in die Masse der Menschen ein, die das europäisch aussehende Paar mal verwundert, mal bewundernd

anblickten.
„Da ist eine Apotheke, lass uns auf die andere Straßenseite gehen." Nicole zog ein Rezept aus ihrer kleinen Handtasche und gab es dem Apotheker, der es las und die beiden dann musterte. Er holte eine Medikamentenschachtel.
„Nicole, wofür ist denn dieses Medikament?"
„Ich erzähle es dir später", antwortete Nicole, nahm die Schachtel und sie gingen hinaus.
Sie waren bereits ein Stück gegangen, als Nicole merkte, dass sie ihre Plastiktüte mit der Schachtel in der Apotheke vergessen hatte.
„Warte hier kurz, ich hole sie", sagte Dilo und rannte zurück.
„Excusez moi, nous avons oublié ... "
Der Apotheker verstand ihn nicht, interpretierte seine Zeichensprache aber richtig, nahm die Tüte und gab sie Dilo, der versuchte, sich wie ein europäischer Tourist zu verhalten. Sein Schauspiel war überzeugend.
Mit der Tüte in der Hand verneigte er sich. „Schukuran, schukuran", sprach er „Danke" so aus wie ein Europäer.
„Ah, sie sprechen arabisch, das ist schön." Der Apotheker freute sich.
„Schiwaya, schiwaya, un petit peu." Dilo verneigte sich nochmals lächelnd und eilte zu Nicole zurück. Sie nahm ihm die Tüte ab. „Nun erzähle ich dir, was es ist."
„Erzähl!"
„Die Antibabypille!"
Das verliebte Paar ging wieder in den Park, in dem sie die ersten Steine ihrer Beziehung gebaut hatten. Der Park war der von gestern, doch die Stimmung hatte sich verändert. Das Wort „Antibabypille" wirkte ungeheuerlich auf Dilo, er versank in Gedanken über den Sinn des Lebens und distanzierte sich. Nicole bemerkte es.
„Was hast du, Dilo?"
„Ich? Nichts, gar nichts", erwiderte Dilo, wie aus einem Traum geweckt. „Ich hab nur ein bisschen rumgesponnen.

Wenn wir bei uns gewesen wären, hätte ich dich fest umarmt und deine schönen Lippen geküsst, aber hier ..."

Dilo blickte ihr intensiv in die Augen. „Man muss seine Bedürfnisse hier sehr anpassen."

„Sag mal Dilo, hast du schon mal mit einer Frau geschlafen?"

Die Grenzen, Gesetze, Verbote, Diktatoren, Geheimdienste können vieles verbieten, vor allem was die äußeren Dinge betrifft, doch der Mensch ist nicht nur das, was man sieht, sondern er ist, was er denkt und fantasiert. Die Mächte haben da ihre Grenze, da werden sie gestoppt, sie können alles verhindern, außer Träumen und Fantasien.

In diesem Park, in diesem moslemischen Land, wo alles Private in der Öffentlichkeit verboten ist, waren jetzt auch verschleierte Frauen mit Kindern zu sehen.

Das Paar blickte sich intim an, als ob sie sich in Eins verwandelt hätten, einen Körper und einen Geist. Mit ihren Blicken zogen sie sich ganz aus, ganz nackt wie die menschlichen Vorfahren, nur die Bäume ringsherum umhüllten sie. Ihr Schatten trennte sie vom Sonnenschein und schuf ihnen eine eigene Welt.

Die fruchtbare Eva hatte den Apfel schon gegessen und sie brauchte ihren Adam nicht auszuziehen, er stand schon unbekleidet da. Ihre Geschlechter verkehrten miteinander in aller Öffentlichkeit und die verschleierten Frauen sahen ihnen lustvoll zu, um zu lernen, wie sie es zu Hause praktizieren könnten, wie sie ihr Sexualleben in der Öffentlichkeit ihrer vier Wände vor dem Spiegel mit den Augen der Welt betrachten könnten.

Das Tabu hatte hier keinen Spielraum. Nicoles Pobacken glänzten im Sonnenschein wie zwei benachbarte Berge, deren Spitzen mit Schnee bedeckt sind. Dilo konnte sich den Nektar aus der Rose des Lebens saugen und genießen, wie er es wünschte. Die knackigen Äpfel, die an Nicoles Baum hingen, kamen dem nackt liegenden Dilo von oben immer näher. Er lutschte sie und leckte sie wie ein Baby, das seit

langem nicht mehr gestillt worden ist.
Zur Kühlung und damit sie in diesem feurigen Wetter nicht verbrannten, wurden sie in regelmäßigen Abständen mit vom Wasserfall herüber sprühenden Tröpfchen befeuchtet und erfrischt. Die Atmosphäre war paradiesisch, heilig, aber die strengen Götter fehlten, denn für sie war keine Ecke mehr neben dem Paar frei. Alles war besetzt, alles hatte seinen Ort, seinen Platz, das Leben gab und gab wie die Quellen von Serekani, es drückte die Kraft heraus mit einer unerschöpflichen Energie. Ihre Körper hatten sich ineinander verschlungen, wie Schlangen, die sich ein eigenes Zuhause schaffen und nichts und niemand erlaubt es je, sich ihren giftigen Zähnen zu nähern. Man konnte nicht mehr erkennen, dass sie zwei waren, die Sonne hatte ihre Schatten in eine untrennbare Gestalt verwandelt.
Es waren viele Lebewesen im Park, die schon um dieses Liebespaar trommelten, voller Freude und Glück für den neu kommenden Menschen tanzten, das Verlassen des Paradieses feierten, ohne es zu bereuen.
Sieben Zebras schrien von weitem aus vollem Hals ihr iah, sieben Fledermäuse flogen in einem Kreis über sie und sieben Rosen freuten sich, lachten und tanzten um sie herum.
Die vulkanischen Organe der beiden spuckten mit aller Kraft, die sie hatten und mit allem, was sie hatten, ineinander, denn der Ausbruch näherte sich seinem Höhepunkt. Die Zebras wurden lauter, die Fledermäuse scharten sich flügelklappernd um sie, wie ein Rhythmus klangen ihre Flügelschläge, die Trommelschläge wurden heftiger. Für die verschleierten Frauen war das Paar im Zentrum der Welt, sie stießen Freudentriller aus und die tanzenden Rosen übertrafen sich selbst.
„Mein Herz fühlt sich gut bei dir, Nicole, du bist die erste frohe Botschaft, seit ich von zu Hause weggegangen bin, die getrockneten Baumzweige bekommen wieder grüne Blätter und die Sonne kommt mit dir und geht, wenn du auch gehst.

Ich fühle mich von dir sehr angezogen, ohne dich bin ich ein Ritter ohne Pferd, wie der Tag ohne Sonne, wie eine Rose ohne Farbe, du bist meine erste Liebe, mit der ich diese neuen Gefühle erlebe, Gefühle, die ich noch nie gehabt habe."

Nicole hörte es und sah Dilos Worte wie Honig in ihr Herz fließen.

„Es ist schön mit dir, Dilo, so eine Begegnung habe ich nie zuvor gehabt und werde ich ohne dich nie haben, ich schmelze in deiner Hitze, deiner Wärme, ich bin mit dir vereint durch diese Wärme, die ich noch nicht kannte."

Die beiden nahmen nichts um sich herum wahr außer sich selbst, sie waren einander eine Augenweide. Sie saßen auf einer Bank, wie alle anderen auch, in ihren Blicken jedoch versunken in ihre Welt.

Diese poetische, fantastische Atmosphäre konnte aber nicht mehr länger andauern, denn die wachnüchterne Welt umhüllte sie. In ihrer eigenen Insel konnten sie herumtoben, wie sie es wünschten, doch sie waren von den strengen Paragrafen der Realität umrandet und mussten aus ihrem schönen Traum aufwachen.

„Nicole, von dir kriege ich nie genug, ich glaube, ich bin ein bisschen spät, lass uns bitte losgehen", besann Dilo sich auf seine Pflichten.

„Ja, Dilo, denn ich will dich nicht verlieren." Nicole stand auf von der Bank, die für immer zu ihren Erinnerungen gehören würde.

Sie verließen das Nest, ohne das Ei befruchtet zu haben. Beide drehten sich in regelmäßigen Abständen zu ihrer Bank um, bis sie sie nicht mehr sehen konnten.

Die Menschen in der Stadt hatten sich nicht verändert, auch die hohen Gebäude waren so, wie sie schon gewesen waren, der Bus, in dem sie sich befanden, hatte seine Farbe nicht gewechselt. Alles war wie vorher, außer den Gefühlen, den Emotionen, die die beiden jungen Menschen nun mit sich schleppten, und den Ängsten, sich aus den Augen zu verlieren.

Sie stiegen wieder wie gestern vor dem Hotel aus. Das Ungeheuer wartete vor der Tür unten auf der Straße. Ein Gute-Nacht- und Abschiedsküsschen konnten sie sich nicht mehr geben, denn Abu Hassan verfolgte sie mit seinen Blicken, als sie die Treppe hochgingen. Er schüttelte den Kopf und folgte ihnen. Nicole ging in ihr Zimmer, aber Dilo wurde im Empfangsraum vom Manager angehalten.

„Dieses Hotel hat seine Ehre und ist kein Ort für Prostitution, hier ist kein Rotlichtmilieu für Huren."

Der Manager war ein älterer Mann um die Fünfzig, mit grauen Haaren und verrauchten Zähnen. Er war Araber aus Deir az Zor am Euphrat, der Stadt, die Israelis und Kurden zwischen sich aufteilen wollten. Waren das immer noch seine Ängste? Oder hatte er Angst, dass der sympathische Dilo beim Chef beliebter war als er, und dass er eines Tages das Kündigungsschreiben in die Hand gedrückt bekäme und Abu Hassan gleich mit? „Abu Ibrahim, warum sagst du Huren? Sie sind doch eure Gäste."

„Das spielt keine Rolle. Du bist hierher gekommen, um Zuhälterei zu betreiben", erwiderte der alte Manager.

Dilo hatte noch nicht viel mit ihm zu tun gehabt, es war vielleicht seine zweite Begegnung mit ihm, und die grobe Wortwahl des Managers kam einer außergewöhnlichen Beleidigung gleich. Das Wort „Zuhälter" konnte zu einem Krieg zwischen zwei Völkern und zu einem Blutbad führen, es war eines der übelsten Schimpfwörter überhaupt. Dilos Ehre war bis ins Tiefste verletzt und gleich zweifach, weil er seine Nicole als Hure und ihn als Zuhälter beschimpfte.

Ein kurdisches Sprichwort sagt: „Je geduldiger man ist, desto ehrloser wird man."

An dieses Sprichwort musste Dilo jetzt denken und es schoss aus ihm heraus. „Zuhälter für wen? Für deine Tochter oder deine Frau?" Nun waren sie beide verletzt wie zwei Krokodile, die ihre scharfen Zähne nicht verstecken können. Vor allem der Manager sah sehr aufgewühlt und aggressiv aus und machte den Eindruck, als ob er eine Bombe auf Dilo werfen wollte. Er sah den Aschenbecher vor sich auf der hohen Theke, nahm ihn und warf ihn mit aller Kraft nach Dilo, der sich akrobatisch umdrehte. Der Aschenbecher traf mit voller Wucht auf die Wand, Putz und Stein splitterten ab.

Wie der Krieg der Amerikaner in Vietnam, die jeden Quadratmeter vietnamesischen Boden bombardiert hatten, warf der Manager Aschenbecher um Aschenbecher auf Dilo, der sich geschickt aus der Wurflinie drehte, sodass die Aschenbecher ihre Spuren auf der Wand hinterließen. Hätten sie Dilo getroffen, hätten sie seine Knochen gebrochen, jetzt trafen ihn nur die äußersten, unerhörtesten Beschimpfungen.

Für Dilo wurde es Zeit zu handeln, denn er war nur noch in der Abwehr, und für das arabische Sprichwort, welches besagt „Respektiere die Älteren und fühle mit den Jungen" schien ihm hier nicht der richtige Ort zu sein. Rechts neben Dilo standen einige Flaschen auf einem kleinen Tisch. Nach denen griff er hastig und warf sie nach dem Manager, der sich nun hinter seinem Tresen versteckte. Es knallte, es splitterte, es wurde geschrien und gezetert.

In dieser heiteren Situation kam sein Chef durch die Haupttür des Hotels herein und erblickte die Lage mit eigenen Augen. Er kam zu Dilo.

„Halt an, es reicht", sagte er ruhig und nahm ihm die letzte Flasche aus der Hand. „Es reicht, mein Sohn, ich bitte dich", wiederholte er.

Wie ein Baby lag Dilo jetzt in den Armen seines Chefs und weinte.

„Glaub mir, Onkel, ich habe dein Vertrauen nicht missbraucht."

„Ich glaube dir, mein Sohn."

Nachdenklich blickte er zum Manager, der wie ein Fuchs mit ängstlichen Augen langsam seinen Kopf senkte. „Was ist hier los, Abu Ibrahim, es sieht nicht nach einem Hotel, sondern eher nach einem Stall aus, was ist passiert?"

„Schau mal bitte auf diese Wände, dann erkennst du, wer recht hat", antwortete Abu Ibrahim.

Der Chef sah, dass der Boden des Raumes mit Splittern übersät war. Er musste handeln, und zwar sehr schnell. Er nahm Dilos Hand und führte ihn hinaus auf die Straße.

„Dilo, mein Sohn, glaube mir, ich habe in dir meinen zukünftigen Manager gesehen, ich habe viel Hoffnung in dich gesetzt. Nun ist es dein Pech, wer von euch recht hat, ist nicht mehr das Entscheidende. Das Wichtigste ist, dass ihr beide nicht zusammen arbeiten könnt und du bist noch unerfahren in diesem Bereich, auf den Manager kann ich aber nicht so einfach verzichten. Ich brauche Zeit, ich weiß, dass er was gegen Kurden hat, auf jemanden wie dich habe ich lange gewartet, aber du gehst nun bitte und ich werde meine Suche fortsetzen."

Dilo war stolz, dass sein Chef aus Serekani zumindest dieses vertrauensvolle Gespräch mit ihm führte. „Ich bin froh, Onkel, du hast recht, kann ich aber hochgehen und meine Kleidung und meine kleine Tasche holen?"

Es ging ihm hauptsächlich darum, sich von Nicole zu verabschieden, aber seine Liebe zu ihr wollte er vor dem Chef nicht offenbaren. „Nein, ich will nicht, dass es nochmal zu so einem Streit zwischen euch kommt, ich will es nicht, verstehst du?"

Dilo blieb still.

„Abu Hassan, bring mal bitte Dilos Tasche von oben", rief der Chef und ging hoch in das Büro zum Tresor. Dort holte er die rote Karte heraus. Inzwischen hatte Abu Hassan die Tasche geholt und gab sie seinem Chef.

Der Chef ging hinunter zu dem wartenden Dilo. „Hier, Dilo, deine Sachen, deine rote Karte, dein Geld und ein Dankeschön."

Der Chef gab ihm seinen Lohn, die Tasche und die rote

Karte und ging wieder nach oben. „Es tut mir leid, Dilo, dass ich nicht mehr für dich tun kann“, rief er ihm noch einmal von der Treppe aus zu.

Es war schon fast Mitternacht. Dilo stand ganz allein wie ein gescheiterter Ritter ohne Schwert und ohne Pferd auf der Straße. Er sah sich um und blickte dann hoch zum Hotel, welches bis vorhin sein Heim und seine Quelle für Geld und Liebe gewesen war. Die Situation kam für ihn zu plötzlich, viel zu schnell und war noch unfassbar, doch Zeit, um sich Vorwürfe zu machen, gab es nicht mehr, sonst würde er heute Nacht auf der Straße schlafen müssen.

Zuerst aber suchte er seinen Mamo, der in den Zeiten der Not für ihn da sein sollte. In jedem Schaufenster suchte er ihn in den Reflexionen, doch er tauchte nicht auf. Dilo war in Bedrängnis, fühlte sich gestresst, weinte vor Wut. Im Fenster eines hell erleuchteten Eckladens fand er ihn endlich.

„Wo warst du so lange?“ „Ich? Ich bin doch hier“, erwiderte Mamo.

„Hier? Wo hier? Du kommst und gehst, wann du willst und nicht, wenn ich dich brauche.“

„Du kannst mich nur sehen, wenn du bei dir bist und mit dir eins bist. Heute, jetzt, ist es aber eine Ausnahme, was gibt es?“

„Warum hast du mich nicht vor der Falle gewarnt, dann hätte ich mich vorsichtiger verhalten und nicht so, nun siehst du die Folgen!“

„Wer weiß, vielleicht war es zu deinen Gunsten, sonst wärst du dort hängen geblieben und hättest deine ursprünglichen Absichten vergessen. Außerdem solltest du froh sein, dass du nicht blutest.“

Dilo fühlte sich zerrissen. Doch Mamos Worte überzeugten ihn. Er nickte.

„Ja, das Ursprüngliche, Ursprüngliche, Ursprüngliche, ich bin gespannt, was daraus wird“, murmelte er wirr vor sich hin.

Es befanden sich nur noch wenige Menschen auf der Straße,

das Zentrum der Stadt lag schon halb im Schlaf und Dilos Füße trugen ihn zu dem Platz, an dem er seine erste Nacht in Aleppo verbracht hatte, zu dem billigen Hotel der Arbeiter. Der Hotelbesitzer erkannte ihn wieder.

„Na Junge, du bist immer spät dran, hast du was gegen Pünktlichkeit?“, lachte der Alte aus Aleppo. Dilo lachte ebenfalls, denn auf sein Hotel passten Begriffe wie Ordnung, Gründlichkeit und Pünktlichkeit nicht. Er wurde wieder an seinen Schlafplatz geführt. Heute Nacht musste er besonders aufpassen, da er sein ganzes Gehalt bei sich hatte.

Dilo schaute sich die um ihn herum liegenden Menschen an, versteckte sein Geld heimlich in seiner Unterhose und fiel dann wie ein Stein in die Tiefe des Ozeans, in einen traumlosen Schlaf.

Der Verkehr draußen wurde laut, die Stadt erwachte wieder zum Leben. Die Sonne mit ihren warmen Strahlen und der wache Hotelbesitzer weckten Dilo gleichzeitig. Die Nacht war ruhig gewesen, niemand hatte sich an Dilo herangemacht. Der neue Tag nahm langsam seinen Gang und Dilo musste sich etwas einfallen lassen, aber zuerst wollte er seinen Hunger stillen. Er ging in das Restaurant, in dem Nicole und er gestern gewesen waren, und wurde von Erinnerungen überschwemmt. Das Ful wollte ohne Nicole nicht in seinen Magen kommen, er stand auf und verließ das Lokal so hungrig, wie er gekommen war.

Genau so wie gestern stieg er in den gleichen Bus und ging in denselben Park, in dem er gestern der Bräutigam gewesen war. Im Park sah ohne Nicole alles anders aus. Die Rosen, die mitgetanzt hatten, bückten sich heute vor Trauer, vor der Sonne war eine Wolke, die wie ein X aussah und die das Licht nicht durchließ, das Grün war gelb geworden, von der gestrigen Freude war nichts mehr zu spüren. Dilo hatte heute die Ruine der halb geborenen Liebe und Spuren der Zerstörung vor Augen, denn das fruchtbare Ei war nicht befruchtet worden, es wurde der Zeit überlassen. Dilo setzte sich auf die Bank, auf der er gestern der Ritter war, der seiner Geliebten den vollen Schutz gewährte. Er weinte wie ein kleines Kind. Es war unwiderruflich. Entschieden stand er auf und stieg in den Bus zum großen Busbahnhof, um sich ein Ticket nach Damaskus zu reservieren.

Als er am Schalter stand, tauchte wie aus dem Nichts Mamo vor ihm auf.

„Dilo? Du solltest deine Reise ausnutzen und etwas von dem Land, in dem du aufgewachsen bist, kennenlernen. Geh schrittweise, es lohnt sich."

„Was sagst du mir da, ich habe nicht genügend Geld, gibst du es mir etwa?" Dilo lachte bitter.

„Geh, du wirst es nicht bereuen. Wenn du das Land, in dem du aufgewachsen bist, nicht kennengelernt hast, kannst du es auch nicht schätzen, nicht vermissen", erwiderte Mamo.

Dilo zögerte, doch schließlich überzeugten ihn Mamos Worte. „Ok, ich werde auf dem Weg nach Damaskus Djano in Homs besuchen", entschied er sich.

Damit war es besiegelt worden und nun konnte es nur vorangehen, denn in ein paar Stunden würde der Bus ihn in eine neue Epoche, eine neue Zeitrechnung fahren. Seine sentimentale Erinnerung an Nicole aber machte ihm das Leben schwer. Er fuhr wieder in die Stadt zurück und suchte seinen kleinen Baum in dem großen botanischen Garten. Aus einiger Entfernung vom Hotel beobachtete er jeden, der hineinging und herauskam, näherte sich dann und stellte sich mitten auf den belebten Gehweg und versuchte, alle zu registrieren, die an ihm vorbeigingen. Die Masse hatte schwarze Haare, Schleier und Kopftücher und Dilo suchte unter diesen Passanten nach einem Licht, nach einem blond leuchtenden Haarschopf, er erhoffte sich von seinen übrig gebliebenen Minuten, sie wiederzusehen. Seine Erwartungen wuchsen, und das Licht näherte sich wahrhaftig! Es war Nicole, es war der Schatz, den er die ganze Zeit gesucht hatte. Glücklich fielen sie sich in die Arme.

„Was ist passiert, Dilo, du warst heute Morgen nicht da und gestern Nacht auch nicht, was ist los?"

„Das ist eine lange Geschichte, ich kann sie dir jetzt nicht mehr erzählen, die Zeit ist knapp", sagte Dilo traurig.

„Was, wieso, was hast du vor, Dilo?"

„Ich habe mir gewünscht, länger mit dir zusammen sein zu können, aber sie haben mich rausgeschmissen, nun gehe ich meinen Weg weiter."

„Und wohin?"

„Nach Damaskus."

„Wie kann ich dich erreichen?"

„Ich weiß es nicht, ich habe keine Adresse, aber ich werde dich nie vergessen, Nicole, mit dir habe ich den Geruch der echten Menschen genossen, mit dir hat mir das Glück zugeblinzelt, ich habe dich seit heute Morgen gesucht. Und jetzt will ich dich trotz aller Götter und vor den Augen aller Menschen umarmen und küssen."

Sie umarmten und küssten sich innig, waren für einen Moment eins miteinander. Aber schon der nächste Augenblick spaltete sie in zwei Wesen, sie trennten sich und wahrscheinlich für immer.

3

Dilo hatte nun in jeder Stadt, in der er gelebt hatte, eine Frau, die ihn liebte, jede aber auf ihre Art. In Qamischlo war die Mutter. Die Trennung von ihr quälte Dilo noch immer. Die andere war Nicole, die sich nun auch Sorgen um Dilo machte und Dilo sich ebenfalls um sie. Der luxuriöse Bus fuhr auf der gut ausgebauten Straße zwischen den beiden Großstädten Syriens, die Straße war breiter und ebener, als Dilo je eine gesehen hatte.

Wer weiß, was dieser Bus alles mitschleppte, außer Dilo und seinen fast aussichtslosen Problemen. Der Kontrast zwischen dem prachtvollen Bus und den darin befindlichen Menschen war nicht zu verbergen: Soldaten in ihrer Militäruniform, die ein paar Nummern zu groß war, schäbig gekleidete Männer, die sich vielleicht auf die Suche nach Arbeit gemacht hatten und Menschen, auf deren Gesichtern man die wahre Realität, die tote Armut empfinden konnte. Nur einige der Reisenden trugen Krawatte und Anzug. Der Beifahrer stellte die klassische arabische Musik etwas lauter und reichte einen Teller mit Bonbons herum.

Je weiter sie nach Südwesten fuhren, desto spürbarer wurde das mediterrane Klima. Die Landschaft wechselte allmählich von der kargen Ebene in grünes Gebirge, und durch die Klimaanlage drang frische würzige und zugleich leichte Luft. Die Niederschläge nahmen von den Küstengebirgen im Westen nach Osten hin kontinuierlich ab und aus seiner Heimatstadt war Dilo nur heißes, trockenes Wüstenklima gewohnt. Er saugte diesen neuen Geruch tief in sich ein, aber in das Wohlgefühl mischte sich auch Verbitterung. Dilo schien es, als ob der Staat dem Vorbild des Klimas gefolgt war, denn auch er hatte sich hauptsächlich auf den westlichen Teil Syriens konzentriert und sich um den Ausbau der Wirtschaft, der Infrastruktur und der Kultur in diesem Teil gut gekümmert, den kurdischen Nordosten aber vernachlässigt. In diesem herrlichen Duft beschäftigte sich Dilo mit seinem Zeichenblock, er malte deprimierte Gesichter, die sehnsüchtig auf das Paradies starrten.

„In wenigen Minuten erreichen wir Hama, wir werden eine Viertelstunde Rast machen, bitte entfernen Sie sich nicht weit vom Bus, damit wir rechtzeitig losfahren können", meldete sich der Beifahrer nach einiger Zeit am Mikrofon.

Der Bus fuhr auf einen großen Busbahnhof, wo es sehr heiß, trocken und öde war. Dilo stieg aus und holte sich zu allererst ein kühles Seven Up aus einem Laden und setzte sich in den Schatten der Wände.

Hama war eine Großstadt und befand sich weniger als einhundert Kilometer Luftlinie vom Mittelmeer entfernt. Schon seit dem Altertum war sie bekannt für die Noria-Wasserräder, Wasserkraftmaschinen mit Schaufelrädern, die hauptsächlich für Mühlen, Schleifereien und Sägewerke genutzt wurden.

Dilo kannte Hama hauptsächlich wegen des Waffenschmuggels, an dem sein Vater beteiligt gewesen war. Er war nun zum ersten Mal in dieser Stadt. Zu Hause aber, bei seinen Eltern, hatten öfter Leute aus Hama übernachtet, vor allem Abu Yasmin, der in regelmäßigen Abständen kam, nachdem der Kurdenaufstand unter der Führung von Barzani im Norden Iraks eine Niederlage erlitten hatte. Der Kurdenaufstand war der ganzen Arabischen Liga ein Dorn im Auge. Im Algerien-Abkommen vom März 1975 zwischen dem iranischen Schah und Saddam Hussein, vermittelt durch den algerischen Präsidenten Hawari Boumediene, vereinbarten Iran und Irak, dass der Irak auf Land verzichtet und im Gegenzug der Iran seine militärische Unterstützung für die Revolution der Kurden im Nordirak einstellt. Nach dieser Niederlage für die Kurden gründete sich die Patriotische Union Kurdistans unter der Führung von Dschalal Talabani. Talabani wollte den Aufstand fortsetzen, brauchte aber Waffen.

Jeder Kurde wurde darum gebeten, die Revolution der Kurden im Nordirak zu unterstützen. Diese Nachricht erreichte auch Dilos Vater, der sich daraufhin dazu entschloss, sein Haus als Zwischenstation für den Waffenschmuggel zur Verfügung zu stellen. Die Familie beherbergte in dieser Zeit Vermittler - meistens war es Abu Yasmin -, die mit ihren Pick-ups heimlich Waffen über hunderte von Kilometern und durch strenge Kontrollpunkte bis nach Qamischlo zu Dilos Vater beförderten. Dilos Vater war der Vermittler zwischen den Leuten aus Hama und der kurdischen Revolution im Nordirak. Die Waffenlieferungen aus Hama bestanden aus Kalaschnikows und Säcken mit Munition.

Wenn die Lieferung gekommen war, saß die ganze Familie in der Nacht daran, klein und groß nebeneinander. Sie reinigten die Gewehre und testeten, ob sie funktionstüchtig waren, indem sie die kleinen Kapseln mit einem Knacken bewegten.

Damals gehörte Qamischlo fast nur den Kurden. Aber obwohl sich in dieser Zeit nur wenige Bedienstete des Staatsapparates in der Stadt befanden, war es trotzdem eine gefährliche Arbeit, nächtelang zwischen einem Haufen von Gewehren und Kugeln zu sitzen. Für die Familie ging es dabei nicht ums Geschäftemachen, sondern darum, ihre patriotischen Gefühle zu befriedigen. Dilos Vater war ein überzeugter Anhänger der Revolution im Nordirak.

„Solange ich nicht in die Berge gehen und kämpfen kann, werde ich diese Arbeit hier tun“, sagte er immer, und diesen Satz hatte sich Dilo eingeprägt, die riskante Pflicht und ihre Konsequenzen vor Augen.

Der aus Hama stammende Abu Yasmin hatte Dilo immer begeistert, obwohl er nicht viel mit ihm zu tun hatte, außer in den frühen Morgenstunden, wenn er mit seinem Wagen kam und ohne Gefühle von Angst vor Dilos Hoftür stand und die Ladung in den Hof brachte, als ob er Melonen transportierte.

Er tat das einige Jahre, kam aber in unregelmäßigen Abständen. Dilos Erinnerungen an Hama waren immer mit diesem mutigen Mann verbunden.

Aber was weder er noch sonst jemand zu diesem Zeitpunkt erahnen konnte war, welche grausamen Erinnerungen an Hama sich in Zukunft in das Gedächtnis aller unauslöschlich eingraben würden, wie eine tiefe Wunde, deren Narbe für immer sichtbar und spürbar bleibt.

Denn 1982 wurde Hama zu einer Kriegsoase der syrischen Streitkräfte.

Die Moslembruderschaft, die auch in Syrien vertreten war und besonders in Hama, bildete eine starke gewalttätige Opposition gegen die alewitische Regierung. Viele Syrer waren mit den Zuständen in ihrem Land nicht zufrieden und unterstützten die Muslimbrüder. In den Jahren vor 1982 hatten schon Kämpfe zwischen der Bruderschaft und den Regierungsangehörigen stattgefunden. Syrien war als Land der Putsche bekannt geworden, denn innerhalb der kurzen Existenz des syrischen Staates, seit 1946, hatte es schon mehrere gegeben. Der jeweilige Präsident wurde entweder ermordet oder landete lebenslänglich hinter Gittern. Nun schien ein weiterer Putsch bevorzustehen und das Regime ergriff seine Maßnahmen. Die staatlich kontrollierten Medien berichteten einseitig, aber hin und wieder erfuhren die Leute etwas von ihren Söhnen, die als Soldaten gegen die Aufständischen kämpften. Sie wurden dort eingesetzt, wo sie nicht zu Hause waren, um zu verhindern, dass sie sich mit der einheimischen Bevölkerung solidarisierten. Der Soldat aus Aleppo sollte sich seiner Familie gegenüber nicht moralisch verpflichtet fühlen, beispielsweise die Frau seines Onkels vor Vergewaltigungen seiner Kameraden schützen zu müssen. Stattdessen wurde er in einem anderen Ort eingesetzt, um dort Frauen in aller Öffentlichkeit den Schleier zu entreißen und sie zu entehren. 1982 erreichten die bürgerkriegsähnlichen Auseinandersetzungen zwischen der Moslembruderschaft und dem Regime ihren Höhepunkt: Die Moslembruderschaft verkündete von Hama aus den Aufstand. Der zu dieser Zeit an der Macht befindliche Hafis al Assad jedoch setzte alles daran, seinen mit Gewalt eroberten Stuhl auch mit Gewalt zu verteidigen. Hama wurde vom Militär eingekesselt. Alle Wege und Straßen nach Hama wurden in einem großen Umkreis abgesperrt. Hama wurde von der Außenwelt abgeschnitten. Hama wurde mit Kriegsflugzeugen bombardiert. Hama wurde von Grund auf zerstört. Die Zahl der Toten ließ das Regime niemand wissen, aber später erfuhr man, dass es an die zwanzigtausend, vielleicht sogar mehr waren. Tausende Babys und Kinder der Stadt, die überlebt hatten und zu Waisen geworden waren, wurden in andere Orte Syriens zur Adoption gebracht.

Das brutale Vorgehen sollte alle abschrecken, in ihren Städten ebenfalls gegen das Regime aufzustehen. Die grausame Niederschlagung des Aufstandes in Hama sollte zu einem Symbol der Stabilität für den wackligen Stuhl des Präsidenten werden. Hama blieb für jeden, der sich einen demokratischen Machtwechsel in Syrien wünschte, unvergessen.

Der Bus fuhr weiter. Dilo war immer noch ganz allein, hatte noch niemanden, mit dem er sich unterhalten konnte. Er holte seinen Block hervor und brachte seine Eindrücke zu Papier, doch bald fielen ihm die Augen zu.

Nach einem kurzen Schlaf erwachte er kurz vor Homs, dieser Stadt, die für ihre Witze bekannt war. Viele syrische Witze, ob lustig, gemein oder frech, bezogen sich auf ihre Einwohner.

Als Dilo auf dem Rastplatz aus dem Bus stieg, kam ihm der Beifahrer nahe und flüsterte ihm ins Ohr: „Vorsicht, heute haben die Leute aus Homs ihren Halluzinationen-Tag, dir kann alles Mögliche passieren.“ Während er lächelnd weiterging, stutzte Dilo nachdenklich. „Stimmt, heute ist Mittwoch“, sagte er zu sich.

In vielen Witzen über Homs spielte der Mittwoch eine Rolle. Es hieß, dass die Streitkräfte des Osmanischen Reichs an einem Mittwoch vor den Toren der Stadt standen, um sie zu erobern. An diesem Tag aber hätten die Einwohner Verrückte gespielt, sodass die Soldaten sich ziellos fühlten, weil das Volk in Homs nicht ansprechbar war. So sollen sie zu ihrem Ruf gekommen sein.

Djano wartete bereits auf Dilo und blickte suchend in die Masse. Er strahlte, als er ihn auf sich zukommen sah.

„Hallo Dilo, du bist doch gekommen! Gehen wir ins Zentrum, Homs ist nicht wie diese widerliche und unappetitliche Raststätte, sondern schön und sehenswert", begrüßte er ihn.

„Ich freue mich sehr, dich wiederzusehen." Dilo war froh, sich von seinem Schmerz über den unfreiwilligen Abschied von Nicole ablenken zu können.

Im Zentrum ging es laut und lebhaft zu, und von überall her war Musik zu hören. Djano führte ihn in ein modernes Restaurant, dessen Wände mit historischen Bildern von Burgen dekoriert waren.

„Na Dilo? Wie war es in Aleppo?", fragte Djano ihn, nachdem sie an einem freien Tisch Platz genommen hatten.

„Aleppo war sehr schön, ich habe mich da verliebt und gleich verabschiedet", sagte Dilo melancholisch.

„Verliebt? So schnell hast du jemanden gefunden?"

„Ja, ich habe sie in dem Hotel kennengelernt, in dem ich gearbeitet habe." Ärgerlich fügte er hinzu: „Vergiss es, nun bin ich hier."

Djano blickte ihn fragend an, drang aber nicht weiter in ihn. Stattdessen fragte er: „Was möchtest du essen?"

„Dieser Fleischspieß sieht gut aus, den nehme ich", entschied sich Dilo.

„Und was trinkst du dazu?"

„Sinalco."

„Zwei Sinalco und zwei Fleischspieße bitte", rief Djano der Bedienung zu. Der Geruch des gegrillten Kebab verteilte sich im Raum und machte Dilo noch mehr Appetit.

„Erzähl mir einen Witz aus Homs", bat Dilo, der zum Lachen gebracht werden wollte.

„Einen Witz? Ja, es gibt einen Neuen."

„Oh ja, bitte erzähl ihn mir."

„Ein Mann aus Homs hat sich ein schnelles Auto gekauft. Während der Fahrt hört er Radio London. ‚Hier ist London', sagt die Stimme. Als er das hört, ruft er erstaunt: ‚Oh, das Auto ist aber verdammt schnell, ich bin schon in London gelandet!' "

Dilo lachte so laut und auffällig, dass alle Leute zu ihm hinschauten und mitlachten.

„Was ist das für eine Burg auf diesem Bild?", fragte Dilo seinen Freund neugierig, nachdem er sich wieder beruhigt hatte.

„Diese Burg heißt Craque des Chevaliers, sie ist sehr alt und wurde von verschiedenen Herrschern besetzt, von Aramäern, Kreuzrittern und auch von Kurden."

„Was, von Kurden?"

„Ja, sie wird Kurden-Burg genannt. Gebaut wurde die Burg von einem moslemischen Emir, es ist spannend, ich würde gern mit dir dahin fahren, um sie dir zu zeigen, aber sie ist weit weg. Ich verspreche dir, wenn du aus Damaskus zurückkommst, werden wir dahin fahren."

Das leckere Kebab wurde serviert, und sie genossen ihr Mahl und unterhielten sich.

„Dilo, willst du heute hier schlafen?"

„Nein, ich muss weiter nach Damaskus, ich würde aber gern das Hotel sehen, in dem du arbeitest."

„Ja, ich hatte auch vor, es dir zu zeigen. Wenn du willst, kannst du hier übernachten und morgen weiterfahren."

„Nein, ich danke dir. Ich glaube, wir müssen uns beeilen, sonst bekomme ich keinen Bus mehr nach Damaskus."

Sie beendeten ihr Mahl und Dilo wollte bezahlen, aber Djano beharrte darauf, ihn einzuladen.

Vor dem Restaurant fuhren viele „Service" genannte Autos vorbei, die auf einer festen Route wie Busse verkehrten und nach Bedarf anhielten. Sie machten sich bemerkbar und es dauerte nicht lange, bis ein Wagen mit zwei freien Plätzen sie mitnahm. An einer großen Straße, deren Fahrbahn durch einen grünen Streifen geteilt wurde, zeigte Djano auf ein rechts vor ihnen liegendes Hotel: „Da ist es.“ Wieder bezahlte Djano und sie stiegen aus.

Djano grüßte seine Kollegen, führte Dilo im Hotel herum und zeigte ihm dann sein kleines Zimmer.

„Du hast einen schönen Arbeitsplatz, Djano“, staunte Dilo, „ich freue mich, dass ich dich besucht habe.“

„Willst du dich schon verabschieden?“, protestierte Djano. „Lass uns einen Tee trinken, dann kannst du losfahren.“ Er ging in die Küche und kam mit zwei Tassen wieder, in denen Teebeutel im heißen Wasser hingen.

„Wie lebst du hier, Djano, kennst du Leute in Homs?“

„Ich kenne viele Menschen hier und sie sind nett, aber ich vermisse es manchmal, kurdisch zu sprechen. Die Leute hier sind fröhlich, trotz der schlechten Umstände, in denen viele leben. Sie lachen viel, sie respektieren mich, ich fühle mich unter ihnen nicht fremd.“

Dilo nahm einen Schluck Tee, dann fragte er: „Du bist doch nicht verheiratet, oder?“

„Nein, das ist auch gut so, ich kenne aber eine nette Frau, wir treffen uns ab und zu“, antwortete Djano.

Sie verweilten in freundschaftlichem Gespräch, bis Dilo zur Wanduhr sah.

„Oh, ich muss gehen“, sagte er, nahm seinen letzten Schluck Tee und erhob sich.

„Ich bringe dich zum Busbahnhof, Dilo.“

„Aber du musst mir auch noch einen Witz erzählen“, lachte Dilo.

„Ok, wie wär’s mit diesem: Ein Mann hatte viel Geld und wusste nicht, wo er es verstecken sollte. Er suchte und suchte nach einem geeigneten Platz, bis er in der Wüste landete. Dort grub er ein Loch, steckte sein ganzes Geld in eine Tüte und vergrub es darin. Als er sich fragte, wie er diese Stelle wiederfinden konnte, schaute er sich nach einem Erkennungszeichen um. Schließlich fiel sein Blick auf eine dunkle Wolke am Himmel. ‚Ah, unter dieser Wolke liegt mein Geld', sagte er zufrieden und ging."

Sie lachten herzlich zusammen und Dilo scherzte: „Dieses Problem habe ich nicht."

Am Busbahnhof stand ein Bus nach Damaskus zur Abfahrt bereit, der nur noch auf Dilo gewartet zu haben schien.

„Ich wünsche dir Erfolg, Dilo, und nicht vergessen, wenn du zurückkehrst, besuch mich wieder", verabschiedete Djano ihn nach ihrer herzlichen Umarmung.

Dilo stieg ein und beide winkten einander ein letztes Mal zu.

Der Bus fuhr los, er spaltete den Wind in zwei Teile, genauso wie die Stadt Homs die Entfernung zu seinem Ziel Damaskus. Die Straße, auf der sie jetzt fuhren, war wie eine Trennlinie zwischen den auf der rechten Seite liegenden grünen Bergen und der kahlen Landschaft zur Linken, dem Beginn der Wüste. Der Kontrast war nicht zu übersehen. Dilo malte noch ein Bild, bevor sie Damaskus erreichten. Nicoles Haar mischte sich mit dem Sand der Wüste. Sein Sitznachbar, ein alter Mann, sprach ihn an.

„Bist du Maler?"

Dilo war so vertieft, dass er nicht antwortete.

„Woher kommst du, mein Sohn?"

„Aus Qamischlo, ich bin Kurde."

„Hast du diesen Beruf gelernt?"

„Nein, diesen Beruf kann man oder man kann ihn nicht, mit Lernen hat es nichts zu tun."

Der Mann zeigte auf das Bild.

„Ist das mein Gesicht?" Er lachte.

Dilo lachte ebenfalls.

„Ja, das bist du und ich bin es auch."

„Du magst blonde Haare, wie ich sehe, hier gibt es nicht

viel davon."
„Ja, das ist auch eine Geschichte. „
„Wohin führt dein Weg, mein Sohn?"
„Nach Damaskus, Geld verdienen und leben."

In der Ferne waren bald die Hügel von Damaskus zu erkennen, und der Bus fuhr schon bergab auf den in einem großen Tal vor der Stadt liegenden riesigen zentralen Busbahnhof, wo sich Menschen aus allen Teilen Syriens befanden, gerade angekommen oder auf die Abfahrt wartend. Fahrer, die vor ihren langen Bussen standen, riefen und lockten Passagiere mit den Worten: „Nur noch einen und dann fahren wir los."
„Pass gut auf dich auf, das ist eine Großstadt!", rief der Alte ihm zum Abschied zu.
„Danke, Onkel, ich hoffe, dass ich keine Haie treffen werde."

Am Damaszener Himmel dämmerte der Abend. Ein herrlich dunkelblauer Horizont erweckte Freude und Furcht gleichzeitig, und wie ein Klumpen stand der Berg nördlich von Damaskus davor. Alles roch nach der Jahrtausende alten Stadt, nach der Hauptstadt, in der viele reiche Imperatoren gewirkt hatten, der kurdisch-islamische Führer Saladin genauso wie der Eroberer aus Zentralasien, Timur Lenk. Es gibt vielerlei Sprüche über die Damaszener, zum Beispiel, dass sie geizige Menschen sind und uneheliche Kinder von Timur Lenk. Angeblich soll Timur Lenk, als er mit seinen Soldaten vor den Toren von Damaskus stand, sie in die Stadt geschickt und ihnen alles erlaubt haben, was Frauen betraf. Fast alle Frauen der Stadt, so erzählt man sich, seien von den Soldaten vergewaltigt worden oder hatten freiwillig Sex mit ihnen.
Es gibt auch ein Gerücht über die Gastfreundschaft der Damaszener. Während es im Orient Sitte ist, alles zu tun, damit der Gast sich wohlfühlt, wird in Damaskus das Gegenteil praktiziert und Gäste werden auf höfliche Art hinausgeschmissen, indem man sie fragt: „Wollen Sie hier essen? Im

Restaurant schmeckt es besser", oder: „Wollen Sie hier schlafen? Im Hotel ist es bequemer."

Dilo war nun achthundert Kilometer von Qamischlo entfernt. Mit Damaskus, so schien es ihm, fing sein Weg in der unsicheren Fremde wirklich an, so weit entfernt aus dem ihm vertrauten Norden.

Ein sogenannter Hop-Hop-Bus näherte sich ihm, der Beifahrer rief aus der offenen Tür: „Ins Zentrum, komm schnell, wir wollen weiterfahren", und im Fahren musste Dilo aufspringen.

Im Bus wurde durcheinander gesprochen wie in einer dunklen Kammer, nur Dilo war stumm, er sah die Leute einzeln an, um sich ein Bild zu machen. Das Zentrum war bald erreicht und so wie Dilo eingestiegen war, musste er auch aussteigen, wie in einer militärischen Übung. Schon befand er sich inmitten der Menge, die auch noch zu dieser Uhrzeit Leben und Wachheit versprach.

„Endlich bin ich in Damaskus und ich nähere mich noch mehr meinem Ziel", sagte Dilo zu sich, aber ein junger Mann, der neben ihm an der Straße stand, hatte es gehört und lächelte ihn an.

„Na, hallo", sagte er. Dilo zögerte, näherte sich ihm dann aber. Vielleicht handelte es sich um einen Menschen, der das gleiche Schicksal wie Dilo hatte, vielleicht war er ebenfalls Kurde, da er sofort auf Dilos Selbstgespräch reagiert hatte?

„Was sagst du, endlich in Damaskus, ist es für dich eine Freude?", kam ihm der Mann fragend entgegen. Ihn zu fragen, woher er kam, war nicht mehr nötig, da Dilo ihn schon an seinem Dialekt erkannte.

„Merhaba", grüßte Dilo.

„Ahlan we sahlan, Bruder", grüßte ihn der Mann zurück.

„Bist du schon lange hier in Damaskus?", fragte Dilo.

„Ja, zu lange, am ersten Tag, als ich in dieser verdammten Stadt angekommen bin, habe ich das Gleiche gesagt wie du", sagte der Mann frustriert. Er schien nicht glücklich zu sein.

„Es sind zehn Jahre, zehn verteufelte Zeiten, solange bin ich hier, und von Freude ist nicht zu sprechen“, sagte der Mann erregt.

Dilo stand wortlos vor ihm, das Wort „warum“ kam ihm nicht mehr über die Lippen. Die Angst zu scheitern umlauerte ihn wieder. Er hatte diese Realität seit einiger Zeit nicht mehr vor Augen gehabt. Um seine trüben Gedanken zu verscheuchen, lächelte er den Fremden an.„Komm, lass uns mal einen Lakritzsaft trinken.“

Dilos unvoreingenommene, offene Art bewirkte einen Stimmungswandel bei seinem neuen Bekannten. Er grinste Dilo an und zusammen gingen sie auf der belebten Straße zum Lakritzsaft-Verkäufer. Dort wurden sie von ihm gleich mit einem vollen Glas dunklen Saftes empfangen und - wie üblich - stritten sich die beiden neuen Bekannten darüber, wer von ihnen bezahlen sollte. Beide nahmen Geld aus ihrer Tasche und nach langem Hin und Her konnte Dilo doch gewinnen.

Als sie tranken, fragte Dilo: „Wie heißt du eigentlich?“

„Ich heiße Redjeb, und du? “

„Dilo, ich bin Dilo. Redjeb, wo schläfst du denn?“

„Auf einer Matratze natürlich, wo denn sonst?“

Dilo lachte. „Ja, ich weiß, ich meine …“

„Im Hotel, einem ganz billigen Hotel“, sagte Redjeb.

„Oh, das ist bestimmt was für mich“, reagierte Dilo. „Du hast mich ja gehört, ich bin neu hier und möchte auch gerne in einem Hotel schlafen, welches ich mir leisten kann.“

„Ja, klar, alle, denen es wie dir geht, wollen das, ich will dir was erzählen. Vor zehn Jahren kam ich hierher, in mir glühte es, ich war voller Energie. Ich war in deinem Alter und in meinen Adern quoll es vor Kraft. Doch das Segelschiff fährt nicht immer nach dem Wunsch des Kapitäns. Meines zum Beispiel hat mich hierher gebracht. In einer dunklen, nebligen, stürmischen Nacht bin ich vor den Toren von Damaskus gestrandet, ohne dass ich es wollte, mein Ziel lag ganz woanders", erzählte Redjeb traurig. „Redjeb, wenn man dir zuhört, denkt man, dass du hundert Jahre alt bist, das bist du aber nicht, denn du hast das Leben noch vor dir und noch nichts verpasst."

„Ich bin froh, Dilo, dass ich dich kennengelernt habe und ich werde dir auch sehr gerne helfen trotz meines miesen Zustands."

„Danke Redjeb, deine Hilfe wäre, für heute ein Hotel zu finden, das wäre für mich nun sehr wichtig, ich bin von der langen Fahrt sehr müde und würde gerne bald schlafen."

„Was! Schlafen, das kann nicht wahr sein, das ist doch dein erster Tag in dieser Stadt, ist das kein Grund zum Feiern?"

„Feiern?"

„Ja doch, du musst die ganze Sache locker sehen, hier trink mal!"

Redjeb holte eine kleine, flache Raki-Flasche aus seiner Hosentasche, öffnete sie und bot sie Dilo an.

„Hier, trinken wir auf dein Wohl, auf deinen ersten Tag in der Hauptstadt."

„Nein danke, ich trinke nicht, vor allem auch nicht in meinem jetzigen Zustand", betonte Dilo.

„Was! Dein Zustand, sag mir, was hast du denn, du siehst doch bestens aus!"

„Bestens, das sagst du nur so, du kennst mich doch erst seit ein paar Minuten, wie kannst du das beurteilen!"

„Hast recht, Dilo, ich kenne dich noch nicht lange und deshalb kann ich es auch nicht beurteilen, aber was soll's, nur einen Schluck, meinetwegen wird doch die Hölle nicht auf die Erde kommen."

„Das sagst du, darüber habe ich eine ganz andere Meinung."

„Sag mal, Dilo, willst du mir etwa davon eine Geschichte machen, es ist nur ein Schluck." Redjeb nahm die Flasche und trank fast alles aus. Den Rest gab er Dilo.

„Nein, nein, ich schwöre, du wirst das austrinken", sagte Dilo.

„Ich glaube, ich weiß, warum du nicht trinken willst, du ekelst dich vor mir, ich habe was nur für dich." Redjeb holte eine noch geschlossene Flasche aus seiner anderen Hosentasche und gab sie Dilo. „Hier, das ist das Richtige für dich, nimm das und trink, ohne dieses Ding ist das Leben eine Qual." Redjeb war schon etwas angetrunken.

„Das stimmt, was du sagst, aber du sollst nicht vergessen, dass das Leben auch damit eine Qual ist und man muss sich entscheiden. Ich persönlich entscheide mich für die Qual ohne dieses Zeug."

„Sag mal, hast du schon mal sowas getrunken?"

„Ja, klar."

„Und wann war das?"

„Willst du es wirklich wissen?"

„Ja, aber gerne."

„Das erste Mal habe ich getrunken, als ich merkte, dass aus meinem Schwanz auch noch was anderes kommt außer Harn."

Redjeb brüllte, er lachte aus dem ganzen Bauch, lachte so laut, dass auch weit von ihnen entfernte Passanten es hörten.

„Das hast du gut gesagt, was anderes aus dem Schwanz! Hört ihr zu, Leute, was er sagt!" Redjeb schrie es heraus und rannte durch die Straßen. „Was anderes aus dem Schwanz, habt ihr gehört … was anderes …"

Redjeb tauchte immer tiefer in die Menge ein, bis er irgendwann darin verschwand.

Auf der Straße in der Altstadt von Damaskus stand Dilo wieder allein, das Erlebnis mit Redjeb war wie ein Traum, der kam und gleichzeitig spurlos verschwunden war. Dilo wurde unruhig und fühlte, dass er, so verrückt wie Redjeb eben durch die Straßen gerannt war, bald auch so verrückt auf der Suche nach einem Hotel durch die Straßen rennen würde.

Vor sich sah er ein ungepflegtes Hotel. Dilo ging die lange schmale Treppe hoch mit dem Wunsch, einen Platz unter den Menschen seiner Klasse zu finden. Er landete vor einer rot gestrichenen Tür mit einer Fensterlücke. Drinnen war es dunkel. Gelassen steckte Dilo seinen Kopf durch die Lücke und rief nach einem Angestellten.

Plötzlich erschien das furchterregend entstellte Gesicht eines alten Mannes vor ihm. Dilo schreckte zurück und fiel die Treppe hinunter, seine gepflegten Kleider, seine Knie, seine Ellenbogen wurden zerschunden und zerkratzt. Sein Malblock zerriss und einige Blätter lagen verstreut herum. Der Alte war immer noch durch die dunkle Lücke zu sehen, mit seinem zahnlosen Mund lachte er hässlich. Panisch sammelte Dilo alles ein und flüchtete.

Es ging schon auf Mitternacht zu. Dilo hatte Angst, Opfer eines Überfalls zu werden. Obwohl Sicherheitsbeamte mit Jeeps herumfuhren, konnte doch innerhalb von Minuten etwas passieren und Dilo irgendwo landen, wo er nie gewesen war und auch nie sein wollte. Nachdem er in mehreren Hotels in der Nähe gefragt hatte, ob es ein freies Bett gab und es jedes Mal verneint worden war, war Dilo wieder am Rand seiner Verzweiflung und seiner Ungeduld angelangt.

Zwischen den hohen Gebäuden gab es für den einsamen Dilo viele Gründe, sich seinen Spiegel zu suchen, mit dem er einiges klären musste. Mamo schien ihn in dem Moment verlassen zu haben, als er Aleppo verließ, und Dilo schmerzte es. Wie ein Alkoholiker, der am Tag zuvor seine Schnapsflasche irgendwo versteckt hat und den seine Sucht zwingt, sie zu suchen, so rannte Dilo mit Angst durch die Straßen schreiend wie ein Psychopath:

„Wo bist du, wo versteckst du dich schon wieder, kannst du mich nicht hören?“

Er verlor die zerrissenen Blätter aus seinem Malblock, die er unter seinen Arm geklemmt hatte. Aber es schien, als wollten sie sich nicht von ihm trennen, der Wind wirbelte sie noch eine Weile neben ihm her.

Im Fenster eines Restaurants in einer dunklen Ecke fand Dilo endlich, was er suchte.

„Hallo Dilo!“, rief ihm der Spiegel zu, „da bist du ja, was

schreist du herum, was hast du?“

Aus dem Dunkel des Fensters blickte ihm nicht mehr der alte, weise Mann entgegen, sondern es schien ein Alterskamerad zu sein, dem es jedoch unvergleichlich viel besser ging als Dilo.

„Weißt du was, du bist der größte Egoist, den ich kenne, du suchst mich nur dann, wenn du mich brauchst, also wenn du Probleme hast!“, warf sein Spiegelbild ihm vor.

„Das stimmt gar nicht, ich denke immer an dich, und besonders, wenn ich in Schwierigkeiten stecke, bist du für mich der Einzige, dem ich vertrauen und auf den ich mich verlassen kann.“ Dilo war den Tränen nahe.

„Was hast du nun schon wieder?“

„Ich habe Angst, nicht mehr weiter zu kommen. Warst du das, der mir in der Fensterlücke des abscheulichen Hotels sein widerliches Gesicht gezeigt hat? Ich habe Wahnvorstellungen, ich weiß nicht, wie ich weiterkommen soll … soll ich zurück in die warmen Arme meiner Mutter?“

„Nein, gib nicht so schnell auf. Weißt du, wer du bist, Dilo?“

„Na, sag es, wer bin ich?!“

„Nein, das sage ich nicht jetzt, nun hast du was Wichtigeres zu tun, bevor es zu spät wird“, sagte das Spiegelbild.

Auf der Straße gingen noch vereinzelt Menschen vorbei, sie sahen den jungen Dilo in einer dunklen Ecke stehen, wie er sich mit sich selbst unterhielt, einige blickten ihn sehr merkwürdig an, andere nahmen ihn gar nicht wahr.

„Die Nacht an sich ist eine Decke für die Armen“, so lautet ein arabisches Sprichwort, aber die Nacht ist gleichzeitig eine Oase des Verbrechens.

„Dein Freund Redjeb ist in einem Hotel etwa hundert Meter weit von hier, besuche ihn … das wolltest du doch, oder?“, fragte ihn das Spiegelbild.

„Willst du, dass ich ein Säufer werde? Ich will ihn nicht mehr sehen!“

„Er ist so einer wie du, ihm wurden aber die Flügel abgeschnitten und er kann nicht mehr fliegen, du kannst be-

stimmt etwas von ihm lernen."
„Was sagst du mir, du willst auch meine Flügel abschneiden, ist das wahr? Was kann ich von ihm lernen außer saufen?", entgegnete Dilo aufgeregt, „ich will mit ihm nichts mehr zu tun haben … Ich will nicht."
„Willst du mich wiedersehen? Dann tue es, sonst …"
Dilo bekam Panik, als er das hörte, und unterbrach ihn. „Ja, schon gut, schon gut, ich mache es schon."
„So finde ich dich gut, und so können wir uns auch öfter sehen."
„Wo ist er … Ich meine, in welchem Hotel schläft er?"
„Im ‚Hotel Almuluk' ein paar Straßen weiter, er ist zwar besoffen, aber er wartet auf dich … Nun musst du weg von hier, geh", forderte das Spiegelbild ihn auf.
„Und wo ist dieses Hotel?"
„Du gehst die Straße weiter und dann nach rechts, du findest es bestimmt."
Dilos Stimmung hatte sich gebessert, er freute sich. „Danke, ich weiß nicht, wie es mir ohne dich gehen würde."

Die dunklen unheimlichen Gassen von Damaskus hatten eine ganz besondere Architektur, die seit Jahrtausenden Symbol der menschlichen Nähe war. So dicht waren die Häuser aneinander gebaut, dass alles wie ein einziges langes Haus zu sein schien.
Die kleine Straße hatte er bald erreicht. Dort war alles dunkel, nur ein paar kleine Straßenlaternen spendeten spärliches Licht. Dilo stand mit seiner kleinen Tasche in der Hand vor der Hoteltür, er klingelte mehrere Male, bis das Licht im Treppenhaus anging und ein junger Mann herunterkam.
„Guten Abend, haben Sie ein Bett für mich frei?"
„Ja, das haben wir, komm erst hoch ins Büro." Dilo folgte ihm die Treppe hoch ins Büro, dort saßen einige Leute.
„Hallo, guten Abend", begrüßte ihn ein älterer Mann. „Na, du hast wenig Gepäck, woher kommst du in dieser späten Nacht?"

„Bist du etwa neu hier in der Stadt?", fragte ihn einer der anderen Männer.

„Ja, ich bin gerade angekommen, ich will hier arbeiten, Geld verdienen." Was Dilo tatsächlich vorhatte, behielt er für sich.

Ein anderer fragte ihn: „Woher kommst du denn?"

„Ich komme aus Qamischlo, ich bin Kurde."

„So jung von deiner Familie weggegangen, wie haben deine Eltern das zugelassen?"

Dilo musste nach einer Ausrede suchen. „Ja, Sie haben recht, aber was soll's, meine Familie ist arm, ich bin hierher gekommen, um ihnen zu helfen", antwortete Dilo dem Mann.

„Allah lasse dich leben, mein Sohn, du machst mir einen guten Eindruck, Allah beschütze dich."

„Danke Onkel, vielen Dank, so, jetzt muss ich schlafen, damit ich morgen fit bin, um Arbeit zu suchen. Gute Nacht."

Dilo wollte gehen, aber der Hotelmitarbeiter rief:

„Wo gehst du hin? Erst musst du bezahlen, und dann zeige ich dir den Weg zu deinem Bett."

Dilo kam zu ihm und sie verhandelten über den Preis.

„Deinen Ausweis bitte", sagte der Mann.

„Ausweis? Habe ich nicht, nur einen Prüfungsausweis, hier bitte", sagte Dilo und gab ihm den roten Ausweis.

„Ach so, du bist staatenlos, nicht wahr", sagte der Mann.

Dilo war erleichtert, dass die Menschen hier auch von der Diskriminierung wussten, die die Baath-Partei gegenüber den Kurden im eigenen Land praktizierte.

„Pass auf, es ist späte Nacht, und eigentlich darf ich dich hier nicht übernachten lassen, es ist verboten, jemanden hier ohne Ausweis schlafen zu lassen", sagte der Hotelangestellte. Auf Dilos Gesicht war Bitterkeit zu lesen, er war wütend und traurig zugleich.

„Ja, aber … ", sagte Dilo und wurde gleich von ihm unterbrochen.

„Wir bekommen das hin." Dilo war von Neuem erleichtert. „Du schläfst hier und ich kümmere mich um alles", sagte der

Mann. Dilo fühlte sich vor Freude wie im siebten Himmel. Der Hotelangestellte nahm den roten Ausweis an sich und führte Dilo zu einem dunklen Zimmer. Seine Beine waren vom vielen Herumstehen versteinert, und wie eine rote reife Feige, die vom Baum fiel, sank er ins Bett, ohne an irgendetwas zu denken und fiel bald in einen tiefen Schlaf.

Die Nacht war zunächst ruhig, bis an der Hoteltür geklopft und geklingelt wurde, wie so oft. Der Hotelangestellte machte die Tür auf und sah, auch wie so oft, drei Geheimdienstler davor stehen. Ohne etwas zu fragen oder zu sagen, gingen alle die Treppe hoch. Oben im Büro gab der Angestellte ihnen die Ausweise aller Gäste. Ein Geheimdienstler schrieb alle Namen in ein Formular, die anderen zwei durchsuchten das Büro und gingen im Dunkeln in alle Zimmer hinein, machten das Licht an und zählten die schlafenden Menschen. Der Lärm, den sie verursachten, war nicht zu überhören. Dilo tauchte aus seinem Tiefschlaf wieder an der Oberfläche auf. Erschrocken fuhr er hoch, als sie in dem Zimmer, in dem er lag, das Licht einschalteten. Die Gesichter der Männer waren alles andere als freundlich. Dilo duckte sich unwillkürlich. Einer der Männer zählte die Gäste, der andere schaute Dilo misstrauisch an.

Nachdem sie alle Räume inspiziert hatten, gingen sie zurück ins Büro.

„Es sind mehr Leute hier als die Zahl der Ausweise, wo sind die fehlenden Ausweise?“, fragte einer der Geheimdienstler den Hotelangestellten, der eingeschüchtert wirkte.

„Ja, wir haben einen Jungen, der keinen Ausweis dabei hatte, stattdessen diese rote Karte, es war späte Nacht, und damit er nicht auf der Straße schlafen muss, habe ich ihn einfach zugelassen“, sagte er. Dilo lauschte. Er nahm seinen Block und steckte ihn in seinen Gürtel auf den Rücken.

„Du darfst es nicht tun, ohne richtigen Ausweis geht es einfach nicht, und du brauchst mir nicht deine Ideale vorzeigen“, sagte einer der Männer.

„Wo ist er überhaupt, wo schläft er, in welchem Zimmer?", fragte ein anderer.

Der Angestellte zeigte mit seiner Hand zu Dilos Zimmer. Die Schritte der Macht ertönten wie japanische Trommeln in Dilos Ohren, sein Herz klopfte. Ein Ausweg war nicht in Sicht, aus dem Fenster springen ging nicht, es war zu hoch. Schon standen sie vor der Tür und machten das Licht wieder an. Dilo zitterte vor Angst und erwartete nichts anderes als Verhaftung und Gefahr für Leib und Leben. Die unfreundlichen Geister blickten ihn voller Verachtung an, einer von ihnen wies ihn mit einer Handbewegung an, aufzustehen und heranzukommen. Ruhig und wortlos stand Dilo auf und kam zu ihnen, als er aber vor einem von ihnen stand, bekam er eine so heftige Ohrfeige, dass auch den anderen Gästen der Schlaf verdorben wurde. Dilo sah für einen Moment nur schwarz und seine Seele blutete.

„Warum schlagen Sie mich, was habe ich getan?"

Seine rot gewordene Wange war nicht rot, weil seine Mutter ihn gepflegt und ernährt hatte, sondern weil die Polizei ihn geohrfeigt hatte, Spur der Macht, der Gewalt, der Unterdrückung und Unmenschlichkeit.

„Wo ist dein Ausweis?", fragte ihn der Polizist.

„Ich habe ihn nicht, ich habe keinen Ausweis, ihr habt ihn meinem Vater schon entzogen, ich bin Fremder im eigenen Land", schrie Dilo fast.

„Ach so, du bist Staatenloser, was machst du denn hier, du darfst nicht in Hotels schlafen, das ist nicht erlaubt", sagte der Polizist hochnäsig. Er holte die Handschellen heraus, die an seinem Gürtel hingen.

„Du kommst mit", sagte der andere.

„Wohin wollt ihr mich in dieser Nacht schleppen?", schrie Dilo, die Hände in Schellen, seine Augen voller Tränen.

„Keine Angst, wir haben ein besseres Hotel für dich", sagte einer der Geheimdienstler und lachte so hässlich wie ein Esel. Dilo musste zwischen den drei Männern heruntergehen, ein Jeep wartete unten auf sie, alle stiegen ein und der Jeep fuhr mit quietschenden Reifen fort. Nach einer Weile hielt der Wagen an, sie stiegen aus und zogen Dilo hinter sich her in ein Gebäude. Sie führten ihn in einen der vielen Räume und befahlen ihm, sich auf einen der Stühle zu setzen. Sein Malblock fiel aus dem Gürtel. Als er allein war, fielen seine Augen wie von selbst zu und er schlief ein. Doch schon einen Augenblick später kamen ein paar andere Männer herein. Einer von ihnen hatte einen Knüppel, er schlug damit in seine eigene Hand und schaute dabei den schlafenden Dilo an. Dilo wachte auf, und als er den Knüppel erblickte, sprang er hoch.

„Was habt ihr vor? Was wollt ihr?", fragte Dilo.

„Nichts, wir wollen dir nur eine Lektion erteilen!", sagte einer der Männer und schlug auf ihn ein.

Dilos Schreie gingen, wie seine Schmerzen, in die Hände des Heiligen Geistes. Nach einer langen Runde des Prügelns hörte der Polizist auf.

„Nun hast du deine Lektion bekommen", sagte einer, ein anderer nahm ihm die Handschellen ab.

„Wie ein armer Mann ohne Brot nicht überleben kann, kann dieser Staat Syrien nicht ohne euch überleben! Ihr seid das Hauptfundament dieser Macht. Was habe ich getan, dass ihr mich so quält! Es ist nicht meine Schuld, dass ich als Kurde geboren bin, es ist nicht meine Schuld, dass ich als Staatenloser geboren bin, es ist nicht meine Schuld, dass ich in diesem verdammten Staat geboren bin! Wo ist die Gerechtigkeit, wenn ich nicht mal in meinem eigenen Land in einem Hotel übernachten kann?" Dilo schrie und weinte ohne Pause.

„Du sollst verdammt noch mal die Schnauze halten oder ich breche dir die Knochen!"

Ein anderer befahl: „Komm hierher, nun hast du was verdient." Er zog Dilo an der Hand wieder zurück ins Zimmer und zwang ihn, sich auf den Stuhl zu setzen.

Dann wurde er auf den am Boden liegenden Malblock auf-

merksam, hob ihn auf und blätterte darin.
„Bist du Maler?"
Dilo schwieg. „Seit wann bist du hier in Damaskus?"
„Seit heute." „Das ist nicht wahr, seit wann schläfst du in diesem verwünschten Hotel? Wir werden es herausbekommen, dann wird es schwere Folgen für dich haben", grinste der Beamte hämisch.
„Warum bist du hierher gekommen?"
„Um diese Frage zu beantworten, brauche ich drei Tage", sagte Dilo.
„Ich will dich nicht heiraten, Junge, erklär mir nicht deinen Lebenslauf, kurzum, weswegen bist du nach Damaskus gekommen?", schrie der Beamte Dilo an.
„Ich will hier arbeiten und Geld verdienen, wir sind arm."
„Arm! So siehst du nicht aus, erzähl mir andere Märchen, sag was, das ist besser für dich, sonst hole ich die Antworten mit dem Knüppel aus dir heraus!"
„Was soll ich sagen, ihr kennt mich doch viel besser als ich, außerdem ...", Dilo griff in seine Hosentasche und holte einen Zettel heraus, „... hier, schau mal, meine Fahrkarte." Er gab sie dem Beamten.
„Das kann jeder, sich so einen Zettel besorgen, das sagt gar nichts", sagte er. Für Dilo war es wie eine Plage, der Beamte schien seine ganze Schicht mit ihm verbringen zu wollen, um sich zu amüsieren. Zuhause, in seiner Heimatstadt, gab es einen Polizisten, der hieß Abu Djalal, er war Verkehrspolizist. Er war der bekannteste Polizist in der ganzen Stadt. Er nahm alles an, wenn er bestochen wurde. Für fünfzig Qurusch hat er ein Auge zugedrückt, für eine Lira hat er beide Augen und den Mund auch noch zugeklebt und nur noch die Hand aufgehalten. Wenn man jemanden vor seinen Augen ermordet hätte und ihm nur ein paar Lira gegeben hätte, hätte man sich damit von der harten Strafe freigekauft. Abu Djalal war das Symbol für die Korruption.
Die Uniform des Mannes, der ihm gegenübersaß, war die

gleiche, die Abu Djalal angehabt hatte. Ein syrischer Polizist war wie ein Sparschwein, jeder von ihnen hatte einen Riss in der Hose zum Geld reinstecken, und ihre Hüte glichen Zirkushüten, in die am Ende einer Vorstellung Geldstücke hineingeworfen werden konnten.

Dilo griff hastig in seine Hosentasche und holte alles Geld, welches er bis jetzt auf seinem Weg gespart hatte, heraus. Der Beamte glaubte seinen Augen nicht, es glitzerte, es leuchtete, es lachte.

„Hier, ich habe nur Ful gegessen, damit ich euch das geben kann", sagte Dilo in sich gekehrt und gab dem Polizisten sein Geld.

„Warum sagst du nicht gleich, dass du in Damaskus arbeiten willst", antwortete der Beamte und nahm es gierig an sich.

„Jetzt verstehen wir uns, jetzt kann ich dir den Weg zum Ausgang zeigen."

Der Stress war unerträglich für Dilo. Wenig Schlaf, kaum Sicherheit, kein Geld und die peinigende Erinnerung an die Misshandlungen der Polizisten. Er fürchtete sich davor, dass Wahnvorstellungen ihn einholen könnten. Die Filme in seinem Kopf waren überbelichtet und hatten ihre Strukturen verloren und ihre Farben.

In der nackten Nacht ging Dilo die langen Straßen von Damaskus entlang. Seine Anspannung ließ etwas nach, er war aber im Zwiespalt, einerseits sehr müde und erschöpft, andererseits glücklich, dass er, zwar mit leeren Händen, aber herausgekommen war aus diesem Staatsapparat, von dem man alles erwarten kann. „Jeder hat seine Hand für sich", sagt ein arabisches Sprichwort, also jeder handelte nach seiner eigenen Lust und Laune. Es war ein Glück, dass Dilo sich in Freiheit befand, nur in Freiheit und wäre es auch in den leeren Straßen des Niemandslandes.

Er landete vor dem Gemüse-Markt „Qarmane“, dem sogenannten Diebe-Markt, der jetzt in der Nacht wie ein Wrack, ein unheimlicher, zertrümmerter Ort aussah. Der Boden war schlammig, und der Schlamm war vermischt mit zerquetschten Tomaten und anderen Gemüsen, auch der Gestank von vergammelten Fleischresten drang in seine Nase.

Er musste damit leben und sich irgendeine Ecke im Dreck suchen, um die ermüdeten Augen, wenn auch nur für kurze Zeit, zu schließen.

In den dunklen Ecken des Suk suchte Dilo nach einem Platz, vorsichtig ging er hindurch. Alle trockenen Stellen waren besetzt. Dilo war mit seiner Situation nicht allein, es gab wohl noch mehr wie ihn, zwischen den Holzbaracken und Gemüseständen waren Stimmen zu hören. Sogar Feuer flackerten. Es schien nicht, als ob man sich im Zentrum einer Hauptstadt befand, sondern eher in einer verlassenen dunklen Grube.

Der Diebe-Markt wurde in der Nacht von einer anderen Schicht besetzt, von Obdachlosen, Alkoholikern, Drogensüchtigen, Homosexuellen, Versagern und jeden hatte eine Geschichte hierher getrieben.

Dilo wollte jegliche Konfrontation vermeiden und ging durch die Gassen des Marktes der Ärmsten in die dunkelste Ecke, die er finden konnte. In diesem schwarzen Loch stolperte er über die Füße eines Menschen und fiel fast hin. Der aus dem Schlaf geschreckte Mann schrie:

„Was soll das, … verschwinde, das ist mein Platz!“

Die Stimme mischte sich mit dem Echo der anderen Stimmen, die noch wach geblieben waren. Es war keine ruhige Nacht, es war eine lebendige, mit Krach und Lärm erfüllte Nacht.

Dilo konnte vor lauter Müdigkeit nicht mehr stehen und seine Augenlider klappten immer wieder zu. Damit er nicht wie andere im Morgengrauen als Erster mit Füßen getreten und verjagt würde, suchte er sich weiter einen anderen Platz, an dem er etwas länger schlafen konnte. Dilo hatte nichts zu verlieren, außer seinem Leben und seiner Ehre. Diese war hier am meisten bedroht und die Gefahren lauerten überall. An einem Lagerfeuer saß ein alter Mann mit langem Bart, zerrissenen Kleidern und einem Tuch um den Kopf. Dilo blieb in einiger Entfernung stehen und beobachtete ihn neugierig. Frierend steckte er seine Hände unter die Achseln. Sein Malheft lugte hervor und er sah aus wie ein Schuljunge, der seine Aufgaben nicht gemacht hat. Mit grollend hustender Stimme rief der Alte Dilo zu: „Du kannst doch hierher kommen und deine Hände am Feuer wärmen! Es ist kalt geworden."

Dilo zögerte kurz und näherte sich vorsichtig. Überall in dieser Ecke flackerten Feuer, es war auch Gesang und leise Musik zu hören. „Komm mal her, mein Sohn, ich habe leider nichts außer dieser Decke und die werde ich mit dir teilen", sagte der Alte und stand auf, um einen Schlafplatz für seinen unerwarteten Besuch herzurichten. Sein Verhalten gab Dilo etwas Sicherheit. Er fasste Vertrauen und lockerte sich aus seiner Verkrampfung. Bevor er sich hinlegte, nahm er nachdenklich seinen Block und blickte auf das kleiner gewordene Feuer. Langsam warf er die Blätter Stück für Stück hinein. Die Flammen loderten auf und spendeten für einen kurzen Moment Hitze.

Fürsorglich deckte der Alte den zitternden Jungen zu. „Schlaf mal, mein Sohn, schlaf, der Morgen bringt wieder Licht und Schicksal", murmelte er.

Der alte Mann setzte sich an seinen kleinen Feuerblechkasten. Er blickte auf den mit offenen Augen schlafenden Dilo und fing an, zu erzählen.

„Als ich so jung war wie du, habe ich etwa zweihundert Schafe gehütet. Ich hatte meinen Stock, Ziegenmilch und leckeres Dunkelbrot in meinem Korb, ich war mein eigener Herr. Mit seltenen, dort wachsenden Bäumen habe ich einen Verwandtschaftsvertrag gehabt, für meinen Hund war ich

der beste Freund …"
Dilos Wimpern wurden wie zwei Magneten zusammengezogen, die Stimme des Alten begleitete ihn auf dem Weg in den Traum „ … und den Schafen war ich ein gerechter Führer. Ich habe immer für mich gesorgt und war mir immer treu. Die Dürre und Trockenheit einerseits und die Verlockungen der zivilisierten Welt andererseits haben mich hierher getrieben. Nun muss ich, trotzdem ich mein Kleid ausgezogen und Hosen angezogen habe, für mich und meinen Kadaver jede Nacht nach einem Schlafplatz suchen."

Der Alte wurde ebenfalls müde, er legte sich neben Dilo und erzählte weiter.

„Seit ich die Raki-Flasche kennengelernt habe, haben sich mein Leben und mein Denken verändert, ich gehöre nicht mehr zu diesen Menschen, zu diesen Betrügern."

Der Alte setzte sich wieder, er war aufgeregt. „Sie haben erzählt, dass in der Hauptstadt alles anders ist, davon habe ich nichts gemerkt …"

Die Worte des Alten, diese Rede des Selbstmitleids, die zugleich eine Gutenacht-Geschichte sein sollte, bohrte sich in Dilos Ohren. Er hatte Angst, die nachfolgende Generation des Alten zu werden, Angst, dass der Alte durchdrehte und er dabei seinen Platz verlor, Angst, dass er in diesem Zustand stecken blieb, in dem er jetzt war, Angst vor der Freundschaft mit der hochprozentigen Raki-Flasche, Angst vor der Orientierungslosigkeit, Angst, sein ursprüngliches Ziel aus den Augen zu verlieren. Wo blieben die guten Zeiten, wo versteckten sie sich? Dilo hatte nun nur mit allen möglichen Versagern zu tun. Wo blieben denn die, die erfolgreich in dieser Welt geworden waren, wo war Nicole, die mit ihrem unschuldigen Blick tausende Wunden heilte, die Mutter und die warme, saubere, kuschlige Decke, wo blieb das Lächeln des Morgens?

„Nichts gemerkt, nichts gesehen … nie gewesen … nie gehört … nie gedacht", nuschelte er. Nun konnte er sich in den tiefen Ozean des Schlafs werfen.

Der Mullah aus der Omaijadenmoschee rief zum Frühgebet. Auch Hahnenkrähen war zu hören, es war, als ob man auf dem Land wohnte. Dilo war immer noch in die warme Decke des Alten eingerollt. Das Leben auf dem Markt nahm allmählich wieder seinen Gang.

Es war hell geworden und einige Händler fingen an, ihre Verkaufsstände zu öffnen. Andere transportierten Gemüsekisten auf ihren Schultern, sie holten neue Ware, sie arbeiteten.

Dilos Augen sahen aus wie die des sibirischen Rotfuchses, der vom Schneesturm besiegt worden ist, der aus Hunger und aus Mangel an Beute sein ganzes Dasein infrage stellt. Das Schicksal ist ein Begriff, ein Wort, das nicht auf die Stirn geschrieben ist, sondern ein Zustand, in dem man leben will oder nicht, man akzeptiert es oder strebt nach Besserem. Diese Entscheidung hängt immer von den vielen persönlichen Voraussetzungen ab, aber auch von den Folgen, die der Zustand zugefügt hat. Dilo sah die heile Welt in den Reflexionen des Himmels auf dem schlammigen Boden des Qarmane-Marktes, durch die fleißigen Menschen, die für ihr Glück Stahl mit dem Willen spalten konnten, Dilo sah die Hoffnung in dem Raki, der während der ganzen Nacht neben ihm geschlafen hatte, er sah sein Glück durch das leuchtende Gemüse, das seine Farben mit dem Licht der Morgendämmerung änderte, erhellte, leuchtete.

„Steh auf, mein Sohn, es wird Zeit zum Schichtwechsel, nun sind sie dran und wir müssen hier weg“, sagte der Alte. Er hustete. Der fleißige Dilo stand sofort auf, er half dem Alten, den Platz zu räumen, indem er die Decke zusammenrollte.

„Ich hoffe, dass du gut geschlafen hast“, sagte der Alte. „Ich weiß nicht, was mit dir ist, aber ich wünsche, dass du Kraft bekommst weiterzumachen.“

„Danke Onkel, vielen Dank, ich habe gut geschlafen“, sagte Dilo, während der Alte seinen Blechkasten unter einen der vielen Stände räumte. Sie gingen ein Stück zusammen die

Straße entlang.
„Ich wünsche, dass du nie in meinem Hotel zum Gast wirst, du bist noch jung und nicht ausgelaugt, einen besseren Ort als bei mir wirst du bestimmt finden“, sagte der Alte, der seine Decke aufgerollt auf den Schultern trug. Er lächelte freundlich.
„Danke Onkel, ich werde diese Nacht nie vergessen und dir immer das Beste wünschen“, sagte Dilo. „Nun will ich mein Gesicht waschen, wo kann man das hier?“
„Ja, das ist ein guter Anfang, da ist das, du gehst die Straße entlang … “, er zeigte auf die Straße. „Da siehst du doch den Al Hamidiye Suk, geh da hinein und ganz am Ende ist die Omaijadenmoschee.“
Die beiden umarmten sich zum Abschied, und als sie sich trennten, fragte der Alte:
„Aber sag, wie ist denn dein Name?“
„Dilo, Dilo ist mein Name“, antwortete Dilo, hob die Hand hoch und ging.
Der Alte lachte. „Machs gut Dilo … D … i … l … o … “, rief er, „Viel Glück!“
Sie entfernten sich voneinander, jeder von ihnen mit seiner eigenen Art und in die eigene Welt.

Das schlummernde Damaskus war wieder aufgewacht. Auf den Straßen waren schon einige Verkäufer unterwegs. Dilo beeilte sich, denn er wollte in so einem Zustand, mit verdreckter Kleidung und ungewaschen, von niemandem gesehen werden, vor allem nicht von Bekannten aus Qamischlo. Das war möglich, weil nicht wenige ihren Verdienst in der Hauptstadt suchten. Dilo stand vor dem überdachten Suk Al Hamidiye, Rest der früheren Pracht. Im Innern des Marktes sah es noch verlassen aus, nur wenige Leute waren schon unterwegs, um ihre Geschäfte zu erledigen.
Dilo fühlte sich gut hier. Der alte Steinbau erinnerte ihn an die Vergangenheit. Am anderen Ende des Suks flatterten an

hohen Säulen die rot-weiß-schwarzen syrischen Flaggen. Es sah nach einem festlichen Platz aus, doch wo waren sie alle, war heute Feiertag vom Feiern?

Durch ein großes hölzernes Tor betrat er die Moschee. Der gekachelte Boden und die schönen Farben waren eine Oase für Allah. Um diese Oase gruppierten sich die alten Bauten der Kreuzfahrer.

In der Mitte des Hofes stand der Reinigungsbrunnen. Dilo fühlte Frömmigkeit im Angesicht dieser angenehmen und prächtigen Architektur und eingedenk der Vergangenheit der Omaijadenmoschee überkam Dilo ein unbeschreibliches Gefühl vom Vermögen des Menschen, etwas fortzusetzen.

Er ging zum Brunnen, nachdem er am Eingang die Schuhe ausgezogen hatte, wie es die Regel verlangte. Nun war er in einer Insel der Barfüßigen, an einem reinen Ort, der auch in allem danach aussah.

Unter dem Kupferdach des auf neun Säulen gebauten Reinigungsbrunnens befanden sich mehrere Wasserhähne. Einige Leute waren schon da, sie waren gekommen, um zu beten und davor mussten sie sich reinigen, nach ganz bestimmten Regeln, je dreimal die Füße, Beine, Arme und das Gesicht mit klarem Wasser waschen.

Doch für Dilo war nicht das Beten der Grund, sich zu reinigen. Er wollte sein Gesicht und seine verdreckten Sachen waschen. Für Dilo war es auch das erste Mal, dass er sich an so einem Ort befand, der so großen Gottesrespekt ausstrahlte. Alle Details waren liebevoll gearbeitet, er spürte ein seltsames Gefühl an diesem heilige Ruhe ausstrahlenden Platz. Nicht nur, weil es eine Moschee war. Er hatte seine ganze Jugend vor einer Moschee in Qamischlo verbracht, der Qassimomoschee, aber diese Gefühle hatte er nicht gehabt. Die Qassimomoschee war sehr bekannt für ihre verstopften Klos und die Menschen, die in der Moschee verkehrten, waren anders, eine andere Generation mit einem anderen Aussehen. Diese Moschee war für die meisten Menschen, die auf dem

Markt waren, die öffentliche Toilette. Diese Moschee war verbunden mit einem tyrannischen Scheich, der seine Propaganda gegen die moderne Welt mit Fernsehen und Elektronik, Radio, Video und Film richtete, die er als Teufelszeug bezeichnete. Diese Moschee war der Ort der Buße und Ekstase, ein wichtiger Ort für Mullahs und Sufis.

Dort, in der Qassimomoschee, hatte Dilo sich nie so gefühlt, wie er sich jetzt in diesem Moment fühlte: ehrfürchtig. Vielleicht versetzte ihn seine Lage mit der damit verbundenen eigenen Stimmung in dieses Gefühl. Er suchte Barmherzigkeit in seiner mitleiderregenden Verfassung. Wenn Dilo sich jetzt entschied, in seine Heimatstadt zurückzukehren und sein Vorhaben, nämlich nach Paris zu fliegen, aufgab, musste er mehr als sechs Tage arbeiten, aber wo? Wo konnte er Arbeit finden, sechs Tage waren eine lange Zeit und wer weiß, was alles in diesen sechs Tagen passieren konnte.

Dilo zweifelte an seinem Entschluss, nach Paris zu gehen. Es erschien ihm als ein Traum, der nicht in Erfüllung gehen konnte. Lieber Gehorsamkeit als Paris, lieber Diskriminierung als Menschenrechte, lieber unter staatlicher Repression leben als in Meinungsfreiheit.

Der abenteuerliche Weg nach Paris war mit Stacheldraht in mehreren Schichten versperrt, man musste ein Vogel sein oder sogar unsichtbar, oder ein Reicher, oder ein Staatsbürger mit einem einfachen Pass, um dorthin zu gelangen. Paris war nicht gedacht für Staatenlose wie Dilo, die nirgendwo dazugehörten, die keine Meinung haben durften, die nichts außer Nichts durften.

Hier in dieser Moschee fühlte Dilo sich behütet. Beschützt vor dem unbekannten Damaskus, obwohl er kein Geld in der Tasche hatte und obwohl sein Bauch vor Hunger knurrte. Er begann eifrig, seine Hände und seine Hose zu waschen, es wurde Zeit, diese Gelegenheit zu nutzen, denn wer weiß, ob er noch einmal wieder hierher kommen konnte.

Erfrischt ging er nach dem Waschen in einige Räume, vor

denen an einer Seite ein Wagen mit riesigen Rädern stand, der ihn an das Mittelalter erinnerte. Er konnte nicht erkennen, ob es als Pferdekutsche oder Katapult gedient hatte. In dem großen Raum, der sich an mehrere kleine anschloss, war der ganze Boden mit edlen Orientteppichen bedeckt. Vereinzelt saßen Leute auf den Teppichen, einige hatten den Koran geöffnet vor sich liegen und waren darin vertieft, andere beteten, andere lagen und schliefen. Die Steinsäulen trugen das hohe Dach und Dilo war nur noch ein Detail des Ganzen, der mit Staunen dieses Wunder beobachtete.

Aus seiner Heimatstadt und ihrer Umgebung kannte Dilo solche Zeugnisse früherer Kulturen nicht, noch nicht einmal Ruinen gab es. Die hinterlassenen Spuren der alten Hochkulturen bestanden aus Trümmern, die unter Hügeln begraben waren und in denen Archäologen in mühevoller Arbeit die Geschichte zu lesen versuchten.

Allmählich verkehrten immer mehr Menschen in der Moschee, Touristen, Mullahs, Kinder, Scheichs, verschleierte Frauen, alle waren nun wach, jeder von ihnen begann seinen Weg und füllte sein Leben mit eigenen Vorhaben.

Es wurde Zeit, dass auch Dilo sich auf den Weg machte und diesen angenehmen Ort verließ, der das gegenseitige Rauben zwischen Islam und Christentum symbolisierte. Diese Stadt und insbesondere die Omaijadenmoschee war eine Oase des Konfliktes zwischen den Herrschern und den Religionen, die mit ihnen gewechselt haben. Die aramäische Kultur, die hellenistisch-römische Kultur, islamische und kurdische Sultane, Mongolen und Osmanen und nun die Alewiten - all diese Herrscher und Religionen hatten ihre eigenen Spuren hinterlassen, von den alten Bauten mit ihren farbigen Steinen bis hin zu den fast überall in der Mitte von Verkehrskreiseln aufgestellten Buddhafiguren, nein, Figuren des syrischen Präsidenten Assad, des neuen Gottes.

Alle Herrscher mit ihren Religionen hatten Kulturzeugnisse, aber auch Hass hinterlassen. So hassten die Christen die Moslems, denn in ihrem Stadtteil um die Omaijadenmoschee hatten sie jeden Tag ihre vormalige Kirche vor Augen, ihren von den Moslems geraubten heiligen Ort.

Nun war die Geschichte, die Dilo aus seinen Schulbüchern gelernt hatte, für ihn nicht mehr so wichtig. Wichtig war die Gegenwart, in der er sich jetzt befand. Allah kann alles machen, nichts ist für ihn unmöglich, außer dem hungrigen Dilo Fladenbrot vom Himmel zu schicken. Er ging durch die Stadt und verfolgte fast jeden mit den Augen auf der Suche nach Verwandten, Bekannten oder Freunden. Er ging durch die Vielfalt des Orients, durch die lebendigen Suks als einsamer Vogel. Überall wurde von den Verkaufsständen gerufen, „billige Socken", „zwei Hemden für zehn Lira", und die Rufe der Händler vermischten sich mit Kindergeschrei.

Plötzlich ertönte in diesem Geschrei und zwischen den vielen Rufen eine Stimme von weitem:

„Dilo!"

Dilo hatte es gehört, nahm es zuerst aber nicht wahr, er glaubte seinen Ohren nicht, doch die Stimme tauchte wieder aus dem Lärm auf.

„Dilo … Dilo, komm doch hierher!", rief sie.

Er sah Redjeb, den besoffenen Redjeb, der Dilo nur Sorgen hinterlassen hatte, der spurlos in der Nacht in der Masse verschwunden war.

Dilo traute nicht nur seinen Ohren nicht, sondern auch seinen Augen, Redjeb in diesem Zustand zu sehen, als jemanden, der ganz nüchtern einer Arbeit nachging.

Voller Freude rannte er zu ihm.

„Hey Redjeb, da bist du ja!" grüßte Dilo ihn, „Wo warst du denn, wo bist du hingegangen?", fragte er vorwurfsvoll.

„Vergiss es, Dilo, was da war, ich habe nun einen Job und kann davon leben." „Das freut mich für dich Redjeb, denn du warst für mich, um ehrlich zu sein, das Symbol des Versagens, nun bist du es ja nicht."

„Oh Dilo, wer einmal richtig säuft, ist noch lange kein Alkoholiker, entschuldige, dass ich ein schlechtes Bild bei dir hinterlassen habe."

„Na, nun stehe ich in dieser Position, ich kippe bald um vor Hunger", sagte Dilo voller Kummer.

„Was? Hunger? Warum?"

„Gestern Nacht, als ich nach dir gesucht habe, bin ich in einem Hotel gelandet, das auch Staatenlose bei sich schlafen lässt, aber dann kamen die Geheimdienstler und haben mich geweckt, geprügelt und schikaniert", sagte Dilo leise und in sich gekehrt.

„Erzähl, und dann?"

„Sie haben mich festgenommen, auf ein Polizeirevier gebracht, geschlagen, und ich bin mein ganzes Geld losgeworden." „Verdammte Scheiße, warum das?", fragte Redjeb wütend.

„Sie haben mich in der tiefsten Nacht freigelassen ohne eine einzige Lira." „Nun hast du kein Geld, nicht wahr?"

„Ja, meine Taschen sind leer, und ich habe richtig Hunger", antwortete Dilo und legte seine Hand auf den Bauch. Redjeb griff in die Hosentasche und holte Geld heraus.

„Hier Dilo, nimm, wenn du es irgendwann hast, kannst du es mir zurückgeben und wenn nicht, dann schenke ich es dir eben", sagte er und gab Dilo einen Fünfzigliraschein.

„Am besten gehst du jetzt etwas essen, damit du dich besser fühlst, geh jetzt und komm nachher wieder, ich kann jetzt nicht viel reden, ich muss arbeiten, bevor die Patrouille kommt", sagte Redjeb leise und hektisch zu ihm. Und laut rief er aus: „Zwei Teile für fünf Lira, Sensation, kaufen Sie zum halben Preis!" Dabei hielt er zwei Kinderpullover hoch.

An Redjebs mobilem Stand, der immer schnell wieder abgebaut werden konnte und an dem es neue Kleidung, vor allem Kinderkleidung und kleine Geschenke, zu kaufen gab, sammelten sich Kunden.

Dilo nahm das Geld und ging glücklich in die Masse hinein

in Richtung des Rauches eines Kebab-Standes, der hoch in den Himmel stieg. Seine Nase und seine hungrigen Augen hatten ihn bald bis vor die Bretterbude gebracht. Nun konnte er sich am Hunger rächen, er strahlte vor Freude.

Dilo bestellte und der Mann, der den Kebab zubereitete, legte rohes Fleisch um die Stäbchen. Es wurde also frisch gemacht. Dilo war ungeduldig. Seine Augen suchten aber immer noch nach Bekannten und vor allem nach dem Alten, bei dem er gestern Nacht geschlafen hatte. Den anonymen Alten hier in dem Schwarm von Menschen im Suk zu treffen wäre für Dilo die Chance, ihm zu zeigen, dass es ihm gut ging und dass es noch nette Menschen gab. Außerdem würde Dilo sehr gern seinen Wohlstand mit ihm teilen und ihm von seinem Kebab etwas abgeben.

„Jetzt kaufen und sparen, heute ist alles billiger!" Immer noch konnte er Redjebs Stimme aus den Stimmen der anderen rufenden Händler heraushören.

Der Kebab war bereits fertig, nun gab der Verkäufer es in einen dünnen Fladen Brot und rollte es mit etwas Salat zusammen. Es duftete aromatisch. Vergeblich hatten seine Augen nach dem Alten Ausschau gehalten. Dilo setzte sich an einen Tisch und verschlang den riesigen Kebab, wild, wie ein Adler, der lange Zeit ohne Beute auskommen musste. Als Dilo wieder am Stand seines Freundes angekommen war, fingen viele Händler um ihn herum an, auch Redjeb, ihre mobilen Stände mit hektischen Bewegungen zusammenzupacken. Es verbreitete sich eine Stimmung wie unter Schafen, die den nahenden Wolf spürten und in Panik gerieten. Dilo half Redjeb, seine Ware in eine große Plane zu packen und schon verschwanden beide in den Gassen von Qarmane.

„Wie oft kommt die Razzia hierher, Redjeb?", fragte Dilo, als sie in sicherer Entfernung anhielten.

„Unterschiedlich, an manchen Tagen gar nicht und an manchen mehrmals, wir haben aber Leute vorne stehen, die uns Bescheid sagen, bevor die Patrouille zu nah kommt, sonst ist es zu spät und unsere gesamte Ware wird beschlagnahmt", antwortete Redjeb.

„Und haben sie dich schon mal erwischt?"

„Nein, zum Glück noch nicht, heute ist übrigens mein erster Tag seit langem, ich arbeite auf Abruf, also wenn mein Chef mich braucht, sagt er mir Bescheid", erklärte Redjeb.

„Sag mal Redjeb, wie wird dieser Markt genannt?"

„Oh, er hat viele Namen, eigentlich heißt er Al Bahsa Gemüse-Markt, aber einige nennen ihn auch Diebe-Markt oder Markt der Armen ‚Suk Qarmane'."

„Diebe-Markt?

„Ja, er wird nur so genannt. Hier kaufen die armen Leute, die sich nichts leisten können. Außerdem treffen sich auf diesem Markt Leute von überall in Syrien, auch ein paar schlimme kleine Diebe sind darunter, die ‚Halal' und ‚Haram' nicht unterscheiden, aber das sind wenige. Ich weiß auch nicht, warum wir hier eigentlich nicht legal stehen dürfen. Warum können wir nicht einfach unseren Standplatz bezahlen, damit wir nicht immer wie die Maus vor der Katze flüchten müssen?"

„Deine Sachen sind aber nicht geklaut, oder?"

„Nein Dilo, nein, meine Sachen sind lauter Waren mit kleinen Fehlern, aussortierte Kleidung, die sie in einem normalen Geschäft nicht verkaufen. Deshalb sind sie so billig, die Leute kaufen es und wir verdienen dabei gut. Wenn es nur die verdammte Razzia nicht gäbe", sagte Redjeb.

Bald war es im Suk Qarmane wieder ruhig, man sah keine Polizeihüte mehr und Redjeb konnte wieder an seinen Platz zurückkehren.

Mit Hilfe von Dilo breitete er seine Plane wieder aus und fing auch sofort zu rufen an: „Neue Kleider für Ihre Kinder zum halben Preis!"

Dilo sah, dass er sich keine Sorge mehr um seinen Freund machen brauchte und Hunger hatte er auch nicht mehr. Sie verabschiedeten sich und Dilo versprach ihm, sich zu melden. Er musste seinen Weg jetzt mit voller Kraft in den Hotelvierteln von Damaskus suchen. Er war entschlossen, eine Arbeit zu finden.

Nach vielen vergeblichen Anfragen landete er vor dem „Hotel der Arabischen Liga", so hieß es auf einem großen Schild über dem Eingang.

Dilo ging hinein zur Rezeption.

„Haben Sie eine Arbeit für mich?", fragte Dilo den jungen Mann, der hinter einer Theke stand.

„Ja, was kannst du denn machen?", wollte der Mann wissen.

„Alles, putzen, waschen, spülen, aufräumen und so", antwortete Dilo.

Der Mann musterte Dilo kurz und überlegte. Dilo hielt etwas auf sich, wie fast jeder junge Mann, er vernachlässigte sein Aussehen nicht. Offenbar war der Mann mit Dilos Erscheinungsbild zufrieden.

„Ist gut, du kannst sofort anfangen."

Diese Antwort ließ Dilos Herz vor Freude springen, er fühlte sich glücklich. „Das freut mich sehr, was bekomme ich täglich?", fragte Dilo ihn.

„Zehn Lira am Tag", antwortete der Mann.

Dilo rechnete für sich. Zehn Lira, das sind zwar zwei Lira weniger als in Aleppo, aber was soll's. Er antwortete seinem neuen Arbeitgeber: „Ja, ist gut."

„Gibst du mir bitte deinen Ausweis", sagte der Mann.

„Einen Ausweis habe ich nicht, aber meinen Prüfungsausweis kann ich vorlegen."

Der junge Mann nahm Dilos roten Ausweis entgegen, in dem ein Lichtbild geklebt war, und drehte ihn hin und her.

„Einen richtigen Ausweis hast du nicht?"

„Nein, ich bin Staatenloser, ich besitze nur den, sonst habe ich nichts."

„Staatenloser, was ist das, das gibt es auch?"

„Ja, so wie es bei mir der Fall ist, ich weiß auch nicht wieso."

„Macht nichts, das reicht auch." Er rief: „Um Muhamed,

kommst du mal bitte."
Eine fette Frau mittleren Alters trat aus einer Tür an die Rezeption. „Na was gibt's, Jamal?", fragte sie.
„Um Muhamed, der Junge will bei uns arbeiten, kannst du schauen, was du für ihn hast?" Um Muhamed sah Dilo an, dann lächelte sie. „Willkommen mein Sohn, komm bitte mit, ich werde dir zeigen, was du zu tun hast."
Sie ging ihm voran in die Küche.
„Wie heißt du, mein Sohn?", fragte Um Mohammed ihn.
„Ich heiße Dilo."
„Schöner Name."
„Ja, das ist ein kurdischer Name, es bedeutet ‚Mein Herz'" sagte Dilo in sanftem Ton.
Um Muhamed reagierte poetisch: „Oh komm, mein Herz", scherzte sie und schmiegte sich an ihn.
Dilo freute sich über diese nette Begegnung, doch Arbeit ging vor. Er folgte Um Muhamed zu dem kleinen Herd. Sie zeigte ihm seine Arbeitswerkzeuge zum Putzen und wie er Kaffee kochen konnte.
„Hier sind die Putzlappen und der Besen, immer wenn du damit fertig bist, musst du beides auch zurück an seinen Platz stellen, Ordnung muss sein", sagte sie und zeigte auf eine der Ecken.
„Um Muhamed, was kann ich jetzt machen?", fragte Dilo eifrig.
„Um das Putzen brauchst du dich heute nicht zu kümmern, das habe ich schon erledigt, aber morgen bist du dran. Ich schlage vor, du machst für uns einen Kaffee, es sind noch keine Bestellungen da", sagte Um Muhamed und setzte sich auf einen Stuhl.
„Wird gemacht, ich werde einen tollen Kaffee machen."
Dilo ging zum Küchenschrank, holte die Kanne und setzte Wasser auf. Um Muhamed beobachtete ihn, er wurde also geprüft. Dilo wartete am Herd, bis das Wasser kochte, dann kippte er das Kaffeepulver in die Kanne und ließ es kochen, bis es schäumte. Er stellte den Kaffee und die Tassen auf

ein Tablett und brachte es zu Um Muhamed in den kleinen Raum, der den Angestellten vorbehalten war. „Dein Kaffee schmeckt gut“, lobte Um Muhamed ihn und roch den Dampf.

Er hatte bestanden. Nun war er eine seiner größten Sorgen los. Doch von einer Meinungsänderung war bei ihm nichts mehr zu merken, denn er war entschlossen, nach Paris zu fliegen, trotz aller Abenteuer, die bis jetzt damit verbunden waren. Es waren temporäre Zustände, es waren Krisen, die anscheinend jeder Bürger dieses Staates irgendwann erleben musste, damit er gehorsam wurde, damit er schwieg und aufhörte, den Staat auf irgendeine Art zu kritisieren oder Ordnungswidrigkeiten zu begehen.

Um Muhamed war sehr freundlich zu ihm, sie behandelte ihn fast wie einen eigenen Sohn. Sie ließ ihm viele Freiräume, er konnte zum Beispiel in die Stadt gehen, Pausen machen und ohne Geschimpfe und Beleidigungen arbeiten.

„Dilo, mein Lieber, es ist schon acht Uhr, willst du etwa heute nicht aufstehen?“, rief ihm Um Muhamed aus dem kleinen Schlafzimmer von nebenan zu.

Dilo, der noch tief in seinen schönen Träumen lag, hörte den Ruf. „Doch, Um Muhamed, ich komme gleich.“ Er zog sich an, wusch sich die Augen und ging zur Tür. Um Muhamed stand davor.

„Guten Morgen, mein Sohn, na, hast du gut geschlafen?“

Dilo schaute sie an und lächelte. „Ja, Um Muhamed, ich habe sehr schön geschlafen, vor allem habe ich schön geträumt.“

„Darf ich fragen, wovon du geträumt hast?“

„Ja, du weißt, ich bin noch jung und stehe am Anfang meines Lebens. Ich lerne gerade fliegen, meine Flügel sind frisch gewachsen“, rief Dilo freudig.

„Was ist das für ein großer Dichter“, lächelte Um Muhamed.

„Ja, Um Muhamed, mein schönster Traum ist, wenn ich fliege und weiter fliege, ohne abzustürzen“, sagte Dilo.

„Mein Sohn, ich wünsche dir, dass du nie abstürzt, dafür

werde ich wie deine Mutter beten."

„Danke Um Muhamed, danke sehr, ich freue mich, dass ich mit dir arbeite, ich freue mich einfach", sagte Dilo, und in seinen Augen standen Tränen.

Obwohl dieser Augenblick sentimental war, freute sich Um Muhamed doch auch darüber. Sie merkte, was alles in Dilo steckte und nahm sich vor, Anteil zu nehmen, indem sie ihn mit Disziplin leitete.

„Gut Dilo, wir müssen jetzt was tun, später können wir uns weiter unterhalten. Holst du bitte Eimer und Wischlappen? Zimmer Nummer elf ist gerade leer geworden. Putze den Boden, und ich werde den Bettbezug wechseln."

Nach ein paar Tagen teilte Um Muhamed die Zimmer zwischen ihnen auf, sodass jeder eine bestimmte Anzahl von Zimmern zu reinigen hatte. Putzen und Bettwäsche wechseln waren Aufgaben, die er jeden Tag erledigen musste.

Eines Morgens ging Dilo in ein Zimmer, in dem noch Gäste waren, die aber im Begriff standen zu gehen. Er stellte seinen vollen Eimer auf den Boden, holte seinen Lappen heraus und fing an, den Boden vorsichtig zu wischen. Die Gäste, ein etwas älterer Herr und ein junger Mann, unterhielten sich.

Dilo bemerkte an ihrem Dialekt, dass sie keine Syrer waren. Als Dilo sich mit seinem Wischlappen den Füßen des Älteren näherte, der auf dem Bett saß, war es ihm nicht angenehm und auch dem Mann erging es nicht anders und er konnte nicht länger schweigen.

„Ist es nicht zu schade, dass so ein junger, gut aussehender Mensch zu unseren Füßen putzt, wo leben wir denn? In Sklaverei oder was?", sagte er wütend.

Dilo war erstaunt, putzte aber weiter.

„Kommst du bitte, setz dich hier neben mich", sagte der ältere Mann.

Dilo wurde misstrauisch, denn er durfte sich Gästen gegenüber nicht locker verhalten. War der Mann vielleicht homosexuell und wollte etwas von ihm? Vorsichtshalber hatte er seinen Fluchtweg zur Zimmertür schon im Blick, falls es für ihn zu einer unangenehmen Situation kam.

Trotz seines Misstrauens hatte der erste Satz, den der Mann zu ihm gesagt hatte, ihn neugierig gemacht und er wollte hören, was er ihm sagen wollte. So setzte er sich neben ihn auf das Bett.

„Ja, was soll ich tun, ich will nicht jede Arbeit machen, dazu ist meine Ehre zu stark. Lieber hier mit Ehre als woanders ohne“, sagte Dilo.

„Bravo, das ist sehr gut gesagt, aber ich meinte, ob diese Arbeit dir eine Zukunft verspricht. Du bist noch jung, am Anfang deines Tempos und unter den Füßen der Leute zu putzen, da staune ich einfach“, sagte der Mann und klopfte Dilo auf die Schulter.

Dilo war entspannter geworden. „Wieso, haben Sie etwas Besseres anzubieten?“, fragte er.

„Wie wäre es, wenn wir dich heute Abend zum Essen einladen und wir dir alles in Ruhe erzählen?“, sagte der Ältere. Und der Jüngere näherte sich Dilo mit der Frage: „Und außerdem, trinkst du Alkohol?“

„Ja, manchmal“, antwortete Dilo.

„Ja gut, lass uns heute Abend ausgehen, wir laden dich gerne zu einem netten Abendessen ein mit einer besseren Atmosphäre“, sagte der jüngere Mann.

„Wir sind Palästinenser“, sagte der Ältere.

Nun war er noch neugieriger, was die beiden Männer ihm zu sagen hatten. „Palästinenser?“, fragte Dilo erstaunt.

„Ja, lass uns heute Abend weiterreden, wir kommen gegen neunzehn Uhr, bereite dich vor“, sagte der Ältere und sie gingen aus dem Zimmer.

Diese Menschen gaben Dilo Hoffnung, aber die Hoffnung war gemischt mit dem Bedenken, ob sie nicht doch homosexuell waren. Trotzdem war er fest entschlossen, zu der Verabredung zu gehen, denn er wollte mehr von ihnen über die Fedajin erfahren, die Palästinensischen Opferwilligen, die vom Volk, so auch von Dilo, für ihren Kampf verehrt wurden, da sie ihr Leben für ihre Überzeugung, ihren Kampf gegen die Unterdrückung opferten.

Nachdem er das Zimmer verlassen hatte, ging er zu Um Muhamed und fragte sie nach diesen Leuten.

„Um Muhamed, die beiden palästinensischen Gäste haben mich heute Abend zum Essen eingeladen, wie findest du sie?“, fragte Dilo.

„Abu Siad und Nassir?“, vergewisserte sich Um Muhamed.

„Ja, das sind sie, glaube ich“, sagte Dilo.

„Sie sind oft bei uns und sind sehr nett“, sagte Um Muhamed. Diese Worte befreiten Dilo von seinen Ängsten.

Dilo fühlte sich, als ob ihm neue Federn wuchsen, sodass er seinem Traum zu fliegen, näher kam. Er zog seinen neuen Anzug aus dem Superangebot vom Basar an, kämmte sein Haar besonders sorgfältig, verabschiedete sich von Um Muhamed und stieg in das Taxi, das vor der Tür auf der Straße wartete, die beiden Männer saßen schon drin. Der Wagen fuhr aus der Stadt heraus. Nach etwa einer halben Stunde Fahrt durch eine gebirgige Landschaft in frischem Grün hielt das Taxi vor einem Restaurant, das Dilo als eines der teuersten in ganz Syrien erschien, den „Wasserfällen“, einem Lokal im Freien, in dem Tische in grünen Nischen standen und in unmittelbarer Nähe das Plätschern von Wasser zu hören war. Die Atmosphäre war fabelhaft, die Gäste waren vornehme Leute, Familien und junge Paare. Die natürliche frische Luft und die leise arabische Musik vervollkommneten dieses grüne Paradies, das, von bunten Lichtern angestrahlt, zu einer einzigartigen unbeschädigten Oase wurde.

Die drei gingen zu einem schon reservierten Tisch, setzten sich und wurden gleich bedient. Zuerst kamen kleine, leckere Vorspeisen mit drei Flaschen eisgekühltem Bier.

„Und jetzt frage ich dich, wie heißt du?“

„Ich heiße Dilo. Und Sie?“

„Ich heiße Abu Siad, du kannst auch das ‚Sie' weglassen", antwortete er.
Dilo fragte auch den Jüngeren nach seinem Namen.
„Ich heiße Nassir", antwortete er.
„Dilo, man lebt nur einmal und wenn, dann mit Glück und Ehre. Dein Satz im Hotel hat mir sehr gut gefallen", sagte Abu Siad. Sie gossen Bier in die Gläser.
„Darf ich zuerst fragen, woher du kommst?", wandte sich Nassir an Dilo.
„Ich komme aus dem Norden des Landes aus Al Kamishly, und ich bin Kurde", sagte Dilo.
„Kurde, alle Achtung. Die Kurden sind sehr mutig, treu und …", sagte Abu Siad, aber Dilo unterbrach ihn „… und haben sehr harte Schädel."
Sie lachten zusammen und ihre Biergläser waren bereit zum Anstoßen. Nassir stand auf, das Bierglas in einer Hand und rief:
„Du bist der Enkel Salah ad Din al Ajubis!"
Sie stießen zusammen an.
„Prost, auf unser Wohl, auf ein einmaliges Leben … auf dieses Paradies, auf den Sieg … auf die Freiheit der Menschen … der Gerechtigkeit, auf die Befreiung Kurdistans und Palästinas."
Jeder von den Dreien sagte diese Sätze auf seine eigene Art. Es waren große Begriffe, bedeutsame Worte, für die man hierzulande verhaftet werden konnte. Die Geheimdienstler, die Staatshunde, mussten anscheinend draußen bleiben, vor der Tür an der Leine. Für die Reichen, die sich diesen Ort leisten konnten, gab es keine Kontrolle, sie wurden nicht beobachtet. Ein Reicher war meistens Sklave seines Geldes und gehörte somit auch zu der gehorsamsten Schicht, außer hier an diesem Ort. Hier wurde genossen, gelacht, vor der Alltagsroutine geflüchtet und manchmal auch mehr aus sich heraus gegangen, als es sonst in dieser strengen Gesellschaft erlaubt war. „Jetzt bin ich aber dran, ich möchte euch gern

besser kennenlernen“, sagte er und blickte zu Nassir.

„Abu Siad kann uns dir am besten vorstellen“, sagte Nassir ebenfalls ernsthaft.

„Wir sind beide Palästinenser und kommen aus Beirut, wir sind auch beide bei der PLO, sind hier zu Besuch und machen etwas Urlaub“, sagte Abu Siad.

Dilo war stolz, dass er die Gelegenheit hatte, mit diesen Opferwilligen zu sprechen und sogar einen zu trinken. Er freute sich über diese Antwort und blieb still.

Die Bedienung brachte das üppige Essen: drei Sorten Fleisch, gebraten, gegrillt und das rohe Kibbeh - cremig vermischt mit feinem Bulgur - und so viele Kleinigkeiten, dass der große Tisch voll war, dazu kam noch ein Liter Whisky mit Eis auf die Tafel.

Dilo hatte so ein Bild noch nie im Leben gesehen, diese Gefühle wollte er aber nicht zeigen und sich nicht damit erniedrigen und klein machen. Deshalb tat er so, als ob er fast jeden Tag so aß.

„Wir kommen auf deine Frage im Hotel zurück, ob wir eine alternative Arbeit für dich haben“, sagte Abu Siad.

„Ja, genau, was habt ihr mir vorzuschlagen?“, fragte Dilo.

„Willst du zur Revolution gehen?“, fragte Nassir.

„Revolution? Welche Revolution?“ Dilo war verwundert.

„Die palästinensische Revolution natürlich, was sonst“, rief Abu Siad.

„Wieso fangt ihr nicht an zu essen, Dilo, bediene dich bitte. Zum Reden gibt’s genug Zeit, zum Essen aber nicht, das Essen wird kalt“, sagte Abu Siad und zeigte mit seiner Hand auf die vielseitigen Gerichte.

Alle drei fingen in aller Ruhe an in diesem entspannten Milieu zu essen. Das Knacken des Eises, während Whisky ins Glas gegossen wurde, ergab eine rhythmische Musik zu dieser vollkommenen Sitzung.

Fairuz, die bekannte libanesische Sängerin, war mit ihren Liebesliedern auch dabei.

„Ein Mensch ohne Prinzip, ohne Überzeugung, ist kein Mensch“, sagte Nassir.

„Wir haben der Welt gezeigt, dass wir recht haben, dazu stehen wir auch, bis es nicht mehr geht“, sagte Abu Siad voller Eifer.

Dilo hatte die Filme vor Augen, die ihnen in der Schule gezeigt worden waren über das Unrecht, dass die Israelis den Arabern, den Palästinensern, zugefügt hatten, Filme, in denen die Fedajin als Helden verehrt und der höchsten gesellschaftlichen Schicht zugerechnet wurden. Die Folter, die die Israelis den Fedajin angetan hatten, war höchst brutal. Dilo erinnerte sich an eine Szene, in denen ihnen die Finger abgeschnitten wurden. Mosche Dajan, der damalige israelische Verteidigungsminister, wurde hasserregend und als Symbol der Feindschaft in den Propagandafilmen dargestellt. „Israel wurde von den Briten als Lösung für den Westen installiert. Sie haben sich des Problems entledigt und somit auch der Juden, aber diese Krise wurde nicht gelöst, sondern in einen anderen Teil der Welt verschoben, außerhalb Europas, in das Herz der arabischen Welt, wie wir es bezeichnen“, sagte Abu Siad.

Die, die verehrt werden und die Gerechtigkeit versinnbildlichen waren hier, sie saßen mit Dilo um einen nett gedeckten Esstisch.

„Wir werden den Israelis zeigen, wer wir sind“, sagte Nassir geladen.

„Ich habe Respekt vor den Palästinensischen Opferwilligen, es sind ehrenvolle Menschen“, sagte Dilo und seine Stimme klang erregt. „Ich könnte mir vorstellen, ein Fidai zu werden, aber gegen diesen Staat, der mein Dasein noch nicht einmal anerkennt.“

Abu Siad legte ein rot gebratenes Fleischstäbchen auf Dilos Teller. „Iss doch, das ist sehr lecker“, forderte er ihn auf. „Solche Menschen wie du sind auch zu ehren Dilo, vielen Dank, unsere Hauptfeinde sind aber da drüben“, sagte er und zeigte mit seiner Hand Richtung Südwesten, Richtung Israel.

Sie aßen und tranken, sie genossen alles. Abu Siad blickte Dilo sehr zufrieden an.

Nassir fuhr fort: „Solche Menschen wie du können der Menschheit gut helfen."

Sie stießen an, und die Gläser ließen ihre eigene Melodie erklingen.

„Ja, Nassir, aber ich bin der Ritter ohne Pferd, Friedensstifter ohne Mission, ich kann nicht so einfach nach Beirut fahren", sagte Dilo aufgeregt.

„Kannst du nicht, wieso?", fragte Nassir.

„Ich habe keinen Ausweis und ohne den wird es nicht gehen. Meinem Vater wurde sein Ausweis von diesem Staat, von dieser Baath-Partei, entzogen."

Die beiden Männer sahen Dilo still und nachdenklich an.

„Ach, das ist doch das kleinste Problem", sagte Abu Siad dann zu Dilos Erstaunen. Diese beiden Männer nährten die Hoffnung in ihm, dass er die Grenze mit ihrer Unterstützung ohne Komplikationen überqueren konnte.

„Ja? Und wie würde es gehen?", fragte er gespannt.

„Das werde ich dir später erzählen. Willst du überhaupt dahin?", fragte Abu Siad.

„Ja, gerne, wenn ihr mir einen vernünftigen Vorschlag macht!"

Der Whisky war eine Nummer zu stark für Dilo, er spürte es in seinem Kopf und seinem ganzen Körper. Am Tisch gegenüber saß ein Paar. Die Frau blickte neugierig herüber, sie schien an der Dreiergesellschaft interessiert zu sein.

Sie gaben Eiswürfel ins Glas und gossen Whisky nach, denn die Nacht fing erst an.

„Lasst uns mal auf Beirut anstoßen", sagte Abu Siad.

Jeder von ihnen sprach seinen Trinkspruch aus:

„Auf die Ehre, ... auf die Freiheit, ... auf die Fedajin, den Widerstand", sie hoben ihre Whiskygläser dabei hoch und dann tranken sie.

Für Dilo war es das erste Mal, dass er Whisky trank und in einem so schönen Restaurant war.

Sie tranken und aßen weiter, und sie fingen an zu singen wie auf einem Fest. Die Sterne glitzerten von oben, sie hatten Dilos gute Laune mitbekommen. Obwohl der kräftige Whisky seine Wirkung auf ihn zeigte, versuchte er, nüchtern zu bleiben. „Abu Siad, sag mir bitte, wie ich nach Beirut kommen kann“, lenkte Dilo das Gespräch wieder auf die Gegenwart.

Abu Siad war in guter Stimmung. „Mit dem Auto natürlich“, erwiderte er.

Dilos Miene wechselte, wurde dann aber wieder ernst. „Nein, jetzt aber bitte im Ernst.“

„Ja, im Ernst, du fährst mit dem Taxi bis zum Grenzübergang und dann musst du wissen, was du machst, also durch die Berge. In Beirut brauchst du dir aber keine Sorgen zu machen, das wird dann meine Aufgabe sein.“

„Du bist jung und voller Ideen, ich bin sicher, du wirst es schaffen“, ergänzte Nassir.

„Ist der Grenzübergang sehr dicht?“, fragte Dilo und blickte von einem zum anderen.

„Nicht schwerer als von hier nach Damaskus“, sagte Abu Siad und lachte.

„Nein, nein, mal im Ernst, es ist schon eine große Strecke, die du laufen musst“, sagte Nassir, der merkte, dass Dilo trotz des Alkohols nüchtern war.

„Stacheldraht und so was?“, fragte Dilo.

„Nein, aber du musst in den Bergen gut aufpassen“, antwortete Nassir.

Die Frau am Tisch gegenüber konnte ihren Blick kaum noch von ihnen abwenden, es schien, als ob sie sich am liebsten zu der lebendigen Dreiergesellschaft gesellen würde und die drei glotzten ebenfalls sehr interessiert zu ihr.

Der Whisky nahm langsam aber sicher seinen Gang, an diesem Tisch, an diesem Ort, wo es keine Wände gab, wo nur die grünen hohen Kletterpflanzen als Sichtschutz dienten. Aber durch die Lücken zwischen den Blättern konnte man fast alles sehen, wenn man es wollte.

Nackte Frauen, die hellen Sterne und die teuflische Wirkung des Whiskys, der Stacheldraht, die Berge, die Grenzübergänge, die hohen, tiefgrünen Wände wechselten sich in einer Bilderserie vor Dilos Augen ab. Es wurde Sex gemacht, aber ohne irgendeinen Körperkontakt. Lüsterne Blicke wurden hier und da getauscht, die drei Männer waren fast im gleichen Zustand. Sie schauten alle zu der Frau, sodass der Mann, der mit ihr am Tisch saß, es deutlich merkte. Der Whisky war hier jetzt der Herrscher, nur er handelte und auch nur er bestimmte, wie es zu Ende gehen würde. Die drei waren betrunken, sodass sie sich nicht mehr entsprechend kontrollieren konnten, sie glotzten weiter, bis der Mann es sich nicht mehr gefallen lassen konnte, er kam beleidigt und wütend an ihren Tisch.

„Sagt mal, habt ihr keine Schwestern, keine Frauen oder was, wieso guckt ihr meine so an?" Er stemmte seine Hände auf den Tisch.

„Sag mal, willst du, dass wir unsere Augen zubinden oder was?", erwiderte Abu Siad gereizt und richtete seinen Oberkörper dem Mann drohend entgegen.

„Hier ist doch ein öffentlicher Ort, und wenn es dir nicht gefällt, dann nimm deine Frau und geh. Du solltest vielleicht mit ihr nicht aus dem Haus gehen", fügte Nassir hinzu.

Dilo wollte auch etwas dazu sagen: „Oder komm mit deiner Frau zu uns, dann wird es ihr gut gehen und uns auch, und wahrscheinlich dir auch", sagte er und lachte. Abu Siad und Nassir fielen in sein Gelächter ein und hoben ihre Gläser hoch.

„Zum Wohl, das ist die beste Idee, die es je gab", sagte Abu Siad.

Der Mann drehte sich um und ging, nach wie vor beleidigt und wütend.

„Sei bitte nicht beleidigt, wir können auch an deinen Tisch

kommen", rief Abu Siad ihm nach.

„Ja genau, oder so, das ist doch auch ein guter Vorschlag", waren sich Nassir und Dilo einig und wurden noch heiterer.

Sie setzten ihr Gelage fort, feierten und lachten, bis ihnen Tränen in die Augen kamen. Es fehlte nicht mehr viel, bis sie vollständig die Kontrolle über sich verloren. Die Frau guckte immer noch ständig zu ihnen herüber. Abu Siad war fast schon sexuell erregt, er wollte einen Schritt weiter gehen und Dilo testen.

„Dilo? Kannst du was tun? Du gehst dahin zu ihrem Tisch und fragst, ob sie zu uns kommen kann", forderte er ihn auf.

Sie wollen dich testen, ob du mutig bist. Er entschloss sich, der Aufforderung nachzukommen, außerdem war er unbefangen und blendete aus, dass dies katastrophale Folgen für ihn mit sich bringen konnte in dieser Gesellschaft, eine Anklage wegen Verletzung der Ehre bis hin zum tödlich endenden Streit. Die beiden Palästinenser sahen Dilo neugierig an und glaubten noch nicht, dass er es machen würde.

Tatsächlich aber stand er auf und ging zu dem Paar, aber als der Mann ihn bemerkte, nahm er seine Frau hastig an die Hand und rannte zum Hauptausgang des Restaurants hinaus.

Dilo, der am leeren Tisch stand, wurde rot, er wollte sich nicht in so einer Situation sehen lassen und ging schnell zu seinem Tisch zurück.

Abu Siad und Nassir schauten ihn mit einer Mischung aus Stolz und schlechtem Gewissen an. Aber trotzdem hinterließ er bei den beiden Männern einen guten Eindruck wegen seiner Flexibilität, und die Nacht war auch ohne Frauen unterhaltsam, obwohl Abu Siad sich zunächst beleidigt zeigte.

„Was ist das für eine Welt, sie wollte was von uns, jetzt ist sie weg", sagte er. Dilo und Nassir hatten nun die gemeinsame Aufgabe, ihn zu beruhigen. Sie versuchten es auf spaßige Art, wie man auch manchmal versucht, Kinder zu trösten.

„Abu Siad, gut, dass sie weg ist, glaub mir, unser Abend ist jetzt schöner", sagte Dilo. „Es hätte uns auch zu Problemen führen können und das wollen wir nicht, oder?", sagte Nassir. Abu Siad schüttelte den Kopf.

„Außerdem hat sie uns immer wieder von unseren schönen Gesprächen ablenken wollen, ist auch besser so", nickte Abu Siad.

Dilo hob sein Whiskyglas:

„Wir trinken auf Abu Siads Gesundheit, auf den problemlosen Abend, zum Wohl Abu Siad, zum Wohl Nassir", rief Dilo wieder laut und die Stimmung wurde so locker, als ob nichts passiert wäre. Schon lachten alle drei wieder.

„Auf unsere Gesundheit, trinken wir auf unseren schönen Abend, auf Dilos Wohl, auf uns alle."

„Dilo, entschuldige, dass ich dich in so eine Situation gebracht habe, das war ehrlich nicht meine Absicht", sagte Abu Siad. Dilo merkte, dass er es ehrlich meinte und ihn nicht noch einmal auf irgendeine Art testen wollte. Es war spät, drei Uhr morgens, viele Tische waren schon frei geworden und die Angestellten warteten darauf, dass ihre letzten Kunden gingen.

Nassir wandte sich Dilo zu: „Dilo, am besten, wenn du demnächst fahren würdest, die Arbeit, die du machst, passt einfach nicht zu dir."

„Ja, das glaube ich auch, ich habe sowieso nicht vor, mein ganzes Leben da zu arbeiten. Ich muss aber noch einige Tage bleiben, um ein bisschen Geld dabei zu haben."

„Ich bin dein großer Bruder", sagte Abu Siad und schlug seine Hand auf die Brust, um seine Worte zu unterstreichen, „ich werde dir Geld geben."

„Du bist voller Ehre und Achtung, Abu Siad", sagte Dilo und nahm erfreut den Hundertliraschein aus Abu Siads Hand entgegen.

Mit dem Geld war für Dilo alles besiegelt, dann konnte er sich vielleicht schon morgen auf den Weg machen, er hatte einen Zehntagelohn an einem Abend verdient.

„Könnt ihr uns bitte ein Taxi bestellen?", rief Abu Siad der

Bedienung zu.
„Wird sofort gemacht", lautete umgehend die Antwort.
„Dilo, du bist ein intelligenter Junge und sehr nett. Ich bin mir sehr sicher, dass du dein Glück finden wirst", sagte Abu Siad zu Dilo.
„Obwohl ich so müde bin, fühle ich mich mit euch einfach gut und so fit … unvorstellbar gut", sagte Dilo, und es klang wehmütig.
„Falls wir uns morgen nicht sehen und du deinen Weg gehen willst, schreibe ich dir die Adresse in Beirut auf, wo du hingehen sollst", sagte Abu Siad und schrieb sie dabei schon auf einen Zettel.
Der Garçon kam höflich an den Tisch. „Bitte, das Taxi ist schon da", sagte er und ging wieder.
Die drei konnten sich vor Müdigkeit und Trunkenheit kaum aufrecht halten, langsam und leicht schwankend gingen sie zum Taxi. Währenddessen gab Abu Siad Dilo den Zettel mit der Adresse. Auf dem Weg nach Damaskus wurde es neblig, der Taxifahrer musste langsam fahren wegen der vielen Kurven. Vor lauter Müdigkeit schliefen die Fahrgäste ein. In den leeren Straßen der Stadt liefen nur Reinigungskräfte, Katzen und Hunde herum, alles war still. Vor dem Hotel weckte der Fahrer sie. „Bitte aussteigen, wir sind da."

In Damaskus hatten die Hähne schon längst gerufen. Touristen und Einheimische, verschleierte und europäisch freizügig gekleidete Frauen, Soldaten und Arbeiter, sie alle bevölkerten die Straßen. Unter ihnen befand sich auch Dilo auf dem Weg zu Redjeb, um sich von ihm zu verabschieden. Wehmütig dachte er an Nicole, an die Tage in Aleppo und diese junge Liebe, deren Geschmack er immer noch unter seiner Zunge hatte.
Redjeb war von Kunden umringt und Dilo musste eine Weile warten, bis er mit ihm sprechen konnte.
„Redjeb, sag, was weißt du über Saladin?"

Der Begriff „Enkel Saladins" beschäftigte Dilo schon seit langem. Abu Siad hatte ihn mit seiner Bemerkung wieder daran erinnert. Er empfand es als Ehre, dass er als Kurde so bezeichnet wurde.

„Saladin war ein Kurde, er lebte vor hunderten von Jahren und vertrieb die Christen aus diesem Gebiet, er war Sultan von Syrien und Ägypten und war ein sehr frommer Moslem. Saladins Cousin Schergo sagte zu ihm, dass er einen kurdischen Staat ausrufen solle, aber dafür wurde Schergo hingerichtet mit der Begründung des Separatismus. Saladin selbst wollte nur den Islam fördern und keine Nation. Übrigens ist sein Grabmal hier in der Nähe, wenn ich jemanden finde, der hier aufpasst, würde ich dich dahin bringen."

Wie gerufen, erblickte er einen seiner Freunde unter den Passanten. „Hallo Bedro, komm doch bitte mal her, ich will mit Dilo etwa eine halbe Stunde weg", rief Redjeb ihm zu. „Bitte mach keinen Fehler, das hier kostet zehn Lira und dies vier Lira und das hier zwei Lira", wies er ihn an, nahm Dilo an die Hand und sie gingen durch die Gassen der Altstadt zum Mausoleum des verehrten Saladin, des Führers von Gestern. Redjeb führte ihn in ein kleines Haus mit vielen grünen Pflanzen, die gerade von einer alten Frau gegossen wurden. Im Hof des Hauses befand sich ein Raum, in dessen Mitte ein Steinklotz stand, der mit einem weißen Tuch bedeckt war. An einer Seite hing ein Gemälde des Sultans mit Turban und langem Bart. Unter dem Bild stand in arabischer Schrift: „Dieser Held wurde aus einem der edelsten Bäuche der Kurden geboren."

Dilo las diesen Satz mit ganz großen Augen und sie füllten sich mit Tränen. Je mehr Dilo über Saladin erfuhr, desto stärker wurde seine Verbindung zu den Säulen seiner Identität, seinen Vorfahren.

Dilo kochte vor Zorn auf die Baath-Partei, auf die jetzt regierenden Araber, auf die egoistischen Alewiten, die Machtgierigen, die Herrscher, die das Land seit Jahrzehnten durch ihre brutalen Geheimdienstler und Spitzel unter sich hatten.

„Ich will bald, vielleicht auch heute schon, nach Beirut“, brach Dilo ihr Schweigen.

„Was? Heute schon?“ Redjeb war erstaunt.

„Ja, ich habe Leute gefunden, die mir dabei helfen, über die Grenze zu kommen.“

„Was für Leute? Wer sind sie denn?“, fragte Redjeb seinen Freund.

„Es sind zwei Palästinenser, sie kommen aus Beirut.“

„Du musst aufpassen Dilo, da gibt es viele schlechte Leute, denen man nicht vertrauen kann.“

„Die, die ich kenne, sind gute Leute, sie haben mir eine Adresse in Beirut gegeben.“

„Und? Wie willst du ohne Ausweis nach Beirut kommen?“

„Schwarz, über die Berge.“

„Bist du bekloppt?“

„Nein, das ist mein Ernst.“

„Es ist ein langer Weg Dilo, das ist schwer.“ Redjeb hielt kurz inne, bevor er weiterredete. „Ich habe es auch einmal versucht, ich bin leider gescheitert.“

„Also, du warst einmal da?“, fragte Dilo neugierig.

„Ja“, antwortete Redjeb, er klang tief verzweifelt.

„Dann kennst du den Weg?“

„Ja, aber es ist schwer.“

„Schwer ist es überall, es ist auch schwer, hier zu leben“, entgegnete Dilo und nach kurzer Pause fuhr er fort: „Einmal Schmerzen ertragen zu müssen ist besser, als immer im Schmerz zu leben.“ Sein Blick verdüsterte sich und er zog die Augenbrauen zusammen.

„Irgendwie hast du recht“, sagte Redjeb, „ich bin auch so einer wie du, Staatenloser, zwar habe ich mich hier etwas etabliert und kenne mich aus, aber das ist auch nicht alles. Wenn mein Chef morgen keine Lust mehr hat, mich bei sich zu beschäftigen, bin ich auch wieder draußen“, sagte er und schüttelte dabei den Kopf.

„Kommst du mit? Willst du es noch einmal versuchen? Zu zweit sind wir schlauer."

Dilo bekam keine Antwort, da Redjeb in sich gekehrt war. Sie gingen schweigend durch die belebten Straßen. Dilo überlegte, wie er Redjeb bewegen könnte, mit ihm zu kommen, denn er suchte nach einem Partner, der diese Last mit ihm teilte, mit ihm diesen gefahrvollen Weg ging.

„Ich werde heute meinem Chef sagen, dass ich ab morgen nicht arbeiten will", sagte er.

„Ja, das finde ich toll, ich freue mich sehr darüber, lass uns heute losfahren", sagte Dilo glücklich und erleichtert. Sie standen schon vor Redjebs Verkaufsstand.

„Ja gut, ich schmeiße gleich seine Sachen bei ihm rein und komme nachher zu dir", sagte Redjeb.

„Ok, dann sehen wir uns heute Nachmittag vor dem Hotel, ich werde außerdem versuchen, von den beiden Männern einen besseren Vorschlag zu bekommen. Wer weiß, vielleicht haben sie eine Idee, wie man die Grenze einfacher überschreiten kann", sagte Dilo.

Um Muhamed empfing ihn vor der Tür. „Hallo Dilo, na, wie war dein Spaziergang?"

Dilo hatte ein gutes Verhältnis zu dieser Frau, er mochte sie einfach und beide behandelten sich sehr respektvoll. Dilo freute sich jedes Mal, wenn er sie sah, er lächelte ihr zu wie immer. „Ja, es war sehr schön, Um Muhamed."

„Ich habe deine Hose und deinen Pullover gewaschen und getrocknet", sagte Um Muhamed.

Dilo staunte und freute sich noch mehr. „Um Muhamed, du bist einfach eine tolle Dame." Er ging zu ihr und umarmte sie. „Es fällt mir schwer, dich zu verlassen, solche Leute wie du, meine Mutter, Nicole, Abu Siad, Nassir, Redjeb, Ferhad, geben mir einen Sinn im Leben, euer Dasein macht mich glücklich", sagte Dilo.

Um Muhamed war erstaunt über Dilos Worte und sie emp-

fand sie als Abschied, ohne es zu wissen.
„Ich will heute meinen Weg weitergehen", sagte Dilo entschlossen.
„Was? Und wohin?", fragte Um Muhamed.
„Nach Beirut."
„Oh! Das ist aber sehr schade, ich habe selten Mitarbeiter gehabt, die wie du waren und nun gehst du auch", sagte sie traurig. „Bist du dir ganz sicher?", fragte sie ihn.
„Ja, ganz sicher", erwiderte Dilo.
Die liebevolle Um Muhamed kam zu Dilo und umarmte ihn so warmherzig, dass beide anfingen zu weinen.
„Ich wünsche dir alles Beste, mein Sohn, Glück und Schaffen. Ich werde für dich beten, dass du gut in Beirut ankommst", sagte sie.
„Danke Um Muhamed, ich werde diese Zeit nie vergessen, ich wünsche dir alles Gute", sagte Dilo.
Dilo verstaute seine wenigen Habseligkeiten in einer Tüte. Dann ging er zu Abu Siad und Nassir und wurde freudig von ihnen empfangen.
„Na Dilo, bist du soweit? Hier ist noch eine Adresse in Beirut", sagte Abu Siad und reichte ihm einen Zettel. „Du gehst erst mal dahin, dann schaust du dir das Ganze in Ruhe an, der Anfang ist immer schwer. Wer weiß, vielleicht sehen wir uns da, ich wünsche dir eine gute Reise, du kriegst das hin Dilo, da bin ich mir sicher", sagte Nassir. Dilo umarmte Abu Siad, er verabschiedete sich herzlich von Nassir und ging die Treppe hinunter. Redjeb wartete schon auf ihn.
Am Taxihof standen so viele Autos, dass sie zunächst keinen Überblick hatten. Aber die Fahrer hielten Schilder hoch, auf denen das Ziel verschiedener Hauptstädte der Nachbarländer Syriens stand: nach Bagdad, Amman, Beirut und Ankara und natürlich nicht nach Israel. Ein Fahrer rief: „Nach Beirut, es fehlen nur noch zwei Passagiere!"

4

Damaskus verblasste am Horizont, wurde von Bäumen, Straßenlaternen, Hügeln und Gebirgen in den Hintergrund geschoben. Direkt nach der Abfahrt verlangte der Fahrer das Geld. „Könnt ihr bitte zahlen, fünfundzwanzig Lira für jeden", sagte der Fahrer. Dilo gab es ihm. „Bitte sehr, das ist für uns zwei", sagte er. Die anderen drei Mitfahrer gaben dem Fahrer ebenfalls das Geld.

Als die kahlen Berge des Antilibanon deutlich sichtbar wurden, wusste Dilo, dass die Grenze nicht mehr weit war.

Sein Herz klapperte wie der Propeller eines Helikopters, er konnte es nicht mehr aushalten, vorsichtig tippte er dem Fahrer auf die Schulter.

„Bitte, ich habe ein Problem", flüsterte er ihm zu.

„Was? Jetzt schon, du kannst dein Problem bei der Zollkontrolle erledigen, da gibt es richtige Klos", spaßte der Fahrer. Alle außer Dilo und Redjeb lachten.

„Nein, ich meine es ernst, meine Schwester liegt im Krankenhaus in Beirut, sie ist in Gefahr, ich und mein Verwandter wollen sie besuchen, wir haben aber keine Papiere außer dieser roten Karte."

„Ach so ist es also, gut, ich werde es versuchen", sagte der Fahrer lächelnd.

„Das werden wir Ihnen nicht vergessen", sagte Dilo und damit sie nicht auffällig wurden, wandte er sich zu seinem Freund Redjeb und sagte wehklagend auf Arabisch: „Oh, meine kranke Schwester, wären wir doch jetzt schon bei ihr."

„Nur meine alte Tante ist bei ihr, oh Allah, und sie muss sich ganz alleine um sie kümmern", jammerte Redjeb, sodass fast alle anderen Mitfahrer zu ihnen hinschauten.

Das Taxi näherte sich der Grenze, sie hielten vor einem Stoppschild, hinter dem ein Polizist stand. Der Mann bückte sich und sah durch die Fenster hinein, musterte alle Passagie-

re sehr genau, dann richtete er sich wieder auf.
„Sie können weiterfahren", rief er dem Fahrer zu. Das Wort „weiterfahren" hallte wie ein Echo in Dilos Herz und wiederholte sich in seinen Ohren. Etwas weiter vorne war das Gebäude zu sehen, das als Ein- und Ausgang für die Fahrzeuge eingerichtet war und wo jeder, der das Land verlassen wollte, sich abmelden musste. Die meisten der vielen Menschen, die dort standen, waren Soldaten und Zollbeamte. Das Taxi hielt an.

„Ausweise bitte", rief der Fahrer und alle nahmen ihre Ausweise und gaben sie ihm. Dilo gab ihm seinen roten Prüfungsausweis und den Staatenlosen-Ausweis seines Freundes Redjeb.

Der Fahrer stieg aus dem Auto und ging in das Gebäude hinein. Dilos Augen und die seines Freundes leuchteten an diesem dunklen, überdachten Ort wie die Augen der Fuchskinder in ihrem Bau. Sie blickten zu der Tür, durch die der Fahrer verschwunden war und hofften, dass er allein und ohne irgendein Unheil herauskam, ohne einen Haufen von Soldaten.

Es war Mittag, und der Kontrast zwischen dem dunklen Kontrollpunkt und dem Ort, zu dem Dilo gelangen wollte, hätte stärker nicht sein können. Die kahlen Berge riefen ihn von weitem, er wurde von ihnen angezogen wie eine Sonnenblume, die sich zur Sonne wendet. Nach einer Weile kam der Fahrer heraus, er war aber nicht allein, nicht wie sich Dilo erhofft hatte. Ein Beamter ging neben ihm, er hielt die roten Karten getrennt von den anderen Ausweisen in der Hand.

„Dilo und Redjeb bitte aussteigen!", rief der Beamte.

Wie Verbrecher stiegen sie aus dem Fahrzeug.

„Was ist das, das geht nicht, ich will einen richtigen Ausweis sehen", sagte der Beamte zu ihnen.

„Nein, wissen Sie, ich habe keinen Ausweis ...", sagte Dilo.

„Das ist nicht meine Angelegenheit, wenn du keinen Ausweis dabei hast, kannst du auch die Grenze nicht passieren."

„Ich habe meine Schwester in Beirut, sie ist sterbenskrank, ich bitte Sie, lassen Sie mich über die Grenze.“

„Es geht um Leben und Tod“, unterstützte Redjeb ihn.

„Na und, ihr seid nicht Allah, der sie wiederbeleben kann.“

Dilo fasste den Arm des Mannes, er wollte ihn etwas von dem Fahrzeug entfernen. „Wir können dich auch bezahlen“, flüsterte er ihm ins Ohr.

„So etwas mache ich nicht“, betonte der Beamte. „Sie können weiterfahren“, rief er dem Taxifahrer zu.

„Alles klar, wird gemacht“, sagte der Fahrer, „es tut mir sehr leid, dass ich euch nicht zu eurer Schwester bringen kann ... es tut mir leid“, sagte er zu Dilo und Redjeb und fuhr ab.

Ein paar Meter vor dem Beginn des Niemandslandes wurden die beiden Jungen auch von dem Beamten verlassen. „Es tut mir leid, ich kann es nicht tun, ihr bleibt hier und kehrt bei der nächsten Gelegenheit zurück nach Damaskus.“ Mit diesen Worten entfernte sich der Beamte von den beiden.

Auf keinen Fall würden sie nach Damaskus zurückkehren. Verzweifelt überlegten sie, wie sie sich aus dieser Situation retten könnten.

„Redjeb, wir müssen etwas unternehmen, ich gehe einfach dort hinüber, wo es bergauf geht und du kommst nach einer Weile hinterher, da oben in dieser Richtung, auf den Bergen treffen wir uns.“ Dilo zeigte auf den nächsten Gipfel im Westen.

„Dilo, du bist verrückt, sie werden schießen“, warnte Redjeb ihn ängstlich.

Aber Dilo hatte die Antwort seines Freundes gar nicht abgewartet. Mit einem kurzen Blick hatte er sich schon von ihm verabschiedet und war losgegangen, aufrecht und entschlossen. Ohne sich umzublicken, nutzte er parkende Lkw und große Felsbrocken als Deckung, um so lange wie möglich von den Grenzbeamten unbemerkt zu bleiben. Nach wenigen hundert Metern stieg das Gelände an. Dilo war noch am Fuß der Steigung, als die Grenzpolizisten ihn bemerkten, sie riefen nach ihm, einige pfiffen, unter den Beamten und Soldaten herrschte Unruhe.

Dilo rannte. Die Polizisten feuerten Warnschüsse ab. Seine Augen waren starr vor Angst. Angst, im Niemandsland erschossen zu werden. Er rannte so schnell er konnte, bis er hinter einem hohen Felsen landete und die Soldaten ihn nicht mehr sehen konnten.

Redjeb, der alles beobachtete, sah, dass einige Polizisten in einen Jeep stiegen und losfuhren, dabei schossen sie hastig und aggressiv weiter in Dilos Richtung. Sie verfolgten ihn, bis der Jeep im steilen Gelände nicht mehr fahren konnte. Dilo war von Felsen zu Felsen weitergerannt und konnte die Polizisten jetzt hören.

„Dieser Hurensohn ist uns entkommen!"

„Meinst du wir sollen ihn in Ruhe lassen?"

„Ich werde ihn jagen!"

„Lass doch, der kommt sowieso nicht lebend aus diesem Gebiet raus, er wird von den Wölfen gefressen."

„Nein, er muss auf die Hauptstraße, da kriegen wir ihn, los Leute."

Im Niemandsland auf dem Berg zwischen den beiden Kontrollpunkten war alles anders, der Geruch war herrlich, die Aussicht wunderschön und der Horizont klar gezeichnet. Dilo stieg immer weiter bergauf. Nachdem er die Zone erreicht hatte, wo er sich sicher fühlte, machte er eine Pause auf dem Gipfel eines Berges und blickte zurück. „Oh mein Land", sagte er wehmütig, „du hast mich ungerecht behandelt, ich war in dir ein Niemand. Ob ich eines Tages lebend oder in einem Sarg oder überhaupt zurückkommen werde, kann ich nicht sagen. Mein Wunsch ist es, dich frei zu sehen." Tränen flossen Dilo über die Wangen und er ließ ihnen freien Lauf.

Er atmete tief durch, wischte sich die Tränen mit seinem Ärmel ab und öffnete seine Tüte. Um Muhamed hatte ihm ein Sandwich mitgegeben. Dilo packte es aus und lächelte. In seiner freien Umgebung, in der sich eigentlich kein Mensch befinden durfte, fühlte er sich nun wieder erleichtert. Rehe und Füchse liefen herum, am Himmel flog ein Adlerpaar, es war traumhaft.

Dilo aß sein Sandwich und trank etwas aus der kleinen Wasserflasche, die er dabei hatte. Dann ging er wieder weiter, machte sich auf seinen langen Weg, doch von der Straße wollte er sich nicht allzu weit entfernen. Nach jedem Berggipfel, den er hinter sich ließ, blickte er von oben auf die im tiefen Tal liegende Straße, die wie eine gemalte Linie dalag. Er sah die Polizei, die Fußgänger und Autos kontrollierte.

„Na, habt ihr gesagt, dass ich runterkommen werde? Ich werde es aber nicht tun und wenn ihr hundert Kontrollen macht, ihr werdet mich nie mehr kriegen!“, rief Dilo laut.

Wie weit sein Weg war, ahnte er noch nicht, er ging in die Richtung, in der die Sonne bald untergehen würde. Auf dem nächsten Gipfel fühlte Dilo sich erschöpft, seine Schuhe wollten nicht mehr mitmachen, die Schuhnägel eines Schuhs stachen ihm in den Fuß und quälten ihn. In dieser Landschaft voller Dornengestrüpp musste er nun auf einen Schuh verzichten und seine Hose wurde von den Stacheln zerrissen. Der Abend nahte und es würde schwer werden, den Weg zu finden. Er rannte hastig auf einem dornigen Pfad, ließ aber dabei die Straße nicht aus den Augen. Er konnte die Autoscheinwerfer von oben sehen, konnte sehen, wie sie hin und her fuhren. Er hatte keine Wahl, er musste runter, hier oben in der zunehmenden Dunkelheit konnte er sich nicht mehr orientieren. Als er sich näherte, erblickte er noch eine Polizeikontrolle.

„Oh Allah, was wollt ihr von mir, ihr jagt mich immer noch“, fluchte er leise vor sich hin. Er ging sofort wieder bergauf an einen sichereren Ort. Es wurde kalt. Wölfe heulten, Eulen riefen, die friedliche Stimmung der Natur hatte sich in Horror verwandelt, alle schönen Bilder wurden jetzt durch das Kleid des Abends bedeckt. Er zog den anderen Schuh auch aus und hielt ihn in der Hand. Nebelschwaden kamen ihm entgegen und verließen ihn wieder. Dilo brach einen Ast von einem verkrüppelten Baum ab, um ihn als Waffe zu nutzen, falls es nötig werden würde. Wie ein Verrückter ging er durch die wilde Gegend, sein Körper blutete aus vielen Kratzern, seine Hose war zerfetzt. Das Heulen der Wölfe hörte sich noch näher an. Regentropfen fielen. Dilo rannte, er geriet in Panik. „ Yadê, was habe ich gemacht, dass ich von Wölfen gefressen werde, Yadê, das ist meine Strafe, weil ich keinen Ausweis habe, Allah, wo bist du, siehst du mich nicht ... Hilfe, sie kommen näher!" Er atmete hastig.

„Hilfe!"

Er rannte immer schneller auf dem hügligen, stachligen, unebenen Boden, es war nichts mehr zu sehen, kein einziges Licht, keine einzige Lampe, alles war quälend schwarz. Dilo lief in eine Nebelschwade hinein, geriet noch mehr in Schrecken, er schrie: „Hilfe ... ! Die Wölfe kommen näher, Hilfe, bitte hilf mir!" Er schlug mit einem Stock um sich. Die Wölfe kamen tatsächlich näher, weil Dilo in ihre Richtung ging. Er blieb stehen, denn er lief Gefahr, die Orientierung zu verlieren. Er blickte zu dem nur leicht bewölkten Himmel, suchte den kleinen Bären, ja, er war zu sehen, er hob seine Hand in Richtung des hinteren Sterns. „Da ist der Norden, also links muss Westen sein", murmelte er.

Den Westen hatte er richtig bestimmt, aber er stutzte und hielt an. „Ha, ha, da sind die Wölfe, genau auf meinem Weg." Der Regen wurde stärker. Dilo machte sich Mut. „Ihr Wölfe, ihr könnt mich nicht von meinem Ziel abbringen, ihr könnt es nicht! Selbst die syrische Polizei hat es vor euch versucht und nicht geschafft!" Er schrie es heraus, aggressiv und kämpferisch. „Ich komme jetzt, ihr könnt zeigen, was ihr könnt!" Er fühlte sich wie im Krieg. Er nahm seine Tüte und benutzte sie als Handschuh, in der anderen Hand hielt er seinen Stock wie ein Schwert vor sich und fing an, schnell zu rennen. Er fiel hin, stand sofort wieder auf und lief in noch schnellerem Tempo weiter. Nach einer Weile erblickte er die Laternen der libanesischen Grenzkontrolle. Das gab ihm Kraft. „Ich werde in der Nähe dieses Gebäudes bleiben, und wenn mir etwas Ernsthaftes passiert, dann gehe ich da hinein, komme, was wolle“, sagte er leise zu sich. Dilo näherte sich dem Haus, er betrat libanesischen Boden.

Der Kontrollpunkt lag am Anfang eines Dorfes namens Majdel Anjar. Er kletterte die Hügel hoch, um ihn möglichst weit zu umgehen, ständig aufmerksam um sich blickend, ob ihn auch niemand sah. Er war vollkommen nassgeschwitzt. An einer Felsenecke zog er seine zerrissene Hose und sein Hemd aus und die von Um Muhamed gewaschene Kleidung an. Bevor er die alten Sachen wegwarf, säuberte er damit seine Wunden. Langsam ging er in das kleine Dorf hinunter, um die Hauptstraße nach Beirut zu suchen.

Als Dilo an einem Haus vorbei ging, wurde das Licht angemacht und Dilo sah sich plötzlich mitten in einem Hausgarten stehen. Die Tür ging auf, eine Frau kam heraus und rief: „Wer ist da?“ Sie erblickte Dilo und erschrak.

„Nein Schwester, bitte keine Angst, ich kenne mich hier nicht aus, entschuldige mich, kannst du mir bitte sagen, wo der Weg nach Beirut ist?“

Die Frau war höflich zu ihm. „Ja, da rechts und wieder rechts, dann bist du da.“

Dilo war erleichtert, bedankte sich bei ihr, verließ ihren Garten in die Richtung, die sie ihm beschrieben hatte, und landete tatsächlich auf der Straße. Endlich konnten seine Füße harten ebenen Boden spüren, es war eine lange Straße, an der in großen Abständen Laternen die Dunkelheit erhellten.

Jedes Mal, wenn ein Auto vorbeifuhr, hob er seine Hand in der Hoffnung, dass jemand anhalten würde, doch es war aussichtslos. Dilo versuchte, sein Aussehen zu korrigieren und kämmte sein Haar mit Spucke auf den Händen. Auch seine Schuhe richtete er wieder her, indem er die zerrissenen Schnüre entfernte.

„Da kommt ein Auto, bitte halt an, bitte halten, mir ist kalt", sprach er inbrünstig zu sich. Er hob seine Hand und ging mitten auf die Straße, sodass das Auto nicht mehr vorbei fahren konnte. Der Wagen hielt an, drinnen saßen ein älteres Paar und der Fahrer.

„Bitte, wenn Sie nach Beirut fahren, nehmen Sie mich bitte mit!"

Der Fahrer fragte das Paar, sie sahen zu Dilo, dann sagten sie: „Ja gut, er kann mit."

Dilo stieg vorne ein und der alte gepflegte Mercedes fuhr los. Er genoss die Ruhe und Wärme. Das Auto fuhr gemächlich auf der Straße nach Beirut, zunächst durch eine Ebene, nach einiger Zeit wurde es wieder bergig. Der alte Mann wandte sich nach einer Weile freundlich Dilo zu. „Woher kommst du, mein Sohn?"

„Jetzt? Ich komme aus dem Niemandsland, Land der Ängste und des Schreckens."

„Nein, nein, ich meine, was für ein Landsmann bist du?"

„Ich bin Kurde, ich komme aus Kamishly, das ist im Norden von Syrien."

„Ja, das kenne ich, ich habe da lange gelebt", sagte der Mann zu Dilos Erstaunen.

„Ja, das ist ja toll, wo haben Sie gewohnt?"

„Im Zentrum, das ist aber sehr lange her."

Dilo merkte an ihrem Dialekt, dass sie keine Araber waren, dies machte ihn misstrauisch. Dilo, weißt du, wo du hingehst? Du gehst nach Beirut, wo Moslems und Christen gegeneinander kämpfen, diese Leute sind bestimmt Christen, Armenier, an ihrem Dialekt erkennst du das doch, ganz vorsichtig, Dilo, ganz vorsichtig. Er dachte an die Gräueltaten militanter Christen im Libanon, von denen er gehört hatte. Angst spiegelte sich in seinem Gesicht.

„Darf ich fragen, woher Sie kommen?"

„Wir sind Armenier, Christen", antwortete der alte Mann ihm. „Wir sind aus Ost-Beirut."

Dilo erschrak.

Das Auto fuhr in die nebligen Berge hinein, schraubte sich in Kurven immer höher. Plötzlich stießen sie auf eine Militärkontrolle. Draußen war es finster. Als die syrischen Soldaten sie anhielten und die Ausweise kontrollieren wollten, machte der Fahrer die Innenbeleuchtung an. Dilo verbarg seine Angst; als der Soldat ihnen befahl, weiterzufahren, atmete er auf. Sie waren noch in der Mitte des langen Weges und Dilo war wieder gerettet worden. Nach einer Weile des Schweigens legte der Alte seine Hand auf Dilos Schultern.

„Sag mal, mein Sohn, was weißt du über ‚Farman'?"

Dilo hatte diese Frage schon erwartet. Mit diesem Wort, dem „Vernichtungsbefehl", hatte das Osmanische Reich seine Soldaten auf die Armenier gehetzt. An dem Völkermord waren auch Kurden beteiligt gewesen. Dilo atmete tief durch, dann wandte er sich dem Paar zu.

„Wissen Sie, ich bin noch jung, ich werde Ihnen eine Variante der jungen Generation erzählen, die auch ich vertrete. Ich werde die Wahrheit sagen, wenn Sie mich auch nach Ost-Beirut zum Schlachten bringen werden, ich werde niemandem Honig ums Maul schmieren."

Der Fahrer schaute Dilo erstaunt an, die alte Dame sagte: „Nein, mein Sohn, wir werden dir auf keinen Fall etwas antun, es ist lange her und du kannst nichts dafür."

Dilo war erleichtert. „Kennen Sie die Geschichte von dem Löwen und den zwei Steinböcken?"

„Nein, leider nicht", erwiderte der alte Mann gespannt.

„Ich kenne sie von meinem Vater, ich werde sie Ihnen erzählen." Dilo hielt kurz inne, um sich zu konzentrieren, dann begann er:

„Es war einmal ein hungriger Löwe, der bezeichnete jeden Ort, den er betrat, als sein Reich."

Der weiße Mercedes fuhr wie ein Monster in die Berge hinein.

„Er ging in ein steiniges Gebirge und brummte herum und sagte, dass dies sein eigenes Reich sei. Hinter einem großen Felsen kamen zwei Steinböcke mit großen Hörnern hervor, um den Löwen herauszufordern, um ihm zu sagen, dass es nicht wahr sei, dass dieses Gebiet sein Reich sei und dass es ihr Gebiet sei und der Löwe weggehen müsse.“

Das Paar hörte aufmerksam zu, der Fahrer konzentrierte sich still auf die anstrengende Fahrt.

„Als die Steinböcke sich dem hungrigen Löwen näherten, um gemeinsam gegen ihn zu kämpfen, blieb ihm nichts anderes übrig, als dem Kampf entgegen zu sehen. Der Löwe hatte aber Angst vor den beiden Steinböcken und er musste sich etwas einfallen lassen. Die Steinböcke unterschieden sich in ihrem Aussehen, der eine war etwas dunkler als der andere. Sie kamen ihm nah wie ein Wolf, der eine Schafherde angreift und sie waren entschlossen, den Löwen zu besiegen. Es kam zum Kampf. In einer Kampfpause näherte sich der Löwe dem helleren Steinbock und sagte: ‚Schau mich mal an, ich bin so hell und sauber wie du, warum schlägst du mich, du vereinigst dich mit dem dunklen Steinbock gegen mich.‘ Der hellere Steinbock sagte: ‚Das stimmt, was der Löwe sagt, dieser dunkle Bock hat mir noch nie gefallen.‘ Er drehte sich zu dem dunkleren Bock um und kämpfte gegen ihn. Der Löwe zog sich zurück und sah nur noch zu, wie die beiden Steinböcke gegeneinander kämpften und bereitete sich auf die nächste fertige Mahlzeit vor.“

Der Armenier bot Dilo einen Zigarillo an.

„Nein danke, ich rauche nicht.“

Der Alte zündete seinen Zigarillo an und Dilo fuhr fort zu erzählen.

„Der hellere Bock besiegte den dunkleren und tötete ihn. Voller Stolz kam er zum Löwen und wünschte sich Frieden mit ihm. Der Löwe aber, der auf diese Gelegenheit gewartet hatte, näherte sich dem Steinbock und sagte: ‚Vor einem Moment warst du gegen mich, weil ihr beide stark wart, nun ist dein Freund weg und du bist allein, wo willst du hin vor meinen Krallen?‘ Er griff den Bock an und erlegte ihn.“

Alle schwiegen, nachdem Dilo seine Geschichte beendet

hatte, und er wusste nicht, ob sie eingeschlafen waren oder gleich zum Angriff übergehen würden. Erleichtert atmete er auf, als der Mann sagte: „Deine Geschichte ist sehr schön. Wie heißt du?"

„Ich heiße Dilo."

„Dilo, deine Geschichte ist eine der Geschichten an sich, erzähl mal bitte weiter."

Das Auto hatte sich sehr langsam bis auf den Pass des Berges gequält. Die Luft war kälter geworden. Dilo drehte sich zu dem Armenier um.

„Die Geschichte ist eigentlich zu Ende, aber ich komme auf Ihre Frage von vorhin zurück. Der Löwe ist das Osmanische Reich, der hellere Bock ist das kurdische Volk und der dunklere ist das armenische Volk. Die Türken wollten das ganze Gebiet in Anspruch nehmen ohne Rücksicht auf die dort lebenden Einwohner."

Draußen wurde es sehr neblig und das Auto musste anhalten, denn die Gefahr, in ein hundert Meter tiefes Tal zu fallen war sehr groß auf diesen relativ schmalen Straßen. Neben dem Fenster erschienen Soldaten, die ihnen den Weg weisen wollten. Einer klopfte an die Scheibe.

„Sie müssen noch einen Augenblick warten, ein Lkw kommt Ihnen entgegen, die Situation ist kritisch."

Der Fahrer wandte sich an Dilo. „Weißt du, wo wir jetzt sind?"

„Nein, ich kenne mich hier nicht aus."

„Hier ist das Gebiet der Drusen, hier leben die meisten Drusen, hast du schon mal von ihnen gehört?"

„Ja, in der Schule, ihr Führer war Kamal Dschumblat und der drusische Emir Fakhraddin hat im siebzehnten Jahrhundert die Drusen und die Maroniten geeint."

Der Fahrer staunte. „He, du kennst dich damit gut aus."

Auf der schmalen Straße standen schon etliche Autos hinter ihnen und warteten. Der Soldat ging zu jedem Auto und erzählte ihnen, was los war. Doch dann war es endlich soweit. Ein Lkw mit Blinklicht erschien, dann folgten syrische Militärfahrzeuge mit Soldaten, Panzern und anderen Ausrüstungen. Ein Soldat gab ihnen ein Zeichen, dass sie weiterfahren sollten. Dilo schätzte, dass sie in ein bis zwei Stunden Beirut erreichen würden. Er erzählte weiter: „Die Armenier und die Kurden haben in Frieden zusammengelebt, die Kurden waren kräftige, mutige Menschen und die Armenier ein sehr intelligentes Volk und sie ergänzten einander, mehrere Jahrhunderte haben sie zusammengelebt, bis eines Tages der Löwe, also das Osmanische Reich, vor der Tür stand.

Die beiden Brudervölker haben sich geeinigt, gegen das Reich zu kämpfen. Sie haben nebeneinander gekämpft und dem Osmanischen Reich große Verluste zugefügt, bis die Osmanen eines Tages zu den Kurden kamen und sagten: ‚Ihr seid Moslems und wir auch. Warum kämpft ihr mit den Gottlosen gegen eure Brüder?‘

Dieser Begriff ‚Gottlose‘ rief ein großes Echo bei den Scheichs und Stammesführern hervor, sie stellten sich gegen die Armenier und bekämpften sie. Alles, was sie in hunderten von Jahren aufgebaut hatten, wurde innerhalb kurzer Zeit zerstört, die Scheichs riefen den Heiligen Krieg gegen die gottlosen Menschen aus, einige von ihnen bekamen Waffen vom Staat. Die Armenier wurden brutal ermordet, die, dic überlebten, flohen. Ihre Dörfer blieben leer, ihre Kirchen wurden zerstört und ihr Blut war ‚Halal‘, also die Rechtfertigung für die Moslems, sie zu töten.

Aber als die Armenier nicht mehr da waren, blieben die Kurden allein in dem Gebiet. Der Löwe zeigte seine Krallen, die Clanführer, Mullahs, Scheichs und viele andere wurden gefesselt, von Hubschraubern aus in die Tiefen des Meeres geworfen, andere wurden bei lebendigem Leib begraben, hingerichtet und erschossen.“

Dilo war sehr aufgewühlt. „Ja, so ist das gewesen. Ich sage euch jetzt mehr als sechzig Jahre danach Entschuldigung, dass einige meiner Vorfahren Freunde zu Feinden gemacht haben, es tut mir sehr leid.“ Tränen kamen ihm in die Augen. „Das

Einzige, was positiv zu erwähnen ist: Einige Kurden haben flüchtenden, heimatlosen Armeniern Unterschlupf gewährt."

Das ältere Paar war sehr berührt. „Dilo, du bist einer der feinsten Menschen, denen ich begegnet bin", sagte der Alte zu ihm. „Wir nähern uns Beirut. Dilo, mein Sohn, glaub mir, ich weiß, dass du kein Heim und kein Dach über dem Kopf hast, wenn ich nicht Angst hätte um dich, würde ich dich mitnehmen, zu uns nach Ost-Beirut, Söhne habe ich nicht, ich würde dich als meinen Sohn adoptieren ..." Er hielt einen Moment inne. „Nein, das kann ich nicht, du siehst anders aus als wir, ich habe einfach Angst um dich, es gibt viele bewaffnete Al Kataib, nein, das geht nicht."

Beirut in der Morgendämmerung, dies war das erste Bild, das Dilo von der Stadt bekam. Burg Hamud, eine hüglige Landschaft mit vielen Häusern und darüber liegenden Nebelflecken, bot einen sehr harmonischen Anblick.

Der Mann sagte zu dem Fahrer etwas auf Armenisch. Als er merkte, dass Dilo dadurch misstrauisch wurde, wiederholte er auf Arabisch: „Am syrischen Militärkontrollpunkt musst du halten und sie bitten, dass sie Dilo helfen."

Wenig später tauchte die syrische Militärkontrolle im Nebel auf. Soldaten standen auf hohen Barrikaden aus Sandsäcken und hielten ihre Waffen schussbereit.

„Dilo, hier ist deine letzte Möglichkeit auszusteigen, sonst fährst du mit nach Ost-Beirut, wir sollten uns hier verabschieden", sagte der Alte zu ihm.

Der Fahrer ging zu den Soldaten und erzählte ihnen von Dilos Umständen. Währenddessen wollte Dilo den Armeniern seinen Anteil der Wegkosten bezahlen. Er gab dem Mann zehn Lira.

„Bitte, nehmen Sie!"

„Nein, nein, ich möchte das nicht, es tut mir sehr leid, dass wir uns trennen müssen, aber wer weiß, die Welt ist klein."

Der Fahrer war, wie Dilo jetzt erfuhr, ihr Schwiegersohn.

Als er zurückkam, verabschiedete Dilo sich von allen und stieg zögernd aus dem Wagen. Gern wäre er noch bei ihnen geblieben, aber der Schwiegersohn startete den Wagen und fuhr los. Sie winkten und entfernten sich auf dem nebligen Weg bergauf.

Dilo näherte sich den Soldaten, einer fragte nach seinem Ausweis. Er holte den roten Ausweis aus seiner Tasche und gab ihn dem Soldaten. Der Soldat schaute sich den Zettel mit der Taschenlampe genau an, dann blickte er zu Dilo. „Ah, du bist aus Kamishly, nicht wahr?“ Dann wechselte er ins Kurdische. „Du bist Kurde, nicht wahr?“

Er gab Dilo seinen Ausweis zurück.

Dilo freute sich sehr, dass seine Begrüßung im Libanon von einem Kurden übernommen wurde.

„Ja, das bin ich, bist du auch aus Qamischlo?“

Auf der Straße war viel Verkehr, der Soldat musste aufpassen, ein anderer Soldat stand mit einem schussbereiten Gewehr in der Hand hinter gefüllten Sandsäcken.

„Ja, ich komme aus Qadurbeg, ich bin Hassan und du?“

„Ich bin Dilo, aus Al Garbia“, antwortete Dilo.

„Hier herrscht Krieg, man kann schnell ermordet werden, du musst gut auf dich aufpassen und wenn du Hilfe brauchst, kannst du immer zu mir kommen, ich bin jeden Tag hier.“

Er stoppte einen Lkw für ihn, nachdem Dilo ihm seinen Zettel mit der Adresse gezeigt hatte. „Das ist mein Cousin, du musst auf ihn aufpassen und bring ihn dahin, wo er hin will“, wies er den Fahrer an.

Dilo gab ihm die Hand. „Danke Hassan, bis dann.“ Er hob die Hand zum Gruß und der Lkw fuhr los in Richtung West-Beirut. Nach kurzer Fahrt zeigte der Fahrer auf ein Gebäude vor ihnen. „Da musst du hin.“

Dilo dankte ihm, stieg aus und ging zu der Adresse, die Abu Siad ihm in Damaskus gegeben hatte.

Teil II
Libanon

5

Dilo stand vor einem dreistöckigen alten Gebäude. Nachdem er geklingelt hatte, wurde die Tür geöffnet, ein Militärpolizist empfing ihn.

„Guten Tag“, grüßte Dilo und holte einen Zettel aus seiner Tasche. „Abu Siad hat mich hierher geschickt.“ Er reichte dem Mann den Zettel. „Ich bin sehr erschöpft, ich möchte am liebsten schlafen.“

„Willkommen, wo ist Abu Siad?“, erwiderte der Mann.

„Er ist noch in Damaskus.“

„Bist du etwa heimlich über die Grenze gegangen?“

„Ja, ehrlich, ich kann nicht mehr reden, die Nacht war hart.“

„Wie heißt du?“

„Ich heiße Dilo.“

„Hast du einen Ausweis dabei?“

„Nein, aber diese rote Karte.“

„Gut, komm mal mit.“

Er führte Dilo zu einem Lagerraum, der voller neuer Militärkleidung war. Der Mann nahm eine Hose und probierte mit Augenmaß, ob sie Dilo passte.

„Was hast du denn für eine Schuhgröße?“

„Zweiundvierzig.“

Der Mann holte ein Paar Stiefel heraus. „Die könnten dir passen, du kannst sie später anprobieren.“

Dilo bekam Hemd, Hose, Stiefel, Jacke und Kappe, eine Bettdecke und ein Kissen, alles neu verpackt. Anschließend wurde er zu einem Zimmer geführt. „Da ist dein Bett, das kannst du dir herrichten und dort schlafen.“ Der Mann ließ Dilo stehen und ging.

In dem Zimmer waren viele Zweietagenbetten und ein paar Kleiderschränke, durch die Fenster schien die Sonne. Dilo richtete sein Bett her und legte sich schlafen. Er schlief sofort ein, während das Leben in Beirut weiter brauste. Viele

Menschen und viele Militärfahrzeuge waren unterwegs, und die Luft roch herrlich.

„Steh auf, es ist Nachmittag, du hast bestimmt genug geschlafen."

Dilo rieb sich die Augen, um zu sehen, wer vor ihm stand.

Er blickte auf einen Mann mit dickem Schnauzbart und in Militärkleidung. „Ich bin Abu Hussam, dein Vorgesetzter. Du musst jetzt erst deine neue Kleidung anprobieren."

Dilo wurde endgültig wach. „Guten Tag, Herr Abu Hussam."

„Komm mit", forderte sein neuer Vorgesetzter ihn auf und ging ihm voraus aus dem Zimmer.

Für Dilo ging alles zu schnell, Zeit, sein Gesicht zu waschen, blieb ihm nicht. Er nahm seine in Folie gepackten Kleider und folgte Abu Hussam in einen anderen Raum, in dessen Mitte ein Stuhl stand.

„Hier kannst du erstmal Platz nehmen, Dilo." Er zeigte auf den Stuhl. „Hier musst du anfangen."

Dilo setzte sich und gleich darauf betrat ein Mann in Uniformhose, aber mit zivilem Hemd und einem Haarschneidegerät in der Hand den Raum. „Von deinen schönen Haaren musst du dich heute verabschieden, Dilo", sagte er freundlich lachend. Abu Hussam und Dilo lachten auch, aber Dilo freute sich nicht.

„Ja, aber ... !" Dilo wollte protestieren.

„Ja, das sind aber die Vorschriften, du musst es tun."

Der Mann näherte sich Dilos Kopf, fuhr mit dem Apparat wie ein Mähdrescher im Weizenfeld in die Haare hinein und erntete. Nach einigen Minuten hatte er fast eine Glatze.

„Ja, so bist du auch ganz schön, nicht wahr?" Mit diesen Worten gab er Dilo den Spiegel. Dilo musterte sich darin. „So kurz habe ich meine Haare nie gehabt." Er lächelte nicht sehr glücklich, putzte die Haarreste aus seinen Kleidern und stand auf.

„Jetzt probier deine Uniform an", forderte Abu Hussam ihn

auf und wies mit der Hand auf ein Nebenzimmer.

Dilo nahm sein Bündel und ging. Nach einigen Augenblicken kam er wieder heraus, bekleidet mit einer beigefarbenen Hose, einem ebensolchen Hemd, einer dunkelgrünen Jacke, einer roten Kappe und Stiefeln.

„Du siehst gut aus, Dilo, das passt doch gut zu dir."

„Danke, Abu Hussam."

„Morgen fahren wir nach Al Damur."

Dilo war neugierig. Wo war Al Damur und was erwartete ihn dort? Er fragte jedoch nicht nach, sondern antwortete:

„Jawohl, mein Herr, morgen fahren wir los."

Davor aber wollte Dilo etwas von Beirut sehen. Er machte einen Spaziergang durch das Wohnviertel und sah viele Häuser mit Einschusslöchern. Auf einigen Balkonen hing Wäsche, und die angenehme feuchte Luft des Mittelmeeres verbreitete eine ruhige Atmosphäre.

Dilo betrachtete sich im Fenster eines Ladens. „Endlich bin ich ein Mann geworden", murmelte er zufrieden. Einige Läden waren geöffnet, Kunden gingen ein und aus, viele neue Autos, wie Dilo es aus Syrien nicht kannte, verkehrten auf den Straßen. Jedes Mal, wenn er sich eine Straße weiter von seiner Zentrale entfernte, sah er hinter sich, um sich einzuprägen, wo er gerade war.

Nach einigen Stunden Rundgang stand er wieder vor der Tür seiner Zentrale, und aus dem Haus rief ihm eine Frau zu: „Hast du keinen Hunger, mein Sohn?" Dilo schätzte ihr Alter auf etwa vierzig Jahre. „Ich bin die Frau, die für euch hier kocht. Ich heiße Um Atif. "

Dilo lächelte. „Sehr nett, Um Atif, ich bin Dilo, der Soldat Dilo."

Dilos Knochen waren vor Hunger nach einer warmen Mahlzeit wie ausgehöhlt. Um Atif servierte ihm eine fette nahrhafte Suppe aus weißen Bohnen mit Fleisch und Reis.

„Bitte sehr Dilo, guten Appetit."

Dilo erinnerte sich an den Ramadan und das Opferfest, wo seine Mutter dieses Essen immer machte, es war sein Lieblingsgericht, und in dieser festlichen Atmosphäre schmeckte es lecker. Um Atif bemerkte Dilos nachdenklichen Blick.

„Betest du, Dilo?" Sie näherte sich ihm. „Warum isst du nicht, schmeckt es dir nicht?"

„Nein, nein, Um Atif, im Gegenteil, dieses Gericht hat mich in den Sack meiner Erinnerungen hinein gebracht, das ist einfach eine lange Geschichte." Er nahm den Löffel und fing an zu essen. „Es schmeckt einfach lecker, genauso, wie meine Mutter es machte."

„Wohl bekomm's, mein Sohn, lass es dir schmecken."

Dilo, der seit Monaten keine Bohnensuppe gegessen hatte, aß seine ganze Portion auf. Um Atif kam mit dem Topf voller Bohnen zu ihm und machte seinen Teller wieder randvoll. Danach kam eine Tasse schwarzer Tee, Dilo war satt und zufrieden. Nachdem er seinen Tee getrunken hatte, bedankte er sich bei Um Atif und ging in den Schlafraum.

Als einzige Kommunikation zwischen Dilo und seiner Mutter existierte die Erinnerung. Briefe zu schreiben war zwecklos, denn sie kamen nicht an, Telefone gab es nicht. Dilo lag auf seinem Bett und wurde von Erinnerungen überschwemmt.

Seine Mutter kam ihm glücklich entgegen. „Dilo, mein Sohn, wo warst du die ganze Zeit, ich habe dich so vermisst. Dein Platz war immer leer, den konnte niemand füllen."

„Ja, Yadê, ich habe dich auch vermisst, wie die Wärme in meinem Blut, ohne dich war's immer so kalt."

Sie umarmen sich herzlich. Die Mutter weint.

„Oh ... Dilo, mein Liebster, du bist gegangen, ohne mir Bescheid zu sagen, seitdem du weg bist, hat die Sonne mein Leben verlassen, es war so schwer ohne dich."

„ Yadê, ich wollte auch nicht so früh mein Nest verlassen, aber … was macht mein Vater, ist er immer noch so hart?"

„Das ist viel besser geworden. Seit du weg bist, bereut er

sehr viel. Aber du, was hast du gegessen, wo hast du geschlafen, du warst Tag und Nacht bei mir."

„Yadê, das Schicksal, das auf meinem Stern steht, werde ich auch erleben, wenn du aber bei mir wärst, würde mir nichts mehr fehlen. Ich glaube, du hast viel für mich gebetet."

Sie sind draußen vor der Haustür, treten ein.

Um Atif kam in das Schlafzimmer, sie sah, dass Dilo die Augen geschlossen hatte, aber sein Hemd nass vor Tränen war. „Wenn du noch Tee trinken willst, sag Bescheid."

Dilo schlug die Augen auf. Er lächelte. „Ich danke dir, Um Atif."

Er nahm sein Teeglas und ging auf sie zu, sie kam ihm ebenfalls entgegen mit der Teekanne in der Hand. „Was hast du, Dilo, du siehst nicht so glücklich aus?"

„Das ist für mich der erste Tag in einem fremden Land, außerhalb Syriens, ich fühle, dass meine Mutter mich sehr vermisst."

„Du bist aber alt genug Dilo, deine Mutter kann dir hier nicht helfen. Ich wünsche natürlich, dass ihr euch wieder seht." Sie goss den Tee in sein Glas.

„Danke, ich werde sehen, wie ich mein Leben hier gestalte, ich muss durch, ich ... muss ... durch ..."

„Ja, so gefällst du mir, Dilo, so passt es auch zu dir."

Allmählich wurde es dunkel. Auf einem Tisch in der Ecke lagen Stapel von arabischen Zeitungen. Dilo nahm sich eine und las darin. Nach und nach kamen noch einige Leute in den Raum, man grüßte sich, und jeder legte sich in sein Bett. Bald wurde Dilo von Müdigkeit überwältigt und legte seine Lektüre beiseite.

„Aufstehen, es ist sechs Uhr!" Der Weckruf holte Dilo aus tiefem Schlaf. Alle standen auf, zogen ihre Uniform an und hielten sich in Bereitschaft.

„Na, Dilo, wie war deine erste Nacht in Beirut?", fragte Abu Hussam.

„Es war sehr schön, mein Herr."

„Gleich kommt ein Wagen, der uns nach Al Damur bringen wird.“

Aus dem Flur rief jemand: „Der Jeep ist schon da!“

Abu Hussam wandte sich im Befehlston an Dilo und zwei weitere Soldaten: „Ok, lasst uns losfahren.“

Sie stiegen in den Wagen und der Fahrer schlug die Richtung nach Süden ein. Auf ihrem Weg passierten sie viele militärische Kontrollpunkte, an denen sie langsam fahren mussten, aber nicht angehalten wurden. Dilo war froh, dass sie einfach vorbeifahren konnten. Nach einer Viertelstunde gelangten sie zu einem zerstörten Ort. Viele Häuser waren nur noch Ruinen und andere, die bewohnt aussahen, hatten provisorisch reparierte Hausdächer. Die Bewohner waren Palästinenser, sagte Abu Hussam. Al Damur lag am Ufer des Meeres und zog sich bis in die Berge hinein.

Das Fahrzeug fuhr durch den Ort hindurch und hielt am Ortsausgang vor einer Villa, die in einem großen Garten stand und von Orangenbäumen und anderen Obstbäumen umringt war. Alle stiegen aus und gingen in das Gebäude. Die Villa stand am Abhang eines tiefen Tales, dem „Al Damur Tal“, und an ihren Wänden waren die Spuren von Bomben und Schüssen zu sehen. Die Orangen waren reif, die Bäume trugen reichlich, und viele Früchte lagen auf der Erde. Die Sicht war sehr klar.

Sie wurden von einem älteren Mann empfangen, er trug die gleiche Uniform wie Dilo. Alle setzten sich draußen an einen Tisch und weitere Soldaten gesellten sich dazu. Abu Hussam stellte Dilo und die beiden anderen Männer einander vor:

„Das ist Dilo, das ist Mahdi, und das ist Taufiq.“ Er zeigte nacheinander auf seine Leute. „Und hier ist euer Betreuer, Abu Elfida“, stellte er ihnen den Alten vor.

Alle grüßten sich freundlich, dann stand Abu Elfida auf und hielt eine kleine Rede.

„Also, ich werde euch jetzt alles Wichtige über unsere Ordnung erzählen.“ Er wandte sich an die Neulinge.

„Erstens: Jeden Morgen müsst ihr euch rasieren und eure Uniform anziehen, die gepflegt sein muss, und um sechs Uhr morgens müsst ihr hier erscheinen.“ Er zeigte auf einen freien Platz im Garten der Villa. „Jede Verspätung wird bestraft.“ Dilo schaute Abu Elfida an und hörte, wie die anderen, aufmerksam zu. „Die Betten müssen gemacht sein und einen ordentlichen Eindruck hinterlassen, gefrühstückt wird erst nach dem Morgensport, Gruppenbildung ist verboten. Wenn ihr Probleme habt, bin ich euer Ansprechpartner, ihr kommt einfach zu mir. Nur durch gute Stimmung können wir hier zusammen weiterkommen, ich danke euch.“ Er setzte sich wieder an den Tisch, alle applaudierten ihm.

Die Gesellschaft löste sich auf und Dilo wollte seine Umgebung erkunden. Er drehte eine Runde um die Villa und genoss die traumhafte Landschaft. Die Berge, die Luft, das Meer und die Obstbäume bildeten eine wundervolle Harmonie miteinander, getrübt aber durch die zerstörten Häuser und Spuren des Krieges überall. Einer von Dilos neuen Kameraden folgte ihm.

„Wie heißt du?“

„Ich heiße Djamal und du?“

„Ich heiße Dilo. Woher kommst du, Djamal?“

„Ich bin Palästinenser, ich komme aus Tel Al Saater, meine Mutter kommt aus Aleppo.“

„Aus Aleppo? Oh, die Stadt meiner ersten Liebe!“

„Ja? Erzähl mal!“

„Ich habe da in einem Hotel gearbeitet und eine sehr schöne nette Frau kennengelernt.“

„Weiter ... weiter ... in diesen Bergen habe ich vergessen, wie die Frauen aussehen.“

Dilo blieb still und wechselte dann das Thema. „Wie lange bist du denn schon hier in Al Damur?“

„Ich bin seit einem Jahr hier.“

„Bekommst du keinen Urlaub?“

„Selten, denn in Beirut kenne ich auch niemanden, aber erzähl mal von deiner Liebesaffäre."

Dilo atmete tief durch. „Sie war meine erste Liebe, sie war halb Französin und halb Bulgarin, sie war wie Honig, der auf der Zunge zergeht, aber wir mussten uns trennen."

„Was, ihr musstet euch trennen?"

„Ja, der Hotelmanager wollte nicht, dass ich eine Beziehung zu einem Gast habe, ich bin gefeuert worden ..." Dilo war sehr melancholisch. „Wir haben uns verloren, weil ich weggehen musste."

„So ein verdammter Manager." Sie gelangten an den Abgrund und sahen ins Tal hinunter. „Das ist aber sehr tief", staunte Dilo.

„Ja, da klettern wir immer runter." Djamal wandte sich nachdenklich an Dilo.

„Sag mal, hast du schon mal geschossen?"

„Also, so richtig geschossen habe ich noch nicht, aber ich habe schon viele Kalaschnikows in der Hand gehabt und ausprobiert."

Djamal war erstaunt. „Viele, und das in Syrien, das kann aber nicht sein."

„Doch, das ist aber wahr, mein Vater ist ein patriotischer Kurde, er hat die Revolution in Irakisch-Kurdistan unterstützt."

Die beiden setzten sich an den Rand des Abhanges, Djamal warf einen Stein hinunter. „Wie unterstützt, was heißt das?"

„Ich bin doch Kurde und in Syrien gibt es eben viele Kurden, sie haben Geld gesammelt, Waffen gekauft und über die türkische Grenze in den Nord-Irak geschmuggelt. Davor aber mussten sie irgendwo gelagert werden und das war in unserem Haus. Hunderte von Gewehren, säckeweise Kugeln, wir haben diese Gewehre einzeln ausprobiert, ob sie schießen. So laut war das aber nicht."

„Was, das alles hat dein Vater organisiert?"

„Ja, das war die Barzani-Revolution."

„Ja, das kenne ich, habe davon gehört, Barzani, der ist doch

bekannt."
Dilo wollte das Thema wechseln. „Sag mal, warum hast du gefragt, ob ich schießen kann?"
„Ja, weil wir morgen schießen ... von hier nach dort ... ", er zeigte mit der Hand auf die gegenüberliegende Seite des Tales, „ ... wo die Höhle zu sehen ist. Übrigens, es ist Zeit zu essen, lass uns gehen."
Die beiden neu befreundeten Jungen gingen zu ihrer Zentrale zurück.
„Es ist schön hier, Djamal."
„Ja, aber nur am Tag, in der Nacht ist wieder die Hölle los."
Vor der Villa kam ihnen Abu Elfida entgegen.
„Na, Dilo, gefällt es dir hier?"
„Es ist wunderschön, Abu Elfida."
„Das Essen ist schon fertig, wie immer um halb eins."
„Ja, ich weiß Bescheid."
„Djamal soll dir zeigen, wo du heute deinen Dienst machst, nach dem Essen bekommst du einen Kurs, wie du das Gewehr bedienen kannst."
„Alles klar, Abu Elfida, ich bin bereit."
Der Tisch stand draußen unter einem Zitronenbaum, alle versammelten sich daran und aßen. Dilo war neugierig: „Wird hier kein Essen gekocht?"
„Das Essen kommt jeden Tag aus Beirut, es wird in der Zentrale gekocht und dann wird es überall verteilt", antwortete Abu Hussam ihm.
Sie aßen in dieser herrlichen Umgebung, danach gab es Tee, der jeden Tag von einem anderen Soldaten gemacht wurde. Nach dem Essen hatten sie noch eine halbe Stunde Pause, bevor es mit dem Programm losging und Abu Elfida rief: „Die drei Neulinge bitte hierher."
Er legte ein Tuch auf den Boden, darauf einige Kalaschnikows und begann sofort mit der Unterweisung. Dilo und die beiden anderen hatten sich vor das Tuch auf den Boden gesetzt. Abu Elfida erklärte jedem einzeln, wie das Gewehr

auseinandergenommen und wieder zusammengesetzt wurde. Dilo war als Dritter an der Reihe. Schnell und exakt zerlegte er das Gewehr und baute es wieder zusammen. Abu Elfida staunte. „Du kennst dich gut aus, Dilo."

„Ja, auseinandermachen und wieder zusammenbauen kann ich es, aber geschossen habe ich noch nicht."

Am Ende der Unterweisung bekam Dilo sein eigenes Gewehr und Munition. Abu Elfida rief Djamal zu sich.

„Was gibt es, mein Herr?"

„Du sollst Dilo zeigen, wo er heute seinen Dienst macht."

„Wird sofort erledigt, mein Herr." Dilo folgte Djamal zu einer anderen Ecke des Gartens der Villa, etwa dreißig Meter weit vom Haus entfernt. Dort war unter einem Baum ein Ring aus Sandsäcken aufgebaut. Djamal setzte sich hinein.

„Hier werden wir heute Wache halten."

Neben dieser brusthohen Barrikade führte ein schmaler Weg aus Asphalt vorbei, der nur wenige Meter dahinter vor dem Abgrund endete.

„Hier muss man vier Stunden jede Nacht verbringen."

Dilo erstarrte. „Allein?"

„Nein, zu zweit, heute werden wir es zusammen machen, du und ich, ein anderer steht immer vor dem Haupttor Wache."

„Was muss man denn machen?"

„Was? Du bist aber ein bisschen naiv, in der Nacht werde ich dir zeigen, was man machen muss." Sie gingen wieder zum Haus. Djamal zeigte mit der Hand hoch. „Das muss alles überwacht werden, hier könnten überall Feinde lauern."

Dilo bekam Angst.

„Du musst schauen, dass du nicht abgelenkt wirst, denn die Feinde nutzen jede Gelegenheit, um anzugreifen." Und ernst fügte er noch hinzu: „Das kann uns alle das Leben kosten."

Am Abend bereiteten Dilo und Djamal sich auf ihren Dienst vor. Mit ihren Gewehren und einer Thermoskanne Tee gingen sie zu der Ecke, die Djamal Dilo gezeigt hatte und sie setzten sich in die ringförmige Barrikade aus Sandsäcken. Aufmerksam beobachteten sie den Weg, das Tal, die Berge, das ganze Gebiet. Alles war sternendunkel. Es gab weder Straßenlaternen, noch drang Licht aus den Häusern nach draußen.

Etwa eine Stunde, nachdem sie ihren Dienst angetreten hatten, bemerkte Dilo eine Person, die von der anderen Seite des Gartens auf dem unheimlichen Weg vorbeikam. Er brachte sein Gewehr in Anschlag und rief:

„Wer ist da?“

Die Gestalt kam näher, Dilo rief zum zweiten Mal:

„Wer ist da?“

Die Gestalt blieb stehen und antwortete: „Freund. Ich bin es, Abu Elfida.“

Djamal, der neben Dilo saß, lachte. „Du hast deine Prüfung bestanden und gut sogar, sehr gut, Dilo.“

Abu Elfida näherte sich der Barrikade, Dilo hatte ihn von oben im Blick. Nachdem Abu Elfida sich davon überzeugt hatte, dass alles in Ordnung war, ging er wieder.

„Weißt du Dilo, wo wir jetzt sind, in Al Damur, in diesem reichen Ort, haben die Christen gelebt. Es war schon sehr schwer, ihn zu besetzen, es gab viel Widerstand, viele Opfer, viel Blut.“ Dilo hörte ihm zu, ohne aber seine Aufgaben zu vernachlässigen. Djamal fuhr fort. „Es kann ein Tag kommen, wo alles gegen dich ist, die Steine, die Mauer, die Bäume, die Erde, alles wird zu Staub und wird dich blind machen. Die israelischen Hubschrauber.“ Dilo verstärkte seine Wachsamkeit. „Das Kommando, die militanten Christen, alle sind gegen dich und mich ...“

Dilo blickte über das große unsichtbare Gebiet. „Hier? Das sieht ziemlich friedlich aus.“

Djamal betonte: „Also, das ist sehr wichtig: Wenn du von weitem das Geräusch eines Hubschraubers hörst, sag Bescheid, alle müssen geweckt werden, dann ist Krieg angesagt.“

„So schlimm?“

„Sie steigen auf einem Berggipfel weit entfernt von ihrem Ziel aus und kommen rennend, sie benutzen selten Gewehre, jeder von ihnen hat eine kleine scharfe Axt dabei, damit schlachten sie einfach alle ab."

Dilo hielt sein Gewehr fest. „Dann sollen sie jetzt kommen, ich werde ihnen zeigen, wer ich bin."

Djamal lachte. „So gefällst du mir, Dilo, nur Mut, Dilo, nur Mut." Ihre Zeit war fast zu Ende. Zwei Gestalten kamen aus der Richtung der Villa, waren aber nicht erkennbar.

Dilo rief wieder. „Wer ist da?"

„Ich bin's, Dilo, Taufiq, ich bin ein Freund."

„Es ist der nächste Dienst, lass ihn rankommen", klärte Djamal ihn auf.

Dilo forderte Taufiq und den zweiten Kameraden, die stehengeblieben waren auf, näherzukommen. Sie begrüßten sich.

„Na, ist alles klar?"

„Ja, man muss nur die Augen offen halten", erwiderte Djamal.

Die beiden nahmen ihre Gewehre und gingen zurück ins Haus. Dilo war von den vielen neuen Eindrücken sehr müde und wollte nur noch schlafen. Er ging zu seinem Bett, legte sein Gewehr unter das Kopfkissen und schlief in dem Raum, wo so viele Betten standen, ohne Verzug ein.

Dic Wache hatte aber mit Abu Elfida für die Neulinge noch eine Aktion vorbereitet. Als alle, außer der Wache und Abu Elfida schliefen, kam Abu Elfida in den Schlafraum und rief laut: „Aufstehen, ein Hubschrauber kommt, jeder nimmt seinen Platz ein, aufstehen, das Kommando kommt!"

Alle wachten erschrocken aus ihrem tiefen Schlaf auf, schnappten sich ihre Gewehre und eilten hinaus, jeder von ihnen nahm seinen Platz ein und war bereit zum Krieg. Nach einer Weile wurden alle von Abu Elfida kontrolliert, ob sie wach und gut vorbereitet waren. Alles war sehr gut organisiert und Abu Elfida erlaubte jedem, wieder schlafen zu gehen.

Am nächsten Morgen wurde Dilo um Punkt sechs Uhr von

Djamal geweckt, er öffnete die Augen und sah, dass es noch dunkel war. „Es ist doch noch Nacht", murmelte er und schlief weiter, bis Abu Elfida zu ihm kam. „Dilo, steh auf, du bist nicht bei deiner Mutter ... los, steh endlich auf!"

Dilo musste aufstehen, eilig zog er Hose, Hemd und Stiefel an, kämmte sich die Haare, nahm sein Gewehr und stand innerhalb weniger Minuten draußen eingereiht neben allen anderen Soldaten. Abu Elfida machte den Neulingen vor, welche Befehle sie bei ihrem ersten Marsch erhalten würden, er schrie sehr laut.

„Gewehr nach vorn ... Begrüßung ... Gewehr auf die Schultern ... Halt!!"

Die Neulinge schauten sich die richtigen Bewegungen bei jedem Kommando von den anderen ab, aber Abu Elfida war noch nicht zufrieden. Er drehte sich zu den Soldaten und machte es ihnen vor. „Bei der Begrüßung muss diese Hand vorne sein, die andere hält das Gewehr nach unten, also so." Alle korrigierten ihre Haltung nach seinen Anweisungen. Sie übten eine Weile, bis ihnen Abu Elfida eine kurze Pause gestattete. Alle Soldaten verstreuten sich wie Ameisen, jeder von ihnen machte etwas anderes, Wasser trinken, Stiefel ausziehen, sich hinsetzen.

Nach der Pause mussten sich alle wieder in Reih und Glied aufstellen. Abu Elfida begrüßte sie laut: „Seid ihr alle da?"

„Jawohl!"

Er blickte die Leute einzeln an.

„Seid ihr fit?"

„Jawohl!"

„Ok, jetzt geht es los, Müdigkeit hat keinen Platz bei uns, Erschöpfung ist nicht unser Charakter!"

„Wir sind fit und unerschöpft", sprachen alle im Chor.

Sie marschierten in Zweierreihen durch den Garten der Villa auf die Straße in Richtung Ortsmitte. Djamal lief als Erster hinter Abu Elfida, er sagte Parolen an, die von den anderen wiederholt wurden.

„Meine Heimat!“
Sie marschierten Parolen rufend durch den Ort.
„Fatah ist die Revolution!“
Einige von ihnen hielten an, um ihre Stiefel neu zu schnüren und schlossen dann schnell zu ihren Kameraden auf.
„Gegen die Feinde!“
An der Straße fanden sich einige Schaulustige ein.
„Wir kommen!“
Alle, auch die neugierigen Passanten am Straßenrand, wiederholten diesen Satz besonders laut.
„Wir kommen!“
Die Soldaten wurden mutiger und lauter.
„Meine Heimat, wir kommen und werden dich vom Feind befreien!“ Frauen, Männer und vor allem auch Kinder kamen aus den Ruinen der Häuser heraus und wiederholten den Satz, einige hoben ihre Hand zum Victoryzeichen. Die Solidarität der Bewohner und das Gefühl, für das Volk auf die Straße zu gehen, waren den Soldaten sehr wichtig. Nachdem sie ein paar Kilometer auf der Straße Richtung Beirut marschiert waren, das Meer auf der einen, die Berge auf der anderen Seite, machten sie Halt, um zu trainieren. Einer der Soldaten legte sich vor Erschöpfung hin, Abu Elfida befahl ihm:
„Aufstehen! Ich habe gesagt, aufstehen!“
Der Soldat reagierte nicht so schnell, wie Abu Elfida es sich wünschte. Er schoss mit dem Gewehr um den Soldaten herum in den Boden, sodass, wenn der Soldat sich mehr als fünf Zentimeter von seiner Stelle bewegt hätte, er erbarmungslos von Kugeln getroffen worden wäre.
„Du musst jetzt bis zum Meer laufen, einmal unter Wasser tauchen und schnell wieder zurückkommen“, befahl ihm der gnadenlose Abu Elfida.
Dilo war entkräftet, machte aber alles mit, besonders nachdem er diese Strafaktion verfolgt hatte, die ihn vor Schreck wieder fit gemacht hatte. Nachdem der bestrafte Soldat völlig durchnässt vom Meer zurückgekommen war, ging es weiter.

Die Entfernung zwischen Al Damur und Beirut betrug etwa fünfzehn Kilometer, sieben Kilometer hatten sie inzwischen schon zurückgelegt, als sie zum zweiten Mal für ein Training anhielten. Die meisten Soldaten waren überanstrengt, aber niemand wollte sich die Blöße geben, jeder wollte besser sein als der andere.

„Nicht aufhören, sonst bekommt ihr Muskelkater", feuerte Abu Elfida sie zusätzlich an. „In Bewegung ... ständig in Bewegung bleiben."

Nach dem Training ging es wieder weiter. Auf Befehl Abu Elfidas kehrten sie Beirut nun den Rücken. Es standen ihnen noch sieben Kilometer bevor bis zu ihrem Ziel, welches im Moment für sie das Wichtigste war: Al Damur rückte langsam näher. Sie waren noch nicht weit gegangen, als Abu Elfida wieder für ein Training anhalten ließ.

„Bewegt euch, langsam atmen, so."

Er machte ihnen Armbewegungen vor, die sie nachmachen mussten. Und schon ging es wieder weiter, Djamal rief Parolen, die alle nachsprachen.

„Wir sind!"

„Wir sind!"

„Helden!"

„Helden!"

„Der Revolution!"

„Der Revolution!"

„Wir kennen keine Erschöpfung!"

„Wir kennen keine Erschöpfung!"

„Und keine Labilität!"

„Und keine Labilität!"

Die Soldaten bekamen wieder Mut und Kraft, weiterzumachen, die Müdigkeit war den meisten nicht mehr anzumerken. Doch ein Soldat stolperte und fiel zu Boden, Abu Elfida schoss sofort um ihn herum, er stand ganz schnell wieder auf und setzte seinen Marsch fort. Al Damur war in greifbare Nähe gerückt. Sie befanden sich schon vor den ersten

Häusern des Ortes auf der Hauptstraße. Abu Elfida rief ihnen zu: „Lasst uns heute zum Fluss laufen.“

Als Dilo das Wort Fluss hörte, wurde er neugierig. Schon nach ein paar Minuten waren sie dort.

„Jetzt könnt ihr schwimmen“, erlaubte Abu Elfida ihnen.

Das Wetter war warm, und die Soldaten waren von ihrem Marsch völlig verschwitzt. Nun waren sie genau an der Stelle, wo der Fluss Al Damur ins Mittelmeer mündete. Das kühle erfrischende Süßwasser mischte sich hier mit dem Salzwasser des Meeres. Die Soldaten waren wie Fische, die ohne Wasser hatten auskommen müssen, sie tanzten, sprangen, tobten im Wasser herum und jeder von ihnen versuchte, so viel wie möglich von der herrlichen Pause zu genießen.

Allerdings dauerte es nicht lange, bis der Schrei des Trainers zu hören war: „Bereitet euch zum Abmarsch vor, die Atempause ist zu Ende.“

Sie mussten sich, wenn auch unwillig, an die Ordnung halten. Alle kamen aus dem Wasser, stellten sich mit nasser Kleidung in ihrer Reihe auf und marschierten weiter, Parolen rufend und Widerstandslieder singend, bis sie vor ihrer Zentrale ankamen. Alle waren erschöpft, auch Abu Elfida. Die meisten legten sich auf den Rasen und entspannten sich nach dieser anstrengenden Tour, die sie zumindest für heute hinter sich hatten.

Sie waren still, man hörte nur die Vögel singen, und es war, als ob sie nicht anwesend wären, sie befanden sich in totalem Ruhezustand. Dilo, der sich auch hingelegt hatte, erhob sich als Erster, ging ins Haus, nahm ein frisches Handtuch und ging duschen. Allmählich standen auch die anderen auf. Abu Elfida kam aus seinem kleinen Büro.

„Na, seid ihr soweit, jetzt habt ihr euch das Frühstück verdient.“

Diejenigen, die noch lagen, standen bei diesen Worten auch wieder auf und setzten sich an den Tisch. Während des Frühstücks hielt ihnen Abu Elfida eine kleine Rede.

„Diese Militärausbildung dauert drei Monate, zum Abschluss und zur Einweihung kommt ‚Abu Omar', unser Führer Jassir Arafat. Ihr werdet ihm zeigen, was und wer ihr seid." Er drehte sich zu Dilo um. „Diejenigen, die etwas später angefangen haben, müssen noch mehr leisten, mehr Tempo und Fleiß. Wir haben noch zweieinhalb Monate Ausbildung vor uns." Er ereiferte sich. „Vor dem Führer will ich keine schlappen Kämpfer sehen."

Dilos Herz schlug heiß. Oh, Arafat selbst wird unsere Ausbildung beschließen. Er war stolz.

Zum Frühstück gab es Labne, einen salzig zubereiteten Quark mit Olivenöl und frischer Minze, und gesüßten Tee.

„Nach dem Frühstück gibt's eine halbe Stunde Pause, danach gehen wir zum Sandring", erklärte ihr Trainer ihnen.

„Was ist denn der Sandring?", wollte Dilo wissen.

„Das ist das, was um den Baum herum liegt, iss erstmal, dann mach Pause, dann wirst du es schon sehen", antwortete ihm Abu Elfida.

Voll neugieriger Spannung wartete Dilo, was auf ihn zukam.

Nach der Pause stellten sich alle wieder in einer Reihe auf.

„Stillgestanden! Rührt euch!" Abu Elfida stand vor ihnen. „Und jetzt aufwärmen." Alle standen an ihrem Platz und wärmten sich auf. „Jetzt loslaufen."

Ihr Trainer lief voran zum Sandring, einem mit Sand bestreuten Kreis von etwa dreizehn Metern Durchmesser, in dessen Mitte ein großer Baum stand, an dem eine Strickleiter hing. Die Soldaten mussten auf Abu Elfidas Befehle reagieren, in den Kreis laufen, springen, auf dem Boden kriechen, sich in Kampfposition gegenüberstellen. Dilo war bald schon erhitzt.

„Kriechen, alle auf den Boden legen und kriechen", lautete Abu Elfidas Befehl und dann schoss er um die Soldaten herum. Der Schweiß, der Sand und die Abgespanntheit, alles vermischte sich miteinander, sie fühlten sich wie in einem

Feldzug. Alle sprangen hastig hin und her, man konnte die Einzelnen nicht mehr erkennen. Es war staubig, sie hatten Angst, von einer Kugel ihres Trainers getroffen zu werden. Seit fast einer halben Stunde jagte er sie, sie konnten keine Sekunde stillstehen.

Abu Elfida schrie: „Dilo, los, auf den Baum steigen!“ Er schoss um Dilo herum. Dilo rannte zur Strickleiter und kletterte hoch, der Trainer schoss in die Luft, in den Baum, Zweige wurden von den Schüssen getroffen und fielen auf Dilos Gesicht, er kletterte weiter bis in die Baumspitze. Abu Elfida schoss weiter.

„Jetzt runter mit dir, schnell ... runter!“

Dilo stand unter Beschuss, es fielen noch mehr Zweige auf ihn.

Nach mehr als einer Stunde Kampf wurden die Soldaten aufgefordert, Pause zu machen. Die Farbe ihrer Anzüge war nicht mehr zu erkennen. Alle setzten sich hin und warteten auf die nächste Aktion. Abu Elfida rief sie nach einer kurzen Pause. „Jetzt gehen wir an den Abgrund, schießen üben.“

Dilo freute sich. „Ja, endlich mal was anderes.“

Alle stellten sich zum Marschieren auf, schulterten ihre Gewehre und folgten Abu Elfida.

Jeder Soldat durfte fünf Kugeln verschießen, die Zielscheibe war eine weiße Gestalt aus Holz in einer Höhle, die sich etwa zweihundert Meter von ihnen entfernt auf der gegenüberliegenden Seite des Tales befand. Der erste Soldat hatte seine Schussposition eingenommen, er lag auf dem Boden und wurde von Abu Elfida korrigiert. Durch ein Fernglas kontrollierte er, welche Schüsse ihr Ziel erreichten.

„Derjenige, der die meisten Treffer erzielt, der wird auch die RPG-Rakete schießen.“

Der Soldat schoss die erste Kugel. Getroffen. Der zweite Schuss. Getroffen. Der dritte Schuss. Nicht getroffen. So ging es weiter. Jetzt endlich war Dilo an der Reihe, das erste Mal richtig zu schießen. Er kniete sich auf den Boden, er hatte die beste Haltung. Abu Elfida staunte.

„Das ist doch dein erster Schießversuch, oder?"
„Ja, das stimmt, ich habe aber in der Schule in Syrien Militärunterricht bekommen, unter anderem, welche Schießposition die bequemste und die richtige ist."
Abu Elfida hörte ihm interessiert zu. „Das ist gut Dilo, sehr gut." Er nahm das Fernglas und schaute auf die Zielscheibe.
„Achtung, vorbereiten, schießen!"
Dilo feuerte seinen ersten Schuss ab. Getroffen. Der Zweite. Getroffen. Ich muss mit allen fünf Kugeln treffen. Die dritte Kugel. Getroffen. Die Vierte. Getroffen. Dilo konzentrierte sich auf seine letzte Kugel, er drückte ab.
„Die Fünfte ... nicht getroffen", hörte er Abu Elfida sagen und ärgerte sich.
„So ein Mist", fluchte er leise.
Alle schossen der Reihe nach ihre fünf Kugeln ab, Abu Elfida notierte das Ergebnis auf einen Zettel. Als alle fertig waren, gab er es bekannt.
„Dilo ist Erster, er hat vier von fünf Schüssen getroffen, er darf jetzt etwas anderes ausprobieren. Er drehte sich zu Djamal um. „Hol mal das Ding her, alle setzen sich hier auf den Boden."
Er nahm die Kanone in die Hand, die Djamal ihm gebracht hatte. „Ihr werdet jetzt lernen, wie ihr mit diesem Zeug umgehen könnt." Zu Dilo gewandt sagte er: „Dilo, sag nicht, dass du dich auch damit auskennst."
„Nein, das habe ich noch nie angefasst, ich kenne es nicht."
„Komm her, Dilo, ich zeige dir, wie es geht. Nimm die gleiche Haltung wie am Gewehr ein, aber die Kanone muss auf den Schultern liegen und du hältst sie mit beiden Händen fest. Du musst den Mund weit aufmachen und beim Schießen laut schreien, es knallt verdammt laut."
Dilo hörte aufmerksam zu, nahm den Raketenwerfer aus Abu Elfidas Hand entgegen und bereitete sich vor, nach seinen Anweisungen zu schießen.
„Noch eine sehr wichtige Sache: Die RPG wirft eine gro-

ße Flamme nach hinten, bis zu zehn Metern. Diese Kanone darf nicht in geschlossenen Räumen benutzt werden, das ist sehr gefährlich, man muss immer nach vorn und nach hinten schauen, dass genug Distanz vorhanden ist. Das Ziel muss mindestens zwanzig Meter entfernt sein. Der Sprengkopf ist mit einer Sicherheitskappe verschlossen und sehr empfindlich, ihr dürft sie erst dann entfernen, wenn ihr euch sicher seid, dass ihr die Rakete auch wirklich abschießt, sonst nicht."
Alle staunten über die Wirkung dieses unheimlichen Dinges.

„Habt ihr noch Fragen?" Abu Elfida blickte in die Runde, aber niemand wusste etwas zu fragen. „Ok, Dilo, bist du vorbereitet?"

„Ja, ich bin soweit."

„Schießen!"

Dilo drückte auf den Knopf und schrie aus Leibeskräften. Die Rakete explodierte mit einem lauten Knall und schoss auf ihr Ziel zu. Mit einem weiteren Knall traf sie ihr Ziel. In der Höhle rauchte und qualmte es, es klang nach Krieg. Alle anderen Soldaten schrien vor Freude.

„Es lebe Dilo, er hat getroffen!"

„Toll Mensch!"

„Hast du gut gemacht, Dilo."

Dilo war stolz über sein Ergebnis, und der Beifall der Kameraden beflügelte ihn noch mehr. Das Schießtraining endete wie ein Fest, alle gingen ungeordnet vor, neben oder hinter Abu Elfida zurück zur Zentrale. Trotz des anstrengenden Tages spürten sie jetzt keine Müdigkeit mehr.

Es vergingen ein paar Tage, bis Dilo alle zwölf Soldaten kennengelernt hatte und mit seiner Umgebung vertraut geworden war. Innerhalb der Gruppe herrschte Rivalität, jeder wollte den Ton angeben. Dilo fiel auf, dass besonders sein Kamerad Muhamed ihn argwöhnisch beobachtete.

„Was habe ich ihm getan, wieso ist er so komisch zu mir?", grübelte Dilo vor sich hin. Auch Taufiq aus Ägypten, ein kleiner, dunkelhäutiger Mann mit Schnauzbart, verhielt sich Dilo gegenüber merkwürdig.

Seit Dilo unter seinen Kollegen herumgefragt hatte, ob jemand eine Möglichkeit kannte, wie er sich einen falschen Pass gegen Geld besorgen konnte, hielt Taufiq sich ständig in Dilos Nähe auf und wirkte sehr fürsorglich. Eines Tages, als sie wieder darüber sprachen, sagte Taufiq: „Dilo, ich habe mit jemandem gesprochen, der wird dir innerhalb von zwei Wochen einen Pass besorgen."

Dilo schien es zwar, als ob Taufiq sich bei ihm nur einschmeicheln wollte, aber er blendete sein Misstrauen aus und ging auf das Angebot ein, um endlich einen Reiseausweis in die Hände zu bekommen.

Der Tagesablauf änderte sich nicht. Trainieren, essen, schlafen. Die Mannschaft saß am Tisch und frühstückte zusammen, ihr Vorgesetzter war nicht dabei. Muhamed saß Dilo gegenüber. Er fing an zu lästern und wollte Dilo provozieren. Dilo versuchte ihn zu ignorieren. Als Muhamed merkte, dass Dilo nicht reagierte, wurde er noch ausfallender.

„Kurden sind der letzte Dreck, sie ..."

Dilo wurde wütend. Er kippte den Tisch mit allem was darauf stand gegen Muhamed, sprang über die zersplitterten Tassen und Teller auf ihn zu und packte ihn.

„Du bist das letzte Arschloch, weißt du das? Bist du eifersüchtig, weil du schon viel länger hier bis als ich, ohne den kleinsten Erfolg?" Dilo stieß seinen Kopf auf Muhameds Gesicht. „Wer weiß, wer deine Mutter gefickt hat, bis du raus gekommen bist, ich werd's dir zeigen, du Abschaum!"

Er versetzte ihm Boxhiebe auf Nase und Mund, Muhamed blutete und schrie: „Hilfe, er bringt mich um!"

Abu Elfida kam angerannt. „Dilo, lass ihn los, ich sag dir, lass ihn los!" Er trennte die beiden voneinander und brüllte: „Was ist mit euch? Habt ihr den Verstand verloren?" Er blickte von einem zum anderen. „Wer hat damit angefangen?"

Muhamed sprang vor und zeigte auf Dilo. „Er, schau doch mal den Tisch da."

„Was ist das Dilo?" Seine Stimme bebte vor Wut. „He, sag mir, was das soll, denkst du etwa, dass du verwöhnt wirst und alles machen darfst oder was?"

Dilo war beleidigt. „Schauen Sie mal, ich bin hierher gekommen, weil ich als Kurde nichts wert bin, dritte Klasse, letzte Klasse!" Er ereiferte sich noch mehr. „Ich bin in Syrien geboren und habe nicht mal die Staatsbürgerschaft, nur weil ich Kurde bin. Ich bin hier, um meine Ehre zu schützen und nicht um Randale zu machen, er hat die Kurden beschimpft!"

Abu Elfida sah ihn betroffen und nachdenklich an. „Ok, Dilo, du und Muhamed, ihr bringt den Tisch wieder in Ordnung und versöhnt euch."

Die beiden entschuldigten sich, aber sehr oberflächlich und stellten den umgekippten Tisch auf. Zumindest äußerlich kehrte wieder Ruhe ein, jeder setzte sich an seinen Platz. Aber ihre Blicke waren hasserfüllt.

Am Abend saßen alle in ihrem Schlafraum und unterhielten sich. Einer der Kämpfer, Mahmud, ein Ägypter aus Kairo, sang mit seiner schönen Stimme Lieder des bekannten verstorbenen Sängers Abdel Halim Hafez. Er war einer der bekanntesten Sänger im arabischen Raum gewesen, seine Lieder erzählten von der Qual der Liebe, aber auch von den schönen Seiten des Zusammenseins von Mann und Frau. Meistens waren seine Lieder, die er mit tiefer Stimme sang, voller Melancholie. Er war sehr beliebt gewesen und hatte eine starke Präsenz auf der Bühne ausgestrahlt.

Dilo kannte den Sänger und hörte ihn auch gerne. Es wurde gesagt, dass am Tag des Trauermarsches für ihn durch Kairo viele Jugendliche, sowohl Jungen als auch Mädchen, als Ausdruck ihrer Trauer Selbstmord begangen hatten, sie hatten sich geopfert. Der Todestag von Abdel Halim Hafez wurde zum Trauertag im Kalender der arabischen Welt. Mahmud sah dem berühmten Sänger ähnlich, auch seine Stimme klang so wie seine.

„Jetzt kann ich für euch eines seiner Lieder singen, die er nicht veröffentlichen konnte, weil er während der Proben gestorben ist.“ Alle blickten Mahmud erwartungsvoll an.

„Ohne Grund ... Ohne Warum ... Kommt die Welt ... Was will sie?“

Mahmud sang voller Innigkeit. Alle applaudierten, die Stimmung war friedlich und entspannt, sie lachten zusammen und tranken starken schwarzen Tee.

Mahmud war im Alltag oft sehr leichtsinnig, nicht präsent und übernahm keine Verantwortung. Dieses Verhalten von ihm, gepaart mit seinem langen, schlaksigen Körper - er war der größte Mann in der Gruppe - und seinem nicht gut aussehenden Gesicht, verleiteten Dilo und Djamal dazu, ihn als leicht verrückt anzusehen. Nachdem Mahmud aufgehört hatte zu singen und sie ihren Tee ausgetrunken hatten, schlenderten die beiden Freunde draußen durch den Garten.

„Djamal? Ich sag dir was, der Typ ist daneben, wollen wir ihn veräppeln?“

Djamal grinste. „Ja, ich glaub auch, gute Idee.“

„Während er seine Wache am Haupttor hält, werde ich mich als Geist verkleiden und von der anderen Straßenseite kommen, mal sehen, wie er darauf reagiert.“

„Er ist aber verrückt, der erschießt dich.“ Djamal machte sich ernsthaft Sorgen.

„Ja, das glaube ich auch, deswegen musst du ein leeres Magazin in sein Gewehr einsetzen, sonst ist alles zu spät für mich.“

„Toll, Mensch, lass uns das machen, wir müssen aber wissen, wann er Dienst hat.“

Sie gingen in den Schlafraum zurück und ließen sich nichts anmerken. Nach einer Weile ging Dilo zu Mahmud und sprach ihn freundlich an.

„Na, sag mal, wann bist du denn wieder dran? Oder bist du

vom Dienst pensioniert, erlöst?"
Mahmud staunte. „Ich hab doch meinen Dienst vor ein paar Stunden gemacht, was weißt du denn, morgen Abend um neun Uhr fängt die Hölle an, da bin ich wieder dran." Dilo blickte verstohlen zu Djamal, dann zur Wanduhr. „Oh, es ist zwei Uhr, ich bin sehr müde, ich lege mich hin."

Als Taufiq mitbekam, dass Dilo ins Bett gehen wollte, kam er zu ihm. „Dilo, du musst mir das Geld geben, dann bekommst du auch den Pass."

„Jetzt, nein, jetzt nicht, und wenn, dann will ich dir erst die eine Hälfte geben."

Sie gingen beide aus dem Zimmer in den Garten. Taufiq sagte ruhig: „Aber der Mann will alles zusammen haben und im Voraus."

„Wie viel soll es denn kosten?"

„Eintausend Lira."

„Was? Eintausend Lira, das ist doch sehr viel!"

„Nein, für einen Pass, mit dem du reisen kannst, ist es nicht viel, Dilo."

Als Dilo das Wort „reisen" hörte, gab er seine Bedenken auf. Er würde auch sein letztes Hemd verkaufen, um einen Pass zu bekommen.

„Na, ist gut, lass uns mal morgen weiter darüber reden."

Die Bäume signalisierten durch ihre Geräuschlosigkeit, dass es Zeit war, schlafen zu gehen. Erst das Schnarchen der Soldaten ließ ihre Blätter vibrieren.

„Aufstehen, ihr Soldaten, aufstehen, es ist sechs Uhr!", dröhnte Abu Elfidas Stimme.

„Sag mal, hat man hier denn überhaupt keinen Urlaub?", wandte Dilo sich gähnend an Djamal.

„Doch, doch, das ist auch eine gute Idee, wir fahren nach Beirut."

„Super, lass uns Abu Elfida fragen."

Wach und gut gelaunt gingen sie nach draußen. „Herr Abu

Elfida, Dilo und ich wollen heute Urlaub nehmen", sprach Djamal ihn an.

„Na, eigentlich muss man mindestens einen Tag vorher Bescheid sagen, aber gut, ihr könnt gehen, aber abends müsst ihr wieder hier sein."

Dilo freute sich auf Beirut. Sie durften auch in Zivil ausgehen, das machte den freien Tag noch schöner für ihn. Er duschte und zog dann seine schon seit langer Zeit eingepackten Kleider an. Beide, Djamal und er, drängelten sich vor dem Wandspiegel, um ihre Frisuren zurechtzumachen. Als sie aus dem Haus kamen, waren sie fast nicht mehr wiederzuerkennen. Sie gingen an ihren Kameraden vorbei, die marschbereit auf dem Hof standen.

„Wir fahren nach Beirut, bis heute Abend", lachten sie zu ihnen hinüber und verließen den Garten der Villa Richtung Ortsmitte zur Hauptstraße, auf der sie meistens nur rannten und erschöpft waren. Auf der Straße fuhren ständig Taxis, die aus den Städten Saida und Sur im Süden Libanons kamen.

Djamal hatte ein Prinzip, das er mit dem Spruch aus Aleppo ausdrückte: „Zieh den Faden und lass los, was auf dich zukommt, musst du zahlen." Also würde er zunächst alles zahlen, um sich am Abend, wenn sie zurückkamen, Dilos Anteil geben zu lassen.

„Das ist doch besser so, oder?", wandte Djamal sich an Dilo.

„Ja, das finde ich auch, dadurch wird niemand benachteiligt, das ist in Ordnung."

Ein Taxi hielt von sich aus an, die beiden Freunde stiegen ein. „Wo wollt ihr denn hinfahren?"

Dilo überließ es seinem Freund zu antworten, denn er kannte sich nicht aus.

„Nach Al Raouché, dann werden wir sehen." Djamal bezahlte den Fahrer.

Bald schon gelangten sie in die Stadt. Rechts war der Flughafen zu sehen, dann die ungepflegten Viertel am Stadtrand. Das Taxi durchquerte verschiedene Beiruter Viertel mit eleganten großen Häusern, deren Architektur Dilo sehr beeindruckte. Die meisten dieser Häuser waren nicht von ihren Eigentümern bewohnt, sondern von Flüchtlingen aus dem Süden des Landes und aus zerstörten Gebieten wie Tel Al Saater, einem vernichteten Palästinenserlager. Nachdem sie viele Viertel durchquert hatten, hielt das Auto in Al Raouché an und die beiden stiegen aus. Djamal nahm Dilos Hand.

„Komm, ich will dir was zeigen, lass uns mal auf die andere Seite der Straße gehen."

Sie gingen ans Meeresufer, der blaue Himmel und das blaue Meer waren fast vereint, den Kontrast bildete der Strand aus gelben Steinen. Auf der Hauptstraße entlang des hügligen Strandes hatte sich im Laufe der Zeit ein Basar aus Holzläden gebildet, die sich inzwischen kilometerlang erstreckten und in denen es alles Mögliche zu kaufen gab, Kleidung, Spielzeug, Lebensmittel, Essen, und der voll war von Menschen verschiedener Nationalitäten.

Djamal und Dilo gingen bis zu dem bekannten großen Felsen, der allein im Meer wie abgeschnitten steht, dem Al Raouché-Felsen.

An einer erhöhten Stelle des Strandes befanden sich viele Fotografen, die mit zwei Belichtungen experimentierten und die Leute so fotografierten, dass es aussah, als ob sie auf dem Felsen stünden, zwar etwas ungenau, aber durchaus zufriedenstellend für den großen Teil des Publikums.

„Lass doch ein Foto von dir machen", ermunterte Djamal ihn.

Dilo ging zu den Fotografen, jeder von ihnen hatte sein Muster zum Zeigen, wie er es machen würde. Dilo schaute sich die meisten Muster an und entschied sich dann für eins.

„Warte Dilo, hier, nimm meine Goldkette für das Foto, dann kannst du später damit angeben", sagte Djamal.

Dilo lachte. „Danke Djamal, das ist eine gute Idee."

Nach zwei Fotos, eines von ihm und eines von dem Felsen, drückte der Fotograf auf den Polaroid-Apparat und das noch unsichtbare Bild, welches sich allmählich entwickelte, kam langsam heraus. Dilo war jetzt auf dem großen Felsen zu sehen. Wie ein Held freute er sich darüber. Als er Djamal die Kette wieder zurückgeben wollte, zögerte sein Freund kurz, sagte dann aber entschlossen: „Behalt sie, ich schenke sie dir, einen besseren Freund als dich werde ich nicht finden."

„Ich danke dir, ich werde sie mein Leben lang aufbewahren", freute Dilo sich.

Sie liefen im Basar herum, aßen, tranken und hatten Spaß.

„Komm, Dilo, ich will dir was anderes zeigen", schlug Djamal ihm schließlich vor.

„Na, was gibt's jetzt Neues?" Dilo war neugierig.

Sie schlenderten in ein Viertel mit vielen Bars, vor denen Frauen standen. Viele Leute gingen ein und aus.

„Na Dilo, willst du nicht was Wichtiges erledigen?"

Dilo war erstaunt. „Was? Was denn Wichtiges?"

„Ja, ich meine, zum Beispiel mit Frauen und so was?"

„Ach so ..." Dilo, jetzt stehst du vor etwas ganz Neuem für dich, du wirst mit einer Frau in einer Bar Sex haben. Er drehte sich zu Djamal um. „Was meinst du, da?" Er zeigte auf eine Bar.

„Ja, lass uns mal dahin gehen, dort gibt es meistens schöne Frauen."

Sie betraten die Bar, die voller Menschen war. Sofort boten Frauen ihnen Alkohol und sich selbst an. Eine nicht mehr ganz junge Frau ging auf Dilo zu.

„Na, du Schöner, willst du engager machen?"

Das Wort „engager" hatte Dilo nicht verstanden, er reagierte nicht auf die Frau und ging weiter, um sich die anderen anzusehen. Djamal, der sich auch neugierig umsah, wurde von einer Prostituierten angesprochen. „Wie kannst du denn so lange warten?" Sie lächelte ihn an, und er entschied sich für sie und ging mit ihr zu einer Kabine, wollte aber vorher noch wissen, was Dilo machte. Eine junge Frau kam Dilo lachend entgegen.

„Ich glaube, du suchst mich."

„Ja, ich glaube auch."

Er nahm die Frau in den Arm. Djamal musste wie vereinbart alles auslegen. Für Dilo war alles ganz neu, er war noch nicht ganz achtzehn Jahre alt und hatte noch nie Sex gehabt. Er ging mit der schwarz bekleideten Frau durch den engen schmalen Flur in ihre Kabine. In dem nur etwa vier Quadratmeter großen Raum zog die Frau ihre Unterhose aus, öffnete die Knöpfe ihres schwarzen Kleides und legte sich hin.

„Komm Habibi, ich bin schon so weit."

Dilo stand vor ihr. „So habe ich mir das nicht vorgestellt, das ist doch mein erstes Mal, mach mich glücklich."

Er zog seine Hose herunter und genoss die erotische Atmosphäre in diesem blau beleuchteten Raum, mit der liegenden Frau, dem Kontrast zwischen ihrem weißen Körper und dem schwarzen Kleid. Sie stand auf und half Dilo beim Ausziehen.

„Aber nur, weil es dein erstes Mal ist." Sie küsste ihn. „Ich werde dich glücklich machen, mein Kleiner."

Sie leckte ihm den Hals, streichelte und liebkoste ihn eine Weile, dann legte sie sich wieder auf den Rücken. „Komm, jetzt werde ich dir die Sonne in die dunkle Nacht bringen und der Schnee auf meinen Brüsten wird schmelzen und dich mit Lust überschwemmen."

Dilos Angst und Nervosität lösten sich durch ihre natürliche und offene Art. Sie liebten sich wie zwei ineinander verschlungene Schlangen und als würden sie sich schon lange kennen. Als sie nach einer Weile wieder aufstanden, wollte die Frau wissen:

„Na, hast du Spaß gehabt?"

Dilo lachte gelöst. „Ja, aber wie, besser wäre es nicht gegangen."

Das Paar verließ die Kabine und ging zur Theke, an der ein großes Gedränge herrschte. Einige bezahlten, andere tranken, es war ein Kommen und Gehen. Djamal erschien von der anderen Seite in dem großen Gastraum. Beide wollten nicht länger bleiben und sie gingen aus der Bar.

„Na Dilo, wie war's?"

Dilo war noch in Gedanken versunken. „He, ja, es war ganz schön."

Sie gingen wieder Richtung Meer. Dilo holte tief Luft, dann sagte er: „Djamal, ich will dir jetzt etwas verraten, ich glaube, du bist ein Freund, deswegen will ich es dir sagen."

„Was denn, erzähl doch."

„Bis heute vor einer halben Stunde war ich wie eine Jungfrau, so was wie heute habe ich in meinem ganzen Leben noch nicht gehabt."

Djamal blickte ihn verwundert an. „Fast achtzehn Jahre alt und noch nicht mit einer Frau geschlafen, das ist doch kriminell, wo hast du denn gelebt?"

„In Al Kamishly, im Norden Syriens."

Djamal umarmte ihn. „Ich freue mich Dilo, dass ich dich dazu gebracht habe, aber was soll's, irgendwann ist immer das erste Mal und das letzte Mal wird es auch nicht sein."

Dilo lachte. „Das stimmt, was du sagst, lass uns was essen, davon habe ich Hunger gekriegt."

Sie waren wieder an den Strand gelangt und gingen dort zu einer der vielen kleinen Hütten, bestellten ein Fischgericht und setzten sich an einen Tisch, das Rauschen des Meeres im Hintergrund, die klare Reflexion der Sonne auf der Meeresoberfläche.

Als ihre Bestellung ausgerufen wurde, ging Djamal zum Grill, bezahlte und nahm die beiden Pappteller mit dem Fisch, der mit Zitrone und Salat serviert wurde. Sie gingen ans Ufer und setzten sich. Dilo zog seine Schuhe und Socken aus und hielt seine Füße ins Wasser. Sie genossen das Essen und die ruhige entspannte Atmosphäre in der Abendstimmung am Meer in diesem bildschönen Beiruter Viertel, mit luxuriösen Häusern und gepflegten Straßen. Es sah nicht so aus, als ob sie sich in einem Land befänden, in dem ein blutiger Bürgerkrieg stattfand.

„Djamal, sag mal, Tel Al Saater, was war da eigentlich,

kannst du mir mehr darüber erzählen?" „Wenn mich jemand anderes danach gefragt hätte, hätte ich nein gesagt, ich habe jetzt keine Lust, aber weil du es bist, erzähle ich es." Djamal wurde ernst. „Ich bin in Tel Al Saater geboren. Das Lager gehört fast schon der Vergangenheit an, es war eines der größten Palästinenser-Flüchtlingslager hier im Libanon und wurde innerhalb kurzer Zeit zu Beginn des Bürgerkriegs von den militanten Christen mit Unterstützung des syrischen Militärs von der Landkarte radiert, damit die Linien zwischen Ost und West klarer verlaufen, wie in Al Damur. Die Al Kataib haben versucht, Al Damur zu halten, aber es konnte auf Dauer nicht in einem von Moslems beziehungsweise von Palästinensern umringten Gebiet bestehen. Al Damur hatte kaum Überlebenschancen.

Der große Unterschied zwischen Tel Al Saater und Al Damur war, dass im ersteren nur arme Leute lebten, also die Häuser waren aus Blech und sehr provisorisch gebaut. Der Widerstand wurde dadurch geschwächt, nach der Vernichtungsaktion wurde der Ort mit Baggern so platt gemacht, als hätte er niemals existiert. In Al Damur aber lebten die Reichen, in fest betonierten Häusern und Villen, sie hatten auch Tunnel gebaut, der Ort konnte nicht so einfach platt gemacht werden. Nach dem Bürgerkrieg werden sie aus Europa und Amerika in ihre Häuser zurückkehren und sie renovieren, aber wir müssen neue Blechhütten von der UNO bekommen."

Djamal atmete schwer, Dilo ebenso. „Meine Mutter ist da ermordet worden, meinem Vater haben sie die Beine amputieren müssen, und ich bin hier gelandet."

Dilo fühlte sich seinem Freund noch tiefer verbunden, weil auch sein Volk ein ähnliches Schicksal erlitt.

„Ich wollte nie ein Kommandosoldat wie jetzt werden, aber was kann ich denn tun, eine andere Wahl habe ich nicht."

Dilo widersprach ihm: „Doch, das hast du."

Djamal hob erstaunt die Brauen. „Wie, was denn?"

„Zum Beispiel nach Amerika oder Europa, nach Paris! Da kann man auf jeden Fall ein besseres Leben führen als hier und als in meiner Heimat."

„Hört sich nicht schlecht an."

„Ich spare mein Gehalt, damit ich mir einen Pass kaufen kann. Das kannst du doch auch machen, oder?"

„Ich habe doch einen Reisepass. Ich brauche nur etwas Geld beiseitezulegen und das werde ich auch tun, ich will auch mit nach Paris." Dilo lachte, das hörte er gern. Er spürte, dass er in Djamal einen Freund gefunden hatte, dem er bedingungslos vertrauen konnte. Wieder ernsthafter fragte er ihn: „Wie findest du Taufiq?"

Djamal antwortete nicht sofort. Dann fragte er: „Warum?"

Dilo klatschte auf das Wasser. „Er hat mir versprochen, einen Pass zu beschaffen, so ganz gute Gefühle habe ich ihm gegenüber nicht."

„Dilo, ich sage dir was, die meisten Leute, die hier sind, sind gekaufte Leute, es sind Söldner, zum Beispiel sind jede Menge Taschendiebe aus Kairo hier im Land, man muss also aufpassen."

Wieder zurück in der Zentrale wurden Djamal und Dilo von Abu Elfida freundlich empfangen. „Na, habt ihr euch schön amüsiert?"

„Es war wunderschön, einfach toll", nickte Dilo.

Sie duschten. Als sie danach auf ihren Betten lagen, betrat Taufiq den Schlafraum, erblickte Dilo und ging auf ihn zu. „Lass uns mal ein bisschen im Garten spazieren gehen", forderte er Dilo mit leiser Stimme auf und zog ihn freundschaftlich an der Hand. Draußen sprach er leise und mitfühlend zu ihm. „Du musst ein Paar Lichtbilder machen, für deinen Pass."

„Ja, ok, wenn ich nächstes Mal nach Beirut fahre, lasse ich sie machen."

Dilo zog es wieder ins Haus zu Djamal. „Sag mal, es ist bald neun Uhr und Mahmud fängt seinen Dienst an. Was macht unsere Planung?", fragte er seinen Freund leise und achtete darauf, dass niemand sie hören konnte.

„Ich bin dabei", erwiderte Djamal, schaute zu Mahmuds leerem Bett, wo sein Gewehr unter dem Kissen hervorlugte, blickte vorsichtig um sich, nahm dann ein leeres Magazin und wechselte es gegen das volle in Mahmuds Gewehr aus. Unbemerkt ging er zu seinem Bett zurück. Es war keine Sekunde zu früh, Mahmud betrat den Schlafsaal, nahm seine Kalaschnikow und seine Reserve-Ausrüstung.

„Na, habt ihr Spaß gehabt in Beirut?", rief er den beiden Freunden zu.

„Ja, es war hervorragend", antwortete Djamal ihm.

„Und ich muss leider jetzt meinen Dienst schieben."

Als er den Raum verließ, folgte Djamal ihm mit den Augen, ob er sein Gewehr überprüfte oder nicht. Wenn er es täte, müsste Dilo seinen Schabernack verschieben. Aber Mahmud tat nichts dergleichen.

Dilo ging ins Badezimmer und bemalte sein Gesicht mit weißer Kreide, nahm ein Paar weiße Bettbezüge und ein Band und ging aus dem Haus durch den Orangenhain, nicht ohne sich zu vergewissern, dass ihn niemand sah. Dann kletterte er über die niedrige Mauer und ging einen großen Kreis, damit er nicht von Mahmud und der anderen Wache erwischt würde.

Auf der der Zentrale gegenüberliegenden Seite der Straße befand sich die ehemalige Schule. Der Schuleingang war sehr lang, schmal und dunkel. Dorthinein ging Dilo, um sich mit der Bettwäsche zu drapieren. Mahmud sang, wie immer, Djamal beobachtete ihn.

Dilo hatte sich inzwischen verkleidet, er sah wie ein Geist aus, der aus einer Ruine aufersteht, und konnte einfältigen Menschen einen gehörigen Schrecken einjagen. Die Straße war menschenleer, er musste die Gelegenheit nutzen.

Mahmud saß vor dem Tor auf einem Stuhl. Der Geist-Dilo kam von schräg gegenüber auf Mahmud zu.

„Wer ist da?", rief er voller Angst, und dann noch einmal: „Wer ist da?"

Der Geist reagierte nicht und ging weiter auf ihn zu.

Djamal, der die ganze Situation heimlich beobachtete, lachte in sich hinein, musste aber für seinen Freund sorgen, denn Mahmud zitterte vor Angst und bereitete sich vor, zu schießen. Der Geist kam noch näher, Mahmud erstarrte. „Wer ist da? Ich werde schießen, wer bist du?"

Doch das Gewehr fiel ihm aus der Hand und Mahmud ging zu Boden. Dilo war bei ihm, sprang auf und schrie, dann lachte er.

Mahmud erholte sich nur langsam von dieser Todesangst. Er atmete sehr heftig und erhob sich. „Dilo, warum machst du so was, ich hätte dich erschießen können."

„Warum hast du es denn nicht getan, du konntest ja überhaupt nichts mehr machen." Er lachte, wischte sich die weiße Kreide aus seinem Gesicht und zog die Bettbezüge aus.

Djamal kam zu ihnen. „Na, was gibt's?"

Mahmud war noch zitronengelb. „Dilo wurde zu einem Geist", rief er laut. „Abu Elfida, kommen Sie mal ...? Abu Elfida, wo sind Sie denn?"

Auf Dilos Gesicht waren keine weißen Spuren mehr zu sehen. Er räumte die Bettbezüge beiseite und kam schnell wieder zum Tor. Abu Elfida war schon zur Stelle und von Mahmud über Dilos Schabernack unterrichtet worden.

„Dilo, warum hast du das gemacht?"

Dilo stellte sich ahnungslos. „Was?"

„Dich als Geist verkleidet!" Mahmud zitterte immer noch.

Dilo tat erstaunt. „Was? Geist? Hier? Ich glaube, du hast Halluzinationen, Mahmud, willst du mir etwa Angst machen oder was?"

„Ich traue es dir zu, Dilo", unterbrach Abu Elfida ihn und leuchtete ihm mit der Taschenlampe ins Gesicht. Es waren doch noch Kreidespuren zu sehen. „Na du kleiner Geist, ich werde dich bestrafen, hier wirst du jetzt sauber machen, solange deine Kleider so frisch aussehen." Er zeigte auf den Weg vor dem Haus. „Hier, Dilo, musst du jetzt putzen, aber auf dem Bauch."

„Nein, ich habe doch gar nichts gemacht."

„Doch, Dilo, du musst es tun!"

Dilo blieb nichts anderes übrig, als dem Befehl Folge zu leisten, er legte sich auf den Boden und rutschte hin und her.

„Das reicht Dilo, steh auf jetzt, so was machst du aber nicht mehr", ermahnte Abu Elfida ihn und ging an Dilo vorbei zum Haus. Dilo putzte sich den Staub von seinen Kleidern, dann ging auch er zusammen mit Djamal zum Haus zurück.

„Djamal, ich sag dir was, ich werde mich heute an Abu Elfida rächen, wir haben doch gleich Dienst, oder?"

„Ja das stimmt, wir müssen uns langsam darauf vorbereiten und Tee kochen."

„Djamal, Dilo, bereitet euch auf euren Einsatz vor", rief ihnen in diesem Moment auch schon jemand zu.

Kurze Zeit später verließen die beiden das Haus Richtung Barrikade, wo der Wachwechsel stattfand. Vier Stunden Wache standen ihnen bevor, das tiefe Tal konnte jeden Moment zum Horrortal werden. Die Sterne und der Mond verabschiedeten sich schnell vom klaren Himmel. Sie waren angespannt und jeder der stachligen Sträucher in den Bergen wurde zu einem israelischen Kommando, die Zitronenbäume verwandelten sich in Raketenwerfer.

Wie immer, wenn die beiden Kameraden ihren Dienst begannen, herrschte zunächst Stille von etwa einer Viertelstunde, niemand sagte etwas, niemand machte etwas, sie beobachteten nur die Berge und das Tal. Die Flüchtlinge in der Stadt, die Zentrale und alle ihre schlafenden Kameraden waren in der Stille in ihren Gedanken.

Die beiden waren sich des Ernstes ihrer Aufgabe bewusst, es handelte sich um Leben oder Tod. Die Zeit verging und Abu Elfida kontrollierte, wie so oft, die Wachen, er sah nach, ob alles in Ordnung war und ob alle Wachen im Sicherheitsring aufmerksam auf ihren Posten waren.

Abu Elfida kontrollierte regelmäßig, er kam, ging, kam wieder und ging wieder. Dilo hatte vor, diese Routine zumindest einmal zu durchbrechen. Er wollte an ihm ausprobieren, was er in seiner Ausbildung gelernt hatte.

Als Abu Elfidas Gestalt das nächste Mal von weitem erschien und er näher kam, rief Dilo ihm zu: „Wer ist da?"

Es war windig und sein Ruf wurde vom Wind verzerrt. Abu Elfida antwortete wie immer: „Ich bin ein Freund." Er kam näher, diesmal aber wollte Dilo ihn nicht einfach heranlassen.

„Halt! Keine Bewegung!", schrie Dilo ihm entgegen.

„Ich bin es doch, Abu Elfida."

Aber Dilo machte weiter. „Hände hoch!"

Nun schaltete sich Djamal ein. „He, was machst du denn, das ist doch Abu Elfida."

Dilo drehte sich zu ihm um. „Warte, ich werd's ihm zeigen." Er lachte. Abu Elfida hatte seine Hände erhoben. Dilo richtete das Gewehr auf ihn.

„Komm kriechend und ohne falsche Bewegung", wies er ihn an. Sein Chef musste seiner Anweisung Folge leisten.

„Ich bin verdammt noch mal dein Vorgesetzter", fluchte Abu Elfida zwischen den Zähnen. Djamal lachte heftig, aber lautlos. Abu Elfida kroch weiter, bis er auf ein paar Meter zu ihnen herangekommen war und von den beiden Wachen erkannt wurde. Er war voller Wut.

„Dilo, jetzt hör auf!"

„Oh Abu Elfida, Sie sind es?" Dilo setzte eine erstaunte Miene auf.

„Du bist ein verdammter Junge, du hast dich an mir gerächt!" Trotz seines Ärgers zuckte es wie ein Lächeln in Abu Elfidas Gesicht.

Dilo versuchte, ihm etwas vorzuspielen. „Es war der Wind, ich konnte nicht richtig hören, entschuldigen Sie mich bitte."

Abu Elfida lachte, seine Wut war verflogen. „Eins zu eins, Dilo, morgen bin ich wieder dran." Er hielt kurz inne. „Alles

klar sonst?"
Von weitem hörte man Geräusche. „Moment!" Abu Elfida lauschte genau. „Es sind wieder die Israelis, das Kommando kommt!" Er wurde hektisch. „Haltet die Augen gut auf und bleibt schussbereit."
Schnell lief er zum Haus und rief dabei laut: „Alarm ... alle aufstehen, die Feiglinge kommen!"
Das Geräusch der Hubschrauber war zu hören, es drohte eine Kriegshandlung, bei der vielleicht einige Menschen sterben würden. Von weitem hörte man auch noch eine andere Unruhe, es waren Mitglieder der Demokratischen Front zur Befreiung Palästinas. Sie wurden als Erste mit dem Kommando konfrontiert, weil eine ihrer Abteilungen das erste Haus in der Stadt war, wenn man von den Bergen kam.
Abu Elfida hatte inzwischen alle Soldaten geweckt und sie in jeder Ecke des Gartens positioniert, sodass das Grundstück rundherum geschützt war. Es war nach Mitternacht.
In Al Damur befanden sich viele palästinensische Organisationen und Gruppierungen, die sehr unterschiedliche Ausrichtungen hatten, aber wenn es ernst wurde und die Gefahr von ihrem Hauptfeind kam, waren sie sich einig und kämpften gemeinsam.
In der Zentrale wurde es turbulent, eine Gruppe bewaffneter Männer kam hinein und ihr Anführer rief nach Abu Elfida.
„Hallo, Abu Aladcham", begrüßte dieser ihn.
„Wir wollen auch mit euch das Tal beobachten und schützen", erklärte ihm Abu Aladcham.
Abu Elfida freute sich. „Na klar doch."
Die Soldaten verteilten sich an der langen Gartenmauer des Hauses und blickten fast alle in die gleiche Himmelsrichtung ins Tal und zu den Bergen.
Abu Elfida kam zu ihnen mit einem Fernglas in der Hand und rief stolz: „Wie sollen sie uns entgehen! Das ist ein Nachtsichtgerät, wir werden sie auch in der Nacht erwischen!" Die Soldaten, die ihn gehört hatten, staunten und

blickten verwundert zu Abu Elfida.

Mehr als eine Stunde war vergangen. In den Bergen befanden sich viele kleine Gruppen verschiedener Organisationen, die in Hütten lebten und von dort aus den Luftraum überwachten. Die meisten waren mit großen Anti-Flugzeug-Raketen ausgerüstet. Schüsse waren zu hören und zu sehen. Unter den Soldaten, die das Tal und die Berge beobachteten, herrschte Unruhe, Dilo war auch einer von ihnen, er rief: „Lasst uns doch mal dahin gehen!“ Viele Soldaten reagierten auf Dilos Ruf. „Ja los, wir wollen an die Front.“

Währenddessen hielt ein Militär-Lkw an der Straße und Abu Elfida rief: „Zehn Soldaten sollen mit.“ Er nahm sein Gewehr, richtete es auf die Berge und schoss, es leuchtete, als wäre es heller Tag.

Dilo, Djamal und einige andere Soldaten stiegen in den Lkw, der quietschend losfuhr. Die anderen schossen, um zumindest das Kommando von sich fernzuhalten. Der Himmel schminkte sich mit der neuen Sonne der bunten leuchtenden Schüsse. In den Bergen angekommen sahen Dilo und seine Kameraden sich den Boden Zentimeter für Zentimeter an. Doch die neue Sonne konnte nicht ewig am Himmel bleiben, sie wurde dunkler und kam wieder zum Erdboden zurück. Es war dunkel geworden und der Lkw musste die eigenen Scheinwerfer einschalten. Die Atmosphäre war voll angstgeladener Spannung. Djamal und Dilo schlichen nebeneinander her, Djamal flüsterte Dilo ins Ohr: „Wir müssen immer zusammenbleiben, die Situation ist sehr riskant, wir müssen verdammt gut aufpassen.“

„Ja, ich glaube auch, es riecht nach Krieg.“

Sie setzten ihre Suche nach dem israelischen Kommando fort, welches vermeiden wollte, in direkte Konfrontation mit den palästinensischen Kämpfern zu geraten und wenn, dann ganz kurz und knapp, ohne Krach und Lärm, um raubkatzenartig zuzuschlagen und sich blitzschnell wieder zurückzuziehen und möglichst keine Spuren zu hinterlassen, außer den Leichen der Gegner.

Mehr als eine Viertelstunde verging, die Schüsse wurden weniger. Der Lkw stand in der Nähe einer kleinen Hütte, die zu Al Fatah gehörte, alle stiegen aus und verteilten sich hinter Felsen und Büschen. Einer der Führer näherte sich der Hütte.

„Halt, wer ist da?“, rief eine tiefe Stimme aus dem Dunkeln.

„Ich bin ein Freund, Djihad“, antwortete er.

„Passwort“, rief die Stimme.

„Fliegende Taube“, erwiderte Djihad.

„Ok, komm näher“, gestattete die Person Djihad und seinen Soldaten. Zusammen waren sie jetzt etwa sechs Leute, die sich in einen großen Kreis setzten.

„Na, habt ihr nicht welche erwischt?“, wollte Djihad von ihnen wissen.

„Sie waren nicht hier, die Leuchtbombe war aber gut.“

„Es gab doch aber Schüsse?“, fragte ihn der Führer.

„Ja, wir wollten sie verscheuchen, das hat auch geklappt.“

„Na dann, seid ihr alle soweit, Soldaten? Los, zum Lkw.“

„Ok, gute Nacht, Leute.“

Sie kehrten zum Fahrzeug zurück. Dilo fühlte sich resigniert, weil er zur Zentrale zurückkehrte, ohne etwas Neues erlebt zu haben. Am Sammelpunkt wurden sie von Abu Elfida begrüßt. „Willkommen zu Hause, Leute.“ Als sich alle im Schlafraum befanden, rief Abu Elfida den wachen Soldaten zu: „Jungs, weil ihr so eine harte Nacht hattet, gibt es morgen Vormittag kein Training.“

Die Soldaten freuten sich und jubelten: „Es lebe Abu Elfida, das ist eine gute Überraschung.“

Abu Elfida verließ mit einem Lachen die Gemeinschaft der Kameraden, die sich gut gelaunt miteinander unterhielten.

Der Morgen dämmerte schon und die Kämpfer fielen wie reife Zitronen von den Bäumen auf ihre Betten. Bald war jeder von ihnen in seiner Welt des Traumes angekommen.

Doch der Himmel strahlte vor Helligkeit, die Blätter der Bäume zeigten sich wieder in ihrer schönsten grünen Färbung, die Berge lagen harmonisch, das Meer sah nicht so flach aus, wie es war, die Mauersteine glänzten. Die Straße war menschenleer außer denen, die ihre Wache hielten. Die zerstörten, ruinierten Häuser zu beiden Seiten erinnerten immer wieder an den erbarmungslosen Krieg, der in jedem Augenblick drohte, in einen neuen Waffenkampf zu münden.

Mittags, als der Weckruf ertönte, saß Dilo schon wach im Bett und dachte über die vergangene Nacht nach. Als Abu Elfida rief, stand er auf und ging hinaus, zusammen mit allen anderen Genossen. Sie versammelten sich in Reihen aufgestellt vor dem Haus. Als Abu Elfida kam, standen alle stramm.
„Ihr sollt jetzt essen, heute Nachmittag geht es wieder in den Sandring."
Die Reihen verstreuten sich wie ein Rosenkranz, dessen Faden sich löst und dessen Perlen in alle Richtungen fallen. Die meisten griffen am gedeckten Tisch zu, Labne, Hackfleisch, Oliven, danach Tee. Es war genug da, sodass jeder davon satt werden konnte. Danach machten Dilo und Djamal einen Spaziergang durch den Obstgarten. Von einem Zitronenbaum pflückten sie sich eine Zitrone und setzten sich. Dilo schälte die Frucht und sprach mit ihr.
„Na du, hast du auch gestern Nacht was mitbekommen?"
Er aß sie und legte sich in den Schatten.
„Eigentlich wollte ich heute Urlaub haben und nach Beirut fahren, aber es geht jetzt nicht mehr, es ist zu spät", sagte Djamal bedauernd.
Dilo setzte sich auf. „Wieso zu spät, lass uns das machen, ich gehe zu Abu Elfida." „Nein, warte mal, Dilo, das wird er nicht erlauben, lass es."
„Ein Versuch kostet nichts, los, steh auf, du verstehst dich besser mit ihm."
Die beiden gingen ins Haus zu Abu Elfida und Djamal sprach ihn an. „Mein Herr, wir müssen heute noch mal in

Beirut etwas erledigen." „Es ist schon zu spät, tut mir leid, heute geht es nicht."

Er drehte sich um und brüllte: „Na, wie weit seid ihr, Soldaten, alle hierher kommen, es reicht jetzt aber."

Alle eilten schnell von überall her und stellten sich in Reih und Glied vor Abu Elfida auf.

„Stillgestanden!", schrie der Chef sie an und die Männer nahmen Haltung an.

„Wenn ich sage ‚Stillgestanden' heißt das, auch wenn euch ein Skorpion ins Ohr kriecht, bleibt ihr trotzdem still stehen, verstanden?"

Alle antworteten zusammen: „Jawohl, Herr Oberst, verstanden."

„Los, zum Sandring, rennt alle in einer Reihe hintereinander in eurer Ordnung!" Dort angekommen rannten sie um den Ring herum. „In den Ring hinein!"

Als alle im Ring standen, brüllte Abu Elfida weiter seine Kommandos: „Stoßt euch gegenseitig zu Boden, nehmt die Kampfhaltung ein!" Jeweils zwei standen sich gegenüber wie bei Karateübungen. Abu Elfida schoss um sie herum auf den Boden, der Sand spritzte explosionsartig auf ihre Gesichter wie der Schlag einer Lederpeitsche.

„Auf den Boden mit euch, kriechen!" Und gleich darauf:

„Auf den Baum klettern!"

Sie kletterten der Reihe nach am Seil auf den Baum, Abu Elfida schoss in die Luft in ihre Richtung. Dilo war gerade dabei hochzuklettern, als eine Kugel direkt an seinen Ohren mit einem laut pfeifenden Geräusch vorbeiflog, Zweige fielen herunter.

„Schneller ... schneller!", schrie Abu Elfida von unten. Dann scheuchte er sie wieder in den Sandring. „Auf dem Boden kriechen!"

Alle schwitzten und das schnelle Tempo hatte einigen schon die Kraft zum Weitermachen geraubt, sie lagen bewegungslos am Boden, auch Dilos Freund Djamal war darunter.

Abu Elfida zwang sie mit seinem Gewehr aufzustehen, er schoss aggressiv und schrie: „So werdet ihr Palästina nicht befreien, so erreicht ihr nie etwas!“ Er schoss weiter und kam näher:

„So wird von euch niemand was!“

Einige rafften sich daraufhin auf, andere schafften es nicht und blieben zunächst am Boden.

„Übermorgen kommt der Führer Arafat, mit solchen Leistungen schäme ich mich, euch vorzustellen!“

Die Soldaten waren inzwischen wieder auf den Beinen und liefen im Kreis, außer Djamal, der noch bewegungslos auf dem Boden lag. Das machte Abu Elfida noch aggressiver, er schoss weiter und seine Kugeln rückten immer näher an den im Sand liegenden Kämpfer. Djamal stand trotzdem nicht auf. Abu Elfida stutzte, alle hielten inne. Ihr Chef drehte Djamal auf den Rücken und alle erstarrten, als sie den Blutfleck auf dem Sand sahen. Djamal war bewusstlos.

Abu Elfida schrie wie ein Verrückter. „Ambulanz, einen Wagen ... Djamal stirbt!“ Er rannte aufgeregt hin und her, dann lief er zur Zentrale.

Als Dilo dieses Bild seines Freundes sah, rannte er zu ihm und umarmte ihn. „Djamal, bleib hier, wo willst du hin!“ Er weinte verzweifelt.

Die Kugel hatte sein Herz getroffen. Dilo fasste Djamals Wunde an und fuhr dann mit seinen blutigen Händen durch sein Gesicht, er schrie.

„Djamal, bitte bleibe hier, wir haben uns noch nicht genug kennengelernt!“

Djamal regte sich und reagierte: „Oh Dilo, das würde ich auch gerne.“ Er stotterte es leise und sank wieder in sich zusammen. Abu Elfida kam angerannt.

„Djamal!“ Und zu Dilo: „Lass ihn nicht einschlafen, er soll wach bleiben ... er soll wach bleiben!“

Nervös ging er um Djamal herum, Sirenen ertönten. Dilo nahm seinen Freund auf die Schultern und rannte zum

Krankenwagen, alles musste schnell gehen, das Fahrzeug fuhr schon los. Dilo rannte hinterher, in den Ort hinunter in das provisorische Krankenhaus. Er traf kurz nach dem Wagen dort ein und erfuhr, dass sein guter neuer Freund sich vom Leben verabschiedet hatte.

Dilo näherte sich dem Leichnam. Seine Tränen flossen in Strömen die Wangen herab, er weinte, wie er seit langer Zeit nicht mehr hatte weinen müssen, mit tränennassem Gesicht küsste er seinen Freund auf die Stirn.

„Allah, erbarme dich, Allah, nimm ihn an, wie er war, er war gut, ein Freund, ein Lieber und ein Märtyrer."

Dilo verabschiedete sich von seinem Freund für immer. Er konnte es noch nicht verstehen, die schönen Bilder in ihm wurden nacheinander grau, die Trauervögel begleiteten ihn zurück auf dem Weg zum Haus, wo sie sich eben noch in dem Sandring herumgewälzt hatten, die Erinnerungen fluteten seine Adern. Nichts anderes hatte mehr in ihm Platz. Verzweiflung machte sich in ihm breit. Djamal war für ihn genauso wie seine Mutter gewesen. Nun hatte er auch ihn verloren.

Übermorgen würde Arafat trotzdem kommen, deswegen musste alles wieder schnell seinen normalen Gang gehen.

Abu Elfida ordnete Djamals Begräbnis für den nächsten Tag an.

In der Nacht schwamm Dilo in einem See von Erinnerungen, die ihn immer mehr hineinzogen in die Frage nach dem Sinn von Leben und Tod, die ihn hin- und herzogen, von der Tiefe bis zur Oberfläche, vom Anfang bis zum Ende. Dieser See forderte ihn auf, zurückzublicken, sich die Stationen, die er hinter sich hatte, noch einmal vor Augen zu führen, darüber nachzudenken. Dilo befand sich vor einem neuen Abschied, von seinem Freund, von der ganzen Zentrale.

Der Morgen stand schon vor der Tür. Alle Soldaten zogen

ihre saubersten Anzüge an, putzten ihre Gewehre. Sie bereiteten sich darauf vor, zum Friedhof zu fahren und dort die Abschiedszeremonie durchzuführen, dieses Mal nicht mit Djamal, sondern für ihn, er würde sich trennen von dieser schönen Luft und dem Licht, das er nie wieder erblicken würde.

Ein mit palästinensischen Flaggen geschmückter Jeep hielt vor dem Tor der Villa an, die niedergeschlagenen Kämpfer wurden aufgefordert, einzusteigen und der Jeep fuhr los in Richtung Beirut.

Dilo fühlte sich, als ob er von den Wellen des Meeres und den Erinnerungen gleichermaßen überflutet wurde. Er fühlte sich wie die Felsen am Strand, die mit der Zeit vom Wasser zerfressen wurden, tauchte ein in die schönen Bilder, die ihn mit Djamal verbanden. Die Tränen tropften auf den neuen gepflegten Anzug. Das Meer und die schönen, aber auch die hässlichen Erinnerungen blieben zurück und schon bald erreichten sie Beirut.

Vor einem großen Tor in einer langen Mauer hielt er an. Abu Elfida war gereizt und traurig, er forderte sie auf: „Hier bitte alle aussteigen."

Sie stiegen aus dem Auto, gingen durch das Tor auf den Friedhof, wo viele Bäume Schatten spendeten und dessen Gräber in ordentlichen Reihen standen und mit schönen Blumen geschmückt waren. Wenn es nicht der Tod wäre, der einen an diesen Ort bringt und wenn die vielen tausende von Leichen nicht wären, die da im Boden versenkt sind, würde man sagen: „Da will ich am liebsten wohnen."

Djamals Leiche lag in einem Sack, der neben ein ausgehobenes Grab gelegt wurde. Dilo ging heran und streichelte den Sack und sah ins leere Grab. Nach und nach versammelten sich immer mehr Leute. Der Sack wurde herabgelassen. Jemand hielt eine kurze Rede.

„Sag, du Djamal, Sohn der Fatima, dass das Feuer Recht ist und das Paradies Recht ist und der Tod Recht ist. Du unser

Allah erbarme dich Djamals, Sohn der Fatima und verzeihe ihm seine Sünden, die er in der Welt begangen hat. Jetzt ist er bei dir, du bist der, der entscheidet, wie es mit ihm weitergehen wird, du mein Einziger, es gibt keinen Gott außer Allah."

Der Redner warf als Erster etwas Erde ins Grab. Dilo war als Zweiter an der Reihe.

„Allah, behandle ihn gut mit deiner Feinfühligkeit, Friede sei mit dir Djamal, Salam", sprach er ins offene Grab, dann nahm er die Schaufel und ließ Erde auf den Sack fallen. Nach ihm machten es noch viele ebenso und das Grab wurde innerhalb von Minuten voll. Abu Elfida rief seinen Soldaten zu: „Stellt euch hier in eine Reihe nebeneinander."

Sie bekamen die Kommandos für die militärische Zeremonie, gleich würden sie Schüsse in die Luft abfeuern.

„Ist alles bereit?"

„Jawohl, Herr Oberst!"

Abu Elfida erhob die Hand. „Jetzt schießen!"

Jeder dachte an Djamal und konzentrierte sich auf seinen Abschiedsschuss. Dann kam nach mehreren Schüssen der Befehl:

„Rührt euch!"

Die Kameraden lockerten ihre steife Haltung, dann ging es wieder zurück zum Jeep.

In Al Damur waren die Nächte noch schwärzer geworden. Für den nächsten Tag wurde alles für den großen Auftritt von Arafat vorbereitet. Dilo hatte Arafat noch nie gesehen, er kannte ihn nur von Bildern in Zeitschriften. Morgen war es soweit, dass er diese Begegnung erleben würde, bei der sie ihre beste Leistung erbringen mussten. Drei lange Monate hatten sie sich auf diesen Tag vorbereitet.

Die Soldaten wurden von ihrem Chef aufgefordert, früh schlafen zu gehen, damit sie am nächsten Morgen fit waren, um ihre Aufgabe, ihren Ausbildungsabschluss, gut durchzuführen. Dilo war aufgewühlt und hin- und hergerissen zwischen Freude und Trauer. Schließlich fand er vor der morgigen Begegnung doch noch zur Ruhe und schlief ein.

Am nächsten Morgen rief ihr Leiter wie üblich, aber später als sonst: „Aufstehen!“

Dilos Augen erblickten das leere Bett seines Freundes Djamal und er landete wieder in der Realität. Mit gemischten Gefühlen ging er aus dem Raum und reihte sich ein. Abu Elfida stellte sich vor sie.

„Heute ist euer Tag, heute müsst ihr alles geben, was ihr habt, er muss einen guten Eindruck von euch bekommen, ihr sollt eure Tapferkeit zum Ausdruck bringen. Wir sind heute mit der dreimonatigen Ausbildung fertig. Das feiern wir.“

Alle Soldaten waren sehr gespannt, die meisten von ihnen hatten Arafat noch nie gesehen und für sie alle war es der größte Auftritt, den sie je hatten. Sie wurden aufgefordert, sich in Zweierreihen aufzustellen, dann bekamen sie den Befehl, zu dem anderen Übungsplatz im Ort in der Nähe der Hauptstraße nach Beirut zu laufen. Auf ihrem Weg durch den Ort riefen sie Parolen, heizten sich ein, bis sie zu dem neuen Übungsplatz gelangten, einer großen Fläche, die von einer mit Beton gefüllten Öltanks improvisierten Mauer, mit Stacheldraht bestückt, umgeben war. Auf der linken Seite des Platzes war ein Tisch mit Stühlen aufgestellt. Die Sonne war sehr heiß, sie stand hoch am Himmel, die Sicht zum Meer war klar.

Abu Elfida befahl ihnen: „Zieht eure Hemden aus, damit sie euch nicht an eurer Vorstellung hindern.“

Alle zogen ihre Hemden aus, sie waren jetzt nur noch mit der Übungshose und Stiefeln bekleidet und hatten ihre Kalaschnikow geschultert. Sie standen in der prallen Sonne, Dilo schwitzte sehr. Ein Soldat brachte eisgekühltes Wasser in einem Kanister. Nachdem sie daraus getrunken hatten, stellten sie sich wieder an ihren Platz.

Auf der Straße hörte man das Geräusch vieler heranfahrender Wagen und gepanzerte Mercedes-Limousinen hielten vor dem Eingang des Übungsplatzes.

An der Straße hatten sich viele Schaulustige eingefunden, Frauen, Kinder und alte Männer, die Arafat zujubelten, der von seinen Leibwächtern und von Journalisten umringt war. Er kam auf den Platz und stellte sich vor die Soldaten, die Leibwächter wichen nicht von seiner Seite. Abu Elfida befahl: „Begrüßung!"

Alle standen stramm und hoben das Gewehr vor sich. Arafat begrüßte die Mannschaft militärisch und ging dann zu dem Platz, der für ihn reserviert war. Dilo fühlte sich stark und selbstbewusst wie ein Tiger, als er Arafat sah. Die Show konnte beginnen. Auf dem riesigen Platz wurden Rauchbomben angezündet. Alles lief nach Plan.

„Steht fest an eurem Platz und brüllt wie hungrige Tiger!"

„Jawohl!"

Und sie machten es genauso, wie es von ihnen verlangt wurde. Ihre brüllenden Rufe ließen den ganzen Platz erbeben.

„Marsch!"

Und alle gingen an die Stelle, an der sie mit ihrer Vorstellung beginnen sollten. Abu Elfida richtete sein Gewehr auf die Füße der Soldaten.

„Loslegen!"

Er schoss wie immer wild durch die Gegend um die Kämpfer herum. Sie wurden von seinen Kugeln gejagt und verfolgt, mussten springen und die schmerzhaften Splitter ertragen, die zu ihnen hochspritzten, wenn die Kugeln den Sand aufwühlten. Rauch und Staub erhoben sich zum Himmelsdach.

Dilo musste unter einem fünfunddreißig Zentimeter hohen Stacheldrahtnetz durchkriechen. Der spitze Draht, der bunte Rauch, die Schüsse von Abu Elfida und die Splitter waren einig gegen ihn, auch das Feuer, das in den Sandboden knallte, die Schreie des Trainers und die Rufe der Soldaten, die sich unbeugsam zeigen wollten durch ihre kriegerische Haltung, durch ihre Verwegenheit und Stärke.

Die meisten der Übungsmethoden hatten sie während ihrer dreimonatigen Ausbildung nicht kennengelernt, heute waren sie neu dazugekommen und alle Soldaten, so auch Dilo, mussten sich damit abfinden.

Dilo warf einen kurzen Blick auf Arafat, der auf dem Stuhl saß und dessen Gesicht vollste Zufriedenheit ausstrahlte. Die Soldaten mussten die Übungen durchstehen, Dilo machte weiter, sein Rücken war zerkratzt, er blutete, er schrie. Jetzt befand er sich in einem langen schmalen Tunnel, durch den er kriechen musste. Der Tunnel bestand aus mehreren ineinander gelegten Öltanks. Am Eingang war eine Rauchquelle installiert, sodass man im Tunnel nichts sehen konnte außer Dunkelheit und Qualm, auch das Ende des Tunnels war nicht zu sehen. Dilo bekam keinen Sauerstoff mehr, er hustete, musste aber durchkriechen, sein Warten konnte die ganze Mannschaft hindern, ihre Aufgabe zu erfüllen. Mit all seinen Kräften brachte er sich voran.

Vor ihm schimmerte Licht, das gab ihm Kraft, er wurde schneller und erreichte endlich den Ausgang des Tunnels. Als die Kämpfer aus dem Tunnel krochen, waren sie nicht mehr zu erkennen. Blut floss ihnen über Gesicht und Rücken, ihre Körper und ihre Kleidung waren mit Staub und Ruß bedeckt.

Aber sie hatten ihre halbe Stunde Prüfungsshow hinter sich und wurden nun aufgefordert, sich in eine Reihe vor Arafat aufzustellen.

Die Zuschauer jubelten ihnen begeistert zu, weitere Schüsse wurden in die Luft gefeuert und das Oberhaupt stand auf, das ließ die Leute noch lauter jubeln. Die Mannschaft stand bereit, sie waren still und erholten sich von den Strapazen der Vorführung. Abu Elfida befahl: „Stillgestanden!“ Dann ging er zu Arafat und salutierte vor ihm.

Arafat ging auf ihn zu und dankte ihm mit einem Handschlag und den Worten: „Du bist der Heldenmacher.“ Dann ging er wieder zu seinem Platz und hielt eine kurze Rede.

„Ich bin begeistert von eurem Tempo und eurer Energie, ich bin begeistert von eurem Willen, den Kampf fortzusetzen. Denn nur durch ein Kommando wie ihr es seid werden diese Menschen,“ - er zeigte auf die Kinder, Frauen und alten Männer - „wird dieses Volk in seine Heimat zurückkehren. Durch euch wird ein Kind in einer Hand einen Olivenbaumzweig und in der anderen die Flagge Palästinas halten und sie auf den Hügeln und den Bergen Jerusalems flattern lassen.“

Die Soldaten bekamen Gänsehaut, Stolz und Beherztheit strömte in ihre Adern, und ihre Erschöpfung, ihre Wunden und ihr Zustand spielten für sie keine Rolle mehr.

Nachdem „Abu Omar“, wie Arafat auch genannt wurde, seine Rede beendet hatte, trat er zu den Soldaten und schüttelte ihnen allen herzlich die Hand, angefangen bei Dilo, der als Erster in der Reihe stand, bis zum letzten Soldaten. Jeder Soldat hatte damit das Zeugnis der dreimonatigen harten Arbeit verdient erhalten. Die Freudentriller der Frauen donnerten hoch zum Himmel und ihren Schmutz betrachteten sie jetzt als Ehre, als Symbol des Widerstands. „Brüder, ich verabschiede mich und wünsche euch viel Freude und Kraft!“ Dann machte er das Victoryzeichen, wendete sich zum Gehen und verschwand in der Masse.

Die benachbarten Berge und das Tal, der weite Blick über das blaue Meer, die Obstbäume - alles war noch da, es hatte sich nichts geändert, außer dem Alltag, dessen voller Trainingsplan abgelöst wurde durch Wachen und überwacht werden, nicht viel mehr.

Die Wahrheit zeigte sich unbekleidet durch die Routine, die diesen Alltag beherrschte, durch ständige Marschübungen in sauberen Kleidern und das tägliche Rasieren, die offizielle Freundlichkeit, das gemachte Lächeln und die äußerliche Pflege. Der Ozean entfernte sich mehr und mehr, die Zitronenbäume verabschiedeten sich von ihrer Seele, die Zitronen machten auf sich aufmerksam, sie protestierten gegen die

Langeweile, fielen schussartig auf den Boden und knallten. Einfallslosigkeit, Vereinzelungen, Unlust, bis auch die Botschaften von draußen den Eintritt durch das Haupttor des Hauses boykottierten.

Es war Tag. Dilo hatte Dienst, diesmal vor dem Haupttor. Er ging auf und ab, dann setzte er sich, immer abwechselnd, es gab nichts zu tun. Leute kamen in den verlassenen Straßen selten vorbei. Aber jetzt sah er eine militärisch gekleidete Frau vorübergehen. Dilo freute sich bei diesem Anblick. Sie ging bergauf, seine Augen folgten ihr, bis sie ein paar hundert Meter weiter das Gebäude einer anderen Gruppierung der PLO betrat, die nicht zu Al Fatah gehörte.

Dilo fiel ein, was Djamal gesagt hatte: „Ich weiß nicht mehr, wie die Frauen aussehen." Er lachte, wurde traurig, dann lachte er wieder.

Taufiq sah Dilo und kam zu ihm. „Na, Dilo, hast du es dir überlegt, ob du den Pass haben willst oder nicht?"

Dilo wurde nachdenklich, er schaute zu Boden, dann wieder zu Taufiq. „Doch, habe ich, ich will ihn haben."

„Ja, dann los, der Mann wartet auf uns, du musst mir Geld geben, sonst wird es nichts."

„In drei Tagen. Mittags bin ich wieder hier, dann kannst du das Geld holen."

Am Abend bereitete Muhamed, der Dilo nicht leiden konnte, aber zu feige war, um die direkte Konfrontation mit ihm zu suchen, einen gefährlichen Streich vor. Unbemerkt nahm er Dilos Gewehr und lud es scharf, sodass es schussbereit war, dann legte er es wieder auf seinen Platz unter Dilos Kopfkissen. Wie immer trafen sich alle Soldaten im Schlafraum und vertrieben sich die Zeit mit Tee trinken, lesen und Gesprächen. Nach einer Weile nahm Dilo das Gewehr unter seinem Kissen hervor und richtete es aus Spaß auf Taufiqs Kopf. „Soll ich schießen?"

Dilo war sich hundertprozentig sicher, dass sich das Gewehr nicht in Schießbereitschaft befand. Taufiq, der in unmittelbarer Nähe von Dilo saß, schaute ihn an und erwiderte: „Mach doch."

Dilo legte den Finger auf den Abzug und zielte haargenau auf die Stirn des Kameraden, der ihn durch die Zielscheibe des Gewehres anschaute. Dilo drückte sehr leicht auf den Abzug, aber nach nur dem Bruchteil einer Sekunde ließ er los, nahm das Gewehr ab und überprüfte es. Es war geladen und schussbereit. Mit großen Augen schaute er zu Taufiq, ging zu ihm und umarmte ihn herzlich.

„Oh, was hätte ich jetzt getan, meine Glückwünsche, du lebst noch." Er schwitzte vor Angst. Muhamed, der das ganze Geschehen, das von den anderen unbemerkt geblieben war, mitbekommen hatte, verließ den Schlafsaal.

„Weißt du Dilo, wenn du es getan hättest, wie deine Strafe ausgesehen hätte? Du wärest gehängt worden, also Todesstrafe." Bei Taufiqs Worten bekam Dilo noch mehr Angst. „Wenn du einen Mitkämpfer tötest ..."

Dilo unterbrach ihn: „Aber es wäre keine Absicht gewesen!"

„Das ist egal, entscheidend ist nur, dass du es getan hättest."

„Ich bin mir aber sicher, dass mein Gewehr nicht geladen war, wie kommt die Kugel in die Ladezone, gibt es hier Geister oder was?" Dilos Angst wich jetzt Ärger und Wut. „Oh, die Todesstrafe, das fehlte mir gerade, ich glaube, das war der Feigling Muhamed, wer denn sonst? Und warum nimmt er auf so fiese harte Art Rache?", murmelte Dilo immer noch schockiert.

Von diesem Moment an lebte Dilo in Furcht vor dem unberechenbaren Gegner Muhamed, und jedes Mal, wenn er eine Sache anfing, zählt er bis zehn, um sich gut zu überlegen, was er tat. Dieser unsichere Alltag, mit dem Dilo sich abfinden musste, seine Sensibilität und das ständige Auf-der-Hut-Sein machten ihm das Leben schwer, seine Tage waren voller Albträume und Unsicherheit. „Habe mehr Angst vor einem

Angsthasen, der dir in den Rücken sticht, als vor einem Mutigen, der dich von vorne bekämpfen will." An dieses kurdische Sprichwort musste Dilo denken.
Nachts wachte Dilo beim kleinsten Geräusch aus seinem oberflächlich gewordenen Schlaf auf und auch am Tag war ihm die Ruhe geraubt.

Am Morgen des Tages, an dem er mit Taufiq verabredet war, ging Dilo zu seinem Chef. „Herr Abu Elfida, ich möchte gern für ein paar Stunden nach Beirut fahren."

„Kannst du machen, Dilo, aber bitte sei pünktlich wieder zurück."

Dilo hatte sich schon vorbereitet, ging schnell durch den Ort auf die Hauptstraße und stieg in das nächste in Richtung Beirut fahrende Auto. Dort angekommen fragte er nach einem Fotoladen, ließ Passbilder machen und kehrte innerhalb einer Stunde mit den Bildern zurück zur Zentrale.

Mittags hatte er Dienst und musste vor dem Haupttor Wache halten.

Dilo fühlte sich einsam. Dass in dem Gebäude der anderen Gruppierung heute reges Treiben herrschte, verschaffte ihm etwas Ablenkung. Unter den uniformierten jungen Leuten, die kamen und gingen, waren auch viele schöne Frauen. Taufiq kam und bat um die Bilder und das Geld.

Dilo nahm sechshundert Lira und die Passbilder aus seiner Hosentasche und gab sie Taufiq. „Hier, ich gebe dir erst sechshundert Lira, die anderen bekommst du, wenn ich den Pass bekomme." Taufiq nahm das Geld an sich. „Taufiq, das sind zwei Monatsgehälter. Ich verspreche dir, wenn du nicht wiederkommst, bringe ich dich um, wo ich dich auch treffe."

„Hast du kein Vertrauen zu mir? Hier, nimm dein Geld, ich besorge dir keinen Pass und du bleibst hier stecken."

Bei diesen Worten schöpfte Dilo Vertrauen. „Nein, nimm und mach es bitte. Ich sag es dir aber trotzdem." Taufiq steckte das Geld wieder in seine Tasche. „Kommst du heute Abend mit dem Pass?"

„Ja, ich hoffe es, ich werde es versuchen."

In der Zentrale war nichts los, und niemand war da, mit dem Dilo sich verständigen konnte, nachdem sein Freund Djamal gestorben war und nicht mehr da sein konnte.

Dilo hatte tausendundeinen Grund die Zentrale zu verlassen, sein Leben hier erschien ihm aussichtslos. Es wurde Abend, aber Taufiq kam doch noch nicht, es wurde Nacht, Taufiq war immer noch nicht da. Am nächsten Tag schien es Dilo gewiss zu sein, dass Taufiq sich davon gemacht hatte. Auch nach Tagen hatte niemand etwas von ihm gehört.

„Der Hurensohn, er hat es also doch gemacht, er kommt nicht mehr wieder, er hat meine zwei Monatsgehälter einfach geklaut!", fluchte Dilo vor sich hin. Aussichtsloser konnte sein Leben nicht werden, er machte sich Vorwürfe.

„Du bist ein Dummkopf, Dilo, Djamal hat dich gewarnt und du machst es einfach ... das kann nicht wahr sein."

Doch ihm war klar, dass seine Selbstvorwürfe ihn nicht weiterbringen würden, er musste also nach vorn blicken und sehen, wie es weiter ging.

Am Mittag brummte und knallte es, Abu Elfida schrie von draußen. „Alarm, jeder soll sich einen Platz suchen, los, schnell, es ist ein Luftangriff!"

Es herrschte Panik. Innerhalb des ganzen Gebiets wurde geschossen. Dilo und alle Kameraden hasteten aus dem Haus und verteilten sich an geschützten Plätzen. Dilo versteckte sich am Rand des Tales in einem Graben hinter einem Felsen. Es war Krieg. Die Bomben spuckenden Drachen in der Luft kamen tiefer, Schreie und Knallen und das Dröhnen der Flugzeuge machten alles stumm und lautlos. Das Haus wurde getroffen, Erde, Steine, Zweige, Bäume und Feuer sprangen in die Luft, das Tal wurde von den großen Maschinengewehren der Flugzeuge gekämmt. Bomben fielen und riesige Erdbrocken flogen durch die Luft. Bei einer dieser Explosionen sah Dilo seinen Kameraden Mahdi ins Tal flie-

Bunan

gen. Es war der Tod, er war lautlos, und die Bilder sprachen bei diesem Anblick von der Aussichtslosigkeit. Dilo schrie: „Mahdi!!“

Er stand auf, ging aus seinem geschützten Graben heraus und schoss wütend in die Luft. Was kann denn ein einfacher Soldat mit einem Gewehr gegen eine riesige schwarze ungeheure Gestalt aus der Luft machen? Dilo schrie, er steigerte sich in dieses Erlebnis hinein, er schoss mit seiner Kalaschnikow auf das Flugzeug, er war außer sich vor Wut. „Ihr verdammten Israelis, was habt ihr hier verloren!“ Er schoss unentwegt. Abu Elfida, der Dilo von weitem aus seinem Versteck beobachtete, schrie ihm zu: „Dilo, geh in deinen Graben ... nicht schießen!“

Dilo, der völlig hysterisch geworden war, nahm Abu Elfidas Worte überhaupt nicht wahr und machte weiter. Das Tal wurde erneut bombardiert. Rauch, Schreie und Explosionen mischten sich und Abu Elfida, der sah, dass Dilo ein neues Magazin einsetzte und weiter schoss, ohne in Deckung zu gehen und Gefahr lief, von den mitleidlosen Bomben getroffen zu werden, rannte zu ihm und riss ihm das Gewehr aus der Hand. Dilo war vollkommen verschwitzt, sah in den Himmel und brüllte: „Ich werde euch besiegen, mit meiner Überzeugung!!“ Er riss sich das Hemd auf, hob beide Hände hoch und schrie aggressiv: „Komm jetzt!!“

Als Abu Elfida merkte, dass Dilo nicht ansprechbar war, gab er ihm eine so kräftige Ohrfeige, dass er zu Boden fiel.

„Geh in Deckung, verdammt noch mal, das ist kein Spiel hier!“

Von der Mittagssonne war nichts mehr zu sehen. Staub und Rauch wirbelten in der Luft, die Ohrfeige hatte Dilo zur Besinnung gebracht, er rannte hinter seinen Felsen. Der raubkatzenartige Angriff der Israelis verebbte, langsam wurde es ruhiger. Die Kämpfer kamen aus ihren Verstecken. Dilo wollte ins Tal gehen, Abu Elfida kam ihm entgegen.

„Tut mir leid, Dilo, ich musste es tun.“ Er gab Dilo sein Gewehr zurück.

„Es ist furchtbar, es ist Wahnsinn, Abu Elfida."
Sie umarmten sich wie Freunde, ihre staubigen, deprimierten Gesichter aneinandergeschmiegt. Andere Soldaten kamen hinzu. Abu Elfida sprach ins Funkgerät:
„Adam 8 hier, Zentrale bitte melden."
„Hier Zentrale, was gibt es, Adam 8?"
„Wir brauchen dringend einen Sanitäter."
„Ok, Adam 8, wird gemacht, sonst noch was zu melden?"
„Nein, Ende."
„Lass uns Mahdi holen", sagte Dilo zu Abu Elfida. Sie bereiteten Seile vor und Dilo kletterte daran ins Tal hinunter. Am Boden des Tales lag hinter einem Felsen an einem kleinen Bach, halb begraben unter losen Steinen, die Leiche seines Kameraden Mahdi. Erschüttert näherte er sich. Das blutige Gesicht, der unnatürlich verdrehte Körper, das Rinnsal, in dem sich das klare Wasser mit dem roten Blut vermischte.
„Wo ist das Seil?" Dilo schrie es laut nach oben.
„Da ist es!"
Dilo fing das Seil und band es sich wie einen Gürtel um, hob seinen toten Freund aus den Felstrümmern auf seine Schultern und rief: „Jetzt, ich komme, es ist schwer."
Langsam und vorsichtig kletterte er hoch. Oben am Rand standen seine Kameraden und nahmen ihm die Leiche ab. Voller Trauer und in depressiver Stimmung gingen sie zur Zentrale zurück, die von dem Bombardement getroffen worden war. Neben dem Haupttor befand sich jetzt ein sieben Meter tiefer Graben, auf dessen Grund eine noch nicht gesprengte Rakete zu sehen war. Abu Elfida erschrak.
„Alle weg hier, das ist eine Zeitbombe!"
„Die, die bereit sind, sich zu opfern" - die Fedajin - gingen mit dem Leichnam ihres toten Kameraden Mahdi hinter das Haus. Dort legten sie ihn auf den Boden, bedeckten ihn mit einer Palästinenserflagge und setzten sich um ihn herum, traurig und niedergeschlagen.
Der Himmel wurde langsam wieder klar und sie hörten

die Sirene des Rettungswagens. Schweren Herzens trugen die Soldaten den Leichnam Mahdis zum Auto. „Mahdi, ich schwöre dir, dass ich dich rächen werde." - „Dein Blut markiert unseren Weg nach Palästina." - „Allah wird dich als Märtyrer aufnehmen, dein Platz ist im Paradies." - „Dein Blut ist nicht sinnlos geflossen." - „Im anderen Leben treffen wir uns."

Die Gruppe war wieder kleiner geworden und Dilos kochendes Blut fand keine Ruhe. Er hatte das Gefühl, langsam aber sicher sein Ziel aus den Augen zu verlieren, er wusste nicht, warum er in diesem fremden Land war, wo ein Bürgerkrieg, nein, ein Länderkrieg tobte.

In Dilo wandelte sich etwas. Die Schreckensbilder seines Kriegsalltages wiederholten sich vor seinen Augen und vermischten sich mit den Bildern und Informationen aus seinen Schulbüchern und aus Filmen, die ihm über den israelischen Staat gezeigt worden waren, in denen der syrische Staat die Israelis als Unmenschen propagierte, die Kinder ermordeten und Widerstandskämpfer folterten. Die Foltermethoden in den Filmen waren so detailliert dargestellt, dass auch schon bei jungen Schülern der Hass geschürt wurde, dass jeder von ihnen bereit war, gegen die Israelis in den Krieg zu ziehen, ihren Hauptfeind.

Dilo fühlte sich als revolutionärer Widerstandskämpfer. Der vulkanartige Luftangriff der israelischen Kriegsflugzeuge, der seinen Kameraden Mahdi das Leben gekostet hatte, hatte ihn dahin gebracht.

Eines Abends verkehrten viele Leute in der nicht weit entfernten Zentrale der Demokraten, man hörte Musik, Gesang und Lachen. Es gibt also doch Leute, die noch lachen können. Um aus seiner trüben Stimmung herauszukommen, ging er dorthin, obwohl er es offiziell nicht durfte. Ohne Einladung betrat er die fremde Zentrale, viele kannten sein Gesicht aber bereits von der Wache.

Dilo suchte Menschen, er suchte Geborgenheit, Freundschaft, er mischte sich in die Gesellschaft, als wäre er einer von ihnen.

Die Lieder, die gesungen wurden, waren keine Liebeslieder, sondern Lieder mit revolutionärem und kommunistischem Inhalt. Männer und Frauen standen zusammen, es gab keinen Unterschied, die Leute waren in guter Stimmung, lachten, aßen und tranken. Dilo fühlte sich wohl bei ihnen, fühlte sich, als ob er schon einer von ihnen geworden war und er wollte ihre Lieder kennenlernen, um sie mitzusingen.

„Wir sind die Demokraten
Die Helden des Bürgerkriegs
Wir fordern jeden Luftangriff heraus
Und bombardieren ihn mit Kanonen
Und werden den Zionismus besiegen.
Wir sind aus Sur und Saida losgegangen,
Um Dich, Al Damur, zu befreien,
Alle Gebäude haben wir zerstört
Die mit dem Blut des Volkes errichtet worden sind
Uns ist es gleichgültig, ob Panzer oder Flugzeuge
Che Guevara hat es uns beigebracht
Auf den Weg der Freiheit zu gehen.“

Mit einem starken Applaus wurde das Lied beendet, mit dessen Worten man sich als echter palästinensischer Kämpfer fühlte, mit einer Ideologie und Prinzipien.

Dilos Blut floss wieder warm in seinen Adern. Die Kommunikation zwischen den Leuten begeisterte ihn, sie waren nett, freundlich und offen zueinander.

Warum Dilo eigentlich nicht bei ihnen sein durfte, wusste er nicht. Die PLO bestand aus mehr als fünf Gruppen, deren größte Al Fatah war, danach kam die „Demokratische Front zur Befreiung Palästinas“.

Alle diese Parteien existierten unter dem Dach der PLO, jede von ihnen wollte mehr Mitglieder haben und mehr Kämpfer. Ihre Ideologien waren unterschiedlich und sie konkurrierten miteinander.

Jede dieser Gruppierungen wurde von einem anderen Land finanziert, von Syrien, Libyen, dem Irak, Saudi Arabien, der Sowjetunion, all diese Länder waren im Bürgerkrieg im Libanon präsent durch ihre Unterhändler, ihre Parteien, die im Namen Palästinas ihre für richtig gehaltene Ideologie transportierten. Doch diese Länder transportierten nicht nur ihr System und ihre Politik, sondern auch ihre Konflikte und ihre Propaganda.

Dilo gehörte der sogenannten Polizei der Al Fatah an, sie waren die Ordnungskräfte.

Das war Dilo aber erst nach drei Monaten klar geworden, als die Ausbildung beendet war und der normale Alltag begonnen hatte. Jeden Tag rasieren, ein paar Stunden marschieren, salutieren, war nicht das, was er gesucht hatte. Seine enormen Energien, seine kämpferischen Gedanken, seine Flexibilität hatten da keinen Platz. Dilo fühlte, dass er jetzt etwas verändern musste.

Die Leute auf dem Fest waren anders, sie waren natürlich und ungezwungen miteinander, sie diskutierten über verschiedene Themen. Dilo gefiel es auch, dass sie so kameradschaftlich miteinander umgingen und dass auch Frauen dabei waren, schöne Frauen in Militärkleidung, gepflegt, aber ungeschminkt. Ihre grüne Uniform und ihre ungekämmten Haare gefielen Dilo, und dass man an den runden Formen unter der Uniform erkennen konnte, dass der Körper einer Frau darin steckte, reizte ihn besonders. Bei ihnen war es auch viel lebendiger, fast täglich hörte man die Musik der orientalischen Darbuka und ständig kamen hübsche, lebhafte Frauen an dem in strenger Uniform gekleideten Dilo vorbei, auf dessen Station nichts los war außer wachen, essen, waschen, rasieren und Morgensport. Diese Routine gefiel Dilo nicht und nur noch ein Polizist zu sein war auch nicht sein Wunsch. Denn wenn er schon in dieser Situation gelandet war, dann wollte er auch ins Extreme gehen und als Freiheitskämpfer dienen, der ohne Wasser in den Bergen leben konnte und dessen Leben keinen anderen Wert besaß als den, es für den Freiheitskampf zu opfern.

6

Dilo machte einen langen Spaziergang bis hinauf zu den Gipfeln von Al Damur und ging dann zurück ins Zentrum. Danach traf er eine Entscheidung. Er wollte wechseln und zwar sofort, bevor es zu spät war. Er nahm sein persönliches Eigentum, alles andere ließ er stehen, und ging einfach über die Straße zu der anderen Gruppe. Er wurde herzlich von ihnen willkommen geheißen und sie versprachen ihm ihren Schutz.

Es war schon spät am Nachmittag, als Abu Elfida nach Dilo suchte. Muhamed kam ihm entgegen. „Dilo ist zu den Demokraten gegangen, ich habe ihn gesehen."

Als Abu Elfida das hörte, wurde er sehr nervös. „Alle hier vor das Haus, alle hier zu mir!"

Alle Soldaten kamen sofort und stellten sich in der Reihe auf, ohne Djamal, Taufiq, Mahdi und Dilo. Abu Elfida wies sie an: „Bereitet euch vor, jeder von euch nimmt sein Gewehr mit und folgt mir, wir wollen Dilo holen, ob er will oder nicht."

Muhamed stand jetzt in einer guten Position, denn er stand als Erster in der Reihe, er wollte Dilo haben und wenn es auch nur seine Leiche war. Mit ihrem aufgeregten Anführer, der hektisch voranschritt, marschierten sie eilig zum Haus der anderen Gruppe, welches nur wenige hundert Meter von ihnen entfernt war. Als der Wachposten Abu Elfida mit seinen Soldaten herankommen sah, alarmierte er die anderen, die sofort bereit waren. Einige von ihnen stellten sich in Schussposition mit einer G3 auf die Haustürmauer, einige ans Fenster, dadurch konnten sie optimalen Schutz leisten.

Abu Elfida brüllte: „Dilo muss zurückkommen, er war mein bester Soldat." Er versuchte, in das Gebäude einzudringen, wurde aber von der Wache gestoppt.

„Wir haben niemanden, der Dilo heißt", antwortete der Mann. Hinter ihm sammelten sich viele bewaffnete Kameraden. Dilo wurde aufgefordert, im Haus zu bleiben, obwohl er gern dabei gewesen wäre. Die Lage war angespannt, sogar ein Blutvergießen schien möglich zwischen den beiden Bruderparteien. Die Angreifer standen ungeschützt auf der Straße, die Angegriffenen hatten optimale Stellungen und waren gut geschützt. Beide Gruppen standen sich wie zwei Kampfhähne wartend gegenüber. Sollte eine Person aus Versehen auf den Abzug drücken, würde es ein Blutbad geben.

Etwa eine Viertelstunde standen sie sich so gegenüber, bis Abu Elfida einsah, dass sie eindeutig im Nachteil waren. Er rief seine Leute zusammen: „Lasst uns zurückgehen, aber Dilo werde ich irgendwann mal kriegen."

In der Zentrale der Demokraten kehrte allmählich Entspannung ein. Die Leute unterhielten sich wieder. Saad war Dilos neuer Chef, ein dunkelhäutiger, fast schwarzhäutiger Mann. Er rief alle zusammen. „Genossen, wir wollen uns jetzt alle im mittleren Raum versammeln."

Neugierig folgte Dilo den anderen und betrat den Raum. Sofort fielen ihm die an der Frontwand hängenden großen Bilder der drei bekannten Kommunisten ins Auge: Lenin, Marx und Engels. Als sich alle Soldaten bis auf die Wache eingefunden und an Tischen Platz genommen hatten, sprach Saad Dilo direkt an. „Genosse, komm bitte her." Er wies auf den freien Stuhl neben sich.

Die Kameraden stellten sich Dilo der Reihe nach mit ihrem Namen vor, Dilo beschloss die Vorstellung. Jetzt ergriff Saad wieder das Wort: „Liebe Genossen und Genossinnen, heute haben wir einen neuen Genossen bekommen, der von uns verlangt, ihn zu schützen und ihn möglichst nicht allein zu lassen."

Die Leute waren locker, sie unterhielten sich mit Dilo, lachten und hatten Spaß zusammen.

So vergingen einige Tage, an denen Dilo nicht aus dem

Haus durfte, aus Angst vor Abu Elfida und seinen Leuten. Eines Morgens kam einer seiner Vorgesetzten zu ihm und überreichte ihm eine Plastiktüte.

„Dilo, hier, nimm bitte deinen neuen Militäranzug und bereite dich vor, wir wollen dich in die Berge bringen."

Dilo nahm überrascht die Tüte entgegen. „In die Berge?"

„Ja Dilo, es ist besser für dich, da hast du mehr Ruhe und kannst dich frei bewegen."

Dilo holte seine kleine Tasche aus dem Schlafraum und ging zu dem auf ihn wartenden Jeep. Er war gespannt, wohin sie ihn bringen würden. Das Auto fuhr auf Dilos alte Zentrale zu und er bekam Angst, dass es sich um eine Falle handelte und er war bereit abzuspringen und wegzurennen, falls es nötig werden sollte, doch das Fahrzeug fuhr vorbei und Dilo atmete erleichtert auf.

Die Fahrt endete nach nur wenigen Kilometern und alle Insassen, Saad, Dilo und der Fahrer, stiegen aus. Sie gingen zu einer kleinen Hütte aus grünem Blech, die ein paar hundert Meter von der Straße entfernt stand. Als sie vor der Tür waren, kamen einige Soldaten heraus, die sie freundlich in Empfang nahmen und Saad stellte ihnen Dilo vor. Nachdem sie draußen im Angesicht des wundervollen Bergpanoramas Tee getrunken hatten, verabschiedeten sich Saad und der Fahrer und fuhren zurück in den Ort.

Dilo hatte vier Kameraden und vor allem das riesige Ding, welches sich „Vierzehneinhalb" nannte, eine russische Flugabwehrwaffe. Wie damit umzugehen war, musste er noch lernen, aber zunächst einmal zog er seinen neuen Anzug an, bekam ein Gewehr und hatte dann Zeit, seine neue Umgebung kennenzulernen. Seine Kameraden waren Fuad, Karim, Ahmed, Bassam. Und eine einäugige Katze.

Fuad war ihr Chef, mit ihm musste alles vereinbart werden, was sie machten. Er war ebenfalls wie Saad ein schwarzhäutiger Palästinenser, freundlich und besonnen. Die Hütte war etwa zehn Quadratmeter groß, drinnen befanden sich Decken und Matratzen.

Fuad kam zu Dilo und wies ihn ein. „Genosse Dilo, einige Vorschriften haben wir hier, die jeder einhalten muss, schließlich geht es um unser aller Sicherheit." Er nahm Dilo mit zu einem kleinen Felsen unweit der Hütte. „Wir sind jetzt zu fünft, jeder von uns hat seinen Freiraum und seine Pflichten, wir leben hier in ständiger Gefahr angegriffen zu werden. Jeder von uns muss vier Stunden Wache halten, allein und ohne zu rauchen."

Dilo unterbrach ihn. „Ich rauche aber nicht."

„Umso besser, denn viele unserer Kameraden haben ihr Leben verloren, weil sie ihre Pflicht vernachlässigt haben."

Die Erinnerung an den Tag, als das israelische Kommando angegriffen hatte, stand Dilo wieder vor Augen.

„Flugzeuge am Tag und das Kommando in der Nacht, also man muss keine Angst haben, sondern nur die Augen offen halten. Und noch etwas: Hier in der Nähe unserer Hütte darf sich niemand aufhalten, außer denen, die zu uns gehören. Wenn du Hirten siehst, achte darauf, dass sie immer an ihrer Grenze bleiben, also nie hier auftauchen."

Dilo wurde bestens von seinem Leiter unterrichtet, dann kehrten sie zur Hütte zurück, es war Mittagszeit. Ein Wagen kam und wartete an der Straße, bis jemand das Essen abholte. Heute ging Karim, ein großer Mann, der immer lächelte und gut gelaunt war, hinunter zum Wagen. Er drückte dem Fahrer einen großen Umschlag mit dem schriftlichen Bericht Fuads für die Zentrale in die Hand, in dem Brief erstattete ihr Leiter über alles Bericht, was in diesem Berglager passierte und auch über das Verhalten, die Bereitschaft und die Interessen seiner Leute. Dann nahm er einen großen Topf in Empfang, schleppte ihn hoch zu ihrem Häuschen und rief: „Liebe Kameraden, das Essen ist angerichtet, ihr könnt schon kommen!"

Die Luft war schön, die Sicht wunderbar. Seine neuen Kameraden machten einen guten Eindruck auf Dilo. Sie praktizierten den Sozialismus, sie waren nett und teilten sich die Arbeit, sodass niemand benachteiligt wurde. Jeder kannte seinen Plan und wusste, für was und wo er eingeteilt war. Es war eine Insel für sich.

Sie setzten sich in den Sonnenschein und aßen. Karim wandte sich Dilo zu. „Dilo, du bist heute unser Gast und musst nicht viel machen, ich werde deine Arbeit tun, aber nur heute, nicht wahr?“ Alle lachten.

„Nein, am besten machst du sie immer und er ist nur zum Spazierengehen da“, sagte Bassam.

Dilo wurde ernst. „Nein ... nein ... ich bin weder zum Spazierengehen hier noch zum Herumsitzen. Was ich machen muss, will ich auch machen.“

„Ich hab nur Spaß gemacht“, sagte Bassam und Ahmed fügte hinzu: „Du brauchst die Sache nicht so schnell so ernst nehmen.“

In entspannter Atmosphäre aßen sie weiter, bis die Katze, aus deren Auge eine eitrige Flüssigkeit floss, sich ihnen näherte. Ahmed hörte auf zu essen.

„Sag mal, Genosse Fuad, gehört diese Katze zu unserer Belehrung dazu, damit wir uns an den Ekel gewöhnen müssen, oder was?“

Fuad lachte. „Oh, was für eine tolle Idee, Ahmed, nein nein, bestimmt nicht, sie war hier allein in den Bergen und wir haben sie aufgenommen.“

Ahmed schüttelte sich vor Abscheu. „Aber sie hat die ganze Welt für sich, sie soll nach Al Damur gehen, da gibt's viele Leute und sie bekommt bestimmt auch viel zu essen.“

„Sie will aber nicht, wir haben es versucht, sie kommt immer wieder zurück.“

Ahmed schob seinen erst halb leeren Teller beiseite und beendete das Mahl aus Ekel vor der Katze, während die anderen es sich weiter ungestört schmecken ließen. „Außerdem sagt man, eine Katze im Haus schützt es“, sagte Dilo. „Lass sie doch ein besseres Leben haben, schau einfach weg." Er nahm ein Stückchen Fleisch von seinem Teller und gab es der Katze.

Nach dem Essen räumten sie gemeinsam das Geschirr ab und Ahmed erklärte ihm: „Dilo, jeden Tag ist einer von uns an der Reihe mit Putzen und Spülen, du bist vor mir, also in ein paar Tagen bist du dran."

Dilo nahm ihm einige Teller aus der Hand. „Na, zeig mir, wie du es machst, damit ich weiß, was ich in ein paar Tagen zu tun habe."

Sie lachten und gingen mit Putzschwamm und Wasserkanister zu einem Felsen und spülten zusammen. Karim gesellte sich zu ihnen.

„Dilo, dein Name ist fremd, woher kommst du denn?"

Dilo blickte zu dem großen Mann auf. „Ich bin Kurde, ich komme aus Al Kamishly in Syrien."

„Ich komme aus Ägypten."

Dilo stand auf. „Oh, schon wieder Ägypten? Ich habe schlechte Erfahrungen mit einem aus Kairo gemacht, er war ein Betrüger."

„Was hat er denn gemacht?", fragte Karim ihn neugierig.

„Der fiese Kerl hat mir mein Geld geklaut und ist abgehauen."

„Ja, Dilo, da kann ich nur sagen, deine Finger sind nicht alle gleich, einer ist dick und einer ist dünn und klein."

Dilo beeilte sich zu sagen: „Ich meinte aber nichts weiter, du machst einen guten Eindruck auf mich."

Topf, Teller und Löffel waren fertig gespült und sie gingen zum Haus zurück.

„Genosse Dilo, ich möchte dir heute etwas beibringen", rief Fuad ihn zu sich.

Dilo wusste sofort, worum es sich handelte. „Ja, genau, die Kanone da."

„Ganz richtig, falls du einen Stift und Papier brauchst, das ist da, du kannst es dir holen."

Karim, der vor dem Häuschen stand, rief ihm zu: „Warte,

ich hole es“, und sobald er Dilo Stift und Papier aus der Hütte gebracht hatte, begann Fuad mit dem Unterricht.

„Das ist ein Maschinengewehr zur Flugabwehr, russische Herstellung, wir nennen sie ‚Vierzehneinhalb‘ wegen ihres Kalibers, und sie hat folgende Eigenschaften: Sie kann für den Straßenkampf und zur Flugabwehr benutzt werden, in unserem Fall ist sie zur Flugabwehr gedacht, ihre Patrone kann bis zu zwei Kilometer weit fliegen.“ Er nahm eine der Patronen in die Hand, sie war etwa fünfzehn Zentimeter lang und hatte eine rote Spitze. „So sieht die Geschosskugel aus, die rote Spitze bedeutet, dass sie explodiert und wenn sie grün ist, ist sie für die Nacht gedacht, weil sie in der Luft leuchtet.“

Dilo wurde mit Informationen gefüttert, wie schon seit Wochen nicht mehr, er lernte viel Neues dazu.

„Du kannst dich draufsetzen, Dilo, die ist nicht geladen“, sagten ihm die Kameraden. Dilo setzte sich auf den kleinen Drehstuhl, der in dem Gerät integriert war. Mit ihm konnte man sich durch Bewegen eines Zahnrades um dreihundertsechzig Grad drehen, auch hoch und herunter. Alles war komfortabel und einfach zu bedienen. Als er sich nach seiner Einweisung zu den anderen setzte, bot Karim Dilo eine Zigarette an: „Hier Dilo, willst du nicht rauchen?“

Die Zigarette war braun, schmal und lang, sie hieß „Moore“. Doch Dilo hatte nie geraucht und wollte es auch in Zukunft nicht tun, das hatte er sich jedenfalls vorgenommen.

„Nein danke, ich rauche nicht“, entgegnete er dem Kameraden. Dilos Hauptgrund, nicht zu rauchen, war die Erinnerung an das Verhalten seines Vaters, der an kalten Wintertagen, wenn alle Fenster und Türen geschlossen waren, mit seinen selbst gedrehten Zigaretten den ganzen Raum vollqualmte. Aber jetzt sah die Situation anders aus, Dilo befand sich in den Bergen, wo es eintönig war, und seine Neugier stieß immer wieder auf Neues, wie nun darauf, es doch einmal mit dem Rauchen zu probieren. Karim wandte

sich nochmals an Dilo.
„Nein?“ Er hielt ihm die Schachtel hin. „Hier, probier doch mal.“
Dilo schaute nachdenklich zu Karim und nahm dann eine Zigarette aus der Schachtel. Karim gab ihm das Feuerzeug.
„Mach an.“
Dilo machte die Zigarette an und nahm seinen ersten Zug, gefolgt von Husten und Qualm. „Karim, kannst du mir eine Schachtel verkaufen?“
„He Dilo, du bist schon gut dabei, hier, ich schenk dir eine Schachtel.“
Bald wurde es für Dilo zur Gewohnheit, sich ab und zu bei dem Fahrer des Jeeps, der ihnen jeden Mittag das Essen brachte, eine Schachtel Zigaretten zu bestellen.

Die rotorange Abendsonne hatte sich verdoppelt. Eine im Himmel und eine auf der Meeresoberfläche, vermischte sie sich mit den weiten rosigen Wolken zu einer bildhaften Ewigkeit.
Es wurde wieder Ernst, es wurde wieder Abend, die Helligkeit verließ Dilos Herz. Das israelische Kommando war jetzt näher, es gab keine Mauern und auch keine festen Häuser, um sich darin oder dahinter zu schützen, es war alles offen.
„Kommt bitte alle hierher“, rief der Chef und sie versammelten sich, standen dicht beieinander und Fuad flüsterte: „Das Passwort heute ist ‚Sterne‘, verstanden?“
Alle nickten. Karim war heute als Erster an der Reihe, er holte sein Gewehr und ging, um seinen Dienst anzutreten. Dilo folgte ihm.
„Karim, kann ich auch mitmachen?“
Karim blickte aus seiner Höhe auf Dilo herunter. „Ja klar, Dilo, du bist immer willkommen.“
Sie entfernten sich einige Meter vom Haus, sodass sie alles gut im Blick hatten. Karim stellte eine kleine Teekanne neben sich auf den Boden. In Richtung Beirut war der Himmel

von den Lichtern der Stadt erhellt, sonst war alles dunkel, auch Al Damur unter ihnen lag in völliger Finsternis. Die beiden unterhielten sich eine Weile, bis Fuad zu ihnen kam. „Dilo, ich bitte dich, geh in die Hütte, dort ist der Ort der Unterhaltung."

In der Hütte spendete eine Petroleumlampe diffuses Licht, die Tür wurde mit einer schwarzen Gardine verhängt.

„Kannst du Schach spielen?", fragte Bassam ihn.

„Ja, ein bisschen, aber ich habe lange nicht gespielt", antwortete Dilo.

„Na gut, komm, lass uns spielen."

Die beiden setzten sich auf den Boden und bauten die Figuren auf, Fuad las eine Zeitschrift, Ahmed kam, um ihnen zuzusehen. Dilo war voll konzentriert auf sein Spiel. Als ihm kalt wurde, hüllte er sich in eine Bettdecke.

Plötzlich hörten sie Karim rufen.

„Wer ist da?" Alle griffen zu ihren Gewehren, Karim rief: „Halt ... Halt!"

Ein Hund bellte, zwei Schüsse fielen. Sie unterbrachen ihr Spiel, gingen nach draußen und verteilten sich um die Hütte.

„Alles klar, Karim ... bist du da?", rief Fuad hinaus.

„Ja, aber da war etwas", antwortete Karim. Fuad ging zu ihm, gefolgt von Dilo.

„Wo denn, in welcher Richtung?"

„Da, in dieser Richtung."

Fuad und Dilo folgten mit ihren Blicken, wohin Karim zeigte und sie sahen in etwa zwanzig Metern Entfernung einen weißen Hund auf dem Boden liegen. Fuad nahm vorsichtig seine Taschenlampe und ging mit Dilo zu dem Tier. Es war tot. Sie betrachteten den Hund im Schein der Lampe.

„Er hat aber gut getroffen", sagte Fuad zu Dilo, dann gingen sie wieder zu Karim zurück. „Sehr gut, Karim, du hast gut getroffen, genau in den Kopf."

Karim war erstaunt. „Wer war das?"

„Ein armer Hund, du musst ihn morgen begraben, bevor er

anfängt zu stinken."
Mit diesen Worten ließen sie Karim auf seinem Posten allein und gingen zur Hütte zurück. Es kehrte wieder Ruhe ein und das Spiel konnte weitergehen. Es ging eine ganze Weile hin und her, bis Dilo Bassam im Griff hatte und ihn schachmatt setzte. Die beiden unterhielten sich noch über ihr Spiel, als Karim wieder rief, dieses Mal aber vor der Tür.
„Bassam, komm, du bist jetzt dran."
Bassam stand auf, zog sich warme Kleidung an, nahm sein Gewehr und ging hinaus. Karim setzte sich zu den anderen nach drinnen.
„Was hat der verdammte Hund in der Nacht da verloren ... selber schuld." Er zog Jacke und Schuhe aus. „Na Dilo, hast du heute deinen ersten Schreck bekommen?" Karim lachte.
„Was denkst du, Karim, bin ich aus Schokolade oder was?", empörte sich Dilo.
„Nein Dilo, ich glaube, du musst hier eine dicke Haut haben, ich mache doch nur Spaß, sei nicht immer so ernst."
„Gut Karim, ich erzähle dir eine kleine Geschichte." Dilo, der lässig auf seiner Decke gelegen hatte, setzte sich auf, räusperte sich und begann zu erzählen.
„Es war einmal ein Hirte, der sich von den Dorfbewohnern sehr benachteiligt fühlte. Eines Tages wollte er testen, ob die Leute ihn ernst nahmen. Am Abend näherte er sich dem Dorf mit seinen Schafen und schrie: ‚Leute, helft mir, ein Wolf kommt, bitte, helft mir!' Als die Dorfbewohner seine Schreie hörten, rannten sie sofort mit Schaufeln, Äxten und allem Möglichen, was sie als Waffe benutzen konnten, zu ihm, aufgeregt und kampfbereit, um den Wolf zu töten. Doch bei dem Hirten angekommen sahen sie, dass es eine Lüge war, und enttäuscht und verärgert gingen sie wieder in ihre Häuser zurück. Der Hirte freute sich, dass die Leute ihn ernst genommen hatten. Am nächsten Abend schrie er noch einmal, denn er wollte erreichen, dass alle Dorfbewohner seinem Hilferuf nachkamen, um ihn zu retten. Wieder eilten

ihm viele Leute zu Hilfe, sahen wieder keine Spur von einem Wolf und gingen wieder enttäuscht und wütend nach Hause. Am dritten Abend kam der Wolf wirklich, der Hirte rief und schrie, doch niemand aus dem Dorf kam mehr und er wurde vom Wolf angefallen und getötet."

Dilo hielt kurz inne. „Das passt doch zu dir, oder?"

Karim, Fuad und Ahmed lachten. „Das stimmt, das passt ganz gut zu ihm."

Es war spät geworden, Müdigkeit überfiel sie. Fuad stellte die Lampe dunkler und alle legten sich auf ihre Matratzen.

Dilo lag wach und hing seinen Gedanken nach. Welche Folgen mochte der Wechsel in diese andere Gruppe für ihn haben? Er wollte alles, nur keine Wiederholungen, keinen starren Alltag, keine Isolation und nichts, was ihn blockierte. Die Freundlichkeit seiner neuen Kameraden erleichterte ihn, aber sich gut mit ihnen zu verstehen und seine Dienstroutine einzuhalten konnte sein Leben nicht erfüllen. Aber nun war er hier, desillusioniert, nach dem Versagen, schnell einen Weg für sich zu finden. Der Weg war fehlgeschlagen und jeder neue Versuch kostete ihn Zeit. Vor allem besaß er auch nicht mehr genug Geld, seit Taufiq ihn betrogen hatte. Er stand am Rand der Resignation und vor nicht realisierbaren Wünschen. Seine Reise nach Paris verschob sich langsam, aber immer mehr an die Seite, verlor ihre Aktualität. Dilo musste sich mit dem Minimalen zufriedengeben, musste die Fehler, die er begangen hatte und die seiner Umgebung wiedergutmachen, was nicht so einfach war. Das Leid war sein bester Freund geworden. Die Trauervögel umrundeten den neuen Ort und riefen nach Dilo. „Dilo, du hast wieder nach uns verlangt, wir sind immer hier und haben gesehen, wie dein Gesicht schmilzt, deine Augen lachen nicht mehr. Diesmal haben wir aber etwas für dich, einen bunten Freund, einen farbenfreudigen Vogel, der dich an deinen Frohmut erinnert, an dein Temperament, an deinen Glauben, dass du weitergehst auf dem Weg zu deinem Ziel."

Dilo, der im Bett lag und schon müde geworden war, öffnete seine Augen und kommunizierte mit den Vögeln. „Ja, ich gehöre auch zu euch, meine Flügel sind vom langen Sitzen ermüdet, von den Netzen der Spinnen umringt, mein Herz ist ohne Besuch geblieben, die Federn können nicht mehr atmen."

„Ja, Dilo, deine Flügel hängen, sind gefallen, vom Fallen lernt man aufzustehen, zu schweben, deine Federn kannst du im Netz lassen, aber fliege hoch, dann werden sie wieder wachsen, der tiefe blaue See ist nur von oben zu genießen."

Plötzlich richteten sich seine Kameraden im Bett auf und Fuad ergriff sein Gewehr.

„Was gibt es, Kamerad Fuad?"

„Hast du es nicht gehört?"

„Was?"

„Das Flügelschlagen."

Dilo wurde nachdenklich, er fühlte sich, als ob in seinem Inneren gelesen wurde, zur Sicherheit fragte er noch einmal nach.

„Was war das für ein Geräusch, Fuad?"

„Es klang wie ein starkes Flügelschlagen."

Bassam kam von draußen an die Tür. „Habt ihr das auch gehört?", fragte er seine Leute.

„Ja, aber hast du was gesehen?", fragte Fuad ihn.

„Nein."

Dilo war bei diesem Wortwechsel richtig aufgewacht, aber er wischte sich die Augen, um sicherzugehen, dass er wirklich wach war. Diese Verbindung zwischen Traum und Realität verwirrte ihn, aber eine nochmalige Frage, was sie gehört hatten, konnte ihm vielleicht Komplikationen bringen, deshalb blieb er still und wartete ab, was die anderen machten und vor allem Fuad. Die Vögel hatten sich bereits verabschiedet, sobald würden sie nicht mehr kommen. Die anderen hatten sich wieder hingelegt und schliefen ein.

Dilo griff zu seinem Skizzenheft, welches er schon seit langem nicht mehr in die Hand genommen hatte und begann, seine Erlebnisse zu illustrieren. Weiße Wesen, die von oben herab in ein nebliges Dunkel sprangen, jedes von ihnen hatte etwas in der Hand, Gewehre, Eier, Sonne, Bomben, einige von ihnen fielen, andere flogen hoch.

Dilo war vollkommen vertieft, die Nacht gehörte ihm. Die Rede der Vögel blieb in seinen Adern, trotz des Zwischenfalls, es war wie eine Inspiration, ein Gespräch mit seinem Ich, welches sich in einem unübersichtlichen Zustand befand. Allmählich entspannte er sich, nachdem er alles, was ihm auf der Seele gelegen hatte, in eine Skizze gebannt hatte. Etwas misstrauisch, aber doch mit Hoffnung, schlossen sich seine Augen, er schwamm wieder in seiner Welt, von der er oft träumte. Jetzt konnte er endlich schlafen.

Das Sonnenlicht fiel durch die Ritzen in der Blechwand der Hütte und erinnerte an die Helligkeit und an den Beginn des neuen Tages.

Umgeben von dem fantastischen Panorama und der wohlriechenden Luft, machten sie sich an ihre Aufgaben. Karim kochte Tee auf einem kleinen Gaskocher und Ahmed bereitete das Frühstück zu. Auf eine Decke legte er ein paar Brote, stellte Teetassen und Konservendosen dazu.

„Genossen, wir wollen Sport machen", rief Fuad ihnen zu. Die vier Soldaten stellten sich hinter ihn und vollführten ihre Gymnastikübungen, dann versammelten sie sich um die Decke und frühstückten.

Für Dilo war das Kennenlernen beendet, ab heute wurde er nicht mehr als Gast, als Neuling behandelt, sondern wie einer von ihnen. Sein Name wurde wie der aller anderen auf die Liste geschrieben, er musste wachen, spülen, den Tisch decken.

Nach dem Frühstück nahmen Karim und Dilo ihre Gewehre und gingen bergauf. Sie waren sich sympathisch. Weit entfernt von der Hütte legten sie eine Rast ein. Dilo setzte sich auf einen Stein.

„Karim, was hat dich denn hierher getrieben?“, wollte Dilo wissen.

„Ja, meine Geschichte ist sehr lang“, er hielt inne und besann sich. „Aber in kurzen Worten, ich bin vor einigen Jahren hierher gekommen, um zu studieren, ich habe auch angefangen mit dem Jurastudium, doch dann habe ich gemerkt, dass es nichts für mich ist. Zum einen hatte ich kein Geld mehr, zum anderen auch keine Lust weiterzumachen. Dann bin ich hier gelandet, mal sehen, was noch daraus wird.“

„Also wolltest du Anwalt werden?“ Dilo lachte, Karim ebenfalls.

„Ja, aber was für einer?“

„Wieso haben dir deine Eltern kein Geld geschickt?“

„Meine Familie ist sehr bekannt in Alexandria und wir sind eigentlich auch reich, aber was bringt es mir, Dilo, Anwalt zu werden in dieser rechtlosen Welt. Hier und da wird alles nur mit Bestechung erledigt, Anwälte braucht man doch hier nicht ... und du, was ist mit dir, Dilo, ich will deine Geschichte hören.“

Dilo nahm einen Stein und warf ihn weit fort.

„Ich bin, mein Lieber, kein Araber, sondern Opfer der arabischen Chauvinisten. Hier will ich zwar für sie, beziehungsweise für die Palästinenser kämpfen, aber in meiner Heimat werde ich von Arabern mit den Füßen getreten. Was die israelische Regierung mit den Palästinensern macht, macht das syrische Regime mit uns Kurden. Es gab für mich keinen Platz. Ich wollte weg. Mein Weg hierher hat mich viel Kraft gekostet, ich habe schon ein paar Stationen hinter mir.“

Karim sah Dilo mitfühlend an. Dilo zuckte mit den Schultern. „Aber was soll’s, jetzt bin ich hier und ich freue mich, dich kennenzulernen.“

„Ja, ganz meinerseits, aber sag mal, ihr Kurden lebt doch in den Bergen, haben sie dich deswegen hierher geschickt?“

Dilo dachte einen Moment nach. „Ja, kann sein, aber ich

glaube es nicht, ich war vorher bei einer anderen Organisation, sie wollen mich wahrscheinlich hier für einige Zeit verstecken. Außerdem leben wir nicht nur in den Bergen."

„Ach so, aber liebst du trotzdem die Berge?"

„Ja, ich liebe alles, was sich über das Normale erhebt, obwohl ich aus einer Stadt in der Ebene komme, aber Achtung vor den Bergen habe ich immer schon gehabt."

Sie sahen einen Hirten auf sich zukommen.

„Ach, der schon wieder, lass uns losgehen, es ist schon Mittagszeit."

Die beiden kehrten zur Hütte zurück, bevor sie ankamen, sahen sie schon den Wagen vor der Tür stehen, der ihnen das Essen brachte. Dieses Mal war Dilo an der Reihe, er ging zum Wagen und trug zwei volle Töpfe zur Hütte hoch. Oben angekommen öffnete er einen Topf und war freudig überrascht, denn es gab Bohnensuppe mit Reis. Eilig deckte er den Tisch und rief seine Freunde zum Essen.

Die Katze quälte sich, sie fiel ständig hin, ihre Stunde schien gekommen zu sein. Sie bot einen erbärmlichen Anblick. Die Soldaten fühlten sich abgestoßen von ihr. Dilo hatte trotzdem Mitleid und warf ihr ein Stück Brot hin.

„Hör doch auf, sie zu füttern, so werden wir sie nie los!", ärgerte sich Ahmed.

„Es wird zwar gesagt, dass Kommunisten gottlos sind, aber kennst du nicht die Geschichte über den Propheten Muhammed und die Katze?", sagte Dilo. „Eines Tages schlief eine Katze auf seinem Kleid und um sie nicht zu wecken, hat er die Stelle, auf der die Katze lag, abgeschnitten."

„Ja, aber das war nicht die einäugige Katze", sagte Ahmed. „Ich glaube, diese Katze hat ihr Leben und ihr Sterben bei uns geplant." Er holte sein Gewehr aus der Hütte. „Unsere Gewehre rosten schon", sagte er.

Das tägliche Putzen des Gewehres musste für die Soldaten auch einen Sinn haben und das Gewehr war dazu da, um zu töten. Feinde waren jedenfalls im Moment nicht in Sicht und es war lange her, dass sie einen kleinen Konflikt mit den Israelis gehabt hatten. Nun aber war die Katze dran. Ahmed schoss auf sie. Auch die anderen hatten zu ihren Gewehren gegriffen und machten sie zur Zielscheibe für Schießexperimente.

Sie schrie jämmerlich und flüchtete blutend in die kleine Hütte. Die Decken und der gesamte Schlafraum wurden mit Katzenblut bespritzt. Sie schossen weiter, der Krach der Gewehre erzeugte ein starkes Echo in den Bergen, das Pfeifen der Kugeln, die Schreie der Katze und ihre hektische Stimmung vermischten sich, es machte den Eindruck, als ob Krieg herrschte. Die Katze war nicht mehr in der Lage zu gehen, sie zog beide Hinterbeine nach. Die Kugeln trafen sie nicht mehr, aber die Männer hörten nicht auf zu schießen.

Dilo besann sich als Erster. „Hört doch auf, es reicht!" Konzentriert zielte er einige Sekunden lang, um seinen Gnadenschuss nicht zu verfehlen. Er traf sie am Kopf und sie war erlöst.

Dilo und Karim nahmen eine kleine Schaufel und eine Plastiktüte und legten die Katzenleiche hinein. Ein gutes Stück von der Hütte entfernt begruben sie das Tier.

„Dilo? Hast du schon mal jemanden getötet?"

„Nein."

„Ich auch nicht, dann sind wir gute Freunde."

Dieser Tag war geprägt von den Bildern des hilferufenden kleinen Tieres, seinen qualvollen Schreien und der Flucht vor dem Tod.

Im Islam gilt die Katze als ein reines Tier und es heißt, dass Katzen sieben Leben haben, sodass Allah sie nicht so einfach töten lässt. Aber die Katze, die vor einer Stunde noch am Leben war, hatte ihre sieben Leben jetzt hinter sich gelassen.

Die Tage vergingen, und im Lager änderte sich nichts. Allerdings spürte Dilo, dass einer seiner Mitstreiter, nämlich Bassam, ihm körperlich oft sehr nahe kam. Dilo war ihm gegenüber nicht mehr so kontaktfreudig, wie es eigentlich seine Art war. Zwar war Bassam ihm sympathisch, aber wie für die meisten Orientalen war Homosexualität für ihn ein Tabu.

Eines Tages beschloss Dilo, die Situation zu klären. Er lud Bassam zu einem kleinen Spaziergang ein, um ihm zu sagen, was ihm auf dem Herzen lag. Dilo nahm Bassams neugierigen Blick wahr. Schweigend gingen sie bergauf. In einiger Entfernung vom Haus setzten sie sich auf einen Felsen.

„Bassam, ich möchte offen mit dir reden", begann Dilo.

„Ich will keinen Sex mit Männern haben. Ich stehe auf Frauen und sogar sehr. Ich habe nichts gegen dich, du kannst sein, wie du willst, aber bitte nicht mit mir."

Bassam blickte verunsichert.

„Außerdem, wir können auch so gute Freunde sein, oder?"

„Dilo, ich finde es gut, dass du so offen zu mir bist", sagte Bassam erleichtert.

„Ok, lass uns mal zu unserer Hütte zurückgehen und eine Partie Schach spielen", schlug Dilo vor, ebenfalls froh, dass die Unterredung so gut verlaufen war. Bassam lachte. „Gut gesagt, unsere Hütte, das wäre zu schön, um wahr zu sein."
Nach dem Gespräch mit Bassam fühlte er, wie sehr er die Gesellschaft von Frauen vermisste und ging zu seinem Chef.

„Fuad, kann ich morgen nach Al Damur fahren? Ich will mal andere Gesichter sehen, ich bin schon seit drei Wochen hier ohne Urlaub."

„Gut, Kamerad, morgen, wenn der Wagen kommt, kannst du mitfahren und am nächsten Tag wieder zurückkommen."

„Ja, das ist toll."

„Du gehst in unsere Zentrale, da kannst du auch übernachten."

Der Morgen war nicht mehr fern, als sie ein israelisches Aufklärungsflugzeug hörten. Fuad forderte sie auf, sich an ihre Plätze zu verteilen und für den Kampf bereitzuhalten. Karims Platz war an der „Vierzehneinhalb" und Dilo war an seiner Seite, um sie zu laden. Er war aufgeregt, fühlte sich bereit, die Israelis zu bekriegen. Auch von vielen anderen Stützpunkten aus wurde auf das Flugzeug geschossen. Karim schoss und Dilo bereitete die nächste Munitionskiste für ihn vor und war bereit für jede Art von Hilfe. Es knallte wie wahnsinnig, und die Geschosse flogen hoch zum tiefen Himmel in den hellen Morgen und explodierten, doch die Maschine flog so hoch, dass sie fast für niemanden, außer für russische SAM-Raketen erreichbar war, die in Syrien stationiert waren. Selbst gegen diese Raketen hatten die Israelis eine Abwehrmethode: Da die SAM-Raketen auf Wärme reagierten, ließen die israelischen Flugzeuge, sobald sie von diesen Raketen angegriffen wurden, mit Heißluft gefüllte Flugobjekte los. Dorthinein traf die Rakete, während das Flugzeug verschont blieb.

Die PLO hatte keine einzige Luftabwehrrakete, die für diese Entfernung tauglich war. Der Himmel war gefleckt vom Rauch der Schüsse. Der Maschine machte es nichts aus, sie erledigte ihre Aufgabe weiter: per Luftaufnahmen zu registrieren, wo sich die einzelnen Militärstationen der PLO im Libanon befanden.

Deswegen wäre es logisch, dass sie sich versteckten, denn wenn sie die Maschine nicht abschießen konnten, sollten sie den Israelis nicht auch noch ermöglichen, ihre Stellungen auszukundschaften. Aber sie wollten es dem Piloten in dem Flieger um einiges schwerer machen. Anhand der verschiedenen Geschosse, die in den Himmel gesprengt wurden, konnte man erkennen, wie viele Lager, Gruppierungen und Luftabwehrkräfte sich in dieser Gebirgskette befanden.

Die Kämpfer aus der kleinen Hütte hatten sich verteilt, jeder hatte seine Kalaschnikow in der Hand und beobachtete den Himmel. Die Maschine flog unbekümmert weiter, sie kam aus südlicher Richtung. Je nördlicher sie aber flog, das hieß Richtung Hauptquartier der PLO in Beirut, desto intensiver wurden die Schüsse und desto mehr Qualm war in der Luft. In ihrem Gebiet verebbten die Schüsse, Dilos Mannschaft

atmete auf und versammelte sich.
„Genossen, wir haben die Nachricht bekommen, dass es sich um ein Manöver handelt. Die Israelis reagieren auf die Operation ‚Tarschiha', die im besetzten Palästina von unseren Genossen durchgeführt wurde."
Dilo kam neugierig zu Fuad. „Was, Operation, im besetzten Land?"
„Ja, im Norden Palästinas haben unsere Kameraden schwere Schäden unter den Feinden angerichtet, es waren drei Kommandos, sie wurden aber festgenommen und ermordet."
Dilo wurde noch neugieriger. „Also, ein Selbstmordkommando?"
„Ja, Kamerad Dilo."
Der Gedanke an das Selbstmordkommando ließ Dilo nicht los. Über die drei Leute, die in der Operation getötet worden waren, wurde sehr viel geredet. In der letzten Zeit hatte sich diese Art von Operationen gehäuft.

Es war Mitternacht. Dilo hatte Dienst und saß draußen in seine Decke gehüllt. Der kalte Schneewind aus den hohen libanesischen Bergen und der sternenklare Himmel ließen ihn sein heißes Teeglas fest umklammern. Von weitem heulten Hunde und wie aus den Tiefen des Meeres leuchteten große Schiffe. Dilo zog die Decke fester um sich und rückte näher an den Felsen, ohne seine unheimliche Umgebung aus den Augen zu lassen. Er hörte etwas pfeifen und hielt still, der Pfeifton wurde intensiver und näherte sich, es war nicht der Wind und es hörte sich ganz nah an. Dilo war in voller Alarmbereitschaft, er nahm die Taschenlampe und leuchtete auf das Gras und die rote Erde, stand auf und leuchtete auf seine Füße, da erblickte er eine schwarze Schlange, die sich einen warmen Platz suchte.
Dilo erschrak bei diesem Anblick, vor Angst sprang er hoch, zielte und schoss eine einzige Kugel, die sie am Kopf traf und tötete. Seine Kameraden waren von dem Schuss aus ih-

ren schönen Träumen geweckt worden und sprangen hastig mit ihren Gewehren bewaffnet heraus.

„Dilo, bist du da?" Karim rief es.

„Ja, Kamerad, hier."

Nachdem Karim gehört hatte, aus welcher Richtung der Ruf gekommen war, ging er zu Dilo.

„Hier bin ich, Karim."

„Na, was gibt's, Dilo?"

„Diese schwarze Schlange wollte anscheinend etwas von mir." Er leuchtete auf die tot am Boden liegende Natter.

„Hast du gut gemacht Dilo, aber vergrab sie am Morgen. Ich gehe weiterschlafen, gute Nacht."

Auch die anderen gingen in die Hütte und Dilo war wieder allein mit den Sternen, dem Mond, dem Wind und den fernen Schiffen. Er vertiefte sich in den Gedanken, wie jemand zu der Entscheidung kommen konnte, einen Selbstmord zu begehen.

„Man lebt doch nur einmal und stirbt dann, die Spuren bleiben, sie sind entweder gut und ewig oder schlecht und kurz", überzeugte er sich, dass diese Art zu sterben gute Spuren hinterließ. Seine heißen revolutionären Gedanken sagten ihm: „Einmal mit Ehre sterben ist besser, als tausendmal ohne Anerkennung leben." Doch auch Zweifel schlichen sich ein. War seine Überzeugung die Reaktion auf seine jetzige Schlappe oder die Entgegnung der reinen Jugend auf Tod und Krieg? Diese Gedanken verließen Dilo nicht mehr.

Selbstmordattentäter

Als er am Morgen die Schlange vergrub, sah er den Hirten von weitem. Kurz entschlossen nahm er sein Gewehr und ging einfach zu ihm. Der Hirte sah Dilo auf sich zukommen und wollte schnell weggehen, doch Dilo beschleunigte seine Schritte und holte ihn ein.

„He, warum läufst du denn vor mir weg?"

„Man darf doch nicht in eurer Nähe sein, sonst knallt es und das will ich nicht."

Der Hirte sprach in einem Dialekt, der Dilo sehr fremd klang.
„Nein nein, diesmal nicht, ich bin doch zu dir gekommen", beruhigte Dilo ihn. Der Hirte hatte einen dicken Mantel an und trug einen Hut, sein Bart war schon angegraut. Eine kleine Stofftasche und einen kleinen Wasserkanister hatte er sich über die Schulter gehängt. Die Schafherde weidete auf dem Gebiet verteilt.
„Komm mal bitte her."
Der Hirte war verunsichert: „Wen meinst du, mich?"
„Wen sonst, deine Schafe? Ja, du, komm mal her."
Der Hirte sah Dilo und sein Gewehr an, dann kam er. „Was willst du denn von mir?"
„Bist du hier aus diesem Gebiet?"
„Nein, ich bin aus dem Süden, aber da gab es keine Arbeit mehr für mich, alle Berge, alle Ebenen, alle Weiden sind von den Soldaten besetzt."
„Wo denn im Süden?"
„Östlich von Saida."
„Aha, und wie bist du hier an diesen Job gekommen?"
„Durch Bekannte natürlich."
Der Hirte pfiff seine Schafe zu sich, die sich zu weit entfernt hatten. Dilo wollte wissen, warum seine Leute den Hirten nicht näher an ihren Stützpunkt herankommen ließen, er wollte aber auch herausfinden, was für ein Hirte er war, vielleicht war er ja ein israelischer Spion? Zwar überschritt er die Vorschriften, aber er wollte es zum Schutz seiner Person und dem seiner Kameraden herausfinden, denn schließlich handelte es sich um ein militärisches Gebiet, in dem Zivilpersonen nicht verkehren durften.
Der Hirte, der sofort das Weite hatte suchen wollen, blieb jetzt an Dilo hängen und setzte sich neben ihn, nachdem er die Schafe wieder zusammengetrieben hatte.
Dilo sah einen weißen Zettel in der Jackentasche des Hirten.
„Was hast du denn da in deiner Tasche, zeig mal."
„Das ist Papier, darauf mache ich mir immer mal Notizen."

Das Wort „Notizen“ ließ Dilo noch mehr stutzen. Hirten waren meistens Analphabeten und es war fraglich, ob sie Stift und Papier hatten. Er bestand darauf, es zu sehen.

„Gib mir das sofort her.“

Der Hirte gab Dilo widerstrebend den Zettel. Es waren verschiedene Zeichen, Nummern und Punkte darauf, es sah aus wie eine Landkarte.

„Was ist das? Eine Landkarte von diesem Gebiet? Wofür brauchst du das? Die Israelis von oben und du vom Boden, nicht wahr?“

Der Hirte bekam Angst. „Nein, das ist nur für mich, damit ich weiß, wo ich mit meinen Schafen hingehen darf und wo nicht, weil das Gebiet sonst so schwer zu durchblicken ist.“

Dilo nahm sein Gewehr und richtete es auf den Hirten. „Keine Bewegung, sonst bekommst du eine von mir, geh vor!“

Er wies ihn an, Richtung Hütte zu gehen und rief: „Fuad, Kamerad Fuad, Karim, kommt bitte!“

„Was gibt es, Dilo?“

Dilo gab Fuad den Zettel. „Hier, das habe ich in seiner Tasche gefunden.“

Fuad studierte den Zettel gründlich. „Interessant sieht das aus.“

Er entfernte sich von der Gruppe und sprach in sein Funkgerät.

„Hier Djim 2, Zentrale bitte melden.“

„Zentrale hier, Djim 2, was gibt es?“

„Wir brauchen ein Fahrzeug, es handelt sich um eine akute Situation.“

„Ja, ok, wird gemacht Djim 2, Ende.“

„Nimm ihn bitte mit und geh auf die Straße, warte dort, gleich kommt ein Auto und holt euch ab.“

Dilo war stolz, dass er einen Spion erwischt hatte und fand, dafür sollte er eigentlich einige Tage beurlaubt werden. Schnell holte er seine kleine Tasche aus der Hütte. Er nahm den Zettel wieder von Fuad entgegen, befahl dem Hirten, vor ihm zu gehen und ging mit ihm bis zur Straße. Als sie dort ankamen, traf auch schon bald der Jeep ein. Sie stiegen ins Auto und fuhren nach Al Damur, in die kleine Oase der ersten Erinnerungen an seine Zeit als Soldat. Sie fuhren an Dilos alter Zentrale vorbei, seine Gefühle kamen hoch, er bereute, was er sich angetan hatte.

Er genoss es, an seinem ersten Tag in Al Damur nach drei Wochen viele Menschen zu sehen und die Bilder von ihnen aufzufrischen, um sie nicht zu vergessen. Aber als er seinen ehemaligen Kameraden Muhamed, der mit ihm verfeindet war, bei den Demokraten sah, rissen die Leinwandbilder von den Stadtmauern und er kehrte wieder in den Hass der Vergangenheit zurück. Seine Ruhe war ihm augenblicklich geraubt. Was will er, verdammt, soll ich ihn umbringen, soll ich ihn fertigmachen? Dilo war verwirrt, musste aber an ihm vorbeigehen, als er mit dem Hirten zum Büro des Obersten ging. Offenbar hatte er den Weg frei gemacht, sodass auch andere Soldaten von Abu Elfida einen Wechsel wollten und flüchteten. Muhamed verfolgte Dilo mit seinem Blick.

Unterdessen rief Fuad im Büro per Funk an.

„Hier Djim 2, Achim 2 bitte melden."

„Hier Achim 2, ich höre."

„Sind die zwei Leute bei euch angekommen?"

„Ja, sie sind da."

„Unser Kamerad wird euch über die Dinge unterrichten, Ende."

Dilo klopfte an der Tür des Obersten und ging hinein. „Genosse, diesen Zettel hier habe ich bei einem Hirten gefunden." Der Oberst, ein großer rothaariger Mann, sah sich das Papier an und stand unmittelbar auf. „Wo ist der Hirte?"

„Nebenan."

Der Oberst ging in den Nebenraum, ohrfeigte den Schafhirten und zerrte ihn in sein Büro. „Genosse Dilo, ich danke dir für deine Bemühung." Er gab Dilo die Hand, dann wandte er sich an sein Personal. „Ich will jetzt allein sein, wenn der Genosse Samir kommt, soll er sich bei mir melden."

Die Tür wurde hinter Dilo geschlossen und er ging hinunter zu der kleinen Abteilung, an der er sich am ersten Tag befunden hatte.

Muhamed kam ihm entgegen. „Hallo Dilo.“ Er streckte ihm seine Hand entgegen. Dilo war über dieses Zusammentreffen nicht ganz glücklich, aber er gab ihm die Hand.

Auch andere Kameraden, von denen er einige nur einmal gesehen hatte, riefen ihm jetzt von weitem und nahem zu: „Hallo Kamerad Dilo, na, wie sieht es denn in den Bergen aus, fühlst du dich gut da?“

Dilo antwortete voller Stolz. „Ja, klar, und ich war erfolgreich.“

Einer näherte sich. „Erfolgreich? Erzähl mal!“

„Ja, ich habe einen Hirten festgenommen, der unter Spionageverdacht steht.“

„Toll Mensch, das hast du sehr gut gemacht“, riefen sie ihm von allen Seiten zu.

Dilo unterbrach sie. „Ja, aber mein Körper hat seit drei Wochen kein Wasser gespürt, ich muss unbedingt duschen“, und er zeigte auf seine dreckigen Kleider und ungepflegten Haare.

Die neuen Freunde holten alle etwas für Dilo. „Hier, ein frisches Handtuch.“ - „Und das ist ein gutes Shampoo.“ - „Nimm das Waschpulver für deine Kleidung.“

Dilo freute sich über ihre Hilfsbereitschaft. Er nahm alles an sich und ging sofort duschen. Das warme, himmlische Wasser hatte er lange Zeit vermisst, er blieb eine geraume Weile unter der Dusche stehen. Als er herauskam, umfing ihn ein einwandfreies Gefühl von Sauberkeit, der Dreck war nicht mehr zu spüren. Einer war in den Duschraum gegangen und ein anderer war herausgekommen, in ziviler Kleidung, in Schuhen, mit gekämmtem Haar, rasiert und gepflegt. Er sah wie ein Steinhuhn aus, welches sich in der Paarungszeit befindet und auf der Suche nach einem Partner mit Farben schmückt. Dilo wollte ebenfalls wie das Steinhuhn mit seinem frischen Geruch und dem gepflegten Aussehen das

Weibliche locken, wollte in die kleine Stadt eintauchen, seine Augen strahlten.

Als eine hübsche junge Frau aus einer Tür kam, handelte Dilo sofort. Er blinzelte ihr zu, sie reagierte lächelnd darauf. Dilo wurde neugierig, er folgte der Frau. Sie ging auf die Straße, drehte sich um, und als sie Dilo erblickte, verlangsamte sie ihre Schritte, bis sie sich auf der Straße nach Beirut in der Nähe des Meeres trafen. Dilo sprach sie an.

„Hast du Lust, mit mir ans Wasser zu gehen?"

Die junge Frau schien überrascht. „Ich?"

Dilo antwortete fest. „Ja." Er ging voran, nun folgte sie ihm. Am Strand, direkt am salzigen Wasser, setzten sie sich und blickten aufs Meer.

„Wie heißt du?"

„Ich heiße Meriam und du?"

„Schöner Name, ich heiße Dilo."

„Du sahst gerade ganz anders aus."

„Wie bitte?"

„Nein, ich meine, ich habe dich gerade in der Zentrale gesehen."

„Ach so, ja." Er wurde nachdenklich. „Und was hast du gemacht? Arbeitest du im Büro?"

„Nein, in der Küche! Ich helfe manchmal, ich wohne in der Nähe. Du hast vorher sehr verwildert ausgesehen."

„Ja, ich bin eben ein wilder Kurde aus den Bergen."

„Bist du echter Kurde?"

„Ja klar." Er zeigte auf die Berge. „Da, in diesen Bergen bin ich auf einem Luftabwehrstützpunkt." Er stand auf. „Lass uns spazieren gehen."

Meriam erhob sich ebenfalls und das junge Paar spazierte am menschenleeren Strand entlang. Zur einen Seite ragten die Berge in den wolkenlosen Himmel empor, zur anderen erstreckte sich das endlose Ufer des in der Sonne schillernden Mittelmeeres. Jede Welle, die kam, lud Dilo zu noch mehr Optimismus, noch mehr Freude ein und wie im Traum ging er barfuß an der Seite der jungen Frau. Sie kamen sich körperlich näher, ihre Fußspuren im nassen Sand wurden immer wieder von den auslaufenden Wellen gelöscht und die Verbindung zur traurigen Vergangenheit wurde durch die Gegenwart ausradiert.

Die beiden waren still, ließen alles wirken, was auf sie zukam.

„Dilo, es ist schön hier und vor allem mit dir." Sie umarmte ihn.

„Meriam, es ist traumhaft mit dir."

Sie kuschelten sich aneinander. Plötzlich schaute Meriam auf ihre Uhr.

„Oh, ich bin spät dran, es ist schon drei Uhr, ich muss los."

Dilo war beleidigt. „Was, jetzt? Wir haben doch noch nicht angefangen!"

„Dilo, wir sehen uns wieder", erwiderte Meriam und wollte gehen.

„Ja, aber wann?" Er hielt ihre Hand fest.

„Wir haben noch genug Zeit, keine Panik, wir werden uns wiedersehen."

Sie entfernten sich voneinander wie zwei sich abstoßende Magnete und Dilo fand sich in seiner Realität wieder. Die stark gewordenen Wellen machten ihm Vorwürfe und stachen ihn, er blieb allein am Strand zurück, um lange Zeit von den Wellen Abschied zu nehmen und sich zu entschuldigen für diese unerwartete Trennung. „Oh Allah, wo versteckst du dich, wo bist du, was habe ich dir getan, dass du mich so quälst, dass du mich so aussichtslos machst ... was ...!" Er schrie noch lauter. „Was? Sag mir das!"

Mit zerrissenem Gemüt kehrte er sich vom Meer ab und ging bergan. Es war Abend geworden und Zeit, zur Zentrale zu gehen. Von Erfolg war nicht die Rede, von Neuigkeiten war nichts zu erzählen. Der gleiche Dilo mit den gleichen Inhalten kehrte zur Zentrale zurück, in der er für eine Nacht zu Gast war. Die Kameraden empfingen ihn wie immer freundlich, einer rief: „Dilo, lass uns Schach spielen!"

Für Dilo war das wie ein Angebot zum Feiern, denn er spielte gern Schach und gerade in einer solchen Stimmung, in der er sich befand. Sie gingen in den Raum, wo sich die Gemälde von Lenin, Marx und Engels befanden, wo auch Tische und Stühle standen. „Sag mal, wie heißt du?“, fragte Dilo seinen Partner.

„Ich heiße Haschim und du heißt Dilo, nicht wahr?“

„Ja, ganz genau, ist gut Haschim, lass uns mal anfangen.“

Er spielte den weißen Bauer und stellte ihn zwei Schritte vor den König, die sogenannte Napoleontaktik oder anders gesagt, Angriff ist die beste Verteidigung. Dem Gegner war das aber klar, das Spiel wurde spannend, jeder von ihnen wollte gewinnen und war sehr in seine Züge und die Züge des Gegners vertieft. Für Dilo war klar, dass er gewinnen musste, um einen Ausgleich zu seinem Alltag zu haben und sich harmonisch zu fühlen. Er versuchte mit allen seinen Kräften, seinen Taktiken und Ideen, seinen inzwischen auch stark gewordenen Gegner zu überwältigen. Es war späte Nacht geworden, von draußen war nichts zu hören, alles war still, Dilo und Haschim saßen sich auch still und wortlos gegenüber und blickten vertieft auf das Schachbrett. Doch die Ruhe war nur scheinbar, im Spiel befanden sich die beiden auf einem Feldzug und es wurde Zeit, zu einem Ende zu kommen. Dilo beherrschte das Spiel, er war sehr gut im Kombinieren und im Angriff, der König des Gegners befand sich in Gefahr, er stand ungeschützt in der Mitte des Kampfplatzes. Dilo setzte den König mit seinem Läufer schachmatt. Die Gegner gaben sich wie üblich die Hand und Dilo fand sich wieder mit seiner Welt ab.

Am nächsten Mittag fuhr er mit dem Jeep, der ihnen immer das Essen brachte, in die Berge zurück.

„Hallo Dilo“, rief Karim und winkte ihm zu. Er kam ihm entgegen und nahm ihm einen Topf ab. „Na, wie war dein erster Urlaubstag? Wir haben dich vermisst.“

Dilo freute sich über diesen Empfang. „Danke Karim, es war sehr spannend, gemischt.“

Auch von den anderen wurde er herzlich empfangen und er

fühlte sich wie daheim.

Dilo fing wieder zu malen an. Er malte einen langen menschenleeren Strand. Dann malte er alles etwas dunkler, hielt inne, malte es noch dunkler und noch einmal, bis das Bild nur noch schwarz aussah.

Fuad war überrascht von diesem merkwürdigen Verhalten Dilos. In seinem täglichen Bericht an seinen Vorgesetzten hob er Dilo aber lobenswert hervor, sowohl sein Verhalten bei der Arbeit, als auch sein Hobby, das Malen, und er bat seinen Vorgesetzten, Dilos Hobby zu unterstützen.

Eines Tages bekamen sie Besuch von einem Vorgesetzten. Er schleppte einen Karton mit sich. Alle freuten sich über diese Abwechslung, doch dieser Besuch schien nur Dilo zu gelten. Denn Adchadch, so hieß er, ging zuerst auf Dilo zu.

„Guten Tag, Dilo."

„Guten Tag, Genosse", erwiderte Dilo, überrascht, dass er namentlich begrüßt wurde. Es war Mittag, die Sonne stand senkrecht. Dilos Freunde holten Decken zum Sitzen.

„Ich habe etwas für dich, mach doch mal den Karton auf."

Dilo wunderte sich immer noch. „Wie? Ich? ... Warum?"

„Ich sage dir, mach es doch auf, das ist für dich."

Der Chef setzte sich auf eine Decke auf den Boden, Dilo kam und öffnete sein Geschenk, darin waren Pappe, Stifte, Farben und Pinsel zum Malen. „Ich danke dir sehr, Genosse."

Der Chef lachte. „Ja, Dilo, wir wollen dein Hobby fördern, aber du sollst für uns auch was machen."

„Ja gerne, obwohl ich noch nicht nach Auftrag gemalt habe."

„Komm doch bitte her, setz dich zu uns." Dilo setzte sich neben ihn auf die Decke. „Kannst du eine palästinensische Hochzeit malen? Du bist doch Künstler, du weißt am besten, wie es aussieht."

Karim brachte die Teekanne und ein paar Tassen, er lachte. „He Dilo, lass uns mal feiern, lass uns mal Tee trinken."

Dilo lachte ebenfalls, er stand auf und nahm die Tassen von Karim entgegen, dann sagte er zu seinem Chef: „Eine palästinensische Hochzeit? Ich habe aber noch keine gesehen."

„Ja, aber vorstellen kannst du sie dir doch, oder? Es ist deiner Fantasie überlassen."

„Ich schau mal, ich werde mein Bestes geben", versprach Dilo.

„Ist kein Problem, Dilo, wenn du nicht mehr weiter weißt, dann kann ich es weiter malen", scherzte Karim. Alle lachten, auch Dilo.

„Am besten wäre es, wenn du gleich alles malst und ich setze am Schluss nur noch meinen Namen darunter", erwiderte Dilo, worauf er noch mehr Gelächter erntete.

„Wer weiß, was dabei herauskommt, ich bin also gespannt." Mit diesen Worten leerte der Chef sein Teeglas und erhob sich. „Es ist nicht schlecht hier bei euch, sehr lustig, ich muss aber leider aufbrechen." Er verabschiedete sich und ging hinunter zur Straße zu dem wartenden Jeep, der ihn wieder zur Zentrale zurückbrachte.

In Qamischlo machte sich seine Familie große Sorgen um ihn. Die Mutter hatte die Freude am Leben verloren und weinte ständig. „Oh mein Sohn ... oh mein Sohn, jedes Mal, wenn ich meinen Kindern Essen mache, fühle ich dein Fehlen, wer weiß, wo du jetzt bist, ob du satt und bekleidet bist und es warm hast. Oh mein Sohn, du großes Stück meines Herzens."

Der Vater bereute seine Strenge gegenüber seinem Sohn, er klagte sich selbst an. „Oh mein Sohn, was habe ich dir angetan, ich wollte nur, dass ihr, dass du besser wirst als ich, oh mein Kind, Dilo, verzeih mir!"

Je mehr Zeit verging, ohne dass sie Nachricht von ihm erhielten, desto dramatischer wurde die Situation in der Familie, besonders für die Mutter. Zu leben, ohne zu wissen, wo ihr Sohn sich befand, ertrug sie nicht, sie quälte sich, wollte ihn sehen, wollte ihn riechen, sie machte den anderen Familienmitgliedern das Leben zur Hölle.

Eines Tages kamen Leute in sein Elternhaus und berichteten, dass sie Dilos Bild an einer der vielen Beiruter Hauswände glaubten gesehen zu haben, an denen die PLO die Fotos der Märtyrer veröffentlichte. Das Wehklagen der Mutter erbarmte das ganze Viertel. Sofort war die Familie sich einig, die Mutter nach Beirut zu schicken, um nach Dilo zu suchen. Dilos ältere Schwester Hevin lebte inzwischen dort mit ihrem Mann Schirmak, der Qamischlo auf der Suche nach einem besseren Leben verlassen hatte. Sie war ihm mit ihrem kleinen Sohn Massud gefolgt, als er Arbeit und Wohnung gefunden hatte.

Jedes Mal, wenn in den Radionachrichten über den Bürgerkrieg in Beirut berichtet wurde, schrie die Mutter auf und fing an zu heulen. Fieberhaft bereitete die Familie ihre Abreise vor, indem sie versuchte, den günstigsten Zeitpunkt und Ort für ihren Grenzübertritt zu finden. Mit der Hilfe von Verwandten, die einen Freund hatten, der an einem Kontrollpunkt arbeitete, gelang es der Mutter, die Grenze zu passieren.

Eines Tages kam der Vorgesetzte zu ihnen hoch und teilte mit, dass Dilo nach Al Damur wechseln sollte. Obwohl die Einsamkeit in den Bergen ihn beflügelt hatte, seine Skizzen zu vermehren und seine Mappe voll geworden war, freute er sich über die Nachricht. Die Aussicht auf die Gesellschaft vieler Menschen, vor allem von Frauen, und die Möglichkeit, schneller nach Beirut fahren zu können, machten ihm den Abschied von den Bergen und seinen Kameraden leicht.

Im neuen Lager in Al Damur war es interessanter und vielseitiger und sein Verhältnis zu seinem alten Gegner Muhamed war lockerer geworden. Dilo wurde als Gast zu den Sitzungen der Kommunistischen Partei eingeladen, wo er über ihre Geschichte und Inhalte informiert wurde, damit er eines Tages als Mitglied aufgenommen werden konnte, was nicht jedem ermöglicht wurde.

Dilos Alltag hatte seinen Gang gefunden, bis er eines Tages

seinen Schwager Schirmak mit seinem kleinen Sohn vor dem Graben an der Straße stehen sah. Dilo, der gerade Wäsche in einem Topf mit der Hand wusch, ließ alles stehen und liegen und rannte schnell zu ihnen. Sie umarmten sich herzlich, sie sprachen in der Sprache, die seine Kameraden nicht verstehen konnten, auf Kurdisch.

„Dilo, deine Mutter ist auch da."

Dilo flog vor Freude. „Sag das bloß nicht!"

„Doch, ich schwöre es dir, sie ist bei uns zu Hause."

„Was, ihr wohnt hier?"

„Ja, schon seit ein paar Monaten, los, lass uns zu uns fahren."

„Ja, aber das geht nicht so einfach, ich muss erst Urlaub nehmen ... warte hier kurz, ich komme sofort."

Dilo suchte seinen Vorgesetzten Saad auf. „Genosse, meine Mutter ist gekommen, sie ist in Beirut, ich möchte gerne bis morgen Urlaub haben."

Saad saß gerade am Tisch und schrieb etwas. Er blickte kurz hoch. „Eigentlich geht es nicht, wir haben heute Abend eine Versammlung, aber du kannst gehen."

„Danke, Genosse!"

Dilo war überglücklich vor Freude. Er zog sich frische Kleider an und eilte zu seinem Schwager.

„Wie habt ihr mich gefunden, Schirmak?"

„Oh, das ist eine lange Geschichte, wir suchen dich seit Wochen hier und fast überall, kurz und gut, die Welt ist klein und wir werden dich kriegen, egal wohin du gehst", lachte er. Dilos Herz floss über vor Heimweh, er konnte es kaum erwarten seine Mutter nach so langer Zeit wiederzusehen. Auf der Straße hielt ein Wagen an, sie stiegen ein und los ging es dorthin, wo die Mutter war, in den direkt am Meer liegenden Stadtteil Saint Michèle, mit den kleinen Häusern, die ursprünglich für Touristen gebaut worden waren, aber jetzt von Flüchtlingen überschwemmt wurden.

Die Mutter saß mit all ihren bangen und hoffenden Gefühlen vor der Tür, Dilo sah sie schon von weitem und er rannte zu ihr.

„ Yadêee!!!"

Sie umarmten sich, so wie sie es vor langer Zeit auch immer getan hatten, sie weinten wie zwei Kinder und schmiegten sich aneinander. Ohne sich loszulassen, gingen sie in die Wohnung hinein. Dort fielen auch Hevin, Massud und Dilo sich in die Arme, ihre Herzen flossen über vor Glück.

„Dusch dich und zieh dich um, dann gibt's was zu essen", sagte Hevin. Die Mutter ließ Dilo nicht von ihrer Seite, sie umarmte ihn wieder und wieder.

„Oh mein Sohn Dilo, es war eine sehr schwere Zeit ohne dich, ich bin so glücklich, so froh, dass es nicht so ist, wie es uns erzählt wurde, ich bin so glücklich, dass ich dein Bild nicht auf den Beiruter Wänden gesehen habe."

„Was, mein Foto?"

„Ja mein Sohn, sie haben uns erzählt, dass sie glaubten, dein Foto als Märtyrer gesehen zu haben und wir hatten uns schon fast von dir verabschiedet."

„Ach, Yadê, es war eine sehr schwere Zeit und ich habe viel Schlimmes erlebt, aber da bin ich ja, ich lebe noch und freue mich, euch wiederzusehen."

Alle lachten vor Glück.

„Mach schon Dilo, wir haben noch Zeit zum Reden, geh duschen und komm, bevor das Essen kalt wird."

Nach der Dusche genoss Dilo die leckere weiße Bohnensuppe seiner Mutter, auch gab es eine große Auswahl von gegrilltem Fleisch. Alle saßen auf dem Boden und aßen.

„Hast du mein Essen nicht vermisst, Dilo?"

„Oh Yadê, glaubst du es mir, wenn ich dir sage, dass ich so viele Tränen geweint habe, wie Wasser in diesen Krug passt?" Er zeigte auf den vollen Wasserkrug. „Ich bin so froh, bei euch zu sein", er wandte sich an seinen Schwager, „und das Fleisch ist hervorragend gewürzt."

„Wohl bekomm's Dilo, es soll dir Gesundheit und Kraft spenden."

„Sag mal Schirmak, was arbeitest du hier in Beirut?"
„Ich arbeite in einem großen Restaurant als Koch."
„So schmeckt es auch, wie von Meistern gemacht."
Als alles aufgeräumt war, klopfte eine Frau an die Tür.
„Hallo Sadia, komm bitte herein", begrüßte Hevin sie. Sadia hatte schon viel über Dilo von seiner Mutter gehört und sie hatte sich dadurch in ihn verliebt.
„Das ist euer Prinz, über den alle gesprochen haben?" Sadia lächelte Dilo zu.
Die Mutter stand auf und lachte. „Ja, der ist es, na, gefällt er dir nicht?" Sadia lächelte ihn noch intensiver an. „Er sieht wunderschön aus", sagte sie und näherte sich ihm. „Willkommen hier bei uns, Dilo."
Sie umarmte ihn so herzlich, dass die Grenze zu dem, was in dieser Gesellschaft schicklich war, überschritten wurde.
„He, aber nicht so, schämt euch, wenn man euch so sieht, wird man sagen, dass ihr schon seit langem zusammen seid. Lasst noch ein bisschen Liebe übrig."
Als Dilo diese Worte seiner Mutter hörte, ging er zu ihr. „Du meine erste und schönste Liebe", er küsste sie und lachte.
„Lasst uns am Strand spazieren gehen", schlug Hevin vor und alle waren von der Idee begeistert. Sie zogen ihre Schuhe an und gingen auf dem sandigen Boden von Saint Michèle durch die schönen hellen Baracken zum hellblauen Wasser und dem weißgelben Strand. Sadia war Libanesin und konnte kein Kurdisch, deswegen sprachen sie mit ihr auf Arabisch.
„Es ist schön hier", sagte Dilo zu ihr.
„Du lebst doch schon länger hier?"
„Was, hier? Ich bin in den Bergen, wo man nichts außer einer kleinen Hütte und ein paar Mitstreitern und Kanonen sehen kann. Ich war nur ein paar Mal in Beirut, einmal war es ganz schön, mein Freund und ich waren in Al Raouché, es war sehr harmonisch, mein Freund Djamal lebt aber leider nicht mehr."
Dilos Stimmung verdüsterte sich, seine Mutter nahm ihn

in den Arm. „Oh mein Sohn, immer wenn du vom Tod sprichst, fällt mein Herz auf den Boden."

„Ach, Yadê, vergessen wir dieses Thema, es tut mir leid", sagte er betroffen.

„Ich bin gekommen, um dich nach Hause zu holen."

„Was ist mit meinem Vater?"

„Glaub mir Dilo, er bereut es, es tut ihm jetzt so leid, dass er dir gegenüber so streng war, er ist ganz anders geworden, seit wir diese schlechte Nachricht bekommen haben. Der eine Isso ist gegangen und ein anderer ist gekommen."

Dilo freute sich, dass sein Weggang diese Wirkung auf seinen Vater hatte.

„Er ist zu uns allen so freundlich und so ruhig, es ist unglaublich", sagte die Mutter.

„Du solltest wirklich nach Hause, was hast du denn hier zu suchen?", meinte auch Schirmak.

„Ich will nach Europa, ich suche von hier aus einen neuen Weg."

„Erst kannst du nach Hause gehen, dann kannst du dich wieder auf den Weg machen, ich helfe dir. Bleib doch hier und geh mit deiner Mutter nach Hause", sagte Schirmak.

Sadia sagte: „Ich würde auch gerne nach Europa fliegen."

„Mein Problem ist, dass ich mir erst einen Pass besorgen muss, sonst kann ich gar nichts machen. Ich habe es versucht, ein Ägypter wollte mir einen Pass besorgen, aber er ist mit meinem Geld verschwunden und ich habe nichts mehr von ihm gehört." Dilo wurde nachdenklich. „Ja, vielleicht war es besser so, dass er nicht wieder auftauchte."

In Dilo wurden die Erinnerungen an die aggressiven Flieger wach, die aus der Luft Bomben spuckten, er dachte an seine Kameraden, an den Luftangriff der Israelis.

„Ach, es ist so viel passiert, worüber ich am besten schweige und gar nicht rede."

Sadia hörte Dilo sehr mitfühlend zu, am liebsten wollte sie mit ihm allein sein. Auch Dilo fühlte sich zu ihr hingezogen, aber sie konnten einander nicht offenbaren, die Zeit war zu kurz und bald war es Abend. Sie verbrachten ihn mit Tee und Geschichten aus der Heimat.

Schneller, als ihm lieb war, kam der Morgen und sein Urlaub war zu Ende. Al Damur wartete auf ihn mit seiner ganzen Intensität, seinen Erlebnissen, den kaputten Häusern, den Zitronenbäumen, dem verrauchten Himmel. Die Freunde und das gemeinsame Schicksal zwangen ihn zur Vergeltung. Alle diese Dinge, mit denen er gelebt hatte, gaben ihm ein Zeichen, dass sie Verbindung zu ihm hatten. Es waren Widerstandsgefühle, es waren Rachegefühle, es war die Flucht vom Eigenen, die Abhängigkeit, Trauer, Wut, Arafat.

Al Damur zu verlassen war nicht nur wie in einem Heft zu blättern, sondern wie der Abschied von einer Epoche, die sich in Dilos Gedächtnis eingegraben hatte, in Dilos Augen sich weidete. Unauslöschlich tief hatten sich die Bilder, die süßen und die bitteren Erinnerungen in ihm eingeprägt. Eine Entscheidung zu treffen war fast unmöglich. Die kuschligen warmen Arme seiner Mutter, die ständig bekümmert aussah, die Kindheit, die Freunde, der Schlamm, der holprige Feldweg, der zur grünen Oase an der Grenze zur Türkei führte, mit den immer präsenten Grenzsoldaten, die Frische spüren, wenn man auf dem Dach schlief, alles, was bei ihm Spuren hinterlassen hatte, zog ihn von einer Seite zur anderen. Aber da war auch der Kampf für den Sinn des Lebens, für die Freiheit und da war das Gefühl, dass sich dringend etwas ändern musste, das Bewusstsein zum Handeln, und zwar jetzt.

Dilo handelte so automatisch, als ob es selbstverständlich wäre. Seine Füße brachten ihn auf den Weg nach Al Damur, ohne dass er sich Gedanken darüber machte. Seine Verwandten staunten über Dilos Verhalten. Die Mutter zitterte vor Nervosität.

„Dilo, mein Sohn, ich möchte bitte, dass du heute wieder zurückkommst, wir wollen nach Hause."

Ein Fahrzeug kam und hielt an. Dilo hob seine Hand zum Gruß. „Ich komme, ich fahre nur noch einmal dahin, um meine Sachen zu holen und mich zu verabschieden, es war schön mit euch."

Sein Neffe rannte zu ihm und rief: „Onkel Dilo, ich warte auf dich!"

Alle riefen ihm nach: „Komm bitte, wir warten auf dich!"

„In die Toilette zu gehen ist nicht dasselbe wie herauszukommen", sagt eine arabische Redewendung. In eine palästinensische Organisation einzutreten kann einfach sein und für jeden möglich, nicht aber wieder wegzugehen.

Dilo dachte während der Fahrt nur über sein schwieriges Vorhaben nach. Die Waage stand zugunsten seiner Mutter, doch die Risiken, die Dilo bevorstanden, waren noch nicht abzusehen.

Al Damur näherte sich mit seinen Spannungen, seinem Fluss. Dilo stieg aus dem Auto, seine Gedanken waren durcheinander, er ging den Berg hinauf zu seiner Zentrale. Auf seinem Gesicht war eine Irritation zu spüren, das Schauspielern hatte er nicht gelernt. Seine Physiognomie hatte dieses klare Lächeln verloren und er war allein mit dem, was er vorhatte. Sein alter Gegner Muhamed kicherte und zeigte die Zähne wie der Wolf, der seine Beute in einem schwachen Zustand erwischt. Er spürte die Unsicherheit Dilos und spürte, dass der Moment gekommen war, Rache zu nehmen. Dilo wollte sich friedlich von ihm verabschieden, aber ohne Worte. Im Lager war nicht viel los und Dilo hatte dort nichts mehr zu erledigen. Er nahm seine kleine Tasche mit den Skizzen und verabschiedete sich fast flüsternd.

„Meine Mutter ist in Beirut, sie warten auf mich, Salam Muhamed, wir sehen uns."

Er ging den Berg wieder herunter, ohne mit irgendeiner Reaktion zu rechnen. Er näherte sich der Straße der Freiheit nach Beirut, aber er kam nicht weit. Sie schlugen einen Kreis um Dilo. Alle, die seine Freunde und Mitstreiter gewesen waren, richteten jetzt ihre Kalaschnikows auf ihn.

Muhamed stand da wie ein Held, er lud sein Gewehr, richtete es auf Dilo und schrie: „Halt, keine Bewegung!“

Tausend Freunde zu haben ist zu wenig, einen Feind zu haben ist zu viel. Dilo blieb wie eine Figur aus Eis stehen. Er hob seine Hände hoch, in der einen hielt er seine Skizzen. Die Kameraden fesselten ihm die Hände, banden ihm die Augen zu und brachten ihn in die Zentrale. Er konnte nur hören, dass er von Muhamed beschimpft wurde. „Du bist wie ein Fuchs, jetzt habe ich dich aber!“

7

Dilo wurde mit verbundenen Augen und gefesselten Händen zwei Etagen nach oben in einen Raum geschleppt und allein gelassen. Es war still, niemand war zu hören. Dilo ging davon aus, dass er in einer Gefängniszelle war und sich jetzt etwas erholen konnte. Doch auf einmal bekam er eine Ohrfeige, die so heftig war, dass er auf den Boden fiel. Benommen blieb er liegen, noch bevor er sich besinnen konnte, trat ihm jemand in den Bauch und nahm ihm das Tuch von den Augen.

Ein Soldat stand mit dem Gewehr in der Hand auf Dilo gerichtet da und ein Mann in Zivil, den Dilo nicht kannte. Muhamed stand an der Tür.

„Löse seine Handfessel“, befahl der Mann in Zivil ihm. Muhamed kam mit einem Messer in der Hand auf Dilo zu, drehte ihn brutal um und schnitt die Fessel durch.

„Geh jetzt und mach die Tür zu“, sagte der schnauzbärtige Mann zu Muhamed.

„Gib mir deine Goldkette“, befahl er, und als Dilo zögerte, schrie er: „Los, mach schon!“

Widerstrebend gab er sie ihm.

„Zieh dich aus“, schrie der Mann. „Die Hose auch!“

Dilo wollte es nicht tun, aber der Soldat richtete sein Gewehr auf Dilo. „Mach, was er dir sagt.“

Dilo zog auch die Hose aus und stand, nur noch mit einer bunten Unterhose bekleidet, vor den beiden Männern.

„Die Unterhose auch!“

Dilo reagierte nicht. Der Mann kam mit einem Stock auf ihn zu und schlug ihn auf den Kopf.

„Was ich dir sage, machst du auch, sonst wirst du irgendwo anders landen. Die Unterhose runter, du verdammter Hund!“ Er schlug weiter auf Dilo ein. „Machst du es nicht, wirst du erschossen!“, schrie er, dann wandte er sich an den

Soldaten: „Erschieß ihn wie einen Verräter, mach doch … warum bist du sonst hier?"

„Mach, was er dir sagt, sonst bist du tot", rief sein ehemaliger Kamerad ihm zu und bewegte mit einer ernsten Miene sein Gewehr hin und her.

„Du bist nichts, du kostest nichts, du wirst wie eine Fliege totgeschlagen."

Sein blutiges Gesicht vor Scham auf den Boden gerichtet, zog er seine Unterhose aus. Nun war er ganz nackt, sein Gefühl zerrissen, er stand in der Ecke des kleinen Zimmers.

Die Helligkeit vor dem Fenster verwandelte sich in Rot, die Farben schmolzen ineinander, von Frieden war nichts mehr zu spüren, von Rettung war nicht zu sprechen. Das Leben war farblos, transparent, durchsichtig wie ein Stein aus Eis und bewegungslos wie die Bilder des Flugzeugbombardements, das Dilo vor Augen stand. „Wer bist du?", fragte der Mann. „Was hast du hier zu suchen?" Er machte eine kurze Pause. Dann forderte er Dilo auf: „Komm hierher ... komm hierher, sage ich dir." Er zeigte mit seinem Stock auf einen Holztisch. Dilo sah ihn an und ging bis zum Tisch. „Leg dich hierhin auf den Rücken."

Dilo bewegte sich nicht und der Mann zwang ihn mit Schlägen, sich auf den Tisch zu legen. Er wurde festgebunden. Der Horror elektrisierte ihn, der Tod stand vor der Tür. Bald war auch der endgültige Abschied von seiner Hoffnung auf die Zukunft da, eine Perspektive hatte keinen Platz mehr bei Dilo, das alles war vorbei. Wer weiß, wie viele Menschen auf diesem Tisch umgebracht worden waren. Es roch nach Blut, an den Wänden waren Spuren des Blutes, Spuren der Folter.

„Du bist ein Al Fatah Spion", sagte der Mann, „du willst zwischen uns und unseren Brüdern Blut vergießen, sag mir, von wem wurdest du angestiftet?"

Diese Worte machten Dilo trotz seiner noch existierenden revolutionären Überzeugung hoffnungslos, er fühlte sich, als sei die Todesstrafe über ihn verhängt worden.

In Dilos Familie war nach seiner Rückkehr nach Al Damur Unruhe und Misstrauen entstanden. Schirmak hatte einen Bekannten um Hilfe gebeten, der Mitglied in der „As Saiqa“ war, der prosyrischen palästinensischen Baath-Partei im Libanon.

Dieser machte ihnen zum Vorwurf, dass sie ihren Sohn zum Verlassen der Organisation bewegt hatten, ohne Vorbereitungen getroffen zu haben, denn vielleicht hatte Dilo Kenntnis von militärischen Dingen erhalten, die geheim waren, sodass sie ihn nicht ohne weiteres gehen lassen würden.

Die Mutter bekam Panik und weinte. „Oh mein Sohn, ich bin gekommen, um dich nach Hause zu holen, nicht um dich zu quälen, ich bin schuld, ich hätte nicht hierher nach Beirut kommen sollen.“

Die Schwester heulte mit. Der kleine Massud fragte: „ Yadê, was ist los mit meinem Onkel, kommt er nicht mehr?“

Schirmak war sehr beunruhigt. Er ging nervös im Zimmer auf und ab und dachte darüber nach, welche Möglichkeiten es gab. Er wandte sich an den Besuch. „Abu Hamud, was können wir machen?“

„Bitte wartet heute noch ab, vielleicht kommt er ja morgen. Ich werde Erkundigungen einziehen und mich dann melden.“ Er nahm sein Funkgerät zur Hand.

„Hier Hassan 1, Zentrale bitte melden.“

„Hier Zentrale, was gibt es?“

„Ich möchte ein Fahrzeug zum Gebiet dreiundzwanzig, ich warte da.“

„Ok, wird gemacht. Ende.“

Abu Hamud schaute zur Mutter. Sie weinte immer noch. Alles roch nach Trauer und Machtlosigkeit. Kamila flehte den ihr fremden Mann Abu Hamud verzweifelt an.

„Ich bitte dich, mach was, mein Sohn ist ein lieber Mensch. Bin ich diesen langen Weg nur gegangen, um ihn durch unser Wiedersehen erneut zu verlieren? Oh meine Augenweide, was habe ich getan!“

Abu Hamud versicherte: „Hadje, ich werde mein Bestes tun, ich werde deinen Sohn wieder zu dir bringen, ich verspreche es dir, mach dir keine Sorgen mehr.“
Er verabschiedete sich und ging, Schirmak begleitete ihn bis vor das Haus.

Schirmak hoffte, dass Abu Hamud seinen Einfluss nutzen konnte, um sich für Dilo einzusetzen. In so einem Land, das wie das Paradies aussieht, aber in dem Menschen nicht zu ihrem Recht kommen, muss jeder kämpfen. Es war Bürgerkrieg und jeder, wie ein arabisches Sprichwort sagt, hat seine Hand für sich. Jeder wollte Waffen und Bomben – Blut, Verbrechen, Gewalt. Es gab tausendundeine Partei und Gruppierungen, die nur dafür da zu sein schienen, sich untereinander zu bekämpfen.

Der nackte Dilo, der auf dem Tisch lag, hatte keine Menschlichkeit mehr zu erwarten, in seiner Folterkammer war er wie ein Raubgut in den Händen seiner ehemaligen Kameraden und sie konnten mit ihm machen, was sie wollten. Aber der verdammte Geist war stark und gab noch nicht auf.
Der Mann schlug Dilo auf den nackten Körper. „Du sollst sagen, für wen du arbeitest, wer hat dich hierher geschickt?“
„Wieso macht ihr das mit mir, was habe ich getan, ich wollte nur zu meiner Mutter nach Beirut, für wen ich arbeite und gegen wen, das weißt du doch besser als ich.“
Ein Eimer kaltes Wasser wurde auf Dilos nackten Körper gekippt.
„Deine Mutter wirst du nie wieder sehen.“
Er prügelte Dilo mit dem Knüppel, streifte sich einen Handschuh über, nahm Dilos Penis, zog ihn und schlug mitleidlos darauf. Es waren Methoden, die nur an Feinden ausgeübt werden konnten. Dilo war tief in seiner Männlichkeit getroffen und seine geschwollenen Augen und sein nasser blutiger Leib hatten sich wie der Tod gefärbt. Die leuchtenden Risse,

die durch das Fenster kamen, wurden erst überblendet, dann dunkler. Dilo fühlte sich lebendig begraben, die ersten Besucher, die Maden, die Würmer schienen schon über seine Organen zu kriechen.

Der Mann holte eine Zange aus seiner Tasche und nahm Dilos Hand. „Ich werde dir was Gutes tun, deine Fingernägel schneiden, damit du sauber in dein Grab gehst, damit du nicht vom Teufel verflucht wirst.“

Die Antijuden-Propagandafilme des syrischen Regimes, die Dilo in seiner Schulzeit gesehen hatte, in denen Israelis die Finger der Widerstandskämpfer mit Zangen abgeschnitten hatten, so qualvoll dargestellt, für Dilo war es jetzt kein Film. Es war schmerzlich, es nur sehen, und jetzt war es kein Film, jetzt war er von der Realität umringt, jetzt war er die Beute, war er der gefangene Widerstandskämpfer, der nur zu seiner Mutter gehen wollte, und die Beute von wem? Die Israelis waren weit entfernt, er wurde von seinen eigenen Kameraden, seinen eigenen Freunden gequält.

„Ich bitte dich, Kamerad, ich bitte dich, mach es nicht, ich habe doch nichts getan.“

Der Mann presste die Zange auf Dilos Finger, es tat weh.

„Was wollt ihr von mir, was habt ihr mit mir vor?“

Er presste die Zange noch fester zusammen, sodass Dilo vor Schmerzen schrie.

„Ich werde alles machen, was ihr wollt, ich lebe doch hier und will nicht mehr weg. Bitte mach das nicht!!“

Der Mann nahm die Zange zur Seite, griff den Schlagstock und schlug Dilo von den Füßen bis zu seinen Haaren, sodass jeder zehnte Zentimeter seines Körpers getroffen wurde, es war, als ob man sich in einem Fleischwolf befand, als ob man unter regelmäßigem Stromschlag stand. Senkrecht schlug der Mann auf Dilo ein, als ob dabei die Knochen brachen oder die Augen herausgespuckt oder die Hoden gesprengt wurden. Dilo befand sich auf dem Operationstisch und die Diagnose besagte, dass man mit ihm machen konn-

te, was man wollte. Der Arzt war erfahren, seine Werkzeuge, sein Assistent und seine Methoden halfen ihm dabei.
Mit dem Stock wurde an Dilos After herumgefummelt und jedes Mal, wenn er sich erheben wollte, bekam er eine Betäubung, eine Spritze mit dem Stock auf den Kopf, sodass er nicht mehr bei vollem Bewusstsein war. Sein Körper war geschwollen, er konnte nichts mehr sehen, seine Augen waren von den Schlägen so dick und blau, dass er die Risse der Helligkeit nicht mehr erkennen konnte. Aus Dilo war ein fast untauglicher Mann gemacht worden, er wurde aus seinem Operationssaal herausgebracht.

Am Abend kam Sadia herein und war erstaunt, als sie die Frauen weinen sah. „Was ist passiert? Ist was mit Dilo geschehen?“
„Oh Sadia, wir wissen es nicht, wir haben Angst, dass sie ihn nicht gehen lassen“, antwortete Hevin.
Als Sadia diese Worte hörte, weinte sie auch. „Warum das denn? Wart ihr in seiner Zentrale? Ihr solltet dorthin gehen!“
„Ja, das werden wir tun, morgen, wenn Allah es uns erlaubt, aber ich habe kein gutes Gefühl“, erwiderte die Mutter und weinte wieder. „Sadia, du hast doch meinen Löwen Dilo gesehen, du hast doch mein liebevolles Kind gesehen, nun ist er noch immer nicht da, oh Sadia, was kann ich machen“, klagte die Mutter.
„Verbrecher! Verbrecher sind sie, was haben sie mit ihm vor?“ Sadia hatte aufgehört zu weinen und war nur noch erbost.
„Ich weiß auch nicht, es könnte sein, dass er festgenommen wurde, als er gehen wollte“, sagte Hevin und es klang ratlos.
„Mein Bruder ist auch bei der Al Fatah, ich werde es ihm erzählen, er muss auch was unternehmen“, sagte Sadia entschlossen.
„Mach es, bitte, wir brauchen möglichst viele Leute, viele Chancen, ich werde meinen Dilo nicht damit allein lassen.“

Sadia war stark betroffen, das spürte die Mutter. Sie blieb lange still und nachdenklich. Obwohl sie bei Sadias Worten zunächst wieder etwas Mut gefasst hatte, verkroch sie sich mit ihrem Kummer in eine Ecke des Zimmers. Ihr Aussehen, ihr Zustand war nur noch zu bemitleiden, ihre Tränen flossen unaufhörlich. Das Kopftuch hatte sie sich völlig um ihre hennaroten Haare geschlungen.

Dilo schwankte zwischen Ohnmacht und Bewusstsein, er spürte, dass er aus dem Raum gebracht wurde, er hörte eine Eisentür, die geöffnet wurde. Wie eine Leiche, wie ein Stück Fleisch wurde er auf hart betonierten Boden geworfen. Die Tür wurde geschlossen. Seine Seele befand sich eine Stufe vor dem Tod. Der Tod ist einmalig und kommt plötzlich, der Schmerz verlässt den Geist. Bei ihm aber waren der Schmerz und der Geist noch präsent, er litt mit, aus seinen Wunden floss Blut, helles und dunkles, sodass Dilo bald in einer Blutlache lag. Wie lange er so gelegen hatte, wusste er nicht, aber als jemand schrie und eine leere Konservendose neben ihn auf den harten Boden krachte, erschrak er und wurde aus seinem Dämmerzustand geholt.

„Ratte, steh auf!"

Dilo quälte sich hoch. Die schwarzen Wände, eine kleine, vergitterte Lücke in der Eisentür, ein Stück des blauen Abendhimmels. Es war dunkel, fast alles war schwarz, außer der kleinen leuchtenden Kerze und dem Gesicht eines anderen inhaftierten Mannes, der aufgestanden war und Dilo anblickte.

„Es war eine Ratte und du bist voller Blut, wir wollen nicht wie Napoleons Soldaten hier auch die Pest bekommen", sagte der Mann und lächelte. „Ich bin Suber, wer bist du?"

„Ich heiße Dilo."

Mit Mühe setzte Dilo sich auf eine Decke auf dem Boden und lehnte sich an die Wand. Die Kerze stand in der Mitte des kleinen düsteren Raumes, um sie herum lagen ein paar leere Blechdosen, der Gestank war furchtbar, die Besucher waren riesige Mücken und Ratten, als Kopfkissen gab es Betonsteine, von der Zivilisation war nichts zu spüren. „Wie lange bist du hier, Suber?"

Suber hatte ein nettes unbehaartes Gesicht, er war schwarz gekleidet, seine Bewegungen waren ruhig, und er sprach langsam. Aus einer vor ihm liegenden Schachtel nahm er eine Zigarette, zündete sie an der Kerze an und blickte wieder zu Dilo.

„Zwei Monate." Er zeigte die Zwei mit seinen Fingern.

„Zwei Monate?! Und du lebst noch?"

„Ja, wie du siehst." Er wurde traurig. „Ja, vielleicht wäre es besser, wenn es nicht der Fall wäre." Er hielt kurz inne. „Es gab auch eine Phase, in der ich mich im Grab befand ... Willst du Tee trinken?"

Dilo erschien die Frage merkwürdig. „Tee? Hast du Tee gesagt?"

„Ja, ich meine Tee. Willst du?"

Sein neuer Freund nahm eine Plastikflasche, aus ihr füllte er etwas in eine leere Sardinendose, es war schwarzer Tee, der genauso schwarz war wie Kaffee. Anschließend hob er die Dose über die Kerze und wärmte den Tee auf. Dann gab Suber Dilo den Sardinendosentee.

„Na, du fragst mich, ob ich noch lebe, wer dich vor ein paar Stunden gesehen hat, würde nicht glauben, dass du es bist, der vor mir sitzt. Hier, trink mein Lieber, auf unser Wohl."

Subers Worte beförderten ihn zurück in die Folterkammer. In schnellen Bildern lief alles in ihm ab, seine Gedanken standen still. Erst nach einigen Augenblicken trank Dilo, etwas misstrauisch, den schon gesüßten Tee im Kerzenlicht. Die Stimmung war sogar etwas erholsam, doch diese Ruhe wurde immer wieder von den lästigen Besuchern unterbrochen, den großen Mücken, die Blut aufsaugten, und dem Geräusch, wenn sie nach ihnen klatschten.

Die Zelle war etwa zwölf Quadratmeter groß und bestand aus zwei Räumen, die mit einem türlosen Durchgang verbunden waren. Der kleinere Raum diente als Klo und war nichts als eine Ecke voller Scheiße und Pisse, die fast bis zu ihrem Schlafplatz floss. Die Wände waren schwarz und durch zahlreiche Risse in der Wand gelangten die Ratten zu ihren Delikatessen herein.

Dilos geschundene Knochen machten nicht mehr länger mit. Wie betäubt fiel er in den Schlaf. Er träumte, dass seine schwarzen Vögel ihn besuchten, sie riefen ihm zu:

„Dilo, in der Dunkelheit musst du Licht sehen, zwischen den eisernen Türgittern musst du an die Zukunft glauben, denn jetzt bist nur du es, der es schafft."

„Ja, aber das war nicht mein Lebensplan, ich brauche Hilfe, ich brauche Liebe, Unterstützung", entgegnete Dilo den aus dem Himmel herunter geflogenen Vögeln, die Dilo dieses Mal auf ihren Flug mitnahmen.

„Komm Dilo, du sollst die Freiheit von oben sehen."

Dilo wurde von den Freunden gepackt und durch das Fenster über den Dreck hinaus mitgenommen. Die Sonne schien und sie flogen über das blaue Meer und die hellen gelben Felsen, den Sand des Strandes, sehr wohltönend und ruhig, mal hoch und mal tief, und von der Oberfläche der Sonne schien der erfrischende Wind der Freiheit, der absoluten.

Diese Träume wurden aber leider von den fliegenden Gästen im Raum unterbrochen, sie hatten sich vermehrt und kamen in Scharen, schwirrten unerträglich laut und stachen. Nach einer ruhigen Zeitspanne war nun wieder die Hölle los, es herrschte wieder eine Konfrontation zwischen den Menschen und den Mücken. Jeder von den beiden Häftlingen hatte zwei Decken zur Verfügung, eine als Matratze und eine als Decke. Die ungebetenen Stammgäste stachen durch die Decke hindurch, die ihr einziger Schutz sein könnte, und Dilo und Suber mussten aufstehen und die Mücken mit ihren Decken verscheuchen. Sie waren wütend, dass sie aus ihren Träumen geweckt worden waren. Nach und nach gaben die Mücken auf und verließen, wenn auch nur vorübergehend, den Raum durch das kleine Fenster im Klo-Raum und durch die Türlücke. Die Stille kehrte zurück, der Schlaf konnte wieder kommen.

In der Wohnung von Dilos Schwester fand niemand Schlaf. Um sie alle abzulenken und ihren Sohn zu beruhigen, bat Hevin ihre Mutter, Massud eine Geschichte zu erzählen.

Alles war ruhig, draußen war es still, alle waren in ihre Häuser gegangen. Auf der sandigen Straße war niemand zu hören. Kamila konnte an nichts denken als an ihren Sohn. Sie erinnerte sich an Dilos Kindheit, legte sich neben ihren Enkelsohn und erzählte.

„Es war einmal eine kleine Familie, die waren sehr unterschiedlich zueinander, mal böse und mal lieb. Eines Tages gab Allah der Frau des Hauses einen Sohn, in einer dunklen Herbstnacht. Die Bäume hatten sich schon von ihren Blättern verabschiedet und nackt ausgezogen, die Blätter tanzten mit dem Wind, der Regen hörte in dieser Nacht nicht mehr auf, er wurde vom Gewitter noch mehr angepeitscht und gewann an Tempo.

Der Mond war schlafen gegangen. Die Hebamme Pira Fato stand vor der Tür, wie es auch der Fall bei seinen Geschwistern gewesen war, und sie trennte ihn wie einen Blitz, einen Mond vom Körper seiner Mutter. Sein rundes Gesicht und seine roten Backen strahlten, es war nichts als Lebendigkeit und Gesundheit zu spüren. Die Sterne wachten wieder auf, die Straßenrinnen schluckten die Regenspuren und der fruchtbare Olivenbaum im Hausgarten machte auf seine Gabe aufmerksam und schüttelte sich von selbst, sodass seine Oliven, Vorrat für ein ganzes Jahr, hinunterfielen und um ihn herum liegen blieben. Der Himmel wurde klar wie ein Kinderlachen.

Das Baby war vom ersten Tag an mit Schönheit und Glück

gesegnet, die Sonne schien nach mehreren Tagen der Finsternis wieder. Die Menschen strahlten vor Freude und alles richtete sich auf diesen schönen Jungen. Jedes Lächeln von ihm war wie ein Stein, der vom Herzen der Mutter fiel und sie so leicht machte, so von Sorgen befreit, bis sie vor Freude mit dem gepflegten hübschen Baby auf ihrem Arm flog.

Sein Vater war ebenfalls sehr glücklich, er war wieder ein stolzer Vater, stolz und glücklich über das göttliche Geschenk, er nahm ihn ständig auf den Arm und küsste ihn, und seine Geschwister sammelten sich um ihn und scherzten mit ihm, er war der Mittelpunkt, eine Lichtquelle, die im Zentrum von allem stand.

Es vergingen Tage und Wochen und das Kind war immer noch die Sonne des Hauses, alle lachten und spielten mit ihm. Die Sonne war eifersüchtig auf ihn und auf seine Schönheit und tauchte lange Zeit nicht mehr auf. Die roten Rosen sahen in ihm ihre Konkurrenz wegen seiner blutroten Backen.

Eines Tages ging die Mutter mit ihrem lieben Kind auf dem Arm zu den Nachbarn. Dort waren viele Frauen, die ihr Baby bewunderten mit ihren gottesfürchtigen Maschallah-Rufen, ‚Was Allah erschafft!' Sie sahen sie freundlich und liebevoll an und gratulierten ihr. Doch dann kam die Alte Hassina hinzu und blickte mit großen staunenden und neidvollen Augen zu Mutter und Kind.

‚Oh ... sind das deine Gazellenaugen?', sagte die alte Hexe ohne Gottesfurcht.

Die Frau fürchtete sich vor ihr und ging voller Sorge um ihr Baby nach Hause.

Von diesem Augenblick an schien das Kind fortgegangen und ein anderes an seine Stelle getreten zu sein. Seine Augen flimmerten und schlossen sich, die Mutter schrie vor Angst. Erst nach einigen Momenten war es wieder anwesend.

Tag für Tag ging es schlechter", erzählte Kamila weiter. Massuds Augen fielen zu und er schlief ein.

„Seine schönen Augen waren nicht mehr zu sehen, waren

wie eine Kugel in einem Graben, seine Backen waren geschmolzen, sein Fleisch hatte ihn verlassen, und das Kind war dünn geworden und bestand nur noch aus Haut und Knochen. Die Freude hatte sich von ihr verabschiedet, sie konnte Tag und Nacht nicht mehr voneinander unterscheiden. Ärzte gab es nicht, nur Mullahs und Heiler. Die Mutter ging wie eine Verrückte zu jedem, um Hilfe zu holen, um ihren Jungen zu retten, ihn wieder auf die Welt zu bringen. Der böse Blick hatte ihn getroffen und ihn von seiner Mutter entfernt und ihr einziger Wunsch war es, ihr Kind wieder zu sich zu bringen.

Durch Nachfragen kam sie eines Tages zu einer alten Frau, die ihr helfen wollte, ihren Sohn von dieser unbekannten Krankheit zu befreien. Sie sagte, es könnte sein, dass ihr Junge von Geistern bewohnt war und diese Geister hätten sich in seinem Blut gesammelt und ihn krank gemacht. Sie gab der Mutter eine Rasierklinge, mit der sie jeden Tag in seinen Rücken schneiden musste. Jedes Mal, wenn sie mit der Klinge in seinen Rücken schnitt, war es ihr, als würde sie in ihr eigenes Herz schneiden. Aber mit dem vergossenen Blut verließen die bösen Geister das Baby und die Freude kehrte wieder zurück“, beendete die Großmutter ihre Geschichte. Ihr Enkel befand sich schon in tiefem Schlaf. Die Erinnerungen hatten auch Kamila so müde gemacht, dass sie erschöpft zu ihrer Matratze ging, die schon vorbereitet auf dem Boden lag, und ohne irgendeine Sorge einschlief.

Ein neuer Tag, eine neue Geburt, draußen war Lärm zu hören. Im Keller unter der Zentrale hatte Dilo seine erste Nacht in der Haft überstanden. Er hob seinen Kopf und blickte auf das Licht, das durch das Fenster kam.

Draußen war alles wie immer, so unbelastet, so unbemerkt von Dilos Folter und Dilos Haft. Niemand seiner alten Schicksalskollegen hatte sich blicken lassen, niemand protestierte gegen das, was Dilo geschah.

Obwohl draußen heller Tag war, war es drinnen dunkel, die rauchschwarzen Wände brachten keine Reflexion, kein Licht nach innen. Die Lücke in der Eisentür war überdacht, einzige Lichtquelle war das Fenster im Klo-Raum. Aber von einem Klo konnte man nicht sprechen, es war keine Kanalisation vorhanden, die Pisse und das ganze Guthaben blieben stehen, der Geruch war übel und die Ratten hatten den ganzen Mist durchwühlt und zu einer chaotischen Landschaft werden lassen. Jemand hantierte an der Tür, öffnete sie und eine Wache brachte das Frühstück, zwei kleine Fladenbrote und ein paar Oliven, stellte es auf den Boden ohne ein Wort zu sagen und ging wieder hinaus.

„Rafiq, kannst du uns ein bisschen Tee geben, das wäre sehr nett", sagte Suber und nahm seine Dose vom Boden hoch.

„Ja, aber nur von der Lücke aus", erwiderte die Wache und schloss die Tür wieder zu. Der für einige Sekunden sichtbare helle Gang war nicht mehr da, die Ecke, in der die Tür war, war der dunkelste Bereich der ganzen Zelle. Nach wenigen Augenblicken war eine dampfende Teekanne in der Spalte zu sehen. Suber rannte mit seiner Dose zur Tür. Die Lücke war so weit oben, dass man nicht nach draußen sehen konnte.

„Na, hast du dein Geschirr soweit?"

„Ja, alles klar", antwortete Suber und der Mann vor der Tür goss den Tee durch die Lücke. Dilo kam Suber zu Hilfe mit weiteren Dosen. Doch bald hörte die Wache auf zu gießen, aus dem Loch kam kein Tee mehr. Die letzte Dose wurde nicht gefüllt.

Die beiden Gefangenen saßen da und frühstückten in dieser ungenießbaren Atmosphäre, der schöne Anblick des Lichts wurde durch die Fäkalien verdorben. In einem Stall würde es bestimmt besser riechen.

Die beiden Schweine nahmen das Essen zu sich, sie mussten sich vorstellen, woanders zu sein und dort zu essen. Nachdem Dilo seine kleine Mahlzeit gegessen hatte, überkamen ihn Ekelgefühle und er fing an, so stark zu würgen, dass er in den Klo-Raum rennen musste und das, was er verzehrt hatte, wieder herausbrachte. Nun vermischte sich auf dem Boden vieles miteinander, die Ratten würden sich am Abend sehr darüber freuen. Deprimiert setzte sich Dilo wieder in seine Ecke.

„Tut mir leid, Dilo, dass du all dies erleben musst", sagte Suber. Dilo war stumm, er sah nur noch in die dunkle Ecke.

„Hier, trink ein bisschen Tee, vielleicht wird es besser", sagte Suber und gab ihm eine Dose.

Das Bild des Menschen wurde vor Dilos Augen zerstört, es löste sich auf, es verwandelte sich in viele fremde Lebewesen, die sich bekriegten, die sich nicht mehr spürten, die nicht logisch dachten. Der Begriff Mensch war für ihn gleichgültig geworden, war wie der Dreck, den er vor Augen hatte. Ein Ausweg war nicht in Sicht. Der Tag war noch ganz lang, obwohl von der Helligkeit nichts zu spüren war.

Alles war wie immer und es hatte sich nichts geändert außer Kamila, Dilos Mutter, die wie eine Heldin kampfbereit war, alles zu tun, was nötig war, um ihren Sohn zu sich zu bringen.

„Ich will heute nach Al Damur fahren, Hevin soll mich begleiten", sagte sie zu Schirmak.

„Ja Schwiegermutter, wie du es wünschst, ich glaube, es ist richtig." Als Abu Hamud wie verabredet zu ihnen kam, umringten ihn alle sofort und bedrängten ihn mit Fragen.

„Was hast du unternommen, gibt es Nachrichten, gibt es Neuigkeiten?"

„Habt ihr etwas gehört?", fragte Abu Hamud zurück.

„Nein, wir wissen noch nichts und haben noch nichts gemacht", sagte die Mutter. „Ich habe aber vor, sofort nach Al Damur zu fahren und zu schauen, ob man etwas machen kann, ich will unbedingt meinen Sohn sehen."

„Ja, Hadje, das ist richtig, mach das, und wenn du ihn siehst, kannst du ihm erzählen, dass ihn Leute entführen werden, er soll aber keine Angst haben, das werden Leute meiner Organisation As Saiqa sein."

„Was, ihr wollt ihn entführen? Oh mein Sohn!"

Alle lachten.

„Oh nein, Yadê", sagte Hevin.

Abu Hamud erklärte: „Wir werden ihn entführen, um ihn zu euch zu bringen, meine Leute wissen auch über alles Bescheid. Sie sind schon nach Al Damur gefahren und haben sich alles angeschaut. Damit dein Sohn sich nicht erschrickt, musst du ihm sagen, dass ein Militärjeep mit einigen bewaffneten Männern ihn einfach mitnehmen wird, er soll keine Angst haben."

„Bewaffnete Leute, Jeep, ich will ihn aber erst sehen, vorher macht ihr bitte nichts, ich kenne meinen Dilo, der wird sich wehren, dann ist es für alles zu spät", erregte sich die Mutter.

„Ja, das meine ich auch, deswegen habe ich es dir erzählt, du musst es ihm unbedingt sagen."

„Hevin, mach bitte einen guten Tee", sagte Schirmak zu seiner Frau. Sie stand auf und ging in die kleine Küche.

„Du kennst ihn aber, oder?", fragte Schirmak Abu Hamud. „Nicht dass ihr einen anderen hierher bringt."

Alle lachten.

„Ich will aber meinen Onkel und niemand anderen", sagte der kleine Massud und rief damit erneut Gelächter hervor.

„Nein nein, keine Sorge, er wird erkannt, ich habe alles, was ihr mir beschrieben habt, genauso weitergegeben, ich bin mir sicher, dass alles gut gemacht wird", beruhigte ihn Abu Hamud.

Der Tee war fertig, sie tranken ihn und besprachen die Situation. Die Mutter fühlte sich erleichtert, dass sie etwas unternehmen konnte.

Nach und nach kam Dilo wieder zu sich. Er hatte sich mit der Situation abgefunden. „Sag mal, warum bist du denn hier, Suber?", konnte er seinen Leidensgenossen jetzt fragen.

„Na wunderbar, du bist wieder anwesend. Gut, ich erzähle es dir, aber in Ruhe."

Er zündete eine neue Kerze an, und nachdem sie es sich, soweit das überhaupt möglich war, bequem gemacht hatten, begann Suber zu erzählen.

„Ich bin festgenommen worden, weil sie bei mir ein kleines Stück Haschisch gefunden haben. Ich bin genauso wie du geschlagen worden und gefoltert, nur weil ich dieses Zeug rauche. Ich schade niemandem damit, wenn überhaupt, dann nur mir. Die Wirkung von Haschisch auf mich, wie es in dieser Propaganda gegen den Raucher und Haschisch beschrieben wird, habe ich nicht gespürt, im Gegenteil, ich fühle mich damit sehr friedvoll. Wenn ich geraucht habe, habe ich keinen Feind mehr in der Welt gehabt, alles war in Ordnung. Das heißt nicht, dass ich in Träume eintauche, das heißt auch nicht, dass ich mich nicht mehr ernst nehme, im Gegenteil, ich denke noch mehr über mich und über den Sinn des Lebens, den Sinn des Daseins nach. Ich kann wieder lachen, aber das ist echtes Lachen. Das Leben wird freudiger, menschlicher." Während Suber dies erzählte, leuchtete sein Antlitz.

Dilo hörte wie erstarrt zu. Auch er war auf der Suche nach einem Lachen, welches aus dem Herzen kam, eines, das die Gesichtsmuskulatur in Schwung brachte und das Leben durchsichtig machte, die Gehirnzellen zum Leben erweckte. Sein Verlangen danach war stark.

„Ich habe niemanden getötet und ich werde es auch nie tun", sagte Suber.

„Ja, ich suche auch ein Leben ohne Feinde, eines, in dem ich mich ohne Angst und Folter ausdrücken kann. Ein Leben, das sich ohne Feindbild weiterentwickelt und vorangeht. Ich suche Menschen, Freunde, vielleicht aus allen Teilen der Welt. Ich bin der Mensch, der seine Ziele verloren hat und abgelenkt wurde. Einer, der nach Freiheit strebte. Nun bin ich hier und habe alles vergeblich in diesem verdammten Sumpfland getan, welches mich bis zur Stirn in sich verschluckt hat. Ich will mich unter Freunden befinden, die mich verstehen und auch meine Botschaft mittragen“, sagte Dilo in sich gekehrt. Ihre Stimmung war sehr wehmütig. Die beiden Menschen in diesem Loch hatten noch etwas auf Lager, denn jeder von ihnen erkannte sich und klammerte sich noch fester an das, was er dachte, an seine Ideale und Wünsche.

Die Mutter und die Tochter hatten sich auf den Weg nach Al Damur gemacht. Dort angekommen, fragten sie sich zu Dilos Zentrale durch. Kamila sah nicht wie eine Einheimische aus, sie trug einen schwarzen Schleier wie einen Turban um den Kopf und ein buntes, weites Kleid. Immer wieder wurde sie von Leuten angesprochen und nach ihrer Herkunft gefragt.

„Halt die Augen auf“, sagte die Mutter zu ihrer Tochter.

Die beiden Frauen traten ein und gingen die Treppe in die erste Etage zum Abteilungsführer hoch. Im Büro wurden sie reserviert empfangen. Ein großer rothaariger Mann saß an einem Schreibtisch, Mutter und Tochter setzten sich ihm gegenüber.

„Ich möchte gerne meinen Sohn Dilo sehen“, eröffnete die Mutter das Gespräch.

„Dilo? Es tut mir leid, Ihr Sohn ist nicht mehr da, er wurde für eine Aufgabe in den Süden des Landes geschickt“, erwiderte der Rothaarige mit ernster Miene. Als die Mutter das Wort „Aufgabe“ hörte, bekam sie einen Schreck, sie verstummte und konnte nicht mehr reden.

„Ich bitte Sie, lassen Sie uns ihn nur sehen, er kann doch hier bleiben“, bat Hevin ihn.

„Ich habe gesagt, dass er nicht mehr da ist und Sie können ihn leider nicht sehen, das ist geheim.“

Dilo befand sich nur einige Meter Luftlinie weit entfernt, wenn er schreien würde, würde er von ihnen gehört werden.

Mutter und Tochter waren sehr betroffen, sie blickten sich an, standen auf, gingen die Treppe hinunter nach draußen, ohne einen Gruß und ohne gegrüßt zu werden. Immer wieder blickten sie sich im Weggehen um, ob sie Dilo durch Zufall sahen.

„Weißt du, Hevin, ich glaube, dein Bruder ist ermordet worden“, sagte die Mutter bekümmert.

„Sag das bitte nicht, Yadê, du tust dir damit sehr weh“, antwortete Hevin erschrocken.

„Ja, ich glaube doch.“

Sie weinte auf der Straße. „Mein Sohn, oh mein Sohn, was habe ich dir getan, die Hundesöhne haben dich ermordet, es ist so, ich habe es von vielen gehört, dass einer, der mit seinen Angehörigen erwischt wird, entweder von dem Ort entfernt wird oder einen Selbstmordauftrag erteilt bekommt, damit er nicht mehr zurückkommt.“ Die Mutter weinte und wischte sich die Augen, Hevin umarmte sie, beide Frauen weinten nun.

„Sag das bitte nicht, Yadê, es zerreißt mir das Herz, denk bitte nicht an eine solche böse Botschaft, bitte nicht, er wird kommen, er ist am Leben.“

Auf einer Wiese setzten sie sich ins Gras und weinten heftig. Sie waren niedergeschlagen und fühlten sich aussichtslos, und die Mutter klagte in jenem Singsang, den die Frauen bei den Trauerfeiern anstimmen.

„Dilo ... oh ... oh ... wo befindest du dich, wo bist du jetzt, oh mein Kind, oh ... oh ... oh ...
Dilo ... oh ... oh ... ich habe dich in Armut und mit Ehre großgezogen, nun bist du in den Händen von Verbrechern, oh ... oh ... oh ...
Oh mein Sohn ... oh ... oh ... wäre ich lieber zu Hause geblieben, nun habe ich dich gar nicht mehr, oh ... oh ... oh ...
Oh mein Liebling ... oh ... oh ... nun bist du von den Geistern verschleppt worden, oh ... meine Adern ... oh ... oh ... oh ...“

Schließlich, als sie schon fast nicht mehr weinen konnten, machten sie sich schweren Herzens auf den Weg nach Beirut. Dass sie ohne ihren Sohn zurückkehrte, ja, dass sie ihn überhaupt nicht zu Gesicht bekommen hatte, brachte die Mutter zur Verzweiflung und die nicht weniger verzweifelte Tochter konnte nichts anderes tun, als ihre Mutter während der Fahrt in ihren Armen zu halten, um sie beide zu trösten.

Schirmak, der nicht zur Arbeit gegangen war, erwartete sie mit dem kleinen Massud. Sein Wunsch, dass sie alle zusammen kommen würden, war groß gewesen. Massud weinte, als er keinen Dritten erblickte, er lief seiner vor Gram gebeugten Großmutter entgegen.

„Wo ist mein Onkel? Wo ist mein Onkel, habe ich gesagt?"

Die Großmutter ging an ihm vorbei. Die Mutter nahm ihn auf den Arm.

„Dein Onkel wird kommen, er hat gesagt, dass er nachkommen will", tröstete Hevin ihren Sohn.

Schirmak befürchtete Schlimmes.

„Erzähl, was ist passiert? Wo ist Dilo?", fragte er nervös, aber er bekam keine Antwort. Die Mutter setzte sich abwesend in eine dunkle Ecke, genauso wie ihr deprimierter Sohn.

Der Schnee schmilzt, die Berge aber bleiben. Die Mutter hatte zwar vorübergehend die Hoffnung verloren, aber jetzt überlegte sie ständig, wie es weitergehen konnte. Jetzt war ihr ganz klar: Die Lage war ernst und verlangte nach verschiedenen Methoden und Ideen.

„Wir müssen morgen wieder dahin fahren, Hevin", sagte sie zu ihrer Tochter und hob den Kopf aus den Armen.

Es war Februar 1979. Der Frühling hielt Einzug, die Berge hatten wieder ihr grünes Kleid angezogen. In der dunklen Zelle war aber nichts davon zu spüren. Jede seiner Bewegungen schmerzte Dilo, alles war geschwollen, sein Körper war übersät mit blauen Flecken. Beide saßen an die Wand gelehnt, mit dem Gesicht zum Fenster des kleinen Klo-

Raumes gewandt. Ratten kamen herein, aber sie hielten eine unsichtbare Grenze ein, sie schienen sehr intelligent zu sein, denn sie kamen nicht zu nah an die beiden heran, weil sie sonst mit Konservendosen beworfen und verscheucht würden. Aber es gab nicht so viele Dosen, und wenn man sie nach den Ratten warf, waren sie verdreckt und man konnte sie nicht mehr verwenden und das war zu schade.

„Warum rauchst du denn Haschisch?", fragte Dilo seinen Zellengenossen.

Suber holte tief Luft, bevor er antwortete. „Jeder hat etwas, manche rauchen, manche trinken, ein heiler Mensch ist nirgendwo zu sehen, jeder hat eine Macke."

„Ja, das glaube ich auch. Ich bin auch leider seit einigen Monaten Raucher und trinke auch ab und zu Alkohol", sagte Dilo.

„Alkohol macht dumm und aggressiv. Ich bin unfreiwillig hierhin gekommen, ich stamme aus einem Flüchtlingslager in der Nähe von Saida, was hast du schon für eine Wahl. Als ich anfing zu rauchen, wurde ich Pazifist und ich habe eine Welt für mich gebaut, aber die Kommunisten wollen nur rationale Menschen. Wenn ich rauche, ist es anders, ich bin dann dabei, mir einen anderen Ort zum Leben zu schaffen, wo man auch in Frieden leben kann", sagte Suber.

„Was, Frieden?! Das ist doch ein Fremdwort", sagte Dilo bitter. „Bis vor ein paar Tagen war ich ein Widerstandskämpfer aus Prinzip und Überzeugung, ich wollte mit euch Palästina befreien, ich war auch bereit für ein Selbstmordkommando. Nun siehst du, es gibt keinen Platz auf meinem ganzen Körper, nur noch blaue Flecken. Warum bin ich auf einmal vom Freund zum Feind geworden? Nur weil ich keine Lust mehr hatte und meine Mutter in Beirut besuchen wollte ... das kann doch nicht wahr sein!"

Die Zeit war stehen geblieben, es war nur noch ein Rest der Vergangenheit zu empfinden.

Saint Michèle war wie immer: schön. Die Morgensonne

strahlte. Die Mutter und Hevin machten sich wieder auf nach Al Damur. Der Weg dorthin erschien ihnen heute kürzer.

Wieder waren sie vor der Zentrale und stiegen die Treppe hoch zum Büro, in dem derselbe Mann saß. Der Verantwortliche mit dem roten Haar stand auf und machte ein sehr ernstes Gesicht.

„Guten Tag, Herr, ich bin gekommen, um meinen Sohn zu sehen“, sagte die Mutter sofort.

„Kamerad Dilo ist für eine Aufgabe in den Süden des Landes gefahren, das sagte ich Ihnen doch, er ist nicht allein, es sind viele von unseren Soldaten dort im Einsatz. Die Israelis planen einen Angriff auf Südlibanon und unsere Kameraden dort brauchen unsere Hilfe.“ Er machte eine kurze Pause. „Wir müssen es doch tun, oder? Wollen Sie etwas trinken?“

„Nein danke. Ich war schon einmal hier und Sie haben mir das Gleiche gesagt, was meinen Sie, wenn ich Ihnen sage, dass Leute mein Kind hier bei Ihnen gesehen haben?“

Der Mann war verunsichert. „Wie? Was meinen Sie, hier in Al Damur? Das kann aber nicht sein.“

Er stand auf und ging zur Tür. „Warten Sie hier“, sagte er zu den Frauen gewandt. Er ging hinaus und schloss die Tür hinter sich.

„Er ist verunsichert, er wird jetzt seine Leute fragen“, sagte die Mutter auf Kurdisch und auf ihrem Gesicht war wieder ein Lachen zu sehen.

„Das hast du gut gemacht, Yadê“, sagte Hevin.

Kurz darauf kam der Mann zurück. „Ich bitte Sie, Ihr Sohn ist nicht da und er war auch nicht da. Ich habe meine Männer gefragt, was Sie sagen ist nicht wahr.“ Sein Ton war ernst.

„Mein Sohn ist hier und bei euch, ich will euch aber was sagen, meine Familie ist sehr bekannt, die meisten von ihnen sind auch in der Syrischen Kommunistischen Partei. Alle sind in guten Positionen, wir haben nichts gegen den Kommunismus, im Gegenteil, wir machen da auch mit, eine ganze Menge Leute sogar.“

Der Mann, der sie die ganze Zeit angesehen hatte, schlug jetzt mit seinem Stift auf den Tisch und stand auf. „Sie glauben mir also nicht!! Ich sage Ihnen: Er ... ist ... nicht ... da! Verstehen Sie das?!“, brüllte er.

Unbeeindruckt erwiderte die Mutter: „Na gut, wir werden jetzt gehen und Sie können überlegen. Aber ich komme wieder. Ich werde nicht eher ruhen, bis ich meinen Sohn mit meinen eigenen Augen gesehen habe“, betonte die Mutter.

Die beiden Frauen verließen den Raum. Sie hatten auch heute versagt, doch das Büro immer wieder zu besuchen war das Einzige, was sie tun konnten. Die Mutter grübelte über eine Taktik, mit der sie Erfolg haben könnte. Mit Gewalt würde es vielleicht gehen, doch bevor Abu Hamud seine Leute losschickte, wollte sie es weiter auf ihre Art probieren.

Zu Hause wurden sie wieder erwartungsvoll von Schirmak und Massud empfangen. Obwohl sie wieder nur zu zweit kamen, sahen sie dieses Mal zuversichtlicher und weniger verkrampft aus.

Sie setzten sich vor das Haus. Es war warm und die Sonne war wie immer gegenwärtig und zeigte sich. Das Mittelmeer war nur ein paar hundert Meter entfernt, sie hörten es rauschen. Eine Hoffnung war zu erahnen und zu riechen in der warmen Luft, in dem sonnenerleuchteten Stadtteil und auf den Gesichtern der Familienmitglieder. Denn das Glück und die Trauer sind Zwillinge, sie liegen nah beieinander. Zwar war Dilo verschwunden, aber trotzdem überall anwesend.

Der paradiesische Strand fühlte sich verlassen. Es roch nach einem kommenden Wagnis.

Selbstmord begehen. Wenn der Skorpion sich bedroht fühlt und in einer ausweglosen Situation befindet, tötet er sich selbst, so heißt es.

Wer die Hoffnung verliert, verliert auch seine Prinzipien, sein Gewissen und seine Tapferkeit, doch nicht Dilo. Er hatte noch nicht ganz aufgegeben, er hatte die Hoffnung, sah ihr als neuem Freund ins Auge, in den Rissen der Wand und seiner verdreckten Umgebung. Konnte es sein, dass die „Demokratische Front zur Befreiung Palästinas“ ihn öffentlich hinrichten wollte? Angesichts des Spionageverdachts, unter dem er stand?

In die düstere Zelle drangen menschliche Töne aus dem Hof. Einige Leute befanden sich vor dem Kellerraum. Eine männliche Stimme rief: „Dilo ... wo bist du?“

Dilo kannte die Stimme. Es war das erste Mal, dass sein Name aus der Welt der Freiheit gerufen wurde, aus der heilen Welt, fast schien es ihm wie ein Wunder. Er freute sich und rannte in den verdreckten Raum vor das vergitterte kleine Fenster. Die Sonne war klar und leuchtete auf die grüne Wiese und auf die Früchte an den Bäumen. Vor dem Fenster seiner Zelle stand sein alter Freund aus den Bergen, Karim. Er lächelte Dilo durch das Fenster zu.

„Hallo Dilo“, sagte Karim, und sie gaben sich die Hand durch die Öffnung. Dilo sah anders aus mit seinem frisch gewachsenen, unregelmäßigen Bart und den blauen Flecken in seinem Gesicht, sodass er fast nicht mehr zu erkennen war. Karim hatte sich nicht verändert, sein freundliches Lächeln war noch da.

„Hallo Karim“, erwiderte Dilo seinen Gruß, „es ist schön, von einem Kameraden zu hören, schön, dass du mich hier besuchst.“

„Mensch, das tut mir so leid ... was hast du denn getan, dass sie das mit dir machen?“, fragte Karim erschrocken, als er Dilo in diesem Zustand sah.

„Meine Mutter ist gekommen und wollte mich wieder nach Hause holen, ich weiß nicht, wo sie jetzt ist, irgendwo in Saint Michèle. Als ich gehen wollte, haben sie mich festgenommen. Ich habe Angst, Karim. Ich habe niemandem etwas getan. Karim, sie haben mir richtig wehgetan, sie haben mich richtig gequält, sie haben mich richtig gefoltert.“

Der Schatten des Eisengitters zeichnete sich kontrastvoll

auf Dilos wildem Gesicht ab und der Gestank in der Zelle blieb Karims Nase nicht verborgen.

„Warum machen sie das?", fragte Karim, „Du bist doch ein netter lieber Mensch, warum tun sie dir so etwas an?" Karim war fassungslos.

„Ich weiß es auch nicht, ich bin doch freiwillig hierher zum Kämpfen gekommen und ich möchte auch gern freiwillig gehen können. Sie beschuldigen mich der Spionage für Al Fatah."

„Dich?!", wunderte sich Karim, „Du als Spion? Sie spinnen doch."

Die Wache kam und bedeutet ihnen, Schluss zu machen. Karim wollte Dilo eine Plastiktüte geben, doch sie passte nicht durch die Gitterstäbe. Er nahm alles heraus und reichte es ihm einzeln: Zigaretten, etwas zu trinken, allerlei Dosen und Nüsse.

„Ich werde mit ihnen sprechen, ich werde etwas unternehmen, Dilo, das verspreche ich dir." Er streckte Dilo die Hand durch das Gitter entgegen. „Salam Dilo, ich werde dich noch mal besuchen, bis dann."

„Ich danke dir für alles, Karim." Dilo ergriff seine Hand und sie drückten sie sich fest und lange.

„Ja, ist schon gut, aber nicht weinen", sagte die Wache, ein etwa vierzigjähriger Mann. Er hatte ein Gewehr in der Hand.

„Geh weg vom Fenster, geh, du darfst dich hier nicht blicken lassen", sagte der Wachmann unwirsch.

Obwohl das Fenster im ekelerregenden Klo-Raum war und der Boden voller Kot und Dreck, verharrte Dilo noch dort, um den Geruch der Freiheit zu atmen, den Karim verströmt hatte. Doch der Wachmann ließ es nicht länger zu, er haute so heftig mit dem Gewehrkolben auf das Gitter, dass er beinahe Dilos Arm gebrochen hätte, den Dilo noch nach draußen gestreckt hatte, aber jetzt blitzschnell wegzog. Der Gewehrkolben traf das Gitter und es knallte Eisen auf Eisen. So war auch das Gespräch mit der Wache beendet und

Dilo kehrte in seine dunkle Ecke zurück, wo auch Suber saß. Dilos Stimmung hatte sich gebessert. Er legte Karims Geschenke auf den Boden und bat seinen Freund, sich zu bedienen.

Karims Besuch bedeutete Dilo viel, denn er war der Erste, der sich als Freund erwiesen hatte. Von allen anderen war niemand gekommen, niemand hatte etwas von sich hören lassen. Er hatte Dilos Hoffnung genährt durch sein Versprechen, etwas für ihn zu tun. In der Zelle war wieder Leben zu spüren.

Aber der Horizont der Front hatte sich erweitert: Neu dazugekommen, weil er ungewaschen im Dreck leben musste, waren Flöhe. Sie hatten sich auf dem Kopf und in den Haaren eingenistet und auf dem ganzen Körper verteilt, der bei beiden Häftlingen schon gefleckt davon war. Die Nächte verbrachten sie mit Kratzen und damit, Ratten und Mücken von sich fernzuhalten.

Als Dilo zum wiederholten Mal mitten in der Nacht von ihren lästigen Mitbewohnern aus seinen Träumen gerissen wurde, stand er auf und schrie: „He, was wollt ihr denn von uns, verdammt, begrabt uns lebend, das ist besser für uns! Jeder von euch schläft neben seinen Frauen, das ist doch gegen alle Regeln und Menschenrechtsgesetze!"

Dilo schrie weiter und hämmerte auf die Tür.

„Ich will raus hier, aufmachen … ich will raus, ich will zu meiner Mutter!" Er schrie und schlug auf die Eisentür, aber niemand reagierte außer der Wache.

„Was willst du?"

„Habt ihr nicht eine menschenwürdigere Haft?! Wir wollen hier raus! Es stinkt, Ratten laufen herum, schreckliche Mücken plagen uns, wir sind voller Flöhe!"

„Tut mir leid, da musst du durch, ich kann nichts dafür", rief der Mann. „Und außerdem, so ist unsere Haft, du hättest keine Scheiße bauen sollen, das hast du davon."

„Habt ihr kein Mittel gegen die Flöhe, sie fressen uns auf, bitte hilf uns“, rief nun auch Suber.
„Nein, wir haben nichts, ihr müsst sehen, wie ihr klarkommt“, schrie der Soldat sie an.
„Wenn du noch einmal solchen Krach machst, wirst du bestraft, das verspreche ich dir“, rief er und entfernte sich dann. Als Dilo das Wort Strafe hört, wurde er ruhig, denn er wusste, was das für ihn bedeuten konnte.
Die beiden Freunde setzten sich deprimiert in ihre Ecke. Sie zündeten die Kerze wieder an und jeder nahm eine Zigarette zwischen die Finger und rauchte.
„Oh, wenn ich ein Herrscher wäre, solchen Leuten hätte ich keine Aufgabe anvertraut, solchen Ignoranten“, sagte Suber mit traurigem Gesicht. „Ich bin schon mehr als sechzig Tage hier in dieser Hölle, ich weiß nicht, wie es bei mir weitergehen soll.“ Er rückte nah an Dilo heran und flüsterte: „Sag mal, Dilo, wollen wir flüchten?“
Dilos Augen wurden groß vor Staunen. „Was, flüchten?“
„Ja, wir werden es hinbekommen, ich tue es, wenn du mitmachst.“
In der Zelle wurde es still. Dilo ging in seinen Gedanken schon zu seiner Mutter, schon befreit. Plötzlich kehrte er wieder zurück, misstrauisch. Denn der Gedanke, dass Suber auch einer von denen war, die ihm eine Falle stellen wollten, ging ihm nicht aus dem Kopf.
„Na gut, lass uns das machen, aber nur für dich, dann bist du frei und ich bleibe hier, ich werde dir helfen.“
„Ja, das ist toll, Dilo, morgen am Tag fangen wir an, ich sage dir dann, wie wir es machen.“
Das dunkle Viereck im Klo-Raum wurde bläulicher, der Morgen dämmerte.
Und der Schlaf war stärker als Eisen und süßer als Zucker. Trotz der Stiche und allem, was da war, waren die beiden so reif, dass sie, sobald sie die Augen geschlossen hatten, schon in tiefen Träumen waren.

Der herrliche blaue Morgenhimmel auf Saint Michèle war wolkenlos. Dilos Familie saß beim Frühstück. „Zwei Wochen ist Dilo schon verschwunden“, sagte die Mutter, während sie ihr Teeglas in die Hand nahm. „Und noch immer bin ich in diesem fremden Land, noch immer habe ich meinen Sohn nicht gefunden. Und bald ist Newroz.“

„Wir haben noch etwas Zeit bis Newroz und hoffen, dass ihr dann wieder glücklich zu Hause sein werdet“, sagte Schirmak.

„Wir werden heute wieder nach Al Damur fahren ... jetzt gleich, morgens ist es am besten, vielleicht haben wir dieses Mal Glück“, sagte die Mutter. In diesem Moment klopfte es an der Tür und auf ihr „Herein“ betrat Abu Hamud den Raum.

„Hallo, Hadje, wie geht es dir, hast du noch nichts von deinem Sohn gehört?“

„Nein, leider noch nicht, ich habe aber ein gutes Gefühl, ich war schon ein paar Mal mit meiner Tochter in Al Damur.“

„Erzähl, was haben sie gesagt?“

„Dass er nicht da ist. Ich versuche, nach meiner Methode mit denen umzugehen.“

Abu Hamud lachte freundlich. „Du kannst befehlen, ich und meine ganze Abteilung stehen dir zur Verfügung. Du darfst es dir wünschen: Sollen wir ihn mit Gewalt aus der Zentrale holen? Das kann natürlich einige Tote geben, aber wenn du es willst, würden wir es auch machen.“

Alle hörten ihm aufmerksam zu. Hevin brachte ihm eine Tasse Tee.

„Wenn ich wüsste, wo er ist, ich habe mich überall umgeschaut, ich war auch schon mehrere Male in Al Damur und habe die Umgebung gut kennengelernt. Ich weiß jetzt, wie viele Stellen sie da haben. Sie haben drei: Eine Stelle ist in den Bergen, einige Kilometer von Al Damur entfernt, dann gibt es noch eine Abteilung und die Zentrale, wo du bestimmt immer hinfährst“, erklärte Abu Hamud.

„Danke, Abu Hamud, aber lass mich bitte erst etwas machen, wenn ich passe, sage ich dir Bescheid, dann seid ihr dran", antwortete ihm die Mutter.

„Das ist eine hervorragende Idee, Schwiegermutter", sagte Schirmak.

„Ich kann ihn notfalls mit Gewalt befreien", sagte Abu Hamud stolz.

„Ja, das glaube ich. Ich bin dir auch natürlich für deine ganzen Bemühungen sehr dankbar. Wir wollen gleich wieder nach Al Damur", sagte Kamila.

„Das ist auch sehr gut, aber ich möchte gerne auch mitgeteilt bekommen, wie es gewesen ist. Außerdem Hadje, ich bin nicht fürs Töten und ich werde auch für deinen Sohn kein Risiko eingehen, wenn ich was mache, dann ist es gut geplant und lange geprüft", sagte Abu Hamud.

„Ja, das glaube ich dir, ich werde dir rechtzeitig Bescheid sagen. Los, meine Tochter, lass uns gehen, bevor es zu spät wird." Sie stand auf und nahm ihren Schleier vom Kleiderhaken an der Wand.

„Kann es sein, dass du noch hier bist, wenn wir zurückkommen?", fragte die Mutter Abu Hamud.

„Ich bin noch für eine Weile hier, Tante, ich würde mich auch darüber freuen", antwortete er.

„Ihr kommt klar ohne mich, nicht wahr", sagte Hevin zu ihrem Mann gewandt. „Wir kehren dieses Mal hoffentlich mit Erfolg zurück", verabschiedete sich Hevin, und Mutter und Tochter machten sich auf den Weg.

Im Büro der Zentrale wurden sie abweisend empfangen.

„Ich will meinen Sohn sehen, sagen Sie mir bitte, wo er ist", sagte die Mutter zum Rothaarigen.

„Entweder Sie verstehen uns nicht oder Sie nehmen uns nicht ernst. Ich habe doch gesagt, Kamerad Dilo ist an die Front gegangen, er muss bei den Kämpfen im Süden helfen", ereiferte sich der Kommandant. Er stand auf und ging im Raum hin und her.

„Was Sie tun, ist sinnlos, Ihr ständiges Herkommen bringt gar nichts, außerdem lassen wir uns nicht zu einer anderen

Aussage zwingen, von mir aus können Sie jeden Tag hierher kommen, es bringt nichts."

„Was wollen Sie mir sagen, dass ich meinen Sohn nicht mehr sehen werde? Jetzt ist es aber genug, ich bin auch nicht mehr die Jüngste. Ich kann auch nicht jeden Tag herkommen", sagte die Mutter.

„Ja, gut so, dann bleiben Sie zu Hause, Sie brauchen nicht zu kommen."

„Was? Sie verlangen von mir, dass ich meinen Sohn, den ich mit Armutsbissen und mit Ehre großgezogen habe, für euch und euer Palästina hier opfere? Wenn schon, wir führen auch einen Befreiungskampf und er soll sich lieber da opfern, ihr habt den Verstand verloren!"

Sowohl der Mann als auch Hevin blickten Kamila erstaunt an, die sich von der Position des Kommandanten nicht abhalten ließ und zornig weiterredete.

„Ist das euer palästinensischer Befreiungskampf? Ich sage euch, mit einem großen Haufen von Kämpfern aus Zwang werdet ihr Palästina nie sehen, noch nicht einmal im Traum. Eure Kämpfer sind geklaute Kämpfer. Ich sage Ihnen, ich will meinen Sohn sehen!"

Der Mann nahm eine Zigarette aus seiner Schachtel, zündete sie an und rauchte. Doch die Mutter ging weiter in die Offensive, sie machte den Eindruck, als ob sie nichts mehr zu verlieren hatte.

„Ich will nicht mehr jeden Tag hierher kommen, sondern ich werde hier gegenüber in einem leeren, verlassenen Haus wohnen. In dieser besetzten Stadt gehört euch nichts. Ich werde mir auch wie alle anderen eine Wohnung einrichten, es gibt viele Häuser hier, so wie das da, genau da."

Sie zeigte aus dem Bürofenster auf ein verlassenes zerstörtes Haus. „Da werde ich wohnen und ich werde euch nicht alle paar Tage sehen, sondern jeden Augenblick, bis ihr mich auch wie meinen Sohn verschleppt und ermordet."

„Ja, machen Sie das doch, wer hat etwas dagegen gesagt?"

„Ja, ich werde es machen, was ist das Leben ohne ihn wert, ich werde euch nie in Ruhe lassen und alles versuchen, denn ich bin Dilos Mutter, Sie kennen mich noch nicht!"

Sie ereiferte sich immer mehr. „Außerdem komme ich aus Syrien, ich werde mich an die Syrer hier wenden, Sie kennen sie bestimmt! Von den syrischen Sicherheitskräften gibt es nicht wenige hier im Libanon, sie werden Sie selbst nach Tadmur in die Haft in die Wüste bringen. Es scheint keinen Sinn zu haben, im Guten mit euch zu reden!"

Der Rothaarige hörte ihr nur noch mit großen Augen zu.

„Ich habe fast alles mit Ihnen versucht, es hat nichts gebracht. Seit Wochen fahre ich hin und her. Ist mein Sohn tot? Erzählen Sie mir die Wahrheit, haben Ihre Männer meinen Jungen zu Tode gequält? Warum erzählen Sie es mir nicht!" Kamila attackierte den Kommandanten immer noch. „Eines sollte Ihnen klar sein, wenn er tot ist, dann werde ich Sie und Ihre ganzen Männer hier kriegen! Ich werde alles tun, um meinen Lieben zu mir zu bringen! Und mich auch für meinen Dilo opfern", sagte sie entschieden.

Die Mutter hatte den Kommandanten mit ihren Bemerkungen getroffen. Wortlos saßen sie sich gegenüber. Das syrische Militär und der syrische Geheimdienst waren im Libanon allgegenwärtig. Das erste Wort hatten sie, ihre Stellung war stärker als die der stärksten Partei im Libanon, außer im Süden des Landes, in dem die militanten Christen die Oberhand hatten. Da hatte Syrien nichts zu suchen, der Ort war von den Israelis besetzt.

Der Rothaarige hatte sich wieder gefasst. „Sie können machen, was Sie wollen, aber Ihrem Sohn wird das vielleicht schaden. Und jetzt bitte ich Sie, mein Büro zu verlassen, ich habe zu tun." Er zeigte mit der Hand zur Tür. „Hier geht es lang", sagte er, ging zur Tür und öffnete sie.

„Was, Sie schmeißen uns raus? Ich werde wiederkommen, bis dahin müssen Sie sich etwas überlegen", sagte Kamila und verließ mit ihrer Tochter den Raum.

Suber war voller Tatendrang, lebhafter, als es sonst seine Art war, flüsterte er Dilo zu:
„Ich sage dir, Dilo, wie wir es machen werden."
„Ich glaub, ich weiß ungefähr wie", entgegnete Dilo.
„Ok, dann erzählst du, wie du es dir vorstellst."
Dilo überlegte wieder einen Moment, ob Suber ihm eine Falle stellte. „Nein, ich mache Spaß", sagte Dilo, „du weißt es besser, sag, wie es funktionieren kann", entschied sich Dilo.
„Komm mal mit, Dilo."
Suber ging in den Klo-Raum und zeigte auf einen Riss in der Wand, wo die Ratten ohne Schwierigkeit ein- und ausgehen konnten und durch den das Abwasser fließen sollte, aber durch die Unebenheiten im Boden blieb es in ihrer Zelle, statt nach draußen zu fließen.
„Da, bei diesem Riss können wir anfangen zu graben, bis wir irgendwann mal durch sind", sagte Suber.
„Da müssen wir ja die Betonwand aufreißen", sagte Dilo verwundert, „womit denn?"
„Wir haben doch genug Sachen hier, Dosen und Löffel können wir nehmen, wenn wir heute anfangen, sind wir in ein paar Tagen fertig, dann sind wir draußen."
„Wir können es nur am Tag machen und die Ecke ist zu dreckig", sagte Dilo mit Ekel verzogenem Gesicht.
„Unser Leben wird noch dreckiger, wenn wir hier bleiben."
Suber begann, mit einem Löffel an den Kanten und Rissen am Boden zu kratzen. Kleine Brocken lösten sich.
Als Dilo an der Reihe war, mit dem Löffel das Loch in der Wand zu vergrößern, spürte er, dass die Wache vor dem vergitterten Fenster stand. Dilo war in einer Ecke, wo man ihn nicht sehen konnte. Die Wache steckte den Kopf ins Fenster.
„Oh, das stinkt aber hier", sagte der Mann und entfernte sich wieder.
Dilo schrie: „Kann man hier nicht mal in Ruhe scheißen!"
„Ist ja schon gut, Junge, ist schon gut", sagte die Wache von draußen. Suber lachte heftig, ohne aber dabei ein Geräusch

von sich zu geben.

Nach einer Weile mühsamen Kratzens ohne sichtbares Ergebnis setzte Dilo sich entmutigt in seine dunkle Ecke.

„Oh Yadê, oh Yadê, wo bist du jetzt, was machst du, ich habe dich wegen mir bis hier in dieses fremde Land getrieben, was habe ich dir angetan!", klagte er und versank in seinem Kummer, während seine Mutter nur wenige Meter entfernt war.

Suber war sehr aktiv. Er ging in den kleinen Raum und grub, besser gesagt kratzte, Stück für Stück im brüchigen Beton. Spuren von Schutt lagen schon am Boden. Seinen Freund so energiegeladen zu sehen ermutigte auch Dilo, der schon dabei war, sein Werkzeug wieder zur Hand zu nehmen, als draußen an der Eisentür hantiert wurde. Dilo machte Suber ein Zeichen, dass er aufhören sollte, gerade rechtzeitig, bevor die Tür aufging und die Wache mit einem kleinen Topf in der Hand hereinkam.

„Hier, das ist euer Mittagessen. Warum habt ihr gestern Abend solchen Krach gemacht?", fragte die Wache mit ernster Miene. Lasst es in Zukunft bleiben, ihr werdet Schwierigkeiten bekommen."

Suber nahm den Topf entgegen. Die beiden Häftlinge waren still, denn, wie ein arabisches Sprichwort sagt, wenn Reden Silber war, war in so einer Situation Schweigen Gold. Deswegen sagten sie auch nichts, um es nicht zu einer Eskalation kommen zu lassen.

„Wenn ihr ruhig bleibt, bekommt ihr auch Tee."

Darauf antworteten die beiden auch nichts, aber sie reagierten mit Lächeln.

Die Tür wurde geschlossen und der Lichtschimmer wurde ihnen wieder geraubt, doch die Kerze war in der Dunkelheit wie eine Sonne und wie hungrige Wölfe griffen die Häftlinge zum Topf. Die Löffel hatten sie mit dem Wasser aus ihrem kleinen Kanister gewaschen und nun aßen sie, ohne an die Atmosphäre zu denken. Der Wunsch, sich schon bald zu befreien, beflügelte sie, denn durch die Risse in der Wand konnten sie schon einen Arm strecken und das Tageslicht leuchtete herein.

Aufgewühlt verließen die Mutter und ihre Tochter das Gebäude. Kamila war verbittert. Sie hatte den Kommandanten alarmiert und fürchtete die Konsequenzen für Dilo. Kaum waren sie gegangen, rief er einige seiner Männer: „Mahmud, Assad, Djamil ..."

Auf der Straße näherte sich den beiden Frauen ein großer, langer Mann. Es war Karim. Im Vorbeigehen flüsterte er ihnen zu: „Ich kann nicht viel sagen, Hadje, aber er ist da unten im Keller." Dabei zeigte er unauffällig auf die Zentrale und ging weiter. Als die Mutter dies hörte, fühlte sie sich wie neugeboren, in ihren Adern flammte die Hoffnung auf und sie konnte wieder lächeln.

Jeeps, in denen Soldaten saßen, fuhren an ihnen vorbei. In einem erblickte die Mutter Abu Hamud, auch er sah sie. Das Auto hielt an, Abu Hamud stieg aus und kam auf sie zu.

„Wie war es?", fragte er.

„Er war einfach stur und wollte mir keine richtige Antwort geben, aber ein Mann hat uns ein Zeichen gegeben, dass Dilo sich im Keller der Zentrale befindet", sagte die Mutter aufgeregt.

„Wer war das?", fragte Abu Hamud sofort.

„Ich weiß es nicht, ich habe aber das Gespür gehabt, dass er nicht lügt."

„Kann sein, dass er Dilos Freund ist und uns mitteilen will, wo er sich jetzt befindet", sagte Hevin ebenso aufgeregt wie ihre Mutter.

„Ja, das ist möglich, das ist eine gute Nachricht, nun wissen wir, was wir vorhaben", sagte Abu Hamud entschlossen. „Kommt bitte mit, ich bringe euch nach Hause, aber zuerst drehen wir eine Runde."

Sie stiegen alle in den Jeep und fuhren die kurvigen Straße Al Damurs wieder hoch in Richtung Zentrale.

Vor der Zentrale verlangsamten sie ihr Tempo. In diesem Moment trat der Rothaarige aus der Tür und sah Dilos Verwandte im Militärfahrzeug. Die Überraschung war ihm anzusehen, er verfolgte sie mit seinem Blick, bis sie nicht mehr zu sehen waren.

„Er hat uns gesehen, Abu Hamud, er hat uns angeguckt", sagte die Mutter.

„Das macht nichts, Hadje, das wollen wir auch, er soll dich auch in einer anderen Position sehen", erwiderte Abu Hamud.

„Ich habe ihm heute richtig gedroht, und als er uns hier in diesem Auto gesehen hat, hat er sich wirklich erschrocken, vielleicht versteht er nur diese Sprache", sagte die Mutter.

„Tante, du könntest eine Führerin sein, ich glaube, deine Soldaten würden die besten Kämpfe führen", sagte Abu Hamud und lachte.

Das Fahrzeug wendete und fuhr wieder an der Zentrale vorbei. Der Kommandant stand immer noch vor der Tür, doch dieses Mal fuhren sie schneller. Sie hatten erreicht, was sie wollten.

Die dunkle Zelle war noch dunkler geworden und die beiden Häftlinge waren nun auf das Kerzenlicht angewiesen. Ihren Händen war anzusehen, dass sie schon viel an der Wand und im Boden gegraben hatten, um für sich einen Weg zur Freiheit zu schaffen. Sie waren erschöpft, aber freuten sich immer wieder darauf, sobald wie möglich aus diesem Zustand herauszukommen.

„Wir werden bald außerhalb dieser Zelle sein, Dilo, ein paar Tage noch", sagte Suber.

„Wer die Berge nicht erklimmen kann, der verbringt sein ganzes Leben im Tal", sagte Dilo ernst.

„Wir werden es schaffen, ich verspreche es dir, wir werden es schaffen die Bergspitze zu erreichen", flüsterte Suber.

„Warmes Wasser zum Duschen, saubere Kleidung und ein warmes Essen", sagte Dilo. Seine Miene war optimistisch und er hatte die sauerstoffreiche Luft des Gipfels genossen, ohne dort gewesen zu sein.

Die Hoffnung zu verlieren hieß, stillzustehen und das war etwas, was beide nicht tun würden. Energisch hielten sie sich am Seil des Lebens fest.

Dilos schwarze Vögel konnten ihm in diesem Fall nicht viel helfen, sie konnten nicht die Gitter durchschneiden oder Dilos Gegner steinigen, wie es im Koran steht, als Allah den Vögeln befohlen hatte, Lots verruchtes Volk zu steinigen und auszurotten. Das geschah, wenn überhaupt, vor tausenden von Jahren. Nun war es anders, nun war fast jeder Mensch zu Lots Volk geworden und beging böse Taten und wurde doch von niemandem aufgehalten, im Gegenteil, bekam noch mehr Möglichkeiten und Unterstützung, um diese Taten fortzuführen. Hier gab es auch zwischen Recht und Unrecht keinen Unterschied, jeder ergänzte den anderen.

Die Kerze erlosch und ihr Vorrat war aufgebraucht. Suber stand auf, holte Papier aus einer Ecke und zündete es an der Kerze an, um es als Beleuchtung zu benutzen. Doch das feuchte Papier qualmte und binnen kurzer Zeit war ihre Zelle so voller Rauch, dass sie kaum noch Luft bekamen.

„Was hast du gemacht!“, keuchte Dilo, rannte zur Eisentür und schrie durch die Lücke. „Hilfe, ich bekomme keine Luft mehr! Hilfe, macht die Tür auf!“

„Nichts da, die Tür bleibt zu und wenn wir morgen deine Leiche sehen, wir warten auch darauf“, lautete die barbarische Antwort von draußen.

Die Lücke in der Eisentür war so weit oben, dass man an den Gitterstäben in der Lücke einen Klimmzug machen musste, um sein Gesicht vor das kleine Fenster zu bringen. Die Zelle war voller Rauch.

„Hilfe, wir ersticken hier, macht bitte die Tür auf ... Hilfe!!“, schrie Dilo. Er machte einen Klimmzug, steckte seine Nase zwischen die dicken Gitterstäbe und nahm hektisch ein paar tiefe Atemzüge. Er zog die Luft stark in sich hinein, die Luft, die so schön wie die Freiheit war. Er schlug heftig auf die Tür und schrie abermals.

„Brich nur die Tür auf, dann zeige ich dir, wie du dich flach auf den Boden legst“, schrie die Wache und schlug mit dem Gewehrkolben auf das Gitter. Dilos Nase wurde getroffen und blutete. Er torkelte zurück und sank auf den Boden.

Suber schien sich wohlzufühlen, schien nichts zu spüren und zündete noch mehr Papier an.

„He, das reicht aber, hör auf, ich kriege keine Luft mehr, du sollst aufhören!“, rief Dilo, rannte erneut zur Lücke, zog sich hoch und holte Luft. Suber hatte inzwischen aufgehört, noch mehr Papier zu verbrennen, aber er sog den Rauch genussvoll in sich hinein, sein Gesicht sah aus, als würde er sich nach langem Entzug endlich wieder entspannen. Dilo starrte ihn verwundert an, holte sich dann aber schnell wieder Luft an der Luke, obwohl er jederzeit mit einem harten Gewehrkolbenschlag rechnen musste. Trotz dieser Gefahr war es schön, frische Luft schöpfen zu können. Er machte es wieder und wieder, bis der Rauch allmählich weniger wurde. Ermattet setzte Dilo sich in seine dunkle Ecke.

Inzwischen hatte schon der März begonnen. Nachdem Dilos Familie von dem Unbekannten den Hinweis bekommen hatte, wo er sich befand, bereitete Abu Hamud sich mit seinen Leuten darauf vor, ihn mit Gewalt aus der Haft zu befreien. Sie hatten gut bewegliche Soldaten ausgesucht, um eine eventuelle Auseinandersetzung durchzustehen.

Für die Mutter war die Situation zwiespältig. Sie scheute sich vor einer vielleicht blutigen Befreiungsaktion mit ungewissem Ausgang, konnte den Zustand aber auch nicht mehr lange ertragen.

In diese angespannte Lage platzte eine traurige Nachricht herein: Ihr verehrter Führer Barzani war gestorben. Sein Tod verursachte in der Wohnung noch mehr Klage und Pein.

„Oh Mullah Mustafa Barzani, Allah erbarme sich deiner mit

Mutter als hartnäckige Retterin

seiner Feinfühligkeit, Allah lasse für dich einen besonderen Ort bei sich, Allah schütze dich, denn du hast dein Leben für uns geopfert, für den Frieden und die Freiheit“, beklagte die Mutter seinen Tod. Barzani, der die Kurden mit ihrem Leid und ihrem Widerstand bekannt gemacht hatte, war nun nicht mehr da und die Fenster zum Frieden würden für noch längere Zeit geschlossen und mit rotem Wachs verdichtet sein.

Am Himmel Beiruts war Schwermut zu spüren, die Berge, die die Stadt umringten wie das Wasser eine Insel, hatten ihre Gipfel gekrümmt und den Kopf vor Trauer nach unten geneigt. Das Knallen der Bomben wurde lauter und das vom Teufel bewohnte paradiesische Land wurde trüb und zerfiel in Trümmer.

Aber unverzagt bestand die Mutter darauf zu retten, was es zu retten gab: Dilo. Es war nur noch ein Tag geblieben, an dem sie einen letzten Versuch unternehmen wollte. Ein Tag, der für Dilo auch am Ende zu einem schrecklichen Albtraum werden könnte. Die Türen werden nicht geöffnet, wenn man nicht anklopft und das Klopfen wurde jetzt lauter und die Geduld hatte ihre Grenze erreicht, sie mussten zu einem Ende kommen.

Als Abu Hamud hereinkam, ahnte er gleich, was los war. Was ihn aber in erster Linie beschäftigte, war Dilo und wie er und seine Männer ihn befreien konnten.

„Hadje, es tut mir sehr leid, ich habe es in der Zeitung gelesen, mein Beileid“, sagte er. „Ich weiß, wie viel Hoffnung ihr Kurden in diesen Helden gesetzt habt“, betonte der As Saiqa-Mann. „Wir wollen uns aber nicht von der Hauptsache ablenken lassen. Wie hast du dich entschieden, wollen wir zusammen dahin fahren? Wir könnten euch begleiten und dabei sein, damit sie merken, dass es ernst gemeint ist. Ich werde mitkommen, ich habe ihnen auch eine Menge zu sagen.“ Abu Hamud war richtig wütend. „Oder bleibst du hier und wir kümmern uns darum?“

Die Mutter lächelte. Sie war glücklich über diese Zusammenarbeit, die Anteilnahme und Bereitschaft der Leute, über die Menge der vorgeschlagenen Möglichkeiten und die gemeinsame Vorgehensweise. Doch eins vergaß sie nicht: dass sie ihren Sohn unblutig befreien wollte, friedlich, ohne jeglichen Kampf. Sie wollte nicht, dass die Männer sich in die Angelegenheit einmischten, weil sie befürchtete, dass sie aggressiver an die Sache herangingen und ein Blutbad heraufbeschwören würden. Sie wollte ihren Vorteil nutzen, dass ihr als Frau mehr Respekt entgegengebracht wurde.

„Nein, ich will heute erst noch einmal mit meiner Tochter dorthin fahren, dann sage ich euch Bescheid", erwiderte die Mutter.

„Ja, ist gut, dann werden wir nicht dabei sein, aber eins werde ich machen: Ich und meine Leute werden euch von weitem begleiten, wir werden alles im Griff haben. Falls du deine Meinung änderst und doch willst, dass wir zugreifen, dann sind wir gleich zur Stelle."

„Ich will nicht leichtsinnig damit umgehen, denn die Lage ist ernst und ich habe einfach Angst. Morgen, morgen wird alles klarer, morgen werde ich mich entscheiden, ich weiß, Abu Hamud, du hast die Geduld verloren, aber ich bitte dich, du warst solange dabei, bleibe auch bis morgen, ich bin dir so dankbar", sagte die Mutter.

„Ganz genau Hadje, so ist es, du hast es ganz richtig bemerkt, wir sind seit einiger Zeit damit beschäftigt und immer kann ich mich nicht darum kümmern, ich habe viele Sachen zu erledigen. Vielleicht habt ihr es gehört, es gab eine bewaffnete Auseinandersetzung zwischen uns und den christlichen Milizen. Leider gab es einige Tote."

„Es war eine Nacht, in der man nichts überhören konnte, es war eine harte Nacht, denn wir mussten alle aus unseren Betten aufstehen und uns unter dem leichten Blechdach zusammendrängen", sagte Kamila.

Sie hatte noch nicht geendet, da explodierte draußen eine Bombe, gefolgt von lauten Schreien. Alle im Haus eilten schutzsuchend in eine Ecke und stellten sich dicht zusammen. Der kleine Massud schrie, als er sie alle so sah, auf seinem Gesicht war Angst und Panik zu spüren und er wollte nach draußen rennen. Aber blitzschnell wie ein Raubvogel griff Hevin zu, nahm ihn auf den Arm und ging zurück in die Ecke. Abu Hamud aber und Schirmak gingen schnell hinaus um Hilfe zu leisten, falls es nötig war.

„Schirmak? Wo willst du denn hin, komm bitte zurück, es ist Krieg", rief Hevin ihrem Mann zu.

„Es war nur eine Rakete, ich gehe mal schauen, bin gleich wieder da, ihr sollt aber nicht aus dem Haus gehen", antwortete Schirmak und ging mit dem Soldatenobersten hinaus.

Auf den sandigen Straßen standen Staub und Rauch wie eine Mauer und nahmen die Sicht. Der für Touristen gebaute Stadtteil hatte keine Bunker, alle Häuser hatten nur eine Etage und waren nicht für solche Fälle wie den Krieg gedacht.

Im Rauch erschienen Silhouetten von Menschen. Die Bombe war in unmittelbarer Nähe ihrer Wohnung explodiert und hatte großen Schaden angerichtet. Die beiden Männer näherten sich der Einschlagstelle. Dort waren viele Menschen, alle suchten unter den Trümmern nach Toten. Bleche und gebrochene Holzleisten, Steine und Staub ergaben ein Gebilde, das an eine europäische Skulptur moderner Kunst erinnerte, der Unterschied war aber, dass sie nicht im Museum stand.

Währenddessen rückten die drei Generationen in der kleinen Wohnung noch enger zusammen, denn für sie und auch für alle anderen hier lebenden Flüchtlinge stand der Tod vor der Tür und konnte jederzeit vom Himmel fallen.

Massud war sehr unruhig, er wurde von den beiden Frauen eng umarmt.

„Ich will dir eine Geschichte erzählen", sagte die Großmutter zu ihrem Enkelsohn, um die Bedrückung von ihm zu nehmen. „Es war einmal ein König, der eines Tages befahl, dass alle Kamele eingefangen und eingesperrt werden sollten. Deswegen herrschte Furcht unter den Kamelen und sie rannten weg.

Unter den in Panik geratenen Kamelen befand sich auch ein Fuchs. Der Fuchs wurde von einem Bären angehalten und gefragt, warum er denn auch wegrenne, obwohl nur die Kamele gemeint waren. Der Fuchs antwortete dem Bären: ‚Und wenn sie mich mit einem Kamelkind verwechseln!?‘“

Als die Großmutter geendet hatte, lachten alle aus vollem Herzen, vor allem der kleine Massud.

In diesem Moment traten die beiden Männer wieder in die Wohnung und erblickten die Familie verwundert in diesem fröhlichen Zustand. Sie wischten den Staub und den Ruß von ihren Gesichtern.

„Gott sei Dank gab es keine Toten“, sagte Abu Hamud erleichtert.

„Die Leute waren nicht zu Hause“, ergänzte Schirmak.

„So ein glücklicher Zufall“, sagte Kamila, „oh Allah, beschütze uns in diesem fremden Land.“

Spät in der Nacht lag Kamila immer noch schlaflos im Bett und überlegte, was sie morgen machen sollte. Bald würde schon der Morgen dämmern, bald würde sie sich wieder auf den Weg machen nach Al Damur mit seinen Häuserruinen, um die Orangen- und Zitronenbäume dufteten und wo Dilo sich im Keller befand, vielleicht in Qualen. Bald war es einen Monat her, dass sie ihren Sohn überglücklich in die Arme geschlossen und gleich am nächsten Tag wieder verloren hatte. Sie setzte sich im Bett auf und fing an zu weinen.

„Oh mein Dilo, oh mein Lamm, oh, oh, seit langem, mein Sohn, habe ich deine hübschen Augen nicht erblickt, oh, oh, oh … was soll ich machen …“

Hevin war von der Klage ihrer Mutter wach geworden und umarmte sie tröstend.

„ Yadê, wir werden es hinbekommen, wir schaffen es und auch so, wie du es haben willst. Schlaf jetzt und sammle deine Kräfte für morgen.“

Sie wiegte ihre Mutter noch eine Weile in den Armen wie ein Kind, bis sie sich entspannt hatte und einschlief.

In der Zelle war es wieder heller geworden, das Schnarchen der beiden Häftlinge reichte bis an den Himmel, sodass der dritte Nachbar es noch mitbekam. Sie wachten aus der Grenzenlosigkeit in ihre herbe Gegenwart auf.

Dilo blickte durch das Klo-Fenster und sah von weitem Meriam, mit der er vor vielen Tagen den harmonischen Spaziergang am Strand gemacht hatte. Als Dilo sie erblickte, wurde er aufgeregt vor Freude und erinnerte sich an die schon vergangene Zeit. Aus allen Kräften rief er:

„Meriam ...! Ich bin hier!"

In seinem Herzen blitzte es. Meriam aber ging ihren Weg weiter und reagierte nicht auf seine Rufe. Dilo hoffte, dass Meriam ihn wahrnahm, ihn hörte, zu ihm ans Fenster kam, dass sie ihm helfen konnte, dass sie seine Mutter benachrichtigen konnte, an welchem Ort und in welcher Situation er sich befand. Doch sie ging weiter und schien sich zu schämen, dass ein Häftling, der sich in so einer Dreckgrube befand, sie beim Namen nannte.

„Meriam, erinnerst du dich nicht mehr, ich bin doch Dilo", rief er und streckte ihr seine Hand durch die Lücke entgegen. „Meriam, ich habe es nicht vergessen, komm, bitte, ich will mit dir sprechen!", schrie Dilo nun, doch Meriam war nicht zu erreichen, sie reagierte überhaupt nicht. „Ich bin doch Dilo, der ein Held in der Freiheit war, den du umarmt hast, der feine Strandsand ist unser Zeuge, die kleinen Wasseratome sprechen davon, komm, bitte Meriam, nun brauche ich dich wirklich, nun bin ich wie eine Drecksau, die sich mit ihrem Stall nicht zufriedengibt, komm bitte Meriam, die Tage ohne dich sind wie Finsternis und die Luft ohne dich hat keinen Sauerstoff, ich bin da, der gleiche Dilo, den du umarmt hast, mit dem du gekuschelt hast. Nur meine Lage hat sich geändert, von freiwillig zu unfreiwillig, nicht ich habe mich geändert. Komm bitte Meriam, ich gehe unter, in dieser menschenverachtenden Welt bin ich auf dich angewiesen."

Sie reagierte nicht und Dilos neue Hoffnung war verloren. Meriam hatte ihn verlassen, ohne ein einziges Wort mit ihm zu sprechen.

„Na gut Meriam, dann grüße das blaue Wasser und den hellen Strand", sagte Dilo mit gebrochener Stimme und setzte sich wieder dahin, wo sie ihn hatte sitzen lassen.

„Woher kennst du sie, Dilo?", fragte ihn Suber.

„Ich kenne sie durch Zufall, wir haben Blicke gewechselt und sind dann zusammen am Strand der Liebe geschlendert, nun hast du es gesehen, sie hat mich überhaupt nicht angeguckt, sie ist einfach vorbeigegangen", sagte Dilo ernüchtert.

„Ja, sie arbeitet im Büro", sagte Suber.

„Was, im Büro?! Sie hat mir doch gesagt, dass sie in der Küche arbeitet!"

„Na, sie hat eben gelogen, ich kenne jedenfalls eine Frau, die oben im Büro arbeitet und auch Meriam heißt, die ist es bestimmt."

Dilo war fassungslos. Wie enttäuscht wäre er erst, wenn er wüsste, dass Meriam sogar von Dilos verzweifelter Mutter wusste, aber geschwiegen hatte.

Durch die Lücke zur Welt hinter der Eisentür wurde eine Zeitung hineingeworfen, mit Nachrichten aus einer Welt, die sie fast vergessen hatten, von der sie fast nicht mehr wussten, wie sie aussah, eine Welt, die auch ohne Dilo und seinen Freund weiterging. Die Zeitung, die ihnen ab und zu hineingeworfen wurde, war ihre einzige Verbindung zur Außenwelt, sodass sie nicht vergaßen, wo sie sich befanden und welches Datum sie schon erreicht hatten.

Dilo ergriff sofort die Gelegenheit, sich von seinem starken Kummer abzulenken und rannte zur Tür. Er hob die Zeitung vom dreckigen Boden auf und setzte sich in seinen dunklen Winkel, der von Kerzenlicht erhellt wurde und begann zu lesen.

Al Safir hieß die Zeitung. Sie gehörte zu den wenigen, die trotz des Krieges geblieben waren, und galt als relativ neutral, sie berichtete auch detailliert über Neuigkeiten aus dem Ausland und veröffentlichte interessante Kommentare. Auf dem Titelblatt dieser Ausgabe ging es um die islamische Revolution im Iran. Ayatollah Khomeini würde bald die Macht übernehmen, der Schah Mohammed Reza Pahlewi wurde verjagt. Nach seiner fast vier Jahrzehnte währenden Herrschaft musste er jetzt in Ägypten Asyl suchen. Der schiitische Aufstand hatte gewonnen.

Gerüchte kursierten, dass die starke islamische Front, die der Iran ermöglicht hatte, auch den Weg nach Palästina freimachte. Laute Parolen, befeuert durch die Reden Khomeinis, riefen zur Vernichtung Israels wegen seiner Gottlosigkeit auf. Dilos Blick fiel auf ein Bild von Barzani. Der kurdische Führer, stand dort, war in den USA gestorben. Diese Nachricht ließ Dilo fast ohnmächtig werden, sie traf ihn sehr hart. Mit Barzani, einem der angesehensten und beliebtesten Führer der Kurden, der von der Mehrheit der Kurden verehrt wurde, hatte es immer einen Hoffnungsschimmer gegeben. Dilo schätzte und liebte ihn sehr, und diese Nachricht war für ihn umso bitterer in der Haft. Er weinte wie ein kleines Kind.

„Oh Barzani, du hast dein Leben für uns geopfert und bist im Exil gestorben, ein Kurde stirbt in der weiten Ferne und ein anderer ist hinter Gittern, was ist das für ein Leben“, klagte Dilo im Singsang.

„Was ist los Dilo, wieso weinst du auf einmal?“, fragte Suber. „Erzähl mal, was ist passiert?“

Dilo wandte sich mit tränennassen Augen seinem Kameraden zu. „Es ist einfach bitter, schau mal diese Fotos an.“ Er zeigte auf ein Bild des Mullah Mustafa Barzani in seiner traditionellen kurdischen Peschmerga-Kleidung.

„Schau mal, er war unsere Gestalt der Freiheit“, sagte Dilo.

„Ich kenne ihn zu wenig, erzähl mir was über ihn“, sagte Suber.

Sie saßen wie immer auf ihren Decken, den Blick auf den Lichtfleck im Klo-Raum gerichtet. Dilo wischte seine Tränen ab und begann zu erzählen:

„Er wurde 1903 geboren, er wurde schon als Baby mit seiner Mutter inhaftiert, und sein älterer Bruder Abdulsalam Barzani wurde vor seinen Augen in der Stadt Mossul hingerichtet. Barzani gehörte zu den revolutionärsten und patriotischsten Familien der Kurden. Er ist für die Kurden zu einem Symbol des Widerstands geworden und zu einem Helden. Die Aufstände gegen die königlichen Machthaber des Irak hat er angeführt."

„Das hört sich nach einer langen Geschichte an, Moment, ich will Tee warm machen", sagte Suber, „aber es ist interessant, erzähl bitte weiter", sagte er, während er die Teedose über die Kerze hielt.

„Also, Barzani ist unsere Geschichte, denn er und seine Familie haben immer gegen die Kurdenfeinde im Irak und Iran gekämpft. Barzani hat auch dabei geholfen, die erste kurdische Republik, die Mahabad-Republik, zustande zu bringen. Sie wurde 1946 im Iran gegründet und von den britischen Kolonialmächten und dem Schah Pahlewi blutig niedergeschlagen, der Führer war Qazi Muhamed. Elf Monate währte die Republik leider nur, dann wurde sie mit britischen Kriegsflugzeugen bombardiert, weil sie nicht in ihren Plan der Teilung des Nahen Ostens passte. Der Führer Qazi Muhamed wurde gefangen genommen und vor den Augen der Kurden in ihrer Stadt, in Mahabad, hingerichtet. Die Republik war von der Sowjetunion unterstützt worden. Nachdem Stalin seine Unterstützung nicht mehr fortsetzte, weil er vom iranischen Schah das Erdöl im Norden des Iran versprochen bekam, fiel die Republik. Mustafa Barzani flüchtete in den Nordirak, wo viele Kurden leben, und gründete dort die ‚Kurdische Demokratische Partei', gleichnamig wie im Iran."

Die schöne Landschaft draußen wurde allmählich mit einem dunklen Schleier bedeckt und die Lichtstreifen in der Zelle wurden immer schwächer. Es wurde Nacht.

Die hungrigen Ratten meldeten sich wieder zu Wort und wurden von den Mücken unterstützt. Nachdem sie fast den ganzen Tag damit verbracht hatten, von der alten kurdischen Revolution zu sprechen, waren die Angegriffenen für diesen Kampf vorbereitet. Dosen flogen durch die Luft und Decken auf den Boden, aber auch mit wütendem Geschrei versuchten sie, ihre Mitbewohner zu vertreiben. Nach und nach verabschiedeten sich die Ratten und die Mücken von diesen unerträglichen menschlichen Wesen, aber nicht ohne das Versprechen, wiederzukommen.

Der Tag war wie im Flug vergangen mit Dilos Geschichten und Erzählungen, sodass sie ihr Vorhaben, aus der Haft zu fliehen, nicht weiter verfolgt hatten. Wer weiß, vielleicht war es für sie von Vorteil.

Die dunklen Wände spendeten nur Stille und Bedrückung, das vergitterte Licht konnte den Kellerraum nicht von Flöhen reinigen und die blasse Haut nicht bräunen. Sie saßen wie Mücken und Insekten gefangen im Spinnennetz.

„Ich hasse das Leben und alles, was dazugehört", sagte Dilo mit finsterem Gesicht. „Ich bin jetzt mehr als einen Monat hier, es hat sich nichts geändert, ich bin hier und sie sind da, und auf der verdammten Welt passiert nichts Neues, alles bleibt so schlimm, wie es ist." Nervös lief Dilo auf und ab.

„Immer mit der Ruhe Dilo, stell dir vor, du wärst an meiner Stelle, ich war zwei Monate ganz allein hier. Was hättest du denn dann gemacht, nun sind wir zu zweit und die Zeit vergeht schneller", sagte Suber. „Ich war am Rand des Selbstmords, ich wollte mich von dieser Welt für immer verabschieden, einer Welt, in die ich nicht hineinpasse und die mich nicht akzeptieren will." Zum ersten Mal, seit sie zusammen waren, weinte er. „Ich habe doch niemandem etwas getan, wofür soll ich nun bestraft werden, nur weil ich Haschisch rauche? Nur weil ich mich nicht an dieses rationale, gefühllose Leben anpasse? Nur weil ich ohne Feinde leben will, nur weil ich nicht an Aggressionen und Gewalt denke?“ Suber schluchzte wie ein Kind, er fiel in tiefe depressive Gefühle. Als Dilo seinen Kameraden in dieser Verfassung sah, erboste ihn ihr Leid so, dass er zu der Eisentür ging und mit den Dosen so laut wie er konnte darauf einschlug.

„Wir wollen hier raus, verdammt noch mal“, brüllte Dilo durch die Lücke nach draußen. Suber kam auch dazu und schlug ebenfalls auf die Tür. Seine Depression schlug in Wut um.

„Wir wollen wie Menschen behandelt werden, macht doch die Tür auf und lasst uns frei“, schrie Suber. Das Geräusch der Blechdosen auf der Eisentür erzeugte einen solchen Krach, dass es auch von weitem nicht zu überhören war. Und sie wurden noch lauter, so laut, dass es von der Wache nicht länger geduldet werden konnte.

„Bringt uns doch am besten um, sonst bleiben eure Probleme, lasst uns endlich raus hier, ihr Hurenkinder“, rief Dilo.

„Macht doch die Tür auf, ihr kommunistischen Kämpfer, wir werden von den Flöhen und Ratten gefressen!“, schrie Suber und haute auf die Tür.

„Lasst uns frei, lasst uns frei, lasst uns frei!!“

Beide schlugen jetzt wild mit den Dosen auf die eiserne Tür. Ihr Geschrei blieb nicht ohne Folgen. Der Wachmann schlug mit dem Gewehrkolben auf das Gitter, wodurch Dilos und Subers Hände ragten. Die beiden zogen ihre Hände schnell zurück, aber ihr Geschrei ging weiter. Plötzlich ging die Tür auf und Soldaten, die einmal ihre Kameraden gewesen waren, richteten ihre Gewehre auf sie. Einer von ihnen hatte ein altes Stromkabel in der Hand und fing an, sie damit zu schlagen.

„Ihr seid Hurenkinder, ich werd’s euch heute zeigen“, beschimpfte der Soldat sie und schlug heftig und blind auf sie ein. Die Schreie des Widerstands wandelten sich in Schmerzensschreie und der Mut wurde zu Angst vor dem erbarmungslosen Kabel des Soldaten.

„Ich werde euch zeigen, wie ihr befreit werdet, ich werde euch zeigen, welchen Erfolg eure Randale hat", schrie der Soldat. Erst als die Häftlinge auf dem Boden lagen, hörte er auf zu schlagen, verließ den Raum und knallte die schwere Eisentür hinter sich zu.

Die beiden Widerstandskämpfer lagen ohnmächtig auf dem Boden, sie waren nicht anwesend, auf ihren Gesichtern floss Blut, von den Schlägen des skrupellosen Kabels, die alten Wunden hatten sich wieder geöffnet. Der Schrei nach Freiheit hatte die Häftlinge in einen noch qualvolleren Zustand gebracht, in die Ungewissheit und in einen schmerzlichen Traum, der nicht anders aussah als die bittere Realität. Von Frieden und Freude war keine Spur.

Dilo, der wie sein Freund in diesen tiefen, ohnmächtigen Schlaf gefallen war, fühlte etwas an seinem Gesicht wie ein Streicheln. Langsam tauchte er auf und wurde wach, aber ohne sich große Mühe zu machen, ohne sich zu bewegen.

„Was ist das, wer sollte mich hier streicheln? Wer ist es? Ist Suber so geil geworden, dass er es jetzt mit mir machen will, das kann nicht sein", fragte sich Dilo. Trotz seiner Erschöpfung und seiner schmerzenden Knochen machte er zumindest seine Augen auf und glaubte nicht, was er sah. Eine Ratte leckte an Dilos blutigem Gesicht und mehrere leckten an seinen Füßen. Das kuschlige Haar der Ratten hatte Dilos Körper gestreift und ihm ein Gefühl gegeben, dass er seit langer Zeit nicht gehabt hatte. Vor Schreck fuhr er hoch, die Angst, dass sie ihn krank machten, Angst, von ihnen gefressen zu werden, ergriff ihn kalt. Dieses Mal gab es keinen Suber, der auf ihn aufpasste, denn Suber lag noch wie leblos am Boden, auch bei ihm waren die Ratten, es schien, dass sie das Blut gerochen hatten, es waren außergewöhnlich viele, und den deprimierten gequälten Menschen in der Haft blieb nichts anderes übrig, als schockartig zu erwachen und die Ratten zu bekriegen, obwohl sie noch nicht einmal in der Lage waren Fliegen zu verscheuchen. Aber der Schreck, ihr

Leben zu verlieren, ließ sie vom kalten Boden aufspringen und einen Kampf aufnehmen, der in tiefster Dunkelheit stattfand und von niemandem gesehen wurde. Sie benutzten das als Waffe, was es zu benutzen gab, Sardinendosen, Steine, Decken, Schuhe, alles, was sie in die Hand bekamen.

Der Frieden, der schon wenige Millimeter hinter der Eisentür anfing, war weiter entfernt denn je. Da war die totale Ruhe, die totale Stille, die ständig vom Rauschen der Meereswellen unterbrochen wurde, der Mondschein, der diese ganze Herrlichkeit mit seinem dunkelblauen Licht schattierte, sodass man die Obstbaumblätter von weitem glänzen sah, auch die Lampen der Schiffe sah man am Horizont, sie entfernten sich vom Strand, sie tauchten in ihre Welt, in die Unendlichkeit der Welt des Meeres, des ungemauerten Erdballes.

Der Unterschied zwischen Außen und Innen war wie die Differenz zwischen Mensch und Tier. Die einen, die aus ihrem Instinkt heraus handelten, aus dem Trieb zu leben töteten, um zu fressen, und damit auch weiter am Leben zu bleiben, und die anderen, die sich erlaubten, anhand ihres angeblichen Verstandes, alles zu machen, und so zu verwandeln, dass sie, die Nachkommen Adams und Evas, sich wohl fühlten als Gottes besondere Schöpfung, als Heilige, als die, die sich alles erlaubten umzuformen.

Die angeblichen Enkel von Adam und Eva hatten versagt. Aus Angst, gefressen zu werden, bebauten und zerstörten sie den Globus, nicht nur um sich vor anderen Tierarten zu schützen, sondern auch vor den Tierarten aus der eigenen Reihe, den Menschen. Jeder von ihnen hatte die Scheuklappen seiner politischen Theorie getragen und im Kampf gegeneinander hatten sie ihr Dasein bestätigt.

Jeder von ihnen zwang den anderen sein Recht, seine Ideologie zu vertreten, sie bekriegten sich gegenseitig und damit wurden auch die Mauern zwischen ihnen höher, so hoch, dass sie überdacht wurden und von Licht und Luft getrennt waren, wie Dilo in der Zelle.

Wer aufgibt, der hat verloren, und zwar für immer, so lautet das Credo dieses Bestätigungskampfes.

Die Offensive der beiden Sträflinge war erfolgreich und sie hatten wieder Ruhe. Von den Gegnern war nichts mehr zu sehen. Einige waren vernichtet und viele waren durch das Loch im Klo-Raum in die Flucht geschlagen worden.

Suber machte die Kerze an, beide fingen an die noch herumliegenden Kampfwerkzeuge, sofern sie sie sehen konnten, aufzuräumen. In der Ecke, in der sie immer saßen, lagen zwei Opfer, zwei tote Ratten. Sie entfernten sie und legten die Decken zurück an ihren Platz. Nun saßen sie wieder dort und es schien, als ob nichts passiert wäre. Aber keiner von ihnen konnte sich nach dieser aufregenden Situation, trotz Erschöpfung, wieder hinlegen und schlafen. Es war Zeit, eine Zigarette zu rauchen. Sie schienen fit zu sein, so fit, als ob nicht sie es waren, die vor wenigen Stunden geschlagen und demoralisiert wurden, als ob nicht sie es waren, die der Schmerz bis ins tiefste Mark getroffen hatte. Der Horror, dass sie nicht mehr lebend aus der Zelle herauskommen würden, hatte sie geweckt. Die quälende Sorge, ob Dilo die schönen Augen der Mutter jemals wiedersehen würde, machte ihn hellwach.

Sie waren still. Wie immer, wenn Suber einen Zug aus der Zigarette nahm und der knackende Laut ertönte, wenn er die Zigarette von den Lippen löste, bekam Dilo Appetit auf das Rauchen. Leider fehlte ihnen der leckere dunkle, schwarze Tee, der in irgendeinem der Behälter war, die jetzt überall im Dreck herumlagen. Allmählich wurden die beiden Freunde ruhiger. Ihre Aufregung hatte niemanden interessiert, die Verantwortlichen waren in der Nacht nicht im Haus, es war keiner mehr da außer dem Wachsoldaten, der sich auch erhoffte, irgendwann einmal den Keller leer zu sehen. Wie er leer wurde, war nicht seine Sache und es interessierte ihn außerdem nicht, ob sie durch Krankheit, Tod oder als Skelett herauskamen.

„Suber?", rief Dilo ihm leise zu.
„Was gibt's, Dilo?"
„Ich zähle die Tage, seit ich hier bin, heute ist nicht wie jeder Tag, heute ist die Nacht vor Newroz."
„Also morgen ist der 21. März."
„He, du kennst dich aus!"
„Ja, Dilo, ich weiß über vieles wenig, und über weniges weiß ich viel, aber denk nicht, dass ich dumm bin."
Die Worte seines Leidensgenossen brachten Dilo zum Lachen. „Nein, das habe ich auch nicht behauptet, außerdem siehst du nicht dumm aus."
„Was ich weiß ist, dass es ein Newrozfest gibt und dass die Leute es feiern, mehr leider nicht", sagte Suber.
„Nu und Roj heißt neuer Tag, wir feiern es seit mehr als zweieinhalbtausend Jahren", sagte Dilo stolz.
„Moment, Dilo, Moment, ich will Tee warm machen … ach verdammt, die Dosen sind jetzt so dreckig", sagte Suber und überlegte. Sie hatten ihren Tee-Vorrat in einer verschlossenen Plastikflasche aufbewahrt, die bei der Schlacht mit den Ratten mitten im Klo-Raum gelandet war. Er griff tatsächlich in den Dreck, öffnete die Flasche vorsichtig und goss etwas Tee in zwei verschmutzte Sardinendosen. Eine Dose reichte er Dilo, die andere hielt er über die Kerze, um sie zu erhitzen. „Hier, Dilo, erstmal desinfizieren, mein Lieber."
Dilo zündete eine zweite Kerze an. „Heute ist Feuertag, was Suber? Jetzt sieht es heller aus, das sind unsere zwei kleinen Newroz-Feuer."
Beide waren mit ihren Tee-Dosen beschäftigt. Als aus den Dosen leichter Dampf aufstieg und sie sie auch vor Hitze kaum mehr halten konnten, gossen sie den Tee weg. Dann hielten sie die leeren Dosen nochmals über das Kerzenfeuer, bis es dampfte.
„So, das muss reichen, jetzt muss der Tee her", sagte Suber. „Tee und Feuer desinfizieren alles, auch die Ratten." Er kippte zuerst Tee in Dilos Dose, dann in seine. „So Dilo,

heute wollen wir feiern, Prost", sagte er und hob seine Dose zum Anstoßen hoch.

„Das ist eine tolle Aktion von dir, Suber, ich freue mich!" Sie stießen ihre beiden Dosen auf die Nacht zum Newrozfest aneinander.

„Erzähl jetzt, Dilo, was du sagen wolltest … über Newroz, ich würde es gerne hören."

„Willst du die Geschichte wirklich hören?"

„Ja, Dilo, so wie ihr es von eurer Großelterngeneration gelernt und gehört habt."

Dilo nahm einen Schluck Tee und räusperte sich.

„Es war einmal ein Tyrann, der hieß Dehak. Er war Kurde, und er war reich und mächtig. Dehak hatte viele Anhänger und viele Soldaten, sie haben jede Rebellion niedergeschlagen und ausgelöscht. Das Volk schwieg in Schrecken, es hatte Angst vor ihm, denn er war brutal und ungerecht. Deswegen aber hatte der Allmächtige ihm eine Plage geschickt. Dehak bekam ein Geschwür am Rücken, das schmerzhaft und unheilbar war. Er hatte alles versucht, um ein Heilmittel für seine Krankheit zu finden, seine Soldaten ritten in viele Länder auf der Suche nach einer Medizin, aber alle Mittel versagten."

Dilo trank einen Schluck Tee, der inzwischen warm geworden war.

„Der Tyrann hatte keinen Ort auf der Welt ausgelassen, doch eine Lösung für sein immer größer werdendes Problem fand er nicht. Auch alle Alten und Weisen, die er um Rat gefragt hatte, wussten ihm nicht zu helfen. Da bekam er eines Tages Besuch von einer alten und hässlichen Frau, die sagte, dass sie seine Wunde heilen könnte."

Die Teekanne gab ihren Glanz in den dunklen Kerker durch die Lücke in der Eisentür.

„Wollt ihr Tee?", fragte die Wache, die offenbar alles mitgehört hatte.

Die beiden Häftlinge beeilten sich, ihre schon leer getrunkenen Dosen vor die Lücke zu halten. Der Tee war heiß und süß, sie brauchten ihn nur noch zu sich zu nehmen, einfach trinken! Dilo nahm einen Schluck des köstlichen Getränks und erzählte weiter.

„Die hässliche Alte sagte: ‚Jeden Tag sollst du das Gehirn eines jungen Mannes aus deinem Volk auf dein Geschwür legen.' Tag für Tag wurde nun ein junger Kurde geopfert und die Schreckensherrschaft des Tyrannen war grausamer geworden, als das Volk es sich je hätte vorstellen können. Die Leute flüchteten in großen Massen in die Berge, um ihre jungen Männer und sich vor dem brutalen Dehak in Sicherheit zu bringen."

Dilo machte eine kleine Pause, um das Festtagsgetränk zu genießen und setzte sich gemütlicher auf seine Decke.

„Die Flüchtlinge wurden mehr und mehr und Dehaks Soldaten begannen, auch in den Bergen nach jungen Kurden zu suchen. Die Panik unter den Menschen wurde immer größer." Dilo wischte sich erst mit seiner Hand, dann mit seinem Ellbogen Tränen aus dem Gesicht. Suber rauchte und sah in Dilos vom Schein der Kerze erleuchtetem Gesicht die Tränen glitzern. „Es gab aber einen Schmied, der hieß Kawa. Kawa war überall bekannt wegen seiner kräftigen Muskeln und seines Muts für die Gerechtigkeit. Der Schmied sagte den Soldaten Dehaks, dass er sich für den Tyrannen opfern würde. Seinen vertrauten Freunden aber sagte er, dass er den Tyrannen stürzen wolle."

Aus der göttlichen Lücke kam eine Hand mit zwei Kerzen.

„Danke, besten Dank, die können wir gut gebrauchen", sagte Dilo und nahm die Kerzen aus der unbekannten Hand entgegen. Er machte es sich wieder auf seinem Platz bequem.

„Ihr klopft, wenn ihr Tee braucht", rief die Wache von draußen.

„Danke, das ist ein gutes Angebot", sagte Suber und richtete sein Gesicht auf die Lücke.

„Eines Tages war es soweit, Kawa war an der Reihe, sich

für den Tyrannen zu opfern. Alle Menschen in der Stadt und auch in den Bergen hatten auf diesen hoffnungsvollen Tag gewartet. Kawa hatte seinen Vertrauten auch erzählt, dass, wenn sie ein Feuer im Palast des Tyrannen sehen würden, es das Zeichen wäre, dass er den Tyrannen besiegt hätte. Das Volk hatte lange auf so einen Helden gewartet, viele Menschen gingen auf die Dächer ihrer Häuser, um den Palast von weitem zu beobachten. Kawa hatte sich bestens vorbereitet. Mit seinem Hammer, den er bei sich versteckt hatte, ging er zum Tyrannen. Die Zeit verging und die Menschen warteten mit Spannung. Plötzlich sahen sie im Dunkel der Nacht eine große Flamme aus dem Palast aufsteigen, es brannte lichterloh, und die Freude bei den Menschen war unbeschreiblich, die Jubelschreie und Freudentriller der Frauen ertönten bis an den Rand des Himmels."

Die Teekanne war wieder da und die beiden konnten sich bedienen, ließen ihre Dosen mit frischem Tee füllen und Dilo erzählte weiter:

„Die Stadt hatte ein neues Gesicht bekommen. Die Einwohner tanzten glücklich auf den Straßen und kamen überein, den nächsten Tag als ihren Befreiungstag zu feiern.

Am Morgen machten sich alle Menschen in der Stadt auf zu den Bergen, dort entzündeten sie Freudenfeuer, brieten Fleisch, tanzten, sangen und feierten ihren Abschied von einem der schlimmsten Tyrannen der Geschichte, feierten den neuen Tag, Newroz, den Beginn ihres neuen Lebens."

In der Lücke waren zwischen zwei Gitterstäben die Finger einer Hand zu sehen.

„Wer bist du denn, du bist heute so nett zu uns", rief Suber. Die beiden standen auf und stellten sich vor die Eisentür.

„Ich bin einer von der Wache, mehr brauchst du nicht zu wissen", erwiderte der Mann.

„Komm doch zu uns, wir sind doch Kameraden, oder?", rief Dilo etwas zu laut.

„Ich kann nicht, ich darf nicht, ich werde es auch nicht tun,

Schluss jetzt, ihr müsst euer Leben da führen, was ich machen kann, das werde ich auch tun", erwiderte der Mann.

Suber und Dilo blickten sich an.

„Kamerad?", rief Suber der Wache zu, „Wir sind keine Fremden, wir sind Kameraden und haben zusammen gekämpft, wenn du willst, kannst du die Tür, die uns trennt, öffnen und dich zu uns setzen, wir sind doch keine Feinde."

„Ich muss überlegen", sagte die Wache.

Dilo wollte etwas sagen, doch Suber legte den Finger auf den Mund.

„Gestern waren wir wie du, um die Revolution zu bewachen und zu beschützen, nun sind wir hier hinter Gittern in einem stinkenden, dreckigen Raum, der nicht für menschliche Lebewesen geeignet ist, mach bitte die Tür auf und komm zu uns!" Suber grinste Dilo an.

Lauschend warteten sie auf eine Reaktion der Wache, waren gespannt, ob sich der Soldat von Subers Worten beeindrucken lassen würde. Ein leichtes Husten war zu hören, dann ein Fummeln am Türschloss. Triumphierend blickte Suber Dilo an, seine Augen glitzerten und sie bereiteten sich auf ihren Angriff vor, lauerten sprungbereit wie Raubkatzen im Angesicht ihres Beutetieres. Sie waren entschlossen, für ihre Freiheit zu kämpfen, selbst wenn sie nicht nur diesen einen, sondern sogar noch zehn andere Menschen töten müssten.

Suber nahm einen Betonbrocken, bedeutete Dilo stumm, sich ebenfalls ein Stück Beton zu nehmen, und so leise wie nur möglich schlichen sie sich an die Eisentür, die ihnen so viel versprach, nichts weniger als die Freiheit. Geduckt standen sie zu beiden Seiten der Tür und erwarteten mit Spannung, dass der Mann sie öffnen würde. Eines der beiden Schlösser hatte er schon aufgemacht und das Geräusch des Schlüssels klang wie Musik in ihren Ohren. Ihre Spannung stieg und sie waren auf jede Art von Eskalation vorbereitet. Schon hatte der Soldat den Schlüssel in das zweite Schloss gesteckt und sie wagten kaum zu atmen. Der Moment, auf den sie schon so lange gewartet hatten, stand bevor.

„Nein, nein Kamerad, nicht öffnen, es ist eine Falle, nicht öffnen!!“, ertönte ein Geschrei von der anderen Seite des Hofes.

Die Schlösser wurden wieder zugemacht, die Verpestung in der dunklen Zelle blieb, deprimiert und gleichzeitig wütend warf Suber seinen Stein in den Klo-Raum, sodass der noch frische Haufen in alle Richtungen auseinander spritzte, auch hoch an die Wände, Dilo machte es ihm nach, es stank noch mehr als zuvor.

Die Wache blieb still und reagierte nicht mehr. Die Tür zur Freiheit wurde nicht geöffnet. Suber setzte sich seufzend wieder auf seine Decke und klopfte mit der Hand auf den Platz neben sich.

„Erzähl mal weiter Dilo, die Geschichte war wirklich spannend. Wie feiert ihr jetzt?“

„Das sage ich dir. Früher, als ich klein war, war Newroz streng verboten, die Baath-Partei hat alles in einer Farbe angemalt, panarabisch und nationalistisch.“

„Warum war das denn verboten?“, erstaunte sich Suber.

Dilo lachte bitter. „Alles, was nicht arabisch ist, muss bekämpft werden, alles, auch unser Newrozfest. Wir haben aber trotzdem gefeiert, zwar im kleinen Kreis und auch wie jetzt mit Kerzenlicht, aber gefeiert haben wir, ja, trotz Polizei und Geheimdiensten.“

„Ja, ich glaube, ich habe diesen Spruch über euch Kurden gehört: Der Kurde sagt ‚Ja‘, das heißt ‚Ja‘, und ‚Nein‘ wird ‚Nein‘ bleiben, selbst wenn er dafür sterben müsste. Erê, erê … na, na …“, sagte Suber lachend.

Beide lachten so laut, dass die Wache sich in der Türlücke zeigte.

Der Mann hatte sein Verhalten ihnen gegenüber nicht geändert. Er goss ihnen durch die Gitter nach. Mit dem dampfenden, leckeren, süßen Tee hockten sie sich wieder in ihre Ecke und Dilo erzählte weiter.

„Aber als ich größer wurde, sind wir Jungen auf die Straße gegangen und haben Barrikaden auf fast jeder Straße und allen Hügeln um die Stadt herum errichtet und angezündet. Einen Hügel gibt es, der direkt an der Grenze zur Türkei liegt. Die Kurden in der Türkei konnten nicht mal Kerzen anmachen, ich wollte, dass sie auch Feuer ganz nah bei sich sehen konnten. Am Stadtrand gab es ein Haus, dessen Hofmauern nur aus Autoreifen bestanden, der Hofbesitzer war ein Polizist in Qamischlo, der einzige, der Kurde war. Ich hatte mein Team, wir waren eine Menge Kinder aus unserem Stadtteil und haben immer viel zusammen unternommen.

In der Nacht zu Newroz haben meine Freunde und ich, wir waren ungefähr zehn Kinder, die Autoreifen in den schlammigen Straßen der Stadt verteilt, hundertundfünfzig Stück waren es fast. Wir haben alle angezündet und die Leute damit herausgeholt, sie sollten feiern, trotz Repression, Geheimdiensten und Patrouillen.

Feuerwehrsirenen waren unsere Musik in dieser Nacht, wir tanzten dazu, die Stadt war eine rauchende Feuerkugel, alle Leute kamen heraus und jubelten.

Es blieb noch der Hügel an der türkischen Grenze. Ich betrachtete es als meine Aufgabe, dort Feuer zu machen. Dafür haben wir einen großen Traktorreifen besorgt und mit viel Mühe und Vorsicht haben wir es geschafft, den Reifen, der fast doppelt so groß war wie wir, durch den rutschigen Matsch auf den Hügel zu bringen. Dann haben wir alle noch mehr Reifen geholt, wie Ameisen sind wir auf den Berg gekrabbelt mit den Reifen auf unseren Rücken. Die Grenzsoldaten waren nah, deshalb mussten wir sehr leise sein. Aber wir waren gut vorbereitet, hatten einen vollen Benzinkanister, Streichhölzer und den festen Willen, es zu tun. Wir kippten das Benzin auf die Reifen, meine Freunde hatten sich schon zurückgezogen, um sich vor dem Feuer und den Kugeln der Grenzsoldaten in Sicherheit zu bringen, dann habe ich sie angezündet und bin so schnell ich konnte zu meinen

Freunden gerannt. Die Flamme schoss hoch in den dunklen Himmel und wir schrien: ‚Bijî Newroz, bijî Newroz!!'

In Nusaybin, der türkischen Grenzstadt, waren Freudenschreie und Triller zu hören und die Soldaten, die an der Grenze zwischen uns standen und uns trennten, schossen. Feuer und Aufstand, das ist unser Newroz heute."

„Das ist in der Nacht, aber was passiert am nächsten Tag?", fragte Suber.

„Die Stadt wird leer, keiner bleibt zu Hause, wir ziehen alle auf einen riesigen Festplatz vor der Stadt, die Mädchen und Frauen schmücken sich und haben die altkurdischen Kleider an, Theaterbühnen sind aufgebaut, Künstler und Sänger treten auf, es ist ein Tag der Gemeinsamkeit, der Einheit, alle fühlen sich miteinander verbunden." Dilo schwieg und versank in seinen schönen Erinnerungen, die ihn aber angesichts seiner jetzigen Situation Wehmut verspüren ließen. Suber lächelte, sein Gesicht war entspannt, seine Augen geschlossen.

Die Nacht verabschiedete sich und nahm die Qual der völligen Finsternis mit sich. Die Müdigkeit ergriff die beiden Männer wie ein Oktopus. Sie fielen in den Schlaf, so wie sie dort saßen, die Kerzen brannten noch, und von ihren schiefen Köpfen war schon das Schnarchen zu hören.

In Saint Michèle schien wie immer die Sonne, Mutter und Tochter gingen zur Hauptstraße, um nach Al Damur zu fahren. Autos, die in Richtung Süden fuhren, gab es genug, sie hielten eins an und stiegen ein. Bald würde sich zeigen, was die letzte Fahrt mit sich brachte.

In Al Damur war alles wie immer, deprimierend und dunkel. Doch plötzlich ließ ein lauter Knall an ihrer Eisentür die beiden Häftlinge hochschrecken. Die Wache hatte mit dem Gewehrkolben so kräftig auf die Tür geschlagen, dass es sich in ihrem kleinen Raum anhörte, als wäre eine Bombe explodiert. Mit vor Angst gezeichneten Gesichtern starrten sie auf die Tür. Stand ihre Hinrichtung bevor? Sie wechselten panische Blicke.

„Steht auf, ihr Hunde!“, erscholl eine Stimme, während die Tür geöffnet wurde. Zwei bewaffnete Soldaten bedeuteten ihnen mit ihren Gewehren hinauszugehen, hinter ihnen wurde eine grüne Orangenplantage sichtbar, angestrahlt von der Sonne.

„Hört her, wir wollen das Gefängnis saubermachen, desinfizieren, ihr müsst nach draußen, bleibt still sitzen, die Wache hat Schießbefehl, also wenn ihr eine falsche Bewegung macht, kann er euch töten.“

Dilo und Suber glaubten nicht, was sie hörten. Aber dann war auf ihren Gesichtern Erleichterung zu spüren, sprechen konnten sie nicht, kein einziges Wort.

„Nehmt eure Decken und Dosen mit raus, ihr habt eine halbe Stunde Sonne.“

Das Licht der Sonne und ihre wirkungsvollen Strahlen hatten ihre Gesichter seit einiger Zeit nicht angerührt und anscheinend sollten sie die Sonne auch nicht mit bloßen Augen sehen. Die Augen wurden ihnen verbunden, nicht aber ihre Hände, die Wache führte sie hinaus und um das Gebäude.

„Hier sind zwei Felsen, hier bleibt ihr sitzen, eine Bewegung wird euch das Leben kosten, ihr müsst es ja wissen“, sagte die Wache zu ihnen.

Sie kamen nicht in den Genuss des Draußen, denn ihre Augen waren ja verbunden. Doch nach wenigen Minuten löste ihnen jemand die Augenbinden. Ihre geschlossenen Augen blieben nackt im starken Sonnenlicht und erst nach ein paar Minuten wagten die beiden, sie langsam zu öffnen. Dilos Bart bedeckte sein Gesicht bis zu den Wangen, er fühlte sich, als ob die Flöhe von ihm herabfielen.

Das Auto hielt an der Hauptstraße in Al Damur und die Mutter und die Tochter stiegen aus. „Meine Tochter, wir müssen uns gut umsehen, in alle Richtungen, ich spüre meine Augenweide, sie ist hier!" Langsam gingen sie die Straße bergan.

Dilo erkundete das Gebiet um sich herum mit den Augen. Zwei Soldaten standen vor ihnen und hielten ihre Gewehre auf sie gerichtet. Dilo sah sich alles im Detail an, die schönen Orangenbäume, die wie eine Oase aussahen und rechts und links des Gebäudes standen, die mit Stacheldraht bestückte Mauer, die sich rings um das Gelände zog und den Blick versperrte. Nur nach Westen, wo der Hang des hügligen Geländes etwas tiefer abfiel, konnte man in der Ferne das Mittelmeer leuchten sehen. Von der Straße vor dem Gelände drang Kindergeschrei und Menschenlärm zu ihnen und in der Mauer, von der sie etwa zwanzig Meter entfernt saßen, entdeckte Dilo eine Lücke, die weniger als einen Meter fünfzig breit war. Er sah Autos vorbeifahren und Menschen entlanggehen. Gebannt starrte er nur noch auf die Lücke in der Mauer. Sie war seine einzige Hoffnung.

In ihrer Mission, Dilo zu retten, hatten die beiden Frauen ihre Hände schützend als Sonnenschirm über ihre Augenbrauen an die Stirn gelegt und sahen sich ständig in alle Richtungen um. Sie untersuchten dieses verdammte Al Damur mit ihren Blicken und sie kamen der Mauerlücke näher, die Dilo von der anderen Seite unentwegt fixierte.

Im Gefängnis war ein Kanister voller Benzin verteilt worden, das jetzt mit einem Streichholz entzündet wurde. Dem Krach der Explosion folgte eine schwarze Wolke, die aus dem Kellerloch nach draußen quoll. Diese Methode wurde noch zwei Mal wiederholt und Dilo wusste nun, warum die Wände schwarz waren. Die dunklen Wolken verzogen sich allmählich und machten den Blick auf die Mauerlücke, die zwischendurch getrübt gewesen war, wieder klar.

Plötzlich tauchte Hevin in der Lücke auf, ihre Hand noch immer schützend über den Augen, und erblickte Dilo und seinen Leidensgenossen, bedroht von zwei Soldaten, einen Sekundenbruchteil später sah Dilo die Mutter.

Er schrie so laut, dass die Bäume tanzten.

„Yaaaaadêeeeeee!!!!! Yaaadêeeee, wer vede!!!!! Komm hierher!!!!!“

Die beiden Frauen reagierten sofort und rannten durch die Mauerlücke zu Dilo. Die Schwester war zuerst da.

„Keine Bewegung oder ich schieße, ich sage keine Bewegung, bleib stehen!“

Der Soldat schrie und schlug Dilo mit dem Gewehr.

„Erschieß mich doch, los mach, es gibt viele Zeugen für deine Tat, schieß doch, ich bin da!“, rief Dilo und richtete sich vor dem Soldaten auf.

„Bleib du hier und meine Mutter soll hoch ins Büro gehen und sagen, dass sie ihren Sohn gefunden hat“, rief Dilo ihnen auf Kurdisch zu.

Im Büro sprach die Mutter den Rothaarigen sehr freundlich an: „Wir haben unseren Sohn gefunden, ich würde ihn gern mitnehmen, aber ich verspreche euch, dass ich ihn wieder zurückbringen werde, und nicht nur das, ich werde dafür sorgen, dass viele seiner Cousins auch mitkommen“, taktierte sie.

„Wo ist Ihr Sohn?“, fragte der Kommandant steif.

„Er ist hier unten im Garten im Hinterhof und seine Schwester ist auch bei ihm“, sagte sie, damit er Bescheid wusste, dass es Zeugen gab und es nicht so einfach war, hinter ihrem Rücken zu befehlen, ihn zu entführen.

„Gut, Hadje, Sie können Ihren Sohn mitnehmen, ich werde der Wache Bescheid sagen“, sagte der Kommandant.

Die Mutter ging hinunter zu ihrem unersetzlichen Schatz Dilo, alles war nach Zufall gelaufen, aber sie hatten ihren Plan realisiert.

„Sie haben noch meine Goldkette, die will ich haben“, sagte Dilo zu seiner Mutter.

„Mein Sohn, wir haben nicht geglaubt, dich zu finden, nun

willst du noch deine Goldkette haben, lass sie doch für sie, ich wünsche, dass sie ihnen Qual und Unheil bringen wird, lass uns nur schnell von hier weggehen“, erwiderte sie ihm. Sie sah aus, als ob sie einen Schatz gefunden hätte, den sie ganz schnell vor den Augen der Leute verstecken wollte, vorsichtig und nervös. Hektisch wandte sie sich der Mauerlücke zu.

„Lass uns schnell von hier verschwinden!“, wiederholte sie. Dilo verabschiedete sich mit einem kurzen Blick von seinem Häftlingsfreund, mit einem Blick, in dem Freude und Trauer gleichzeitig lagen.

„Salam, Suber, lass es dir gut gehen und hoffentlich wird es dir bald so gehen wie mir, mach's gut, mein Lieber.“ Dilo hob die Hand und mit einem traurigen Lächeln verabschiedete Suber sich von ihm.

Auf der Straße bestand die Mutter darauf, dass sie eng hintereinander in einer Reihe gingen, vorne die Schwester, Dilo in der Mitte und hinter ihm die Mutter.

„Leute haben mir gesagt, dass, wenn wir unseren Sohn wiederbekommen, die Organisation die Abtrünnigen von Heckenschützen erschießen lässt“, sagte sie aufgeregt. „Dilo, geh bitte nicht aus der Reihe, bis wir in ein Auto einsteigen, bleib dicht bei uns!“

„Nein, Yadê, hab keine Angst, das werden sie nicht tun“, war sich Dilo sicher. „Sie kämpfen für ihre Freiheit, sie sind keine Verbrecher. Es geht ihnen noch schlechter als uns Kurden.“

Bald hatten sie die Hauptstraße erreicht und schon das nächste Auto hatte drei freie Plätze für sie.

Sie verließen Al Damur, den Ort der Freundschaft und der Qual, den Ort der Kameraden und Erinnerungen, den Ort der Folter, Djamals Ort, Karims Ort, Subers Ort, Ort von Bomben, Krieg, Tod und Elend.

In der heißen Sonne fielen die Flöhe aus Dilos Bart.

Ganz am Schluss möchte ich allen meinen Freunden von
Herzen danken,
die dieses Buch möglich gemacht haben, besonders
Maria Kejo.

Glossar

Abu
Arabisch: Vater; im Orient ist es üblich, dass Eltern nicht nur mit ihrem Vornamen angeredet werden, sondern mit dem Namen ihres Erstgeborenen, also z.B. „Abu Muhamed" – Vater von Muhamed

Agal
Kordel, die die Männer zum Halt ihrer Kopfbedeckung verwenden

Al Fatah
Erste palästinensische Organisation, die zum bewaffneten Kampf aufgerufen hat

Al Fidai
Arabisch: der Opferwillige; Bezeichnung für eine Person, die bereit ist, für ihre Überzeugungen das Leben zu opfern; gebräuchlicher Plural im Deutschen: Fedajin

Al Kamishly
Arabischer Name für die kurdische Stadt Qamischlo im Nordosten Syriens

Al Kataib
Libanesische christliche Partei mit bewaffnetem Arm

Alewiten
Islamische Konfession schiitischer Richtung

Arafat, Jassir
Mitbegründer der Al Fatah, von 1968 an ihr Vorsitzender; von 1996 bis zu seinem Tod Präsident der palästinensischen Autonomiegebiete; 1994 erhielt er gemeinsam mit Shimon Peres und Jitzhak Rabin den Friedensnobelpreis; geb. 28.8.1929, gest. 11.11.2004

Aramäer
Volksgruppe in Syrien, Christen

Assyrer
Volksgruppe in Syrien, Christen

Baath-Partei
Gemeint ist hier die syrische Baath-Partei, Zweig der gesamtarabischen Baath-Partei; vollständiger, offizieller Name: Arabische Sozialistische Baath-Partei

Barzani
Vollständiger Name: Mullah Mustafa Barzani; kurdischer Revolutionsführer und Politiker aus Irakisch-Kurdistan; geb. 14.3.1903, gest. 3.3.1979

Galabija
Traditionelles arabisches langes Gewand

Hadji, Hadje
Ehrenbezeichnung für eine Person moslemischen Glaubens, die die Pilgerfahrt nach Mekka, die Hadj, durchgeführt hat

Kufija
Arabisches Männerkopftuch

Mitanni
Staat in Nordsyrien ca. 15.-13. Jahrhundert vor Christus

Mullah
Islamischer Lehrer, Prediger, Geistlicher

Newroz
Höchstes kurdisches Fest, am 21. März

Peschmerga
Kurdische Kämpfer aus Irakisch-Kurdistan;
Heute: die Armee bzw. kurdische Garde in den kurdisch-irakischen Provinzen

PLO
Palästinensische Befreiungsorganisation, Dachverband palästinensischer Organisationen

Qamischlo
Kurdische Stadt im Nordosten Syriens; arabischer Name: Al Kamishly

Qurusch
Syrische Währung : 100 Qurusch = 1 syrisches Pfund(Lira)

Saladin
Vollständiger Name: Salah ad Din al Ajubis, kurdisch-moslemischer Sultan im 12. Jahrhundert; kämpfte gegen die Kreuzfahrer

Staatenlosigkeit
Nach einer 1962 in den kurdischen Gebieten Syriens durchgeführten Volkszählung wurde etwa 120.000 Kurden die syrische Staatsangehörigkeit entzogen; sie wurden aufgrund ihrer Herkunft nicht als Syrer anerkannt

Suk
Arabisch: Markt

Talabani, Dschalal
Jetziger Staatspräsident des Irak und Vorsitzender der Patriotischen Union Kurdistans (PUK); geb. 1933

Um
Arabisch: Mutter; siehe auch unter „Abu"

Yadé
Kurdisch: Mutter

Noch im sujet verlag erschienen

Salem Khalfani

wurde 1963 im Iran geboren und lebt seit 1985 in Deutschland. An der Universität Mainz absolvierte er sein Studium der Allgemeinen und vergleichenden Literaturwissenschaft.

Softcover, 144 Seiten: 12,80 EUR
ISBN: 978-3-933995-34-6
2. Auflage

Das valencianische Wasser

Salem Khalfanis Novelle „Das valencianische Wasser" erzählt die Geschichte eines Mannes, der an der Stelle eines Fremden, von dessen Reiserücktritt er zufällig erfährt, nach Valencia reist. Als „Josef Nuri" steigt er im Hotel Kontinental ab. Die Schwierigkeit seiner Lage wird ihm erst im vollen Umfang bewusst, als er einen Brief von Leila, Josef Nuris Tochter, erhält. Salem Khalfanis Protagonist nimmt instinktiv die reizvolle Chance wahr, seine eigene Identität vorübergehend abzustreifen. Doch die Freiheit, die er zu spüren hoffte, hält nicht lange an. Zu dringlich sind die Fragen, die das Schicksal Josef Nuris aufwerfen.

Mahmood Falaki

wurde 1951 im Norden Persiens am Kaspischen Meer geboren. Studium der Chemie und Bibliothekwissenschaft im Iran. Studium der Germanistik und Iranistik an der Universität Hamburg. Während der Schah-Zeit wurde er wegen seiner politisch-literarischen Aktivitäten zu drei Jahren Haft verurteilt. Seit 1983 lebt er in Deutschland, seit 1986 in Hamburg. Seine literarische Arbeit umfasst Lyrik, Erzählungen, Romane und Literaturkritik.

Softcover
174 Seiten: 12,80 EUR
ISBN: 978-3-933995-44-5

Carolas andere Tode
ist eine gelungene Kombination zwischen sprachlich fein ab-gerundeter Literatur und scharfsinnigem Kriminalroman, span-nend bis zur letzten Zeile. „Carolas andere Tode" erzählt aus Sicht dreier Erzähler den Ablauf der Geschichte. Gleichzeitig ist dieses Buch erneut ein Meisterwerk Falakis hinsichtlich der Exilliteratur. Feinsinnig beschreibt er die Sicht und Herange-hensweise zweier aus vollkommen verschiedenen Kulturen stammender Menschen auf die gleichen Geschehnisse. Diese Beziehung spiegelt sich als ein Prozess der Integration wieder. Der Protagonist findet sich in einem Schwebezustand zwischen den unterschiedlichen Kulturen wieder, wobei er sich von seiner Familie und seinen in Hamburg lebenden Landsleuten von Tag zu Tag mehr entfremdet.Ein tiefsinniger Krimi, der hinter die Fassaden schaut.

"Ein Autor, den man sich merken sollte: Mahmood Falaki."
Die Zeit, 16. Juli 1995

Tizia Koese

Tizia Nilgün Koese wurde im anatolischen Akcadag geboren und wuchs ab 1972 in Hamburg auf. Nach dem Philosophie-Studium an der Hamburger Universität begann sie mit ihrer journalistischen Arbeit, die sie u.a. zur Starnberger und Tegernseer Ausgabe der „Süddeutschen Zeitung" und „welt kompakt" führte. Weitere Stationen ihres Engagements waren die Herausgabe der zweisprachigen Zeitung „Gazete", gemeinsam mit muslimischen Kollegen, und die Veröffentlichung eines Handbuchs für Zuwanderer im Auftrag der Hamburger Landeszentrale für politische Bildung.

Taschenbuch
277 Seiten: 14,80 €
ISBN 978-3-933995-57-5

Granatapfelsplitter

ist eine CultureClash-Story, die die tragische Geschichte einer jungen Frau portraitiert. Şaziye ist die Tochter einer türkischen Familie, die ihr Leben in der Türkei aufgegeben hat, um ihren Kindern ein besseres Leben in Deutschland zu ermöglichen. Sie wächst im liberalen Hamburg auf und genießt die Freiheiten, die ihre neue Heimat ihr bietet. Doch irgendwann muss Şaziye feststellen, dass sie als deutsche Türkin nicht voll akzeptiert wird. Der Verlust ihrer osmanischen Wurzeln holt die junge Frau bald ein und treibt sie zu einer folgenschweren Verzweiflungstat.

Shahram Rahimian

Shahram Rahimian wurde 1959 in Teheran, Iran geboren. 1977 kam er nach Deutschland und studierte in München, Berlin und Hamburg. Er lebt seit 1980 in Hamburg. Auf Deutsch ist von ihm „Dr. N. liebt seine Frau mehr als Mossadegh" erschienen.

Schiller Connection

310 Seiten: 14,80 €
ISBN 978-3-933995-68-1

Yussef Ayene genießt sein Leben in vollen Zügen. Mit seinen 50 Jahren wirkt er manchmal wie ein sorgloser Teenager. Sein Problem sind die Frauen, insbesondere seine große Liebe Anne. Sie lernte er kennen, als er aus dem Iran als Student nach Deutschland kam, wo er Josef wurde. Anne und er waren glücklich, heirateten und bekamen Kinder. Bis Josef seine Familie verließ, um gegen den Iran zu kämpfen...
Nun trifft er sich wieder mit Anne. Aber Anne will mehr als eine lockere Affäre. Sie will eine ernste Beziehung und stellt Josef vor die Wahl: Alles oder Nichts. Und das ausgerechnet an dem Tag, an dem die Polizei bei Josef anruft. Man braucht ihn als Übersetzer in einem Mordfall. Und plötzlich ändert sich alles, denn im Leichenschauhaus trifft er Frau Doktor Simone Schmidt, die Tochter des Hauptkommissars. Sie fangen an sich zu treffen, und Josef erzählt ihr seine Geschichte. Vom Iran, dem Leben in Hamburg, der Begegnung mit Anne und dem plötzlich entfachten politischen Aktivismus, der alles in Frage stellte.
Doch jetzt gilt es, die Vergangenheit zu verlassen. Es zählt nur noch Simone, die Aufklärung des Mordes sowie Schiller ins Persische zu übersetzen. Aber die Stimme auf dem Anrufbeantworter bleibt hartnäckig...